LAINYA

41

I edizione: giugno 2023

Via Isonzo 42, Roma

Titolo originale: *Deathless*
Traduzione dall'inglese di Tiffany Vecchietti

ISBN: 979-12-5967-417-3

www.fazieditore.it
www.lainya.it

Catherynne M. Valente

L’Immortale

traduzione di Tiffany Vecchietti

LAINYA

A Dmitri,
che mi ha trascinata via da un luogo oscuro

Dal millenovecentoquaranta,
Come da una torre osservo tutto.
Come se di nuovo addio dicessi
A ciò cui da tempo ho detto addio,
Come se fattami il segno della croce
Scendessi sotto buie volte.[1]

ANNA ACHMÀTOVA

1. Anna Achmàtova, *Poema senza eroe e altre poesie*, trad. it. di Carlo Riccio, Torino, Einaudi, 1966.

Prologo
Non guardarti indietro

Il fumo della legna bruciata aleggiava pesante e dorato sul grano falciato, la terra ispida come una vecchia dai capelli radi. I meli erano stati spogliati già da tempo per ricavarne legna da ardere; le radici dei ciliegi scavate da un bel pezzo e trasformate in farina. Il cielo si afflosciava freddo e pallido, tossendo sprazzi di flemmatica luce solare sulle fattorie grigie e vuote. Gli uccelli se n'erano andati, frecce scagliate in invisibili schermaglie, sempre a Sud, sempre lontano. Eppure tre creature magre e dalle piume nuove tenevano serrato tra gli artigli un ramo di pero rinsecchito, scrutando in basso con occhi simili ai grani di un rosario: un piviere dorato, un'averla dal becco affilato e un'ossuta cornacchia nera si aggrappavano a un tronco dalla corteccia verde. Si alzò il vento; odorava del trifoglio che cresceva sul tetto, di ruggine e vecchio midollo secco.

Il ragazzo si fermò tirando su col naso, moccio e lacrime gli gocciolavano sul mento. Cercò di strofinarseli via, sfregandosi il naso fino a farlo diventare rosso e grattandosi la pancia con l'altra mano graffiata. I suoi capelli erano incolori, l'età vaga, sebbene non avesse peli sul viso, la mascella non fosse squadrata, e non vi fosse un filo di grasso sul suo gracile busto. Gli occhi, troppo stanchi di stringersi nella luce autunnale, gli si chiudevano. Il sole fendeva le sue pupille, agitandovi ombre.

«Compagno Tkačuk!». La voce di una giovane donna tagliò come una forbiciata il vento frizzante e cinereo. «Sei stato accusato di diserzione, di vile codardia di fronte al nemico. Intendi negarlo?». Il ragazzo fissò la coppia di ufficiali e il lucido banco del tribunale, trascinati con un camion in questo campo desolato allo scopo di punirlo, come se l'esercito fosse una madre terribile e severa, e lui un bambino che, una volta richiamato, non si fosse presentato a cena. Il naso gli gocciolava. «Il 18 di giugno», continuò la sergente maggiore, con la penna che grattava contro il taccuino come un uccello nella polvere, «si è presentato in servizio quando il tenente generale Tereščenko aveva aperto i suoi registri al villaggio di Michajlovka in modo che tutti potessero conoscere la gloria sulla terra attraverso il dono dei loro corpi al Popolo?».

«N-no...», farfugliò il ragazzo, la voce biascicata e impastata, una voce da analfabeta, le vocali pigre di un bracciante. Il naso dell'ufficiale si arricciò per il disgusto.

«Perché no?», abbaiò, mentre i bottoni della sua uniforme verde oliva lampeggiavano come occhi al sole.

«Io... Io ho... undici anni, signora». La sergente si accigliò, ma non gli tese le braccia aperte, non lo accolse né gli accarezzò i capelli né gli diede da mangiare del pane. Lui si affrettò a proseguire. «E ho questa gamba malandata. Rotta quando avevo sei anni. Io... sono caduto da un ciliegio. L'uomo arriva con il suo grande libro, e io corro e mi nascondo con i maiali. Non voglio stare nell'esercito. Non sarei mica un buon soldato, in ogni caso».

Lo sguardo della sergente maggiore si concentrò sul discorso maldestro del ragazzo. «Il servizio del tuo corpo non è cosa tua da concedere a tuo piacimento. Appartiene al Popolo, e tu ci hai derubati per mezzo della tua debolezza. Tuttavia, il Popolo non è scortese. Proprio come hai scelto di nasconderti tra i maiali piuttosto che servire tra i leoni, ora puoi scegliere la tua punizione: fucilazione, che non è più di quanto meriti, o il servizio in un battaglione penale».

Il ragazzo la fissò con occhi vitrei e muti.

«Quella sarà la prima linea, figliolo», disse l'ufficiale anziana, la voce ruvida addolcita di infinita misericordia. Il corvo arruffò le piume; l'averla fece schioccare il becco. Il piviere gridò, triste e acuto. E un colpo di vento breve e improvviso, né caldo né dolce, scalciò i cespugli. I folti capelli scuri dell'ufficiale anziana erano intrecciati intorno alla testa come una corona, lo sguardo duro e stanco. «Probabilmente non sopravvivrai. Ma potresti. Sei piccolo; lo siamo stati tutti, una volta. Potresti passare inosservato nei ranghi. Si sa che può succedere».

La sergente maggiore sembrava annoiata. Prese nota sul suo taccuino. «Compagno Tkačuk, cos'è che vuoi?».

Il ragazzo non disse nulla per un momento, il suo sguardo si spostava tra le due ufficiali, in cerca di pietà come un cinghiale che cerca funghi nel terriccio. Non trovando nulla, iniziò semplicemente a piangere: lacrime sottili, asciutte, affamate, che gli incidevano la sporcizia del viso. Il suo gracile petto si sollevava a scatti; le spalle gli tremavano come se stesse già cadendo la neve. Si strofinò furiosamente il naso su un braccio nudo. Il muco era rosato di sangue. «Voglio andare a *casa*», singhiozzò.

Il piviere strillò come trafitto da lunghe spine. L'averla nascose il capo. Il corvo non poté sopportare quella visione: aprì le sue ali nere nell'aria.

La generale maggiore Marja Morevna sedeva impassibile e guardava il bambino piangere. La sergente maggiore picchiettava impaziente la penna.

«Vai», sussurrò Morevna. «Corri. Non guardarti indietro». Il ragazzo la guardò, muto. «Corri, ragazzo», sussurrò la generale maggiore. Il ragazzo corse. Granelli di terra morta volavano dietro di lui. Il vento li afferrò e li trascinò verso il mare.

PRIMA PARTE
UNA CASA LUNGA E STRETTA

E tu verrai con un mantello nero,
Con una candela verdastra,
E non mi rivelerai il tuo volto…
Ma non mi assillerà a lungo l'enigma:
Di chi è la mano guantata di bianco
E chi ha mandato il forestiero al calar della notte?[2]

ANNA ACHMÀTOVA

2. Poiché non è stato possibile rintracciare una traduzione ufficiale in lingua italiana, questi versi sono stati riadattati a partire dalla traduzione inglese di D.M. Thomas in Anna Akhmatova, *Selected Poems*, Penguin Books, 1988. [N.d.R.]

1

Tre mariti arrivano in via Gorochovaja

In una città sul mare che un tempo era chiamata San Pietroburgo, poi Pietrogrado, poi Leningrado, poi, molto più tardi, di nuovo San Pietroburgo, c'era una casa lunga e stretta in una strada lunga e stretta. Da una finestra lunga e stretta, una bambina con un vestito azzurro chiaro e pantofole verde chiaro aspettava che un uccellino la sposasse.

Per la maggior parte delle ragazze era quello un motivo per venire rinchiuse, anche se con gentilezza, nelle loro stanze finché non smettevano di pensare a cose così preoccupanti, ma Marja Morevna aveva visto tutti e tre i mariti delle sue sorelle dalla finestra prima che bussassero alla grande porta di ciliegio, e così era certa del proprio destino come era certa del colore della luna.

Il primo arrivò quando Marja aveva solo sei anni e sua sorella Olga era alta e bionda, i capelli dorati raccolti come una balla di fieno in autunno. Era una giornata argentea e umida, e lunghe nuvole sottili si avviluppavano sul tetto come ordinati sbuffi di sigaretta. Marja osservava dal piano superiore gli uccelli che si radunavano tra le querce, aprendo e schioccando il becco alle prime e più piccole gocce di pioggia, che tutte le creature alate sanno essere le più dolci, come minuscoli chicchi d'uva che scoppiano sulla lingua. Rise, vedendo i corvi che bisticciavano sotto la pioggia, e in quell'istante lo stormo si voltò all'unisono per guardarla, i loro occhi come punte di spillo. Uno di loro, un tipo nero e grasso, dal suo ramo verde si sporse troppo in avanti e, senza distogliere lo sguardo dalla finestra di Marja, cadde pesantemente – *dump, paf!* – sul ciglio della strada. Poi l'uccellino balzò in piedi, e quando si raddrizzò, era un bel giovanotto in una bella uniforme nera, i bottoni scintillanti come gocce di pioggia, il naso grosso e crudelmente ricurvo.

Il giovane bussò alla grande porta di ciliegio, e la madre di Marja Morevna arrossì sotto il suo sguardo.

«Sono venuto per la ragazza alla finestra», disse con voce dolce e chiara. «Sono il tenente Gratč della guardia personale dello zar. Ho molte meravigliose case piene di semi, molti meravigliosi campi pieni di grano e ho più vestiti di quanti lei potrebbe indossarne, anche se cambiasse abito al mattino, alla sera e a mezzanotte, ogni giorno della sua vita».

«Deve riferirsi a Olga», disse la madre di Marja, portandosi la mano alla gola. «È la prima per età e bellezza di tutte le mie figlie».

E così Olga, che in realtà si era seduta alla finestra del primo piano, che dava sul giardino pieno di mele cadute e non sulla strada, fu accompagnata alla porta. Si sentì riempire come un otre dalla ricca visione del suo bel giovanotto nella sua bella uniforme nera, e lo baciò con pudore sulle guance. Camminarono insieme lungo via Gorochovaja e lui le comprò un cappello dorato con lunghe piume nere infilate nella tesa.

La sera, quando tornarono, il tenente Gratč alzò gli occhi al cielo viola e sospirò. «Non è questa la ragazza alla finestra. Ma la amerò come se lo fosse, perché ora capisco che l'altra non è destinata a me».

E così Olga andò con grazia nei possedimenti del tenente Gratč, e alle sorelle a casa scrisse lettere dalle parole graziose, in cui i verbi costruivano castelli e i dativi spuntavano come rose ben curate.

Il secondo marito arrivò quando Marja aveva nove anni e sua sorella Tatjana era rubiconda e furba come una volpe, e i suoi acuti occhi grigi si beavano di ogni cosa affascinante. Marja Morevna era seduta alla finestra a ricamare l'orlo dell'abito da battesimo per il secondo figlio di Olga. Era primavera, e la pioggia mattutina aveva reso la loro strada, lunga e stretta, scivolosa e scintillante, tempestata di petali rosa bagnati. Marja osservava dal piano di sopra gli uccelli che si radunavano ancora una volta sulla grande quercia, aprendo e schioccando il becco sui fiori di ciliegio zuppi e increspati, che ogni creatura alata sa essere i più saporiti di tutti i fiori, come dolci speziati che si sciolgono sulla lingua. Rise, vedendo i pivieri che si azzuffavano sui fiori, e in quell'istante lo stormo si voltò all'unisono per guardarla, i loro occhi come punte di coltello. Uno di loro, un tipetto bruno, dal suo ramo verde si sporse troppo in avanti e, senza distogliere lo sguardo dalla finestra di Marja, cadde pesantemente – *dump, paf!* – sul ciglio della strada. Poi l'uccellino balzò in piedi, e quando si raddrizzò, era un bel giovanotto in una bella uniforme marrone con una lunga fascia bianca, i bottoni scintillanti come il sole, la bocca rotonda e gentile.

Il giovane bussò alla grande porta di ciliegio e la madre di Marja Morevna sorrise sotto il suo sguardo.

«Sono il tenente Zujok della Guardia Bianca», disse, perché la faccia del mondo era cambiata. «Sono venuto per la ragazza alla finestra. Ho molte case meravigliose piene di frutti, molti campi meravigliosi pieni di vermi, e ho più gioielli di quanti ne potrebbe indossare anche se cambiasse i suoi anelli al mattino, alla sera e a mezzanotte, ogni giorno della sua vita».

«Deve riferirsi a Tatjana», disse la madre di Marja, premendosi la mano sul seno. «È la seconda per età e bellezza delle mie figlie».

E così Tatjana, che in realtà si era seduta alla finestra del primo piano, che dava sul giardino pieno di fiori di melo e non sulla strada, andò alla porta. Si sentì riempire come un pallone di seta dalla visione fiammeggiante del suo bel giovanotto nella sua bella uniforme marrone, e lo baciò senza pudore sulla bocca. Camminarono insieme per via Gorochovaja e lui le comprò un cappello bianco con lunghe piume color castagna infilate nella tesa.

La sera, quando tornarono, il tenente Zujok guardò il cielo turchese e sospirò. «Non è questa la ragazza alla finestra. Ma la amerò come se lo fosse, perché ora capisco che l'altra non è destinata a me».

E così Tatjana andò felicemente nelle tenute del tenente Zujok, e scrisse alle sorelle a casa lettere sofisticate, in cui i verbi danzavano in quadriglie e i dativi erano disposti come tavoli apparecchiati per banchetti.

Il terzo marito arrivò quando Marja aveva dodici anni, e sua sorella Anna era snella e gentile come un cerbiatto, il suo arrossire più rapido del passaggio delle ombre. Marja Morevna sedeva alla finestra, ricamando il colletto di un vestito da cerimonia per la prima figlia di Tatjana. Era inverno e la neve su via Gorochovaja si era ammucchiata in lunghi cumuli ghiacciati. Marja osservava dal piano superiore mentre ancora una volta gli uccelli si radunavano sulla grande quercia, aprendo e schioccando il becco sulle ultime noci autunnali, rubate agli scoiattoli e nascoste nelle fessure della corteccia, che ogni creatura alata sa essere le più amare di tutte le noci, come vecchi dolori che poggiano pesanti sulla lingua. Rise, vedendo le averle che si azzuffavano sulle ghiande, e in quell'istante lo stormo si voltò all'unisono per guardarla, i loro occhi come punte di baionetta. Una di loro, una tipa grigia con una striscia rossa sulla guancia, si sporse troppo in avanti sul suo ramo verde e, senza distogliere lo sguardo dalla finestra di Marja, cadde pesantemente – *dump, paf!* – sul ciglio della strada. Ma l'uccellino balzò in piedi, e quando si raddrizzò, era un bel giovanotto in una bella uniforme grigia con una lunga fascia rossa, i bottoni che lampeggiavano come lampioni, gli occhi che si stringevano con un'astuzia malvagia.

Il giovane bussò alla grande porta di ciliegio e la madre di Marja Morevna aggrottò le sopracciglia sotto il suo sguardo.

«Sono il tenente Žulan dell'Armata Rossa», disse, poiché il volto del mondo aveva cominciato a lottare con se stesso, incapace di decidere sulla propria fisionomia. «Sono venuto per la ragazza alla finestra. Ho tante belle case che condivido equamente tra i miei simili, molti meravigliosi fiumi pieni di pesci che sono equamente condivisi tra tutti quelli che possiedono reti e ho più libri virtuosi di quanti ne potrebbe leggere lei, anche se ne leggesse uno diverso al mattino, alla sera e a mezzanotte, ogni giorno della sua vita».

«Deve riferirsi ad Anna», disse la madre di Marja, la mano ferma sul fianco. «È la terza per età e bellezza delle mie figlie». E così Anna, che in realtà si era seduta alla finestra del primo piano, che dava sul giardino pieno di rami spogli e non sulla strada, fu condotta alla porta. Si sentì riempire come un secchio d'acqua dalla dolce visione del suo bel giovanotto nella sua bella uniforme grigia, e con una terribile timidezza gli permise di baciarle solo la mano. Camminarono insieme per la nuova via Komissarskaja e lui le comprò un semplice berretto grigio con una stella rossa sul risvolto.

Quando tornarono la sera, il tenente Žulan guardò il cielo nero e sospirò. «Non è questa la ragazza alla finestra. Ma la amerò come se lo fosse, perché ora capisco che l'altra non è destinata a me».

E così Anna si recò come concordato nelle tenute del tenente Žulan e scrisse a casa delle lettere con parole appropriate, in cui i verbi erano distribuiti equamente tra i nomi e i dativi non chiedevano più di quanto necessario.

2
La sciarpa rossa

In quella città sul mare che ora si chiamava stabilmente Pietrogrado e non ricordava nemmeno, pena la condanna, di essersi chiamata San Pietroburgo, in quella casa lunga e stretta su quella strada lunga e stretta, Marja Morevna sedeva vicino alla finestra, intenta a lavorare a maglia un cappottino per il primo figlio di Anna. Aveva quindici anni, quindici giorni e quindici ore, ed era la quarta per età e bellezza. Aspettò con calma che gli uccelli si radunassero sugli alberi estivi, aspettò che si battessero per le grosse ciliegie cremisi, e che uno di loro si sporgesse troppo in avanti sul ramo, un po' troppo in avanti... ma non arrivò nessun uccello, e lei cominciò a preoccuparsi terribilmente.

Marja lasciò sciolti i suoi lunghi capelli neri. Camminava a piedi nudi sulle assi del pavimento della casa di via Gorochovaja per preservare le sue uniche scarpe per il lungo tragitto verso la scuola; e come una bambina la cui madre vedova si era risposata non si ricordava mai di chiamare la strada lunga e stretta con il suo nuovo nome, avendola conosciuta come Gorochovaja per tutta la giovinezza. Adesso c'erano altre famiglie nella casa, naturalmente, perché nessun bel tetto come quello dovrebbe essere tenuto sotto un solo egoistico patronimico.

«Era indecente che fosse così», concordò il padre di Marja.

«Sicuramente è meglio in questo modo», disse la madre di Marja, annuendo.

Dodici madri e dodici padri erano stipati nella casa lunga e stretta, ciascuno con quattro figli, e avevano tirato le vecchie tende cobalto e argento al centro delle stanze per creare labirinti di dodici sale da pranzo, dodici salotti, dodici camere da letto. Si poteva dire, e così era, che Marja Morevna avesse dodici madri e dodici padri, e lo stesso valeva per tutti i figli di quella casa lunga e stretta. Ma tutte le madri di Marja ridevano dei suoi comportamenti senza senso. Tutti i suoi padri guardavano turbati i suoi capelli sciolti e selvaggi. Tutti i loro figli le rubavano i biscotti dal tavolo comune. A loro non piaceva lei e a lei non piacevano loro. Erano in casa sua, tra le sue cose, e sebbene fosse sicuramente virtuoso condividerle, il suo stomaco non aveva partecipato a nessun corteo e non capiva il suo dovere patriottico. E se la giudicavano sconsiderata, se la ritenevano un po' pazza, erano liberi di farlo. Significava che l'avrebbero lasciata in pace. Marja non era sconsiderata, comunque. Lei rifletteva.

Ci vuole molto tempo per pensare a qualcosa di così particolare come gli uccelli. Non si può semplicemente lasciare un tale pensiero al solito fragoroso caos della memoria e alle sue tattiche subdole. E così, quando divenne chiaro che nessuna averla sarebbe giunta a portarla lontano dalla sua casa sovraffollata, dal rumore incessante di tutti quei Blodnek che cucinavano o dei Djačenko che riparavano le scale, lontano dai suoi capelli che diventavano sempre più sottili e fragili man mano che il tavolo comune doveva allungarsi di più, lontano dallo sguardo sudaticcio del compagno Pjakovskij puntato su di lei, la mente di Marja si impose il compito di risolvere l'intera faccenda. Poco importava quello che sembrava fare – spazzare via le foglie o studiare storia o aiutare una delle sue madri a cucire una camicia –, il suo cuore correva dietro alla questione degli uccelli, cercando di superarla in qualche luogo dove tutto avrebbe potuto riacquistare senso.

Marja infilzò la sua infanzia con uno spillo come fosse una farfalla. La considerava come un matematico considera un'equazione. Dato: il mondo è ordinato in modo tale che ci si possa aspettare che degli uccelli si trasformino in mariti in un attimo, senza che nessuno possa commentare tutto ciò. Quali conclusioni si possono trarre? *Che tutti lo sappiano già, ed è inusuale solo per me. Oppure che solo io l'ho visto accadere, e nessun altro sa che il mondo è così.* Poiché né sua madre né suo padre né Svetlana Tichonovna né Elena Grigorevna avevano mai accennato al fatto che i loro mariti fossero uccelli, Marja respingeva la prima conclusione. Tuttavia, la seconda portava solo a ipotesi più spinose e sconvolgenti.

Prima ipotesi: forse non era destino che si vedesse l'aspetto di un marito prima che questi si rendesse più o meno presentabile. Forse la repubblica dei mariti era un posto strano e spaventoso, non solo pieno di uccelli, ma anche di pipistrelli, e lucertole, e orsi, e vermi e altre bestie in attesa di cadere da un albero e finire dentro una fede nuziale. Forse Marja aveva infranto una regola di qualche tipo e aveva visitato quel paese senza permessi. Tutti i mariti erano così? Marja rabbrividì. Anche suo padre era così? Era così il compagno Pjakovskij, che la seguiva con occhi da lupo? E le mogli, allora? Si sarebbe trasformata in qualcos'altro, una volta sposata, proprio come un uccello poteva trasformarsi in un bel giovanotto?

Seconda ipotesi: regole o non regole, di certo era meglio vedere queste cose che non vederle. Marja sentiva di avere un segreto, un ottimo segreto, e che se lei se ne fosse presa cura, il segreto si sarebbe preso cura di lei. Aveva visto il mondo a nudo, colto alla sprovvista. Le sorelle erano state salvate dalla città come spesso accade alle belle ragazze di essere salvate da questioni spiacevoli, ma non sapevano cosa fossero veramente i loro mariti. Erano prive di informazioni vitali. Marja capì subito che si trattava di un tipo di matrimonio instabile, e lei non ne voleva sapere. *Non rimarrò mai senza informazioni*, decise. *Farò meglio delle mie sorelle. Se un uccello o qualsiasi altra bestia esce da quella misteriosa repubblica dove crescono i mariti, lo vedrò senza pelle prima di accettare di innamorarmi.* Perché era così che Marja Morevna supponeva che prendesse forma l'amore: un accordo, un trattato tra due nazioni che si poteva firmare o meno, a piacimento.

Quando Marja avrebbe rivisto qualcosa di straordinario, sarebbe stata pronta. Sarebbe stata furba. Non si sarebbe lasciata dominare o ingannare. Avrebbe compiuto *lei* l'inganno, se l'inganno si fosse reso necessario.

Ma per molto tempo non vide altro che l'inverno avvicinarsi e la gente litigare per il pane, e le sue stesse braccia diventare così magre. Marja cercò di non arrivare alla terza soluzione, che però rimase nel suo cuore finché non poté più ignorarla. Gli uccelli non venivano per lei perché non era brava come le sorelle. Quarta per bellezza, era troppo persa nei suoi pensieri per rubare il pane agli orribili gemellini con le loro identiche risate crudeli. Non venivano per lei *perché* li aveva visti senza i loro costumi. Forse il matrimonio era destinato a essere instabile e adesso lei si era preclusa ogni possibilità, tutto perché aveva spiato dove non avrebbe dovuto. Eppure, non era dispiaciuta. *Se il mondo è diviso tra vedere e non vedere*, pensò Marja, *sceglierò sempre di vedere*.

Ma i pensieri non sono cibo. Sola e senza uccelli, Marja Morevna piangeva per le sorelle che se n'erano andate, per il suo stomaco vuoto, per la casa stracolma, che sentiva gemere di notte come una donna che si adopera per mettere al mondo dodici figli tutti insieme.

Solo una volta Marja Morevna aveva cercato di condividere il suo segreto. Se era sbagliato tenere per sé una casa, sicuramente era sbagliato fare lo stesso con la conoscenza. Allora era più giovane, aveva solo tredici anni, lontana dai pivieri e dalle averle. Fu a quell'età che Marja Morevna imparò a mantenere un segreto, e che i segreti sono cose da tenere gelosamente, che non permettono alcuna fraternizzazione.

In quei giorni, Marja Morevna andava a scuola con la sua sciarpa rossa legata al collo, come tutti gli altri bambini. Amava la sua sciarpa – nel cuore della casa squallida, che diventava grigia con così tante persone che ci facevano il bucato e ci sudavano dentro e ci bollivano le patate, la sua sciarpa era brillante e meravigliosa – e significava che lei apparteneva a qualcosa. La identificava come parte del comitato dei giovani lavoratori, una tra i leali, una tra gli onesti. Significava che era una delle brave bambine a scuola, le figlie della rivoluzione, che distribuivano opuscoli o fiori con i compagni agli angoli delle strade, e gli adulti sorridevano alla sua sciarpa, alla sua bontà.

Oltre alla sciarpa, il grande amore della giovane vita di Marja erano i libri. Per estensione, adorava le lezioni, poiché significavano discutere di libri e delle cose meravigliose che contenevano. L'unico miracolo delle dodici famiglie in casa sua era che ciascuna aveva portato con sé almeno una valigia di libri, e tutti quei nuovi libri con tutti i loro nuovi tesori dovevano essere condivisi tra loro. Avendo visto una volta il mondo a nudo, il motore che guidava Marja Morevna per le strade lunghe e strette di Pietrogrado era una fame terribile di sapere le cose, di sapere tutto.

In particolare, Marja Morevna amava l'affascinante Aleksandr Sergeevič Puškin, che scriveva di quel mondo a nudo che lei conosceva, dove poteva succedere di tutto e una ragazza doveva essere pronta, doveva essere pronta per qualsiasi cosa potesse di nuovo cadere sul ciglio della strada. Quando leggeva il grande poeta, diceva piano a se stessa: *Sì, è vero perché l'ho visto con i miei occhi*. Oppure: *No, non è così, quando arriva la magia.* Confrontò Puškin con gli uccelli, con se stessa, e credette che il povero morto fosse dalla sua parte, loro due saldi, spalla contro spalla. Quella mattina, quando Marja aveva tredici anni, stava leggendo Puškin mentre andava a scuola lungo le interminabili strade acciottolate, evitando con destrezza uomini dalle lunghe giacche nere, donne dagli stivali pesanti, strilloni dalle guance scarne. Era diventata abbastanza brava a tenere il viso nascosto in un libro senza mai inciampare, senza mai deviare dal suo cammino. Inoltre, un libro ripara dal vento. Le parole ramate di Puškin le risuonavano nel cuore, calde e luminose, dolci quasi come il pane:

Colà la reginetta
Si strugge nella sua stanzetta
E bruno lupo ha per ancella;
Colla Baba Jaga il mortaio
Di per se stesso arranca e gira;
Là lo zar Koščej sull'oro langue.[3]

Sì, pensò Marja, mentre il vento odoroso di legna bruciata e neve vecchia le spingeva indietro i lunghi capelli neri. *La magia fa così. Ti fa perdere la testa. Una volta che ti prende per le orecchie, il mondo reale diventa sempre più silenzioso, finché non lo senti quasi più.*

Sostenuta dal suo compagno Puškin, che sicuramente la capiva, in classe Marja ruppe il suo solito silenzio assorto. La sua maestra, una donna giovane e graziosa con grandi e nervosi occhi azzurri, guidò la classe in una discussione sulle virtù della moglie del compagno Lenin, la compagna Krupskaja, che non era né giovane né bella. Marja si ritrovò a parlare senza volerlo.

«Mi chiedo che tipo di uccello fosse il compagno Lenin prima di balzare in piedi e diventare Lenin. Chissà se la compagna Krupskaja l'ha visto cadere dall'albero. Se ha detto: "Quello è un bellissimo falco, e lascerò che pianti i suoi artigli nel mio cuore". Penso che debba essere stato qualcosa di simile a un falco. Qualcosa che dà la caccia e divora le cose».

Tutti gli altri bambini fissavano Marja. Lei arrossì, rendendosi conto di aver parlato ad alta voce. Si toccò nervosamente la sciarpa rossa, come se potesse allontanare gli sguardi.

«Be', sapete», balbettò. Ma non poteva dire quello che avrebbero dovuto sapere. Non riusciva a dire: «Una volta ho visto un uccello che si è trasformato in un uomo e ha sposato

3. Aleksandr Sergeevič Puškin, "Ruslan e Ljudmila", in *Poemi e liriche*, trad. it. di Tommaso Landolfi, Torino, Einaudi, 1960.

mia sorella, e quella visione mi ha ferito il cuore tanto che non riesco a pensare ad altro. Se l'aveste visto, a cosa avreste pensato? Non al bucato, o se pioverà, o come sta vostra madre o vostro padre, o Lenin o Krupskaja».

Dopo la scuola gli altri la stavano aspettando. Una folla di suoi compagni di classe con gli occhi stretti e le espressioni arrabbiate. Una di loro, una ragazza alta e bionda che Marja riteneva particolarmente bella, le si avvicinò e le diede un violento schiaffo in faccia.

«Sei una pazza», sibilò. «Come puoi parlare così del compagno Lenin? Come se fosse una specie di animale?».

Gli altri a turno la schiaffeggiarono, le strattonarono il vestito, le tirarono i capelli. Non parlarono; fecero tutto in modo solenne e severo come se fossero una corte marziale. Quando Marja cadde in ginocchio, piangendo e sanguinando da una guancia, la bella ragazza bionda le sollevò il mento e le strappò la sciarpa rossa dal collo.

«No!», ansimò Marja. Cercò di afferrarla, ma gli altri la tenevano fuori dalla sua portata.

«Non sei una di noi», sogghignò la ragazza. «Che bisogno ha la rivoluzione di ragazze folli? Torna nella tua villa dai tuoi genitori borghesi».

«Per favore, no», disse Marja Morevna con le lacrime agli occhi. «È la mia sciarpa, è mia. È l'unica cosa che non devo condividere. Per favore, per favore, starò zitta, starò sempre zitta. Non parlerò mai più. Restituiscimela. È mia».

La ragazza bionda inspirò rumorosamente. «Appartiene al Popolo. E il Popolo siamo noi, non tu».

E la lasciarono lì, senza sciarpa, col naso che colava, singhiozzante e tremante, la vergogna che le inondava la pelle come acqua bollente. Le sputarono addosso a uno a uno, mentre se ne andavano a cena. Alcuni la chiamarono borghese, traditrice; alcuni la chiamarono peggio, una *kulak*, una puttana – anche se non poteva essere tutte quelle cose in una volta. Non importava. Era una persona, ma non era una del Popolo. Non per i suoi vecchi amici, non più. L'ultimo di loro, un ragazzo con gli occhiali e una sciarpa voluminosa e spessa intorno al collo, le strappò dalle mani il libro di poesie di Puškin e lo gettò lontano tra i cumuli di neve.

Dopodiché, Marja Morevna capì di appartenere al suo segreto e che quello apparteneva a lei. Avevano stretto tra loro un patto di sangue. *Custodiscimi e obbediscimi*, le disse il segreto, *perché io sono tuo marito e posso distruggerti.*

3
Il comitato direttivo

Marja se ne accorse per prima perché camminava mentre pensava, e camminava mentre leggeva, e camminava mentre parlava. Il suo corpo non aveva mai voluto restare fermo, non aveva mai voluto mantenersi calmo o misurato. Così, aveva una conoscenza impeccabile delle dimensioni dei piani superiori della sua casa, anche se lo spazio che poteva essere definito suo si era ridotto. Solo un mese prima le erano occorsi cinque passi per arrivare dalla tenda cobalto e argento alla tenda verde e oro che segnava l'inizio della zona dei Djačenko e dei loro quattro figli, tutti biondi come il legno di betulla. Poi, all'improvviso, senza che nessuno pubblicasse un avviso preliminare o raccogliesse dodici firme, i passi per arrivarci erano diventati sette.

Contava i passi con molta attenzione, sia con le pantofole che senza. Continuò a contare per dodici giorni e dodici notti, anche se i gemelli Abramov picchiavano sul soffitto con scope e pentole, chiedendo a gran voce di essere lasciati in pace, e la vecchia Elena Grigorevna minacciò di denunciarla due volte. La dodicesima notte, quando Marja Morevna era al quarto passo sul pavimento, in bilico tra il cobalto e il verde con la gamba tesa come un soldato da parata, sentì un piccolo respiro sotto il suo, così silenzioso che dovette tendere le orecchie, un suono impercettibile, il sibilo di un rubinetto durante un temporale. Marja Morevna abbassò lo sguardo, i capelli neri le ricadevano sulla spalla come un'ombra curiosa. Così vide per la prima volta il *domovoj*, e il volto del mondo cambiò di nuovo.

Ai suoi piedi c'era un ometto, congelato a metà di un passo, la gamba, come la sua, rigidamente sollevata in aria, il braccio bloccato in un comico movimento marziale. Aveva capelli lunghi e sottili e baffi lunghi e sottili, divisi a metà e gettati dietro le spalle, dove erano ordinatamente legati ai capelli con dei fiocchi rossi. La sua barba bianca era piena di polvere, eppure non sembrava incolta; anzi, l'ometto esibiva la polvere grigia come un ornamento. Indossava uno spesso panciotto rosso, che sembrava fatto di minuscole tegole, sopra una camicia da lavoro color cemento, e i pantaloni erano a strisce nere incrociate come i telai delle finestre. Erano anche divisi nel mezzo per permettere a una coda lunga e stretta, spelacchiata come quella di un opossum, di fuoriuscire.

Marja e il domovoj si fissarono a lungo come due animali feroci che si abbeverano allo stesso ruscello, chiedendosi entrambi se scappare a nascondersi l'uno dall'altro o meno. *Eccoci*, pensò Marja, con il cuore che le balzava in petto. *Il mondo è di nuovo a nudo, il lato nascosto del mondo, e io non ero folle, non lo ero. Sarò astuta e non lo lascerò andare.*

Alla fine, parlò.

«Dove stai andando, compagno?».

«Dove stai andando *tu*, compagna?», ripeté lui seccamente. I suoi occhi enormi crepitavano di rosso fuoco e di oro ambrato.

«Sto misurando la casa con i piedi». Marja mise giù il piede e il domovoj seguì l'esempio, spolverandosi il panciotto con disinvoltura.

«Io stavo andando a una riunione del komitet dei domovoj, il comitato direttivo, motivo per cui ho indossato i miei abiti più meravigliosi, ma ho pensato ci fosse una parata militare, e così mi affrettavo per prendere il mio posto nei ranghi prima di essere rimproverato».

Marja desiderava tirare i baffi del piccolo domovoj e pizzicargli le guance. Avrebbe voluto prenderlo tra le braccia e dirgli di portarla via, in qualsiasi paese da cui provenisse, dove nessuno l'avrebbe schiaffeggiata perché sapeva le cose, dove c'erano abbastanza pane e vodka da conferirgli quella pancia rotonda. Anche se quello fosse stato suo marito, venuto per lei, senza cadere a terra né trasformarsi... ma non pensava fosse questo l'obiettivo dell'ometto. Mantenne un'espressione molto seria. Il cuore le inciampò nel respiro. «Pensavi bene», disse infine, con quella che sperava fosse severa autorità. «E dovresti portarmi immediatamente dai tuoi ufficiali superiori, perché ho scoperto delle discrepanze nello stato della casa».

Il domovoj fece il saluto. I suoi occhi brillavano di gioia. «Eccellente! Tutte le faccende domestiche devono essere portate immediatamente all'attenzione del komitet! Vieni! Faremo rapporto! Archivieremo i *documenti*! Faremo dei *reclami formali*!».

La voce del domovoj si alzò di tono, sempre di più, come un bollitore che fischia, fino a diventare poco più di un estatico squittio. «Seguimi! Il compagno Čajnik ti mostra la strada!».

Marja pensava di conoscere la casa in via Gorochovaja. Dopotutto, aveva vissuto lì tutta la vita. Aveva sorbito 3070 ciotole di minestra nella cucina dalle piastrelle nere. Aveva mangiato 2325 pesci al tavolo di ciliegio con tre nodi al centro. Aveva fatto 5475 sogni nel suo lettino con le coperte rosse. Viveva all'interno della casa, ne faceva parte. Ma il piccolo Čajnik la condusse oltre la tenda color cobalto e argento, oltre la tenda verde e oro, giù per le scale rese traballanti dai salti dei bambini. La condusse strisciando, in punta di piedi, lungo le pareti con le stampe di rose del salotto (ora la stanza dei Malašenko, piena zeppa di specchi, rossetti e pettini, trofei dei giorni in cui Svetlana Tichonovna era la grande bellezza del palcoscenico di Kiev) e attraverso il lenzuolo di lino stracciato che i Blodnek avevano inchiodato sopra la cucina per dare alle loro quattro figlie una sorta di rozza intimità. Anche se, in verità, avendo la fortuna di essere assegnate alla cucina, dove la calda stufa di ferro sbuffava di un calore rossastro, nessuno provava la minima pietà per le ragazze.

Čajnik si arrampicò sui corpi addormentati delle figlie dei Blodnek. Le quattro erano raggomitolate su due materassi adagiati sulle piastrelle, in mezzo a uno sfacelo di candele, piattini, scarpe, vestiti alla rinfusa, e il bene più prezioso delle ragazze era stretto tra le mani sognanti della sorella minore: una rivista di moda londinese, vecchia di dieci anni. I loro lunghi capelli si mescolavano, castani e folti, ricadendo sulle lenzuola del colore del pane. Il domovoj si fermò sulle spalle di ognuna per darle un bacino sulle orecchie. Marja Morevna trattenne il respiro e le scavalcò una dopo l'altra, poi la madre, la treccia stretta e severa anche nel sonno, e infine il padre, che riposava in posizione d'onore accanto alla grande stufa benevola, col suo bagliore rosato, fioco e delizioso. Čajnik si infilò dietro la stufa e spinse: la stufa si staccò dal muro scricchiolando. Papà Blodnek farfugliò nel sonno, ma non si svegliò. Čajnik spinse di nuovo: il piccolo domovoj aveva la forza di un asino! La stufa avanzò ancora. Mamma Blodnek sospirava per i sogni di giorni trascorsi da tempo, per le bacche di sorbo tra i capelli e la panna dolce sulla tavola. Čajnik strinse i denti gialli e spinse con tutta la forza per far infilare Marja tra la stufa e il muro, perché lei era molto più grande e il povero folletto non era abituato a far posto a nessuno tranne che a se stesso. Le quattro figlie si rigirarono nel sonno, una dopo l'altra, come un'onda che rotola sulla sabbia.

Dietro la stufa c'era una porticina. Era una porta bella e sfarzosa, ad arco, affusolata fino a formare un angolo acuto, scolpita con i fiori di un giardino felice, i cui centri pollinici erano impressi nell'ottone lucido. Per una creatura delle dimensioni di Čajnik, era alta quanto l'ingresso di una cattedrale, ma arrivava a malapena allo stinco di Marja. Čajnik bussò piano: tre volte, poi due, poi di nuovo tre. La porta si aprì cigolando.

«Compagno Čajnik», sussurrò Marja. «Sono troppo grande! Non ce la farò mai a passare di lì!».

«Dobbiamo tutti stringere la cinghia!», sibilò il domovoj, e le tirò la fusciacca della camicia da notte. Marja rotolò come un rocchetto; ebbe la strana sensazione che una mano enorme premesse sulla sommità del suo cranio, che le sue costole venissero schiacciate come se Čajnik la stesse infilando in uno dei vecchi corsetti della madre. Quando il folletto le rimise a posto la fusciacca, Marja si ritrovò di nuovo di fronte alla porta scolpita. Si era ridotta fino a diventare abbastanza piccola da entrare nella porta, se si fosse abbassata un po'. Marja lottò per evitare di ridere ad alta voce: magia, magia di Puškin, vera magia, e su di lei!

«Le tue ossa sono così testarde!», sbuffò Čajnik. «È quasi come se non volessi rimpicciolirti affatto! Sfacciata, perché vuoi essere così alta?».

«Altrimenti non raggiungerei mai l'ultimo scaffale della libreria», protestò, e il domovoj fece spallucce, come a dire: «I modi delle ragazze e delle altre persone grandi sono arcani e incomprensibili».

Condusse Marja attraverso un corridoio umido, oltre tre strati di pareti imbottite, un tunnel di pietra e un passaggio limaccioso con brandelli di vermi e radici erbose che spuntavano dal terreno argilloso. Alla fine, questi lasciarono il posto alle assi del pavimento e a una curiosa carta da parati: dozzine e dozzine di opuscoli del Partito intonacati contro il muro di terra, a trattenere pietre e fango.

«GLI OPERAI NON HANNO NULLA DA PERDERE SE NON LE CATENE!», gridava un uomo serio, raffigurato con il pugno alzato.

«ATTENTI AI MENSCEVICHI, AI LEALISTI E AI GENERALI ZARISTI! VESCOVI E PROPRIETARI TERRIERI VENGONO SUBITO DOPO!», avvertiva un bambino assalito da soldati dalla faccia demoniaca.

«ABBASSO LA SCHIAVITÙ IN CUCINA! DATECI UNA NUOVA VITA SOTTO IL SOCIALISMO!», annunciava una donna con un fazzoletto rosso, brandendo una scopa.

«ELEGGI I LAVORATORI AL SOVIET! NON ELEGGERE SCIAMANI O UOMINI RICCHI!», ammoniva un gruppo di giovani elettori vestiti di bianco.

Marja toccò i volti cartacei delle ragazze dalle guance rosee.

«TUTTA LA SOCIETÀ DEVE TRASFORMARSI IN UN COLLETTIVO DI LAVORATORI!», le dicevano.

L'atrio si apriva su un'ampia stanza con le sue alte travi di betulla e un allegro focolare, piccoli tappeti sul pavimento e dei curiosi, favolosi resti ammassati in ogni angolo: pesanti specchi bordati d'oro, maniglie di porte in argento lucido, piatti di porcellana con minuscole viole sul bordo, teiere di rame, cesoie, spessi cuscini di piuma, una giacca da camera color smeraldo e un vasto assortimento di pipe, delicate tabacchiere con coperchi smaltati, una pesante spazzola per capelli in argento con setole di cinghiale e pettini con minuscole gemme di vetro incastonate nei denti, un fonografo con una grande campana d'oro, un set da croquet con palline sgargianti, un ventaglio di pizzo nero con una lunga nappa blu. Tutto questo strano tesoro circondava un grande tavolo al quale sedevano dodici omini, del tutto simili a Čajnik nei loro panciotti rossi e i baffi spartiti in due, a parte il fatto che alcuni avevano i capelli neri e altri biondi, e alcuni erano donne, sebbene anche loro avessero dei bei baffi sottili, ma senza barba.

«Compagno Čajnik, perché hai portato con te questo gigante? Dovrebbe essere al sicuro nel suo letto, a sognare fragole e bucato!», gridò uno degli altri domovoj con un'enorme medaglia d'oro sul petto; anche se quando Marja sbirciò più da vicino, vide che non era altro che un orologio da tasca smontato, adattato per pendere splendidamente come una medaglia al coraggio.

«Presidente Vejnik!», rispose in tono offeso la guida di Marja. «Ha un rapporto da fare! Non priverei il komitet dell'opportunità di ascoltare deliziose testimonianze, di esprimere giudizi pepati, di attuare politiche più dolci delle frittelle d'avena!».

Dal tavolo si levò un sospiro di sollievo e i presenti annuirono vigorosamente tra loro.

Una domovaja alzò la mano e Vejnik le diede la parola. «Sono la compagna Zvonok», disse con un tono di voce squillante e impertinente, tirandosi i setosi baffi biondi. «E invito formalmente l'emissaria gigantessa della Casa di Sopra a consegnare il suo rapporto».

«Senti, senti!», gridarono i componenti del komitet, battendo le nocche sul tavolo.

Marja torreggiava ancora sulla maggior parte di loro – seduti, le arrivavano alla cintola – e ritenne che sarebbe stato un gesto educato sedersi sul pavimento, per non farli vergognare.

«Innanzitutto, dovete capire», disse, improvvisamente timida, «che non credevo nei domovoj fino a stasera».

La accolse un muro di silenzio.

Marja si affrettò a riempirlo, a mostrarsi saggia e colta perché non la bandissero ora che era appena arrivata. La sua guancia arrossì nel punto in cui una volta, anni prima, un bambino l'aveva schiaffeggiata.

«Voglio dire: credevo che potessero esserci i domovoj nel mondo, che potesse esserci qualsiasi cosa nel mondo. Ma la mia educazione è stata... piuttosto specifica, e non ho pensato che la presenza di uccelli che si trasformano in mariti indicasse che ci fossero dei domovoj e una porta dietro la stufa».

«Chi», tossì Zvonok, «pensi che abbia rotto la tua tazza da tè preferita lo scorso autunno? Quella con le ciliegie sul manico?».

«Sono stata sbadata, compagna Zvonok. Ho lasciato la finestra aperta ed è entrato vento di tempesta».

«Sbagliato! L'ho rotta perché non mi hai lasciato né panna né biscotti secchi, e quando i tuoi vecchi stivali si sono consumati, li hai bruciati per scaldarti, invece di darli a me!».

«Senti, senti!», proruppe di nuovo il tavolo in segno di approvazione. «Ben fatto, ben fatto!».

«Sono davvero molto dispiaciuta...».

«Anche la tua tazza da tè».

«Compagna, non capisco. Ho letto i miei libri e ascoltato mia nonna come qualsiasi altra ragazza. So benissimo che ogni casa è destinata ad avere un solo domovoj. Come è nato un comitato di folletti domestici?».

Il presidente Vejnik si sistemò la barba come se fosse un panciotto, e si spazzolò il panciotto come se fosse una barba. «Prima del Partito, ogni casa aveva una sola famiglia. Tutti abbiamo dovuto adattare il nostro modo di pensare a principi più corretti, bambina. Sono venuto con gli Abramov quando l'Armata Bianca li ha cacciati da Odessa. Cosa avrei dovuto fare, abbandonare i gemelli perché la nostra casa era bruciata? Hanno delle guance così dolci, sono cresciuti così tanto! Ho salvato lo specchio del corridoio e le tabacchiere di Marina Nikolaevna». Indicò i mucchi di cose intorno a sé.

Un altro domovoj, con la barba come una spazzola da camino, si alzò. «Sono venuto con gli Ofonasev da Mosca. Il vecchio papà Kolja era un menscevico e la sua proprietà è stata confiscata: non c'è stato niente da fare, aveva la bocca larga. Ma mi regalavano dei begli stivali vecchi ogni Natale, e sua moglie era un'amante delle feste, non c'era da biasimarla. Così ho afferrato il suo ventaglio prima che arrivassero, e ho scroccato un passaggio a Pietrogrado sul tetto del treno».

Čajnik diede un colpetto sulla mano di Marja. «Ho visto le Blodnek crescere a Sebastopoli. Erano carine anche da bambine, e per me avevano sempre dei biscotti salati, dopo cena. È colpa loro se non c'era lavoro? Quelle ragazze non avevano niente da mangiare: niente rape, niente pane, niente pesce. A Pietrogrado, forse, pensavano, ci sarebbe stato il pesce. Ho portato i loro piatti, ero così pieno di speranza. Ma eccoci qui, e *ah*! Niente pesce».

«Sarei stato felice di restare a Kiev», sbuffò un vecchio domovoj rattrappito, la pelle quasi blu per l'età, «ma la maledetta Svetlana Tichonovna conosceva l'antico rituale. Uscì tra i filari di zucche con i suoi migliori stivali neri coi lacci e i piccoli, dolci tacchi, preparò un grosso pezzo di formaggio e gridò: "Nonno domovoj! Non restare in questo posto, ma vieni con la nostra famiglia!". Vecchia stronza».

Un gemito si levò intorno al tavolo, con molti cenni di assenso e lacrime di solidarietà. Uno alla volta, tutti e dodici i domovoj raccontarono le loro storie, della fortuna perduta dei Djačenko, dei tragici bambini Pjakovskij che avevano perso i loro fratelli maggiori a causa della guerra, della disgrazia dei Semeov. «Dovete capire», cinguettò infine il presidente Vejnik, «che una casa comune richiede domovoj comuni, e i domovoj comuni richiedono un comitato. Siamo felici di fare la nostra parte! È un mondo nuovo e non vogliamo essere lasciati indietro».

«Certo, sono qui da prima che tu fossi una bambina», disse la compagna Zvonok. «Questa casa è mio marito e mangiamo calore insieme vicino alla stufa». La sua faccia larga si fece furba. «Ho anche visto arrivare gli uccelli».

Marja sussultò. Non si sarebbe mai aspettata di incontrare qualcuno che avesse assistito alla seduzione delle sue sorelle.

«Consegna il tuo rapporto, ragazza!», gridò il presidente Vejnik. «Non abbiamo tutta la notte per abbandonarci ai ricordi!».

Marja si raddrizzò. Cercò di calmare il suo cuoricino. Sebbene avessero baffi allegri e panciotti eleganti, quando parlavano vedeva i lunghi denti gialli dei domovoj, affilati e seghettati.

«Io... io desidero riferire che ho esaminato la... la questione con attenzione, e penso, sono abbastanza sicura... sono *certa* che non ci possono essere dubbi sul fatto che la casa sia più grande di almeno due passi rispetto a qualche mese fa, e forse anche di più. Non posso indagare sulla stanza dei Djačenko, che è attigua alla nostra».

«Troppo giusto, non puoi!», sbraitò una domovaja dai baffi lucidi e castani, arricciati con un minuscolo ferro da stiro. «Non sono affari tuoi!».

Il presidente Vejnik mise a tacere il domovoj dei Djačenko. «È tutto, gigantessa? Pensi davvero che in questa casa ci sia qualcosa che non sappiamo? Ti sei egoisticamente assegnata una dimensione eccessiva e hai dimenticato di rubare un cervello più grande per accompagnarla!». Lucidò con orgoglio l'orologio-medaglia. «Stiamo allargando la casa! Abbiamo conferito per un periodo di sei mesi e stabilito che la rivoluzione richiede da noi qualcosa di più della semplice malizia e della rottura delle tazze da tè. Se un così gran numero di persone deve tenere la casa, la casa deve contenere un gran numero di persone!». Čajnik batté le mani. «Da ciascuno secondo le sue capacità, a ciascuno secondo i suoi bisogni!», intonò.

«Ben detto, compagno! Possediamo capacità che, egoisticamente, non abbiamo condiviso perché non abbiamo capito che le dovevamo al Popolo, che eravamo diventati decadenti, borghesi pigri, innamorati delle ricchezze e delle case e ignoranti dei Grandi Doveri, dell'Alta Filosofia!». Il presidente Vejnik picchiò sul tavolo con il suo piccolo pugno rosso. «Non più! I domovoj appartengono al Partito!».

«Ma se allargate la casa», protestò Marja, «sicuramente le case su entrambi i lati verranno schiacciate».

«Bambina», disse la compagna Zvonok con tono paziente, «noi non siamo architetti. Siamo folletti. Siamo goblin. Se non potessimo fare un piccolo spazio all'interno senza smuovere l'esterno, non saremmo degni della nostra coda. Dopotutto, sono secoli che costruiamo le nostre casette nei muri».

«Apriremo i pavimenti come sleghiamo una pila di giornali – *pop!* –, salteranno fuori! La casa in via Gorochovaja sarà un paese segreto nel bel mezzo di San Pietroburgo! Pianteranno rape in cucina e coltiveranno grano sul soffitto, e tutti mangeremo biscotti finché non saremo così grassi che rotoleremo e non cammineremo mai più!». Proruppe delirante la domovaja Pjakovskij. Il silenzio attraversò il tavolo come una crepa il ghiaccio.

«Adesso è via Dzeržinskaja, compagna Banja», disse piano il presidente. «È Pietrogrado».

«O… Ovviamente». Banja si sedette, imbarazzata. Il suo viso si fece rosso vivo e cominciò a tremare.

«Oh, non preoccuparti!», gridò Marja, desiderando disperatamente salvare la povera creatura dall'imbarazzo. «Io non riesco mai a ricordarlo!».

«È nostro dovere ricordare», disse freddamente Čajnik al suo fianco.

«Non devi dire a nessuno quello che abbiamo fatto», li interruppe il presidente. «Capisci? Ti denunceremo al comitato direttivo, l'altro, il Grande Comitato, e verrai portata via più in fretta di quanto tu possa sbadigliare!».

«Non lo farò, lo prometto», disse Marja in fretta. «Anche se non dovreste denunciare le persone. Non è da buoni vicini, ed è davvero orribile da parte vostra».

Il presidente Vejnik sorrise mostrando tutti i suoi denti gialli e seghettati, come quelli di una trappola per lupi. «Non fraintenderci. Siamo molto dolci quando hai la panna per noi, i biscotti e gli stivali, ma non ci hai portato *niente* e quindi non ti dobbiamo *niente*. Il Partito è un'invenzione meravigliosa, incredibile, e ci ha insegnato cose meravigliose, incredibili, soprattutto che possiamo causare più problemi con meno sforzi, presentando reclami piuttosto che rompendo tazze da tè».

Marja iniziò a tremare. Sentiva un gelo allo stomaco. «Ma un domovoj non può presentare un reclamo...».

«Chi è un domovoj?», rise anche la compagna Banja mostrando i denti. «Io sono Ekaterina Pjakovskij».

«Io sono Pjotr Abramov», ridacchiò il presidente Vejnik.

«Io sono Gordej Blodnek», sorrise Čajnik.

«Ci vogliono due di noi per tenere su la penna, ma ce la facciamo», ridacchiò il domovoj dei Malašenko. Tutti i domovoj ridevano di lei; tutti i loro denti scintillavano al lume di candela. Marja Morevna affondò il viso tra le mani.

«Smettila, Vejnik!», scattò Zvonok. «Vecchio sbuffo di stufa! La stai spaventando, e lei è mia, quindi ti dico vai a riempire i tuoi camini!». I baffi le tremavano di rabbia. Lasciò il suo posto per accarezzare la camicia da notte di Marja. «Su, su, Maša cara», tubò, chiamandola con il suo vecchio nomignolo. «Se vuoi, aggiusterò la tua tazza da tè. Ti farebbe sentire meglio?».

Ma il presidente Vejnik era chino sul tavolo, il sorriso sempre più largo, finché gli angoli della sua bocca si incontrarono da qualche parte dietro le orecchie. «Devi solo aspettare», sibilò. «Papà Koščej sta arrivando, arrivando, arrivando, sopra le colline sul suo cavallo rosso, e ha dei campanelli sugli stivali e un anello in tasca, e conosce il tuo nome, *Marja Morevna*».

Marja non poté farne a meno. Urlò. I baffi dei domovoj vennero tutti sospinti indietro.

Zvonok si girò verso di lui. «Veniček, sei un *culo di riccio.* Non dovevi dirlo! Ne vale la pena per spaventare una povera ragazza?».

«Zvonja, io *vivo* per spaventare le povere ragazze! Le loro lacrime profumano come le torte più fresche e calde con la marmellata di ciliegie spalmata tutt'intorno. Certo che ne vale la pena!».

«Vedremo, quando arriva papà», avvertì la compagna Zvonok.

I domovoj si allontanarono leggermente da Vejnik, come se si aspettassero che diventasse cenere davanti ai loro occhi.

«Avete visto tutti», tremò Banja, torcendosi i baffi, desiderosa di rimediare alla sua colpa. «Non l'ho detto! È stato Vejnik!».

«È stato registrato nei verbali», disse cupamente Zvonok.

«Non capisco», disse Marja, le lacrime che le si asciugavano sulle guance. «Come fate a sapere il mio nome?».

«Non preoccupartene, cara», disse allegramente Zvonok. «È passata da molto l'ora di andare a letto. Ti facciamo dormire qui, va bene?».

Tutte le dita delle mani e dei piedi di Marja erano insensibili. Si lasciò condurre lontano dal chiocciante komitet, tremando come se fosse stata inzuppata nell'acqua trascinata in secchi ghiacciati dalla Neva. La domovaja la spinse davanti a un cupo Lenin che chiedeva: «TI SEI OFFERTO VOLONTARIO PER LA PRIMA LINEA?». Marja ebbe un momento di panico: e se non fosse riuscita a ritornare grande e fosse rimasta bloccata lì per sempre con i goblin e il corrucciato Lenin di carta che la fissava? All'improvviso, desiderò moltissimo rivedere la parte anteriore della stufa e il suo letto.

«Cosa voleva dire? Chi è Koščej?», chiese dolcemente.

«Sai, sei stata molto distratta, Maša. Cerco di badare a te, anche se non mi hai mai dato stivali o panna, e penso che sia una testimonianza della mia anima generosa, ma tu insisti ad attirare l'attenzione su di te».

«Ma non è vero! Sono *così* silenziosa che i gemelli Abramov sono inciampati su di me, la settimana scorsa». Dopo la faccenda della sciarpa aveva fatto di tutto per non farsi notare da nessuno.

«Marja Morevna! Non sai proprio niente? Le ragazze devono stare molto, molto attente a prendersi cura solo di nastri, riviste e fedi nuziali. Devono ripulire i loro cuori da tutto tranne che dai baci, dal teatro e dai balli. Non devono mai leggere Puškin, non devono mai dire cose intelligenti, non devono mai avere occhi furbi o portare i capelli sciolti e andare in giro a piedi nudi, altrimenti attireranno la sua attenzione! Al sicuro in una casa e con un marito, è lì il tuo posto! Ma ormai è troppo tardi, troppo tardi! Sciocca bambina, la casa e io abbiamo tentato così duramente di allevarti bene!».

«Ma *lui* chi è?», supplicò Marja, eppure conosceva quel nome, vero? Il nome le si affacciava dal fondo della mente, piegandola verso di sé.

Ma Zvonok era diventata bianca per la paura e la rabbia, e non voleva dire niente. Quando attraversarono la porta intagliata di fiori e tornarono nello spazio tra la stufa e il muro, lei tirò ancora una volta la fusciacca di Marja. Marja rotolò come un rocchetto, ed ebbe la strana sensazione che una mano enorme la tirasse su per la sommità del cranio, che le sue ossa si espandessero e si allungassero. Quando smise di girare, si trovò di fronte alla stufa, ed era di nuovo alta come al sólito. E si ritrovò delusa, solo un po'. Era finita. La cosa straordinaria era finita ed era durata solo qualche minuto. Era diventata di nuovo grande senza problemi, ma quanto tempo avrebbe dovuto aspettare, ora, per qualche altro frammento del mondo a nudo?

«Ecco», sussurrò Zvonok. «Questo è il meglio che posso fare per te». La piccola domovaja infilò la mano nel panciotto rosso e tirò fuori la spazzola d'argento che Marja aveva visto tra i relitti del komitet. Man mano che la tirava fuori diventava sempre più grande, finché fu più alta di Zvonok, ma della dimensione perfetta per la mano di Marja. «Apparteneva a Svetlana Tichonovna. Sapevi che quando era giovane era una danzatrice, nel balletto? Il compagno Stojlik la chiama per nome, ma quando lei dorme, lui esce per rannicchiarsi tra i suoi capelli e dormire vicino al suo orecchio. Dice che profuma di Kiev».

«Non saprà che l'hai presa?».

«Gli schiaffeggerò la pianta dei piedi finché non dirà che è sempre stata tua. Ma tu tienila al sicuro dalla vecchia Svetlana: le piacerebbe riaverla».

«Ho già una spazzola, però», protestò Marja.

Zvonok le fece due volte l'occhiolino. Poi si mise una mano sull'occhio sinistro e sputò.

«Tu hai bisogno di questa».

E con ciò, la domovaja saltò su un piede, girò tre volte e svanì.

4
Licho non dorme mai

In una città sul mare, che di certo non era stata mai chiamata in maniera tanto borghese come San Pietroburgo, c'era una casa lunga e stretta in una strada lunga e stretta. Da una finestra lunga e stretta, una giovane donna con un vestito azzurro pallido e pantofole verde pallido osservava l'arrivo della sua nuova vicina nella casa accanto. Una donna anziana che teneva stretta la sua valigia, avvolta in un vestito di lana nera, molto alta e magra, la cui vita era così tesa ed esile che Marja avrebbe potuto circondarla con le mani. Le dita della donna erano straordinariamente lunghe, il naso affilato e appuntito, e i capelli bianchi raccolti in una crocchia. Camminava zoppicante e gobba, ma Marja sospettava che le servisse a nascondere la sua vera altezza.

«Quella è la compagna Licho», disse una delle dodici madri di Marja, mentre rammendava una vecchia calza. «Una vedova senza figli. Dice che si prenderà tutto il nostro bucato, quella cara vecchia. Ho pensato che sarebbe carino se andassi a trovarla dopo la scuola. Potrebbe farti da tutrice, badare a te mentre sono in fabbrica».

A Marja quell'idea non piaceva affatto. In classe poteva dedicarsi ai suoi pensieri e nessuno l'avrebbe disturbata, nessun insegnante la chiamava più. Con una tutrice, non poteva evitare che le venissero chieste le sue opinioni. Guardò accigliata la gobba Licho. La megera si fermò e, muovendo la testa rapida e decisa come un uccello, alzò lo sguardo verso la finestra. Gli occhi della vedova Licho erano neri ed enormi, come se le fossero sgocciolati sul viso, si fossero sciolti e le fossero scivolati sugli zigomi. Il suo sguardo era lacerante e pungente. I ciliegi fecero cadere i fiori sul vestito nero di Licho, che aggrottò la fronte.

«Non dovresti aver paura delle vecchie signore», ammonì un'altra delle madri di Marja, quella che, guarda caso, l'aveva partorita. Marja sapeva che non avrebbe dovuto fare favoritismi, ma le mani di sua madre le sembravano così sottili, la pelle così secca, voleva strofinarle tra le sue, per scaldarle e farle tornare rosse. «Un giorno anche tu sarai vecchia, lo sai».

La vedova Licho fissò la finestra di Marja. E lentamente, come il ghiaccio che scivola su un piatto, sorrise.

Marja non aveva più avuto notizie dai domovoj. Ma aveva tirato fuori con molta cura i suoi stivali preferiti, quelli neri con un sottile nastro nero, e in ognuno aveva infilato un prezioso biscotto. *Tutte le mie belle cose appartengono alla Casa, il che equivale a dire al Popolo.* Li mise ordinatamente ai piedi del letto. *Inoltre, adesso non ho un posto dove indossare qualcosa che mi faccia sembrare la figlia di un uomo ricco.* La mattina, quando si svegliò, le scarpe erano sparite.

Al loro posto c'era una piccola tazza da tè con le ciliegie sul manico, incollata in modo maldestro. Quando la raccolse, il manico cadde.

Ogni sera si spazzolava i capelli con la spazzola di Svetlana Tichonovna. I suoi capelli frusciavano secchi, ciocca su ciocca, non più morbidi o lucenti come una volta, ma non ancora rovinati. Non successe niente di degno di nota. Forse Zvonok aveva fatto un commento sullo stato del pettine di legno malridotto di Marja. *Non ho mica colpa se i miei capelli sono così aggrovigliati da rompere due denti.* Tirò su col naso.

Marja desiderava moltissimo inviare un messaggio alla Casa di Sotto. Di notte, sussurrava nei tubi: «Odio stare qui. Per favore portatemi via, fatemi essere qualcosa di diverso da Marja, qualcosa di magico, con una pancia rotonda. Spaventatemi, fatemi piangere, però tornate indietro».

Nonostante Marja le supplicasse del contrario, tutte e dodici le sue madri insistettero affinché ogni giorno, dopo le lezioni, facesse visita alla vecchia vedova Licho. «E portale dei bei panini. È vecchia e non può camminare fino alla fila per il pane».

Marja rimase immobile davanti alla porta della sua vicina. Le dita dei piedi le erano diventate umide e bluastre nelle scarpe logore, e il suo stomaco si masticava da solo. Voleva andare a casa. Sarebbe dovuta andare dietro la stufa e chiamare Zvonok o Čajnik perché andassero con lei. Non sarebbero venuti, non avevano mai risposto ai suoi colpetti. Ma si sarebbe sentita meglio. Non aveva bisogno di una tutrice o di essere accudita. Conosceva l'algebra e la storia e sapeva recitare a memoria duecento versi di Puškin.

La vedova Licho aprì la porta e fissò Marja come un avvoltoio su un ramo di biancospino. Marja si aspettava che da un momento all'altro aprisse la bocca e gracchiasse o strillasse come se lo fosse davvero. Era così alta che non poteva oltrepassare la porta senza chinarsi sotto lo stipite. Le sue lunghe mani si aggrappavano ai battenti: aveva unghie affilate e perlacee, senza un accenno di giallo o d'età. Infatti, sebbene il viso fosse rugoso e avvizzito, le mani erano giovani e salde, certamente capaci di rapire una ragazza dalla strada senza sforzo.

La vedova Licho non disse nulla. Si voltò e camminò lentamente lungo il corridoio, il vestito nero trascinato dietro di lei come una macchia. Scostò la tenda che divideva la sua stanza da quella della famiglia accanto e Marja si insinuò alle sue spalle, sperando solo di essere invisibile, e che la vecchia strega facesse un pisolino mentre Marja leggeva fino a che non se ne sarebbe potuta andare educatamente. Dispose la razione di pane del giorno prima, avvolta in una carta marrone, su un tavolino di ottone con dei cherubini dalle gambe fluttuanti. La vedova

Licho non toccò il cibo. Si limitò a fissare Marja, inclinando leggermente la testa. Incrociò in grembo le lunghe mani, tanto lunghe che la punta del medio le sfiorava l'avambraccio.

«Mia madre ha detto che vorrebbe farmi da tutrice, ma se è stanca posso leggere per lei fino a sera. O prepararle il tè, o quello che vuole», balbettò nervosamente Marja.

Licho atteggiò le labbra sottili e pallide in un sorriso. Sembrava richiedere un certo sforzo.

«Non dormo mai», disse. Marja rabbrividì. La sua voce era profonda e ruvida, come il rumore di tacchi neri sulla pietra.

«Be'... Suppongo che questo faccia risparmiare tempo».

«Lezioni».

La sua voce strusciò di nuovo nella stanza.

«Non deve».

«Al contrario. Le lezioni sono una mia specialità». La vedova Licho inclinò la testa nella direzione opposta. «Cominciamo dalla storia?».

La megera si voltò, le sue ossa scricchiolarono e schioccarono, e tirò fuori dallo scaffale un grosso libro nero. Era così largo che i bordi sporgevano dal grembo della vedova Licho, lucidi e brillanti. Lo porse a Marja.

«Leggi», borbottò. «La mia voce è quella di una volta».

«Vuole dire "non è più" quella di una volta?».

Licho sorrise di nuovo, lo stesso sorriso vacuo e distante, come se avesse pensato a qualcosa di divertente accaduto cent'anni prima.

Marja era grata di non doverla guardare. Aprì il massiccio libro nero e cominciò a leggere:

Le cause della Grande guerra furono diverse. In primo luogo, lo studente appassionato deve essere consapevole che il mondo conosceva solo sette cose quando era giovane: l'acqua, la vita e la morte, il sale, la notte, gli uccelli e la durata di un'ora. Ognuna di queste cose aveva zar o zarine, e i principali tra questi erano lo zar della Morte e lo zar della Vita.

Marja Morevna alzò lo sguardo dal libro.

«Compagna Licho, questa non è la storia della Grande guerra», disse incerta. «Non è un libro approvato dalla scuola».

La vedova ridacchiò e il suono fu quello di una pietra pesante che cade in un pozzo poco profondo.

«Leggi, bambina».

Le mani di Marja tremavano sul libro nero. Non aveva mai visto un libro così bello, così pesante e sfarzoso, ma non le sembrava amichevole, come i libri nella stanza di sua madre o nelle valigie di Svetlana Tichonovna o Elena Grigorevna.

«Il mondo impara lentamente», lesse Marja Morevna.

E solo dopo eoni, padroneggiò le tecniche del sole, della terra, dello zucchero, della durata di un anno e degli uomini. Gli zar o le zarine si ritirarono sulle montagne innevate. Si tenevano lontani l'uno dall'altro per rispetto familiare, ma non avevano alcun interesse per queste cose nuove, che erano sicuramente mode passeggere.

Tuttavia lo zar della Morte e lo zar della Vita si temevano molto tra loro, perché la Morte è circondata da anime e non è mai sola, e lo zar della Vita aveva nascosto la sua morte in un luogo più profondo dei segreti e più segreto delle profondità. La zarina del Sale non poteva riconciliarli, sebbene fossero fratelli, e la zarina dell'Acqua non riusciva a trovare un oceano abbastanza vasto da collocare tra di loro.

Dopo un lasso di tempo più lungo di quello che occorre alle stelle per respirare insieme, lo zar della Morte era così amato dalla sua corte di anime che divenne tronfio e orgoglioso. Si rivestì di onice, agata ed ematite, e donò baionette di ghiaccio, e cannoni d'osso, e cavalli di cenere fluttuante con occhi e narici di scintille rosse a ciascuna delle anime che erano perite nel corso della lunga, ignobile storia del mondo. Insieme, questo grande esercito, con sudari che sventolavano come stendardi e trombe di dodici spade legate insieme, marciò nella neve profonda e nel regno solitario dello zar della Vita.

Marja deglutì. Le sembrava di non riuscire a respirare.

«Compagna Licho, la Grande guerra è iniziata perché hanno sparato all'arciduca Ferdinando, e l'Occidente avrebbe ridotto in polvere un nobile popolo slavo, se non fossimo intervenuti».

Licho si morse la guancia. «Sei una bambina molto intelligente», disse.

«Non proprio, lo sanno tutti».

«Se sei così intelligente da sapere tutto, perché mi hai chiamata?».

Marja si appoggiò allo schienale della sedia. Il libro nero le scivolò pericolosamente in grembo, ma lei non allungò la mano per afferrarlo. «Io? Non l'ho chiamata! È una vedova! Le è stato assegnato un alloggio!».

«I tuoi capelli sono così lunghi e ordinati», sospirò la vedova Licho, come se Marja non avesse nemmeno parlato. Il suo respiro schioccava come delle ossa in una tazza. «Come li hai tenuti in ordine?».

«Io… io ho una spazzola d'argento. Apparteneva a una ballerina prima di me…».

«Sìììì», disse la megera, continuando ad allungare la parola finché la sua fine non sventolò come una corda spezzata. «Svetlana Tichonovna. La ricordo. Era così bella, non puoi immaginare. I suoi capelli avevano il colore dell'acqua in inverno e le sue ossa erano così delicate! Era quasi senza seno. Quando ballava, gli uomini si suicidavano, sapendo che non avrebbero mai più rivisto tanta bellezza. Aveva quattro amanti a Kiev, uno più ricco dell'altro, ma il suo cuore era così freddo che avrebbe potuto tenere del ghiaccio in bocca senza che si sciogliesse. Tutti avremmo potuto prendere lezioni da lei. E poi, un Capodanno, il suo secondo amante, che possedeva un'azienda di cosmetici e una flotta di navi baleniere che raccoglievano ambra grigia per profumi e rossetti così rossi da lasciare macchie negli occhi di chi li guardava, le fece dono di una spazzola d'argento con setole di cinghiale. Chissà dove l'aveva trovata? Forse da una venditrice ambulante, magra e ricurva, vestita di nero, che trascinava il carretto lungo una strada fiancheggiata da larici. Svetlana adorava quella spazzola: oh, come le piaceva! Più tempo passava a spazzolarsi i capelli, più terribile e bella diventava. Così lasciava che il suo amante le pettinasse spesso i capelli chiari, e io ho sentito il suono di una ciocca contro l'altra attraverso la neve. Andai da lei immediatamente: non c'era tempo da perdere con una come lei. E quando si esibì per le figlie dello zar, i nastri delle sue scarpe erano solo un po' allentati – una differenza infinitamente piccola –, ma cadde e si ruppe il tallone. I suoi quattro amanti la lasciarono, e dal momento che non poteva più ballare, desiderarono di morire. Ma, ah, sfortuna! Era incinta e, sebbene il ghiaccio non le si sciogliesse in bocca, si affrettò a sposare il primo muratore a cui non interessava la danza, ed ebbe quattro figli che rovinarono la sua bellezza. Poi la sua casa bruciò durante le purghe. È terribile che accada a una creatura tanto sublime, ma *puah!* La vita è così, non è vero?».

Marja voleva correre fuori da quella casa, ma non poteva muoversi. La sua gola si seccò. «Chi è lei?», sussurrò.

«Di' il mio nome, figliola. Sai chi sono».

«La vedova Licho».

«*Come mi chiamo, Marja Morevna?*», ruggì la megera, con la sua voce nera che piegava gli stipiti delle finestre e scuoteva i libri sullo scaffale.

Marja si perse d'animo, e si rannicchiò contro la tappezzeria. «Vedova Licho! Compagna Licho! Compagna… Oh… Oh. *Licho*. Sfortuna».

La vecchia si sporse in avanti. «Sììììì», disse di nuovo, allungando la voce come una colla scura. «E tu hai la mia spazzola. Tu mi hai chiamata».

«No… Io non volevo!».

«L'intenzione è insignificante», abbaiò Licho. D'improvviso si alzò con una rapidità che nessuna giovane donna avrebbe potuto eguagliare. Incombeva; il soffitto la costringeva a piegarsi in vita, ma sotto di esso la sua schiena era dritta, senza gobba. Si stagliava sopra Marja, con i suoi enormi occhi neri crepitanti di viola. «Ma non avere mai paura di me, Marja Morevna!». La sua voce divenne cantilenante, sibilante, il suo respiro fendeva l'aria avanti e indietro come una sega. Prese il viso di Marja tra le sue mani incredibilmente lunghe. «Non posso toccarti. Tu non sei per me. Sono stati redatti documenti a tuo nome, assegnate sete e caramelle. Tutti sanno di dover fare spazio. Ma tu hai chiamato, dovevo venire. Sono qui per istruirti, per prepararti. All'occasione, non c'è migliore insegnante della sfortuna, e ti sarò molto utile, te lo prometto. Tieniti il pane. Tieni le tue lacrime. Né l'uno né le altre ti aiuteranno, e lavorerai sodo per non averne più bisogno. Vai a casa. Accarezza la mano di tua madre e bacia la guancia di tuo padre. Bevi dalla tua tazza da tè rotta». Licho sorrise. «Non dimenticare di spazzolare i tuoi bei capelli neri. E vieni da me quando il sole è basso. Vieni da me e sii la mia allieva, il mio cagnolino, mia figlia».

Marja fuggì dalla stanza. Corse per il lungo corridoio, sbattendo il braccio contro il muro, e uscì nella strada lunga e stretta, ansimando e piangendo, il cuore rintanato dietro le costole.

Stringeva ancora il libro al petto.

Ogni sera, mentre il sole gocciolava cera rossa sulla Neva, la vedova Licho stava fuori dalla casa in via Dzeržinskaja e guardava la finestra di Marja. La gobba era tornata: sembrava di nuovo una semplice vecchia, ma guardava la finestra come un corvo dai capelli bianchi, e sorrideva inflessibile, silenziosa, completamente immobile.

Marja non lesse il libro. Lo nascose sotto il letto. Chiuse gli occhi così forte che le fece male la fronte e recitò Puškin fino a addormentarsi. E sull'orlo del sonno, sull'orlo della sua recita, lì si trovava il nome nero, incurvato, in attesa: *là lo zar Koščej sull'oro langue*.

Così la primavera si trasformò in estate, e la stessa madre di Marja – non quella che le rimboccava le coperte il martedì e il giovedì, né quella che cucinava la cena il venerdì e il mercoledì, ma quella che l'aveva portata in grembo per nove mesi – iniziò a far visita alla vedova Licho, imbarazzata dal fatto che sua figlia fosse così scortese e negligente. Marja la pregò di non farlo, ma le due donne condivisero il tè e le amarene del loro albero ogni sera, quando la madre di Marja tornava dal suo turno. E, sebbene non fosse mai stata goffa o sbadata, la madre di Marja cominciò a inciampare sulle scale, a infilarsi schegge nelle dita, a perdere la scarpa sinistra. Il suo lavoro alla fabbrica di munizioni si fece impreciso, dei proiettili difettosi le sfuggirono e fu rimproverata due volte.

Marja credeva di sapere perché... ma ogni volta che pensava di essere abbastanza coraggiosa da affrontare ancora una volta la vedova, l'orribile visione della megera china su di lei le riempiva il cuore, e la pelle le si raggelava. Tutto ciò che era magico aveva i denti? Il mondo le era piaciuto di più quando le aveva mostrato uccelli dall'aspetto dolce e uomini dall'aspetto dolce. Licho era troppo. La mente di Marja non poteva nemmeno sfiorare i bordi di quell'oscurità. Il suo corpo si irrigidiva e si rifiutava di lasciarla agire, non importava che sua madre apparisse ogni giorno più stanca. Quando, per una volta, pian piano riuscì a raccogliere tutto il suo coraggio e poté arrivare fino alla porta, nel momento in cui le sue dita sfiorarono la maniglia, vomitò orribilmente, il suo stomaco si svuotò di tutto ciò che di buono aveva potuto mangiare e desiderato trattenere.

Era magia, o sono solo una ragazza debole e stupida e codarda? Marja non lo sapeva, non poteva saperlo, e si sentì paralizzata dalla vergogna mentre puliva il tappetino dal suo malessere.

E poi, a giugno, la madre di Marja inciampò in una crepa del marciapiede e si ruppe una caviglia. Mentre era in convalescenza nella casa grande e alta (che lentamente diventava sempre più grande e più alta), l'aria viziata le riempì i polmoni, e cominciò a tossire polvere, suoni orribili e strazianti nella notte. E come una febbre, la paura di Marja proruppe.

«Sono *qui*!», urlò Marja Morevna nella casa curiosamente

vuota della vedova Licho. Nessun'altra famiglia la salutò o le disse di stare zitta, per carità. «Mi sente? Sono qui! Ho portato il suo libro! Lasci in pace mia madre!».

Licho si mosse silenziosa nel corridoio e girò la testa di lato per affrontare Marja senza muovere il resto del suo lungo corpo nero. «Non ho fatto niente a tua madre, bambina. È una signora così gentile che la sera porta tè e dolci a una donna anziana! Peccato che sua figlia non conosca le buone maniere».

«Sfortuna, io la conosco! È colpa sua se si è rotta un piede, è colpa sua se tossisce, e sarà colpa sua quando perderà il lavoro in fabbrica!». Marja tremò: si sentiva sul punto di vomitare di nuovo, ma si morse selvaggiamente l'interno del labbro, desiderando che il suo corpo le obbedisse.

Licho allargò le lunghe mani bianche. «Sono quello che sono, Marja Morevna. Non puoi essere arrabbiata con una stufa perché riscalda la casa. È ciò per cui è stata costruita».

«Bene, ora sono qui. La lasci stare».

«È carino da parte tua visitare la tua vecchia *baba*, piccola, ma non ce n'è bisogno. È troppo tardi, il tempo è già passato».

«Troppo tardi per cosa? Cosa sta succedendo? Perché i domovoj conoscono il mio nome? Me lo dica, la prego!».

Licho rise amaramente. La risata rimbalzò sul lampadario del salotto e la lampadina si ruppe.

«Quando il mondo era giovane conosceva solo sette cose. E una di queste era la durata di un'ora. Peccato che la piccola Marja non la conosca. Hai avuto un'ora per imparare seduta sulle mie ginocchia, e un'ora, se lo desidero, può durare quanto tutta la primavera. Ma l'ora è suonata. Lui sta arrivando; io sto andando via. Cerchiamo di stare alla larga l'una dall'altra. Le riunioni familiari possono essere così imbarazzanti».

La mente di Marja si spinse oltre se stessa. Le bruciavano le guance. Il libro nero era caldo tra le sue braccia.

«Sei tu la zarina della Durata di un'Ora».

«La sfortuna si basa assolutamente sul tempismo perfetto». Licho sorrise.

«Chi sta arrivando?», supplicò Marja Morevna. Lo zar della poesia? Ma quella era solo una storia… eppure anche i domovoj lo erano. Non riusciva a mettere tutto insieme. Le mancavano informazioni vitali ed era una cosa che odiava. Quando lei sapeva e gli altri no, era meglio. «Me lo dica!», Marja cercò di ordinarlo alla vedova, cercò di urlare e diventare più alta.

Ma Licho si limitò a rabbrividire e ripiegò il suo corpo come una valigia, e il nero del suo vestito divenne la pelliccia nera di un alto cane da corsa, le costole infilate nel ventre scuro. Abbaiò una sola volta, così forte che Marja si coprì le orecchie con le mani, e poi scomparve con un rumore crepitante e violento.

5
Chi comanda

In una città sul mare, c'era una casa lunga e stretta in una strada lunga e stretta, e vicino a una finestra lunga e stretta Marja Morevna sedeva e piangeva nei suoi abiti da lavoro, e non prestava attenzione agli alberi frondosi. La luna invernale la guardava, accarezzandole i capelli con una mano d'argento. Aveva sedici anni, con l'ombra dei diciassette che appesantiva ogni sua lacrima. Abbastanza grande per lavorare dopo la scuola, abbastanza grande per sentire la stanchezza nelle ginocchia, abbastanza grande per sapere che qualcosa di irrecuperabile le era sfuggito.

Se avesse guardato fuori dalla finestra, avrebbe potuto vedere un grande, vetusto gufo nero posarsi sul ramo della quercia. Avrebbe potuto vedere il gufo sporgersi troppo in avanti sul suo ramo verde-nero e, senza distogliere lo sguardo dalla finestra, cadere pesantemente – *dump, paf!* – sul ciglio della strada. Avrebbe visto l'uccello rimbalzare e, quando si fosse raddrizzato, diventare un bel giovanotto con un bel cappotto nero, i capelli scuri, ricci e folti, spruzzati d'argento, la bocca che sorrideva a metà, come se anticipasse una cosa terribilmente dolce.

Ma Marja Morevna non vide niente di tutto questo. Sentì solo bussare alla grande porta di ciliegio e si precipitò ad aprire prima che sua madre potesse svegliarsi. Rimase lì, con la divisa da lavoro, il viso esangue sotto la luce della luna, e l'uomo abbassò lo sguardo, poiché era piuttosto alto. Lentamente, senza staccare gli occhi dai suoi, l'uomo dal cappotto nero si inginocchiò davanti a lei.

«Sono il compagno Koščej, di cognome Bessmertnyj», disse con voce bassa ed emozionata, «e sono venuto per la ragazza alla finestra».

La casa in via Dzeržinskaja si sporse e trattenne il fiato. Negli angoli dei camini, i domovoj aspettavano di sentire cosa avrebbe detto. Anche Marja tratteneva il respiro. Il petto le si riempì fino a scoppiare, ma non riusciva a lasciar andare l'aria. Se l'avesse fatto, cosa sarebbe potuto succedere? Voleva più cose in una volta: correre, gridare, rimpicciolirsi e strisciare via, gettargli le braccia al collo e sussurrare: «Finalmente, finalmente, pensavo che non saresti mai venuto», pregarlo di lasciarla in pace, svenire in modo signorile e sfuggire all'intera faccenda. Il suo cuore tremò, battendo all'improvviso e con calore, del tutto fuori tempo e misura. Lui le prese la mano e lei fissò quell'uomo che si stava sporcando di neve i pantaloni... e quanto sembravano grandi i suoi occhi, e neri, spietati, astuti, vecchi. Eppure non era vecchio. Più vecchio di lei, ma avrebbe scommesso che non avesse più di vent'anni. Aveva ciglia lunghe e bistrate come una ragazza, e i suoi capelli svolazzavano al vento come la pelliccia di un cane selvatico. Marja non trovava spesso gli uomini belli, non nel modo in cui pensava che lo fossero le sorelle Blodnek, o in cui sperava che un giorno potesse essere lei stessa.

«Invitami a entrare, Maša», disse piano il compagno Bessmertnyj. La strada assorbì la sua voce, la affondò nella neve, la fece sparire.

Marja scosse la testa. Non sapeva perché. Voleva che entrasse. Ma era tutto sbagliato: non avrebbe dovuto chiamarla con il suo nomignolo, non avrebbe dovuto inginocchiarsi così. Avrebbe dovuto vederlo cadere dall'albero, avrebbe dovuto essere più intelligente, più attenta. Avrebbe dovuto vedere cos'era prima: non era così che doveva andare. Era troppo familiare, e un po' lascivo, il modo in cui si era accovacciato tanto accanto a lei. Sapeva già che non l'avrebbe portata a passeggiare per via Dzeržinskaja né le avrebbe comprato un cappello. Non si sentì riempire dalla sua visione, com'era accaduto alle sorelle, come palloni di seta, come otri di vino. Invece, sembrò atterrare pesantemente dentro di lei, come una pietra nera che cade. Pensò che non sarebbe stato per niente sicuro baciarlo sulle guance. Marja Morevna scosse la testa: *No, non così, dal momento che non ti ho visto senza la tua pelle addosso, che non so niente, che non sono al sicuro. Non tu, il cui nome è noto a tutti i miei incubi.*

«Allora prendi le tue cose e vieni con me», disse Koščej, imperturbabile. I suoi occhi scintillavano nel freddo, come le stelle lontane quando la notte è gelida. E il cuore di Marja si fermò: era questo che dicevano *loro*. Quando venivano a prenderti, perché non eri stata brava, perché non eri degna di una sciarpa rossa. «Prendi le tue cose e vieni con me». Forse non era affatto come i mariti delle sue sorelle.

Ma la forma delle labbra del compagno Bessmertnyj la affascinava e le faceva male allo stesso tempo – ed era proprio questo che la magia le provocava. Le sue labbra brillavano sgargianti e scure, morbide e a forma di cuore. Sentì, guardandolo, che non riusciva a vederlo affatto, ma poteva vedere solo le cose che lo rendevano diverso da un uomo, l'esuberanza del viso e la pacatezza dei modi. Sebbene la spaventasse, sebbene la casa si muovesse nel sonno intorno a lei, senza dubbio sognando proprio quella creatura che i domovoj chiamavano papà e che temevano come se potesse arrivare brandendo una cintura, sembrava anche familiare, qualcosa già parte di lei, simile a lei anche nella forma delle labbra e nella curvatura delle ciglia. Se avesse passato le sue ore a sferruzzare un amante invece dei cappotti per il figlio di Anna, l'uomo che si era inginocchiato davanti a lei sarebbe saltato fuori dai suoi ferri, fino agli spettrali spruzzi d'argento tra i capelli. Non aveva mai saputo prima di volere tutte quelle cose, che preferiva i capelli scuri e un'espressione un po' crudele, che stravedeva per l'altezza, o che un uomo inginocchiato avrebbe potuto inebriarla. Tutta una giovane vita di predilezioni raccolte lentamente si era fusa in pochi istanti dentro di lei, e Koščej Bessmertnyj, le sue ciglia piene di neve, era diventato perfetto.

Marja rabbrividì e, senza pensarci davvero, prese la mano dell'uomo dal bel cappotto nero e si ritirò in casa. Era venuto per lei: nel bene o nel male, lei aveva poca scelta. «Quando vengono a prenderti», l'aveva avvertita una volta sua madre, «devi andare. Non si tratta di volere o non volere».

Tirò fuori una valigia – non la sua, e forse questo fu il primo umile peccato nel suo registro – dall'armadio dell'ingresso. Aveva ben poco da portare, ma ci finirono alcuni vestiti, abiti da lavoro, il suo berretto grigio. Marja si fermò, restando in bilico sulla valigia come se potesse buttarcisi dentro da un momento all'altro. Infine, chiuse gli occhi e sistemò delicatamente il grande libro nero di Licho sotto i vestiti. Le chiusure scattarono con piccoli schiocchi sommessi.

All'improvviso, vide Zvonok la domovaja seduta sul coperchio della valigia. I suoi stivali brillavano nuovi e tirati a lucido, e i baffi erano stati splendidamente oliati.

«Non vengo con te», disse cupamente la folletta di casa. «Lo capisci. Sono sposata con la casa, non con te. Anche se tu andassi nei campi e mi offrissi delle scarpette da ballo e mi chiamassi, io non verrei».

Marja annuì. Parlare sembrava un compito tremendo, in quel momento. Ma almeno Zvonok conosceva quell'uomo; almeno era solamente un re-demone dei domovoj e probabilmente anche di più, e non un ufficiale venuto a portarla via verso l'oblio.

«Dirai almeno addio alle tue madri?».

Marja scosse la testa. Cosa avrebbe detto? Come poteva spiegare? Non riusciva nemmeno a spiegarlo a se stessa. «Madre, ho aspettato che mi succedesse qualcosa per tutta la vita, e ora che è successa, me ne vado, anche se è una cosa un po' incerta, e avrei voluto essere molto più brava delle mie sorelle».

«Che ragazza orribile ho cresciuto! Tuttavia, se non chiedi il loro permesso, non possono dire di no. Questa è la nostra logica». La domovaja fece cenno a Marja di accovacciarsi in modo che potessero parlare faccia a faccia, sullo stesso piano. «Ma chi ti dirà come comportarti la prima notte di nozze, se non tua madre? Chi attorciglierà i fiori nella tua treccia nuziale?».

Da qualche parte nel profondo dei suoi muscoli, Marja Morevna tirò fuori le parole. «Non mi sposerò», sussurrò.

«Oh, oh! Facile a dirsi, *devočka*. Non è altrettanto facile tenere in piedi la casa quando il lupo arriva sbattendo la coda nell'erba. Ascolta, Maša. Ascolta la vecchia Zvonok, che ti conosce. I domovoj si sono sposati e lasciati tra di loro quasi quanto le ragazze e i ragazzi. Pungiti il dito con un ago e lascia che il sangue cada sulla vostra soglia: farà meno male e sognerete delle figlie. Gli uomini non provano niente di quanto dobbiamo sopportare. Devi fargli spazio dentro di te, in casa come nel corpo. Bada di tenere delle stanze per te, ben chiuse. E se non vuoi che ti cresca la pancia... Be'», Zvonok arricciò il largo naso, «non credo che avrai lo stesso problema di noialtri. Gli immortali non possono giocare ai nostri piccoli sollazzi genealogici. Ricorda solo che l'unica domanda in una casa è chi comanda. Il resto non fa che danzare intorno a questo, cercando di non guardarlo negli occhi».

Zvonok accarezzò il viso di Marja Morevna con la sua manina. «Ah! Cuoricino mio! Ti avevo avvertita di non leggere Puškin! Sceglierei un altro marito per te, lo farei, se la scelta fosse mia. Avrei potuto sperare in una vita diversa per la mia Maša invece della sua bocca sul tuo seno come quella di un bambino, che succhia via la tua bella voce, i tuoi modi gentili, fino a quando non sarai riarsa e rantolante. Ma ti piace già, lo vedo. Anche se abbiamo mostrato i denti e siamo stati molto chiari sulla sua malvagità. Non è colpa tua. Si rende carino, per piacere alle ragazze. Ma se devi insistere a essere intelligente, allora *sii intelligente*. Sii coraggiosa. Dormi con i pugni chiusi e riga dritto». La compagna Zvonok scrollò le spalle e sospirò con un piccolo fischio. «Ma io sono egoista! Devo imparare a dare via il meglio della mia casa».

La domovaja balzò in piedi e baciò bruscamente Marja sulla punta del naso. Fece una piccola danza strascicata, con le zampe da gallina, e si mise il dito accanto al naso. «Chi comanda», sibilò Zvonok e scomparve.

Marja sbatté le palpebre. Le lacrime le scendevano dagli occhi come minuscole perle pesanti. Le sue gambe, nemiche della testa, desideravano raddrizzarsi e condurla alla porta, dal compagno Bessmertnyj, ancora inginocchiato al freddo come un cavaliere. Lei non comandava nulla, Marja lo sapeva. Niente e nessuno.

Marja Morevna corse fuori in via Dzeržinskaja, che era stata via Komissarskaja, che era stata via Gorochovaja, con i capelli neri, lunghi e sciolti, le guance arrossate, il respiro come una nebbia sospesa nell'aria. La neve scricchiolava sotto i suoi stivali. Il compagno Bessmertnyj le sorrise senza mostrare i denti. *Gli uccelli non fanno mai del male alle mie sorelle*, disse Marja al suo cuore galoppante. *Lui non è un uccello*, rispose il cuore. *Non sei stata attenta, non hai guardato*. Lui teneva aperta la portiera di una lunga auto nera, qualcosa di lucido e ricurvo, del tipo che Marja aveva solo intravisto rombare via, sempre seguito dai brontolii dei suoi vicini sui mali della classe mercantile. L'auto ringhiò e sbuffò, un rosso malevolo fece capolino dalle prese d'aria. Marja salì con gratitudine nella macchina, sollevata di averlo fatto, di essere finalmente dentro la magia invece di guardarla da una finestra. Non dover mai più sentire che qualcosa di nero stava arrivando per lei: era qui, era bello, e la voleva. Non poteva cambiare idea una volta chiusa la porta... *Ah, ed ecco fatto, non c'è niente da fare adesso*. Rabbrividì sul sedile posteriore. L'auto era fredda come una foresta e lei aveva dimenticato il suo cappello buono di pelliccia.

Marja sobbalzò appena mentre il compagno Koščej scivolava accanto a lei. L'auto, senza conducente, avanzava rombando lungo la strada con un sibilo e uno stridulo nitrito. Koščej si voltò, afferrò il mento di Marja e la baciò: non sulla guancia, non in modo pudico o impudico, ma avidamente, con tutta la bocca forte, fredda, mordace, consapevole. Nel bacio divorò il suo respiro. Marja sentì che l'avrebbe ingoiata tutta intera.

6
La seduzione di Marja Morevna

La macchina nera conosceva le foreste come le conosce un cinghiale. Fiutava le betulle lucenti come ossa e suonava il suo corno basso e lamentoso, come se richiamasse altre bestie dalle ombre frastagliate dai pini. Marja Morevna rabbrividì nel sentirlo, ma a quei brividi, Koščej la strinse più vicina a sé, intrecciando la mano nella sua.

«Ti proteggerò io», disse delicatamente, dolce come il tè nero, «e ti terrò al caldo». La sua pelle, però, era gelida, e le sue unghie risplendevano di un blu perlaceo. «Compagno», disse Marja, «sei più freddo di me. Temo che la tua carne mi congelerà».

Koščej la osservò come se fosse una creatura terribilmente bizzarra, per bramare tanto il calore. I suoi occhi scuri si muovevano sul viso di lei in modo possessivo, ma non la lasciò andare. Al contrario, il freddo del suo corpo s'intensificò, finché Marja si sentì come se si fosse aggrappata a lei una colonna di ghiaccio, che lanciava spire d'argento per ricoprirla della stessa sostanza.

Quella prima notte, la macchina nera ansimò, sputò e tossì trionfante mentre raggiungevano una radura intorno a una casetta le cui finestre rossastre splendevano nella notte chiara e nitida, le cui grondaie si incurvavano sotto la paglia fresca, la cui porta era sempre socchiusa in modo invitante. Una casa contadina, certo, per niente simile alla sua casa alta e stretta, ma tozza e piacevole come una nonna, con un camino marrone che sbuffava. Koščej aiutò Marja, che tremava, a scendere dall'auto e diede una pacca affettuosa al paraurti, dopodiché l'automobile si rianimò allegramente e si allontanò nel buio.

La casa si era preparata per la cena. Uno spesso tavolo di legno, debitamente apparecchiato, scintillava di candele: pane, peperoni sott'aceto e pesce affumicato, ravioli e barbabietole all'agro e *kaša* integrale, funghi e spessa lingua di manzo, e *bliny* conditi con cucchiaiate nere di caviale e panna. Della vodka fredda appannava una caraffa di cristallo. Uno stufato d'oca ribolliva sul focolare.

Marja avrebbe voluto essere educata, ma la vista di tanto cibo la impressionò. Si fiondò sul pane e sul pesce come una creatura selvaggia.

«Aspetta, *volčitsa*», disse Koščej, alzando la mano. «Piccola lupa selvaggia! Per favore, siediti al mio tavolo, scrollati la neve dai capelli. Nessuno ti porterà via il cibo».

Marja prese a scusarsi, a spiegare quanto scarseggiasse il cibo a Pietrogrado, come la sua pancia si sentisse simile a un pugno chiuso senza niente dentro.

«Compagno, sono così affamata...».

«Non c'è bisogno che tu parli stasera, Marja Morevna. Quel momento verrà e mi aggrapperò alle tue parole come un condannato. Ma per ora, ti prego, ascoltami e fa' come ti dico. So che è difficile per te: non ti avrei scelta se trovassi facile startene in silenzio e se fossi arrendevole! Ma insieme faremo una cosa straordinaria. Sai cosa faremo? Te lo dirò, così che dopo non potrai dire che ti ho ingannata. Rimuoveremo la tua volontà dalla tua mascella – perché è lì che si trova la volontà – e la comprimeremo tra le nostre due mani, come un pezzetto di impasto. La arrotoleremo e la schiacceremo finché non diventerà molto piccola. Abbastanza piccola da entrare nella cruna di un ago che è nascosto dentro un uovo, che è nascosto dentro una gallina, che è nascosta dentro un'oca, che è nascosta dentro un cervo. Quando avremo finito, mi consegnerai la tua volontà e io la terrò al sicuro per te. Sono molto bravo in questo. Un esperto, si potrebbe dire. Tu, invece...», Koščej le versò della vodka. Gocciolava nel suo bicchiere come musica. Le pareti della gola di Marja tutte incollate, così asciutte, così assetate. «...sei una novizia. Meno di una novizia. E da brava novizia, devi ingoiare il tuo orgoglio». Koščej alzò il bicchiere. Marja alzò il suo più adagio, insicura. La mano le tremava un po'. Non le piaceva ricevere ordini. Avrebbe voluto dire cento, mille cose. Voleva saltargli addosso e chiedergli di spiegarle tutto: Licho, i domovoj, gli uccelli, tutta la sua vita. «Devo sapere, devo, altrimenti mi governerai fino alla fine di tutte le cose, perché tu sai e io no». Ma lui si limitò a sorriderle, incoraggiante, benevolo, sereno come un'icona. «Alla vita», disse, e bevve la vodka in un lungo sorso.

«Ora. Prima assaggia il caviale, devo insistere. So che vorresti tenerlo per ultimo, assaporare l'attesa perché è da tanto che non assaggi una delizia del genere. Ma se c'è una cosa che posso insegnarti, sarà di gustare tutto, divorare tutto, prima le cose più pregiate, perché ti sono dovute. Hai letto il tuo Puškin: che dice di me il vecchio Aleksej? "Là lo zar Koščej sull'oro langue". *Tsk!* Quel ragazzo aveva bisogno di un taglio di capelli. Ma oh, Marja, Marouša, io studio attentamente i miei tesori! E alcuni sono uova di storione luccicanti come cumuli d'onice, e alcuni sono fiale di vodka scintillanti come diamanti, e alcuni sono barbabietole pesanti e rosse come granati, e alcuni sono belle ragazze di Pietrogrado, sedute in casa mia, mute come l'oro, perché ho chiesto loro di stare in silenzio, perché è il silenzio più dolce di tutti. E nell'oscurità, *studio* attentamente le mie ricchezze, la mia ricompensa impossibile».

Belle ragazze? Marja aveva notato i suoi plurali. Ce n'erano state altre? Le domande le martellavano le labbra, ma lei lottò contro di esse e si mantenne quieta. *Se lo faccio*, ragionò, *forse guadagnerò le mie risposte*.

Koščej tagliò una spessa fetta dalla pagnotta. La crosta scricchiolò sotto il coltello e la fetta cadde, umida e pesante, nera come la terra. Con una passata della lama ci spalmò del burro freddo e salato, e ci appoggiò il caviale, una sbavatura di uova scure contro la crema d'oro pallido. Gliela porse e lei la prese timidamente, ma lui la ammonì. E così Marja Morevna rimase seduta, in silenzio, mentre Koščej le dava da mangiare il pane e il burro e le uova di pesce. Il sapore le esplose in bocca, il sale, il mare. Le lacrime le salirono agli occhi. La sua pancia vuota cantava per la consistenza del cibo, per l'abbondanza. A un tratto, fu un sollievo non dover parlare, non dover fare conversazione, mentre il suo corpo si sfiniva studiando attentamente le delizie del sale e del pane corposo.

«Ora le barbabietole, volčitsa. E guardale prima, quanto sono sanguinolente, cremisi, in che modo lasciano tracce dietro di sé, come cose ferite. Sorseggia la vodka e poi addenta uno dei peperoni: senti come l'aceto e la vodka si mescolano sulla lingua? È davvero meraviglioso. Una cosa invernale, quando tutto è sott'aceto e conservato nel vetro. Si sente l'estate in questa miscela, l'estate bollita e immersa in salamoia, mummificata, confezionata con le spezie per rinascere su questa tavola, in questo luogo, durante questa neve. Ora, un cucchiaio di kaša per ammorbidire il tuo palato eccitato». Le fece scivolare il cucchiaio d'argento in bocca, sfiorandole il mento con il pollice. Marja si sentiva come se non avesse mai mangiato prima, come se non si fosse mai soffermata sul cibo. Le piaceva di più tutto questo che la magia spigolosa e dura di Licho. Questa magia la riempiva, le faceva dolere la pancia per la pienezza. «Mentre ingoi la lingua di mucca, pensa per un momento a quanto sia strano e sacro divorare la lingua di un altro. Rubarle tutto il potere di parlare, di muggire alla luna, di chiamare il suo vitello. Per essere degna di tale pasto devi custodire attentamente le tue parole, pronunciando solo quelle sagge e intelligenti, affinché la tua lingua non finisca allo stesso modo, nel piatto di un uomo ricco. Certo, gli uomini ricchi sono stati resi obsoleti dal Partito, ma se stasera imparerai una seconda cosa da me, fa' che sia questa: i goblin della città potranno anche organizzare comitati per dividere una singola patata, ma i forti e i crudeli ancora siedono sulla collina, e bevono vodka, e indossano pellicce nere, e trangugiano *boršč* dal secchio, come sangue. I bambini potranno anche consumare i calzini, marciando nelle parate virtuose, ma a papà non manca mai il vino a cena. Pertanto, è meglio essere forti e crudeli che essere giusti. Almeno, si mangia meglio. E la moralità dipende più dalle condizioni del proprio stomaco che della propria nazione».

In questo modo, Marja Morevna si dedicò alla cena per ore. La luce del fuoco la abbagliava, il brodo di midollo dello stufato la ubriacava, e la voce bassa, inesorabile di Koščej, una voce come il tè nero, si alzava e si abbassava come una ballata, cullandola, tirandola, accarezzandola. La mente di lei parlottava, poiché la bocca non poteva: *Che tipo di uccello sei veramente, sotto la pelle? Sei davvero il papà dei domovoj? Il fratello di Licho? Non mi faccio ingannare dal fatto che fingi che Bessmertnyj sia il tuo cognome! Licho mi ha insegnato a fare di meglio che pensare che i nomi siano solo nomi e non significhino nulla! Koščej l'Immortale, ecco cosa significa, e sei tu, devi essere tu. Ma cosa significa questo per me, adesso? Che ne farai di me?*

Eppure non disse niente. Il sonnolento, semplice piacere di lasciarsi nutrire, di parlarle senza parlare, la sopraffaceva. Si sentiva come una feroce creatura dei boschi, una volčitsa in verità, una piccola lupetta, portata dentro e spazzolata e accarezzata e nutrita, così addormentarsi accanto al fuoco le sembrò la cosa più naturale del mondo. Guardò fuori dalla finestrella rotonda della casetta e, nel suo bagliore sognante e soddisfatto, credette di non vedere una lunga automobile parcheggiata fuori, ma un enorme cavallo nero chino su una mangiatoia piena di tizzoni rossi ardenti, che masticava pensieroso. Dalla sua bocca vellutata cadevano scintille.

Alla fine, Koščej mise un cucchiaino pieno di marmellata di amarene sulla lingua di Marja e le disse di sorseggiare il suo tè attraverso il grumo di frutta. Quando ebbe deglutito, lui la baciò – le loro bocche calde e dolci di tè e ciliegie – e Marja Morevna si addormentò tra le sue braccia, con le labbra ancora premute su quelle di lui.

Da qualche parte nel profondo della notte, si svegliò, il ventre in fiamme, scottante, e mentre Koščej dormiva freddo e inanimato, Marja Morevna si precipitò fuori dalla casa per vomitare tutta la meravigliosa cena sul terreno ghiacciato. Cercò di farlo in silenzio, in modo che lui non si accorgesse che aveva perso tutte le cose deliziose che aveva preparato per lei. *Non è colpa mia*, pensò furiosa, incapace di parlare anche adesso che lui dormiva. *Le pance abituate a razioni di pane secco e pesce salato non possono sopportare tutta questa abbondanza!*

Marja Morevna alzò lo sguardo. Il grande cavallo nero la osservava con calma, i suoi occhi ardevano fosforescenti nell'oscurità.

La vergogna le scorreva in bocca, acida e densa. Tornò nella casetta silenziosamente, come una ladra.

Così viaggiarono, attraverso tre volte nove regni, tre volte nove repubbliche, per il mondo intero, tra Pietrogrado e il paese di Koščej. L'auto lucida e senza conducente, che sembrava non aver mai bisogno di benzina o di mappe, li faceva sfrecciare attraverso boschi selvaggi e rovi e montagne innevate, bianche come vecchie ossa. Nell'automobile faceva freddo come a mezzanotte, per quanto il sole fuori fosse luminoso. A Marja dolevano i denti a forza di batterli. Eppure, ogni sera, immancabilmente scoprivano una casetta allegra e raggiante in un bosco di larici o tra abeti appuntiti come lance. Ogni sera veniva apparecchiata una tavola per loro, il cibo diventava sempre più buono man mano che avanzavano verso est e la neve si faceva più alta. Cigno arrosto, *vareniki* ripieni di maiale dolce e mele, meloni in salamoia, torte a strati di pasta frolla e crema. Ogni sera Koščej le chiedeva di non parlare e poi la nutriva con le sue lunghe mani aggraziate. Ogni sera lei sgusciava nel bosco per vomitare di nuovo tutto, i muscoli dello stomaco doloranti a forza di mangiare e vomitare, mangiare e vomitare.

«I vigneti che ci hanno dato questo vino forniscono anche il vino per la tavola del compagno Stalin», disse una sera con un sorriso malizioso. «Ricorderai quello che ho detto sui bambini e sui papà, e su chi mangia per primo e chi mangia per ultimo». Koščej l'Immortale fece una smorfia mentre assaggiava il vino. «È troppo dolce. Il compagno Stalin teme l'amarezza e ha i gusti di una principessa viziata. Io so assaporare l'amarezza: nasce dall'esperienza. È il privilegio di chi ha veramente vissuto. Anche tu devi imparare a preferirla. Dopotutto, quando tutto il resto sarà finito, potresti ancora disporre di amarezza in abbondanza».

Marja Morevna pensava che tutto questo non suonasse affatto bene. Ma la lucida carne di cigno e la vodka così pura che sapeva solo di acqua fredda la facevano girare sempre più velocemente, e più velocemente girava tra le sue braccia, più lui sembrava dire cose sensate. E poiché il suo corpo non riusciva a trattenere il sontuoso cibo, ogni volta che lui le portava alla bocca un cucchiaio di patate arrosto, si sentiva più famelica.

Le mise sulla lingua del miele, e gelatina di pere e zucchero di canna umido. Lei inghiottì il suo tè fumante. E lui la baciò, ancora e ancora, condividendo con lei dolcezza e calore. Fuori dalla capanna, ogni notte lo strano cavallo alto avvicinava il muso alla mangiatoia di braci, osservando la sua nausea segreta senza battere ciglio. Solo adesso il suo manto era rosso, con una criniera come di vampe di fuoco. E ogni volta che Marja si svegliava dal suo letto alto e soffice, l'automobile aspettava nella nebbia, sbuffando gas di scarico, anch'essa non più nera ma scarlatta, come le barbabietole, come il sangue.

Ma Marja era solo una ragazza magra e giovane, e il continuo passaggio dall'auto ghiacciata al fuoco caldo e scoppiettante cominciò a divorarla. Iniziò a tossire, dapprima solo un po', ma poi di una tosse aspra e secca. Diventò febbricitante e malaticcia finché, in ultimo, non riuscì nemmeno a mangiare le quagliette candite o il pane delle feste con lo sciroppo di albicocche. Doveva respingere i cucchiai oppure riversare le viscere sui tappeti di pelliccia sottile.

Marja giaceva sul pavimento accanto al fuoco nell'ultima casetta allegra e docile, le ginocchia raccolte contro il petto, sudando e tremando allo stesso tempo. Se anche avesse voluto parlare, non ci sarebbe riuscita. I suoi occhi si fecero vitrei, la stanza galleggiava. Koščej la guardò, i capelli scuri, bagnati dalla neve sciolta. «Povera volčitsa», sospirò. «Ho avuto tanta fretta di portarti a casa. Sono stato troppo impaziente e tu sei solo umana. Ma devi imparare a stare al passo con me».

Koščej l'Immortale si inginocchiò al suo fianco e le sbottonò la camicia da lavoro. Nonostante la febbre, Marja avrebbe sempre ricordato come gli tremavano le dita mentre le toglieva i vestiti finché non giacque nuda accanto al focolare, cercando di nascondere i seni tra le mani. Ma Koščej la voltò sullo stomaco e Marja sentì il tintinnio dei bicchieri. Sorrise contro le morbide pellicce posate sul pavimento. Sua madre glielo aveva fatto quando era molto piccola. *Banki.* Poteva sentire i movimenti, così terribilmente familiari: Koščej le mise dei rubli sulla pelle e accese dei fiammiferi sulle monete così che non la bruciassero, poi raccolse i fiammiferi in bicchierini di vodka in modo che la sua carne venisse risucchiata nel vuoto. Aveva lo scopo di allontanare la febbre, di risucchiare via la malattia dal suo petto. Quando era molto piccola, prima degli uccelli o della guerra o di via Dzeržinskaja, sua madre glielo aveva fatto quando si era ammalata. Ben presto Koščej mise diversi bicchieri su di lei, e quando Marja si mosse tintinnarono come campanelli da slitta, vetro contro vetro. Si immaginava come una grande bestia, che camminava pesantemente attraverso le steppe con scintillanti torri di vetro sulla schiena, ruggendo contro gli abitanti del villaggio, calpestando intere foreste con le zampe. La febbre portava lontano quelle immagini, rendendole lugubri, rumorose, riproducendole davanti ai suoi occhi come se fossero reali. Lei gemette. Quella volta

Koščej non parlò, non tenne conferenze né diede istruzioni. Lui, semplicemente, le mormorava, le accarezzava i capelli, la chiamava volčitsa, *medvežka*, *košečka*. 'Lupa', 'orsa', 'gattina selvatica'.

La notte successiva, la macchina fumante li trasportò a riposare, non in una capanna rustica piena di cibo, ma in una *banja*, una sauna. Non c'era cibo per loro. Su un tavolino di marmo verde li attendevano un barattolo nero e un mucchio ordinato di lunghe bende di lino. E una bottiglia di vodka. Koščej spogliò di nuovo Marja e la fece sedere su una tavola di legno. Le strofinò la pelle con le dita lunghe e sottili, improvvisamente calde e non più congelate. Le spazzolò i lunghi capelli con centinaia di colpi. E a ogni colpo, le ciocche secche, fragili e spezzate tornavano morbide e lucenti, come se non avesse mai avuto da mangiare così poche uova o latte da avere i capelli spenti e sfibrati. Marja quasi si addormentò seduta, acquietata dallo spazzolare e dai suoi frammenti di canzoncine tristi su lupi che azzannano e su ragazze imprudenti. Quando i suoi capelli brillarono, li raccolse in un'abile treccia e la adagiò sulla tavola.

Quindi Koščej sistemò le bende su di lei così che non si vedesse la pelle. Quando ruppe il sigillo del barattolo nero, il povero naso ruvido di Marja fu assalito dall'odore pungente della senape calda. Oh, come l'aveva temuta quand'era piccola! Nascondeva a sua madre qualsiasi raffreddore o starnuto, perché se fosse stata scoperta, sarebbero spuntati gli impacchi di senape, che odoravano di bruciore e malattia. Marja Morevna aveva immaginato che se l'inferno avesse avuto un odore, sarebbe stato di impacchi di senape. Koščej spalmò la senape sui bendaggi. Gli occhi di Marja bruciavano e lacrimavano, la sua pelle sudava, e nella febbre piangeva per sua madre, per Zvonok, per Tatjana e Olga e Anna, per la sua sciarpa rossa e per la povera Svetlana Tichonovna e infine, più delicatamente, per Koščej. Al suono del suo nome, lui le tolse gli impacchi di senape e la tenne tra le braccia.

«Bevi, Marouša», chiocciò dolcemente, come una madre, e

le portò un bicchiere alle labbra. «I tuoi polmoni vogliono la vodka». Obbediente, bevve, tossì e bevve ancora.

Poi la prese in braccio e la portò in bagno. Chiamandola la sua faina, la sua leonessa, le strofinò la pelle con sale ruvido fino a farla diventare rossa, poi la immerse in un bagno caldo. Le avvicinò al naso un pugno d'acqua e le ordinò di inspirarla. Lei farfugliò e soffocò, ma lo fece lo stesso, tanto si era abituata alla sua voce. Alla fine, Koščej la fece alzare e prese un lungo ramo di betulla. Marja si meravigliò del suo respiro spezzato mentre lui lo calava sulla sua pelle, prima dolcemente, poi più forte, poi fermandosi per massaggiarla con dell'olio e battendola di nuovo. All'inizio si ritrasse, ma all'ultimo colpo, Marja Morevna si ritrovò a inarcare la schiena per andare incontro al ramo, come se la foresta stessa ordinasse al suo corpo di guarire.

Alla fine, accaldata, dolorante e sfinita, Marja lasciò che Koščej la conducesse alla stufa a legna, dove le aveva preparato un letto, nascosto tra i mattoni caldi. Marja dormì e sognò la rivista di moda londinese che le sorelle Blodnek avevano tanto amato. La rivista era diventata enorme quanto l'atrio di un museo. Lei vagava tra le pagine, intimorita e minuta accanto alle belle donne alte con i loro cappotti puliti e i cappelli piumati.

Una di loro si rivolse a lei. Indossava un turbante di un blu luminoso e agitava un ventaglio dorato.

«Tutte le ragazze indossano la loro morte, quest'anno», disse altezzosamente la modella. «È l'ideale per una semplice ragazza di campagna che spera di far fortuna».

La donna indicò il turbante. Tra le pieghe si trovava un uovo di gallina, bianco e lucente.

Quando Marja si svegliò, la macchina rossa se n'era andata e al suo posto mosse verso di loro un'auto bianca scintillante, i paraurti che si inarcavano con la grazia di un cigno. Marja si sentiva molto meglio, anche se aveva mal di testa e la schiena le pulsava ancora dove l'aveva colpita il ramo di betulla. Ciononostante, la sua pelle vibrava per il calore, e si appoggiò con gratitudine a Koščej mentre il mondo ghiacciato e montagnoso le scivolava accanto, come se tutto fosse stato ricoperto di sale in attesa della primavera.

Quella notte, l'ultima notte, l'auto sfrecciò attraverso la neve rocciosa fino a un'altra casetta bassa, le grondaie scolpite come glassa, la porta spessa e rossa. Koščej la sollevò e la trasportò. Marja alzò la testa assonnata per guardare oltre la sua spalla e vide l'auto bianca avanzare lungo il sentiero, solo per rimbalzare su una massa di neve dura e ghiacciata e farne scaturire un grande cavallo chiaro, con la criniera che si agitava al vento. Il cavallo nitrì allegramente e trotterellò in cerca della cena. *Almeno ho beccato la macchina che si trasforma*, pensò sognante. *Almeno riesco ancora a vedere il mondo a nudo, anche se ora mi mostrerà solo una caviglia o un guizzo del polso.* Si era abituata al silenzio, e lui si era abituato a lei. E poiché nel silenzio si era rilassata e aveva smesso di pensarci granché, e poiché aveva le vertigini, sentiva caldo e non era per niente vigile, Marja Morevna scivolò.

«Marja, ci siamo quasi, quasi ai confini del mio paese. Ti farò guarire prima di tutto il trambusto e la frenesia di laggiù».

«Davvero, mi sento molto meglio», lo rassicurò senza neanche rendersi conto di aver parlato. Come lampade spente, gli occhi di Koščej si oscurarono. La mise giù, meno dolcemente del solito.

«Ti ho chiesto di non parlare, Maša», disse. La sua voce era attorcigliata come una corda. Marja tacque, imbarazzata.

Una cena semplice fumava sulla tavola: cime di rapa, pane, purea di melanzane e gelatina di pollo salata con pezzetti di carne. Cibo morbido e insipido per il suo corpo esausto. Marja non riusciva ancora a mangiare granché.

«Questa è la nostra ultima notte da soli, Marja», disse Koščej. «Domani verrai assalita dai miei parenti e dai miei servi e da ogni sorta di compito quotidiano. Mi mancheranno queste nostre ore intime ed egoistiche, nascoste lontano dalla condivisione collettiva. Ma va sempre così nel matrimonio. Metà del matrimonio viene consegnato a chi non ha alcun interesse nel nostro letto. Suppongo che ti domandi se le tue sorelle se la siano cavata così, con i loro bei mariti uccelli; se si sono ammalate o prosperano; se hanno viaggiato così lontano, così in fretta. Tutti quei luogotenenti erano miei fratelli, miei compagni, e sebbene non dovessero andare tanto lontano così di fretta, né viaggiare così piacevolmente, anche loro hanno avuto i loro momenti con boršč e vodka e rami di betulla. È una danza di accoppiamento che tutti gli uccelli conoscono. Vorrei che avessi guardato fuori dalla finestra, Maša! Sono stato un gufo così adorabile per te. Sono caduto così pesantemente sul ciglio della strada. Affinché tu fossi consolata, affinché ciò che aspettavi accadesse proprio come desideravi. Ecco quanto voglio compiacerti. Ma *pfui!* Te lo sei persa! Forse, se mi avessi visto così, tutto sarebbe andato diversamente. Forse, saresti stata *tu* a ordinarmi di tacere. È stato un rischio che ho corso. Confesso che mi eccitava la possibilità di essere scoperto. Ma no, devo mantenere i miei segreti dopotutto. Un'occasione mancata è un'occasione mancata. Oh, sarò crudele con te, Marja Morevna. Potrò essere tanto crudele che il respiro ti si bloccherà. Ma capisci, vero? Sei abbastanza perspicace. Sono una creatura esigente. Sono egoista, crudele ed estremamente irragionevole. Ma io sono il tuo servitore. Quando morirai di fame ti nutrirò, quando sarai malata ti curerò. Striscio ai tuoi piedi, perché davanti al tuo amore, ai tuoi baci, sono degradato. Solo per te sarò debole».

Marja si sdraiò sul letto accanto alla stufa, la schiena nuda, rossa come un rubino alla luce del fuoco. Come in un trucco di magia, Koščej si tolse un uovo da dietro l'orecchio, ma non un uovo di gallina. Un uovo nero, inciso in argento, tempestato di freddi diamanti. Marja sorrise, perché suo padre l'aveva fatto una volta in cui lei non riusciva a dormire, le aveva fatto rotolare un uovo lungo il corpo per assorbire tutti gli incubi nel tuorlo e allontanarli dal suo cuore.

«Non lo capisci ancora. Non ancora, non ancora. Non sei pronta. Saresti dura con il mio regalo. Ma è la nostra ultima notte, e assorbirò tutte le tue paure, i tuoi incubi e i terrori da ragazza proletaria di città. Devi fare spazio per temere cose nuove.

Ti renderò tutta nuova, la mia rivoluzione, né rossa né bianca, ma nera».

Koščej l'Immortale fece rotolare l'uovo sulla pelle di Marja. Sentì il crepitio del guscio delicato contro le sue ossa, le gemme le graffiavano la pelle.

Quando ebbe finito, la sollevò bruscamente e la strinse a sé, baciandola di nuovo. Aveva la bocca fredda, e non si passarono tra loro gelatina di pere o ciliegie. Tuttavia, Marja Morevna assaporò la dolcezza nel suo bacio vuoto.

All'improvviso, la dolcezza svanì e il dolore le perforò il labbro: Koščej l'aveva morsa. Lei lo fissò, ferita, portandosi la mano alla bocca. Poi tolse le dita insanguinate. Le labbra di Koščej ne erano imbrattate. I suoi occhi brillavano e scintillavano.

«Quando ti dico di fare una cosa, devi farla. Non si tratta di volere o non volere. Riguarda la volontà nella tua mascella e l'uovo sulla tua schiena».

Marja esitò, la sua vista vacillò, le labbra le pulsavano calde dove i denti di lui, lunghi e sottili, l'avevano ferita. Si sentì traballare sulla punta di un ago: *Se gli concedo di farmi questo, cos'altro gli permetterò?*

Qualsiasi cosa, qualsiasi cosa, qualsiasi cosa.

Koščej l'Immortale si asciugò il rosso vivo dalle labbra. Si guardò il dito su cui c'era il sangue di Marja. Senza distogliere lo sguardo da lei, si portò la mano alla bocca e assaggiò esitante, come se si aspettasse che lei lo avrebbe fermato.

Marja Morevna trattenne il respiro e non emise alcun suono.

SECONDA PARTE
DORMI COI PUGNI CHIUSI E RIGA DRITTO

La morte non esiste – lo san tutti,
A ripeterlo ormai non c'è gusto.[4]

ANNA ACHMÀTOVA

4. Anna Achmàtova, *Poema senza eroe e altre poesie*, trad. it. di Carlo Riccio, Torino, Einaudi, 1966.

7
Il paese della Vita

Dov'è il paese dello zar della Vita? Quando il mondo era giovane, i sette zar e zarine lo divisero tra loro. Lo zar degli Uccelli scelse l'aria e le nuvole e i venti. La zarina del Sale scelse le città con tutto il loro trambusto e la fretta sconsiderata. Lo zar dell'Acqua scelse mari e laghi e baie e oceani. La zarina della Notte scelse tutti i luoghi oscuri e i luoghi intermedi, le soglie, le ombre. La zarina della Durata di un'Ora scelse il dispiacere e la sfortuna come suo territorio, cosicché dove qualcuno avrebbe sofferto, là sarebbe stato il suo paese. Rimasero solo lo zar della Vita e lo zar della Morte a discutere di ciò che restava. Per un certo periodo si accontentarono di litigare per singoli alberi, pietre e ruscelli, dandosi a vicenda grandi colpi con la falce che la Morte brandisce per abbattere tutto ciò che vive e il martello che la Vita brandisce per costruire cose utili e belle, come recinzioni e chiese e distillerie di patate. Tuttavia, Vita e Morte sono fratelli e la loro ambizione è esattamente uguale.

La loro rivalità presto inglobò intere città, fiumi (che giustamente non appartenevano a nessuno dei due, ma la neutralità non è una difesa), province e teste di ponte, finché lo scontro consumò il mondo intero. Se una città disponeva di un granaio di bei mattoni e di mezza testa di buon cavolo da dividere tra gli abitanti, allora la Morte arrivava con stendardi bianchi come ossa, e inaridiva il luogo con un solo colpo. Se un villaggio veniva devastato dalla peste o dalla guerra, le sue strade illuminate da teschi issati su picche e il sangue avvelenava l'acqua del pozzo, allora dei germogli verdi sarebbero ancora cresciuti selvatici nelle grondaie piene di viscere, all'ultima donna rimasta sarebbe cresciuto ancora il ventre. Non poteva esserci accordo tra loro.

Alla fine, con ogni centimetro di terra diviso e ridiviso, nemmeno il terriccio e l'argilla ne potevano più. Le montagne cedettero il ferro e il rame, e la zarina del Sale insegnò astutamente agli uomini i suoi meccanismi più segreti, perché tra i suoi fratelli e le sue sorelle la zarina del Sale conosceva meglio tutto ciò che è civilizzato, le cose fatte e non generate. Sorsero telai e trebbiatrici e aratri e motori, stufe e siringhe e strutture sanitarie, treni e scarpe buone. E così trionfò lo zar della Vita, e nacquero bambini su bambini.

Ma lo zar della Morte è scaltro. Ben presto i telai staccarono a morsi le dita dei loro guardiani, e il fumo addensò il loro fiato, e le grandi macchine sputarono fuori esplosivi ed elmetti e fucili automatici come fossero scarpe. Ben presto la gente della città confiscò il grano dei villaggi e lo ammassò in grandi depositi, e discusse sulla sua distribuzione mentre marciva, e scrisse lunghi libri su quanto fosse giusto, e la Morte, calzata di ferro, incoronata di rame, danzava.

L'allievo assorto sarà perdonato per aver ipotizzato che lo zar della Morte fosse malvagio e che lo zar della Vita fosse virtuoso. Diciamo la verità: non c'è virtù da nessuna parte. La Vita è furba e senza scrupoli, una canaglia, feroce, severa. Al servizio di se stessa, commetterebbe qualsiasi crimine. Così anche la Morte possiede infinite strategie e una natura desolata, ma anche misericordia, anche grazia e tenerezza. Nel suo paese, la Morte sa essere gentile. Ma la loro diatriba non avrà fine, mai, se non alla fine di tutto.

Allora dov'è il paese dello zar della Morte? Dov'è la nazione dello zar della Vita? Non sono così facili da trovare, eppure ogni giorno si calpestano entrambi cento volte o più. Ogni porzione di territorio è divisa infinitamente tra loro, fino alla più piccola unità di misura, e ancor di più. Anche i granelli di terra si fanno la guerra l'un l'altro. Anche gli atomi si strangolano a vicenda nel sonno. Per raggiungere il paese dello zar della Vita, che è allo stesso tempo incredibilmente vicino e irrimediabilmente lontano, non devi desiderare di arrivarci, ma avvicinarti furtivamente, di traverso. È meglio essere malati, con la febbre, in preda a un delirio. Nel tumulto della malattia, quando la carne minacciata si risveglia, tutta arrossata, umida e calda, è più facile cadere nel paese che cerchi.

Naturalmente, è altrettanto facile, in questo modo, raggiungere il paese dello zar della Morte. Il viaggio non è mai privo di rischi.

Zemleed il *lešij* diede un'occhiata al grande libro nero. Con una mano nodosa e coperta di muschio, lo scosse da un angolo. Alcune foglie caddero su di esso dalle chiome delle betulle. La luce del sole filtrava, attraverso i rami bianchi, fredda e dorata e nitida. Il dorso color carbone del pesante volume luccicava dove la luce cerosa dell'autunno lo colpiva. Titubante, il lešij rosicchiò ben bene la copertina. Arricciò il naso nodoso. Zemleed somigliava più o meno a quello che si sarebbe ottenuto se una quercia particolarmente rachitica e brutta si fosse innamorata appassionatamente di un macigno, e insieme avessero prodotto, a caro prezzo per entrambi, un solo figlio. Scrollò le sopracciglia di vischio.

«Perché legge queste insensatezze? Non ha le figure. Ed è pure noioso».

Naganja la *vintovnik* alzò l'occhio al cielo. Ne aveva solo uno da far roteare, dal momento che il suo occhio sinistro era più un mirino che un occhio, sporgente dal cranio, fatto di ossa e di una scheggia vetrosa. Tuttavia, sull'altro occhio portava mezzo paio di occhiali, perché si sentiva nuda e imbarazzata senza una lente attraverso cui guardare. La pelle di noce della folletta brillava per l'attenta lucidatura, anche se i suoi tendini di ferro anneriti trasparivano in alcuni punti: dai gomiti, dalla guancia, dalla parte posteriore delle ginocchia.

«Non presti attenzione? Gliel'ha dato Licho». Naganja tirò su col naso con ostentazione. Prese un fazzoletto grigio e si asciugò un rivolo di olio nero dalla narice. «Tuttavia, *non* approvo. Le storie sono strumenti di oppressione. Gli scrittori di storie dovrebbero essere fucilati a vista».

Zemleed sbuffò. «Chi è questo zar della Vita? Non l'ho mai incontrato di persona».

«A chi pensi, cervello di roccia? Non è chiamato l'Immortale per niente». Naganja scrutò il libro per un momento, facendo schioccare la lingua contro i denti. Produsse un orribile rumore meccanico, come una pistola che si carica e si scarica. «Hai ragione, però. *È* noioso. Prolisso. Mi sorprende che tu riesca a leggerlo».

«Nemmeno buono da mangiare! Merda! Perché non strapparlo e seppellirlo? Un bell'albero si farebbe una piacevole scorpacciata, eh?», Zemleed sputò una goccia di linfa dorata sulla coperta da picnic. Naganja fece una smorfia.

«Come mai la zarina ti permetta di inseguirla è un mistero per me. Sei disgustoso. Ma se vuoi distruggere le sue cose, fai pure. Almeno l'eviscerazione sarà divertente. Come sono fatti dentro i lešij? Tutto fango e bastoncini?».

«Giù le zampe, goblin fuciliere! *Mie* le viscere, *mia* la proprietà!».

«La proprietà è un furto!», sbottò Naganja, facendo schioccare i pistoni delle guance. «Pertanto, solamente stando seduto lì, stai derubando il Popolo, Zemja! Bandito! Suonate gli allarmi!».

Zemleed sputò di nuovo.

«Ma Zemja», piagnucolò lei, «mi *annoio*! Perché non ti fai fare di nuovo un interrogatorio? Sarà divertente! Lascerò da parte la mia sicurezza questa volta, lo prometto».

Il lešij digrignò i denti di pietra, velati dalla brina di fango. «Naša, perché ti annoi solo quando ci sono io? Annoiati con qualcun altro!».

Attraverso il boschetto di rovi eruppero due cavalli, i loro cavalieri appiattiti sui dorsi. Davanti correva quello nero, una giovane donna che rideva urlando sulla sella verde smaltata, i capelli scuri fluenti, intrecciati selvaggiamente con granato e ambra marina grezza, il mantello da caccia una vela rossa. Sfrecciava abilmente tra le pallide betulle ossute, schivando i rami carichi di foglie gialle e le viti sottili e marroni che pendevano appesantite di acini color rubino. Dietro di lei balzarono una giumenta bianca e una dama pallida che cavalcava all'amazzone, agguerrita e feroce quanto la cavallerizza nera, con delle piume di cigno tra i capelli candidi che volavano via in nuvole chiare. Mentre galoppavano, gli zoccoli scalpitanti creavano vortici di vecchie foglie arancioni.

«È passato da questa parte?», gridò Marja Morevna, con gli occhi ardenti, tirando le redini del suo cavallo scuro e girando in tondo con impazienza.

«Chi?», abbaiò il lešij.

«Il mio uccello di fuoco! Hai di nuovo del muschio nelle orecchie, Zemja?».

«Siete troppo lente», sospirò Naganja. «È esploso qui più di un'ora fa. Mi ha bruciato i capelli, il che naturalmente ha incenerito la maggior parte del nostro pranzo». I capelli di Naganja luccicavano, bagnati e scuriti di olio per fucili, puzzavano di benzina.

«Bene, allora», disse Madame Lebedeva, saltò con leggiadria giù dal cavallo e si aggiustò l'elegante cappello bianco, che aveva ancora molte piume di cigno attaccate. Al suo collo brillava un cammeo perlato, che la ritraeva in un profilo perfetto. «Io, per esempio, prenderò una tazza di tè e mi riposerò. Gli uccelli di fuoco sono prede così frustranti. Un attimo è tutto penne della coda infuocate e artigli rossi, e quello dopo nient'altro che cenere e un posteriore indolenzito». Legò la giumenta a un larice e si adagiò sulla coperta da picnic un po' sdolcinata, spazzolando via della polvere invisibile dai calzoni bianchi e dalla giacca.

Marja appoggiò il fucile da caccia a un acero color fuoco e si accasciò sulla coperta. Abbracciò Zemja vigorosamente –

che è l'unico modo per fare qualsiasi cosa coinvolga un lešij – e gli schioccò un bacio sulla guancia di corteccia di quercia. La caccia le aveva fatto salire il sangue e la fame: vibrava di eccitazione.

«Che cosa abbiamo da mangiare?», chiese allegra Marja, i capelli cosparsi di gioielli le ricadevano su una spalla. Indossava un elegante completo nero, per metà uniforme e per metà vestito da cacciatore.

«Pane bruciato, *pirožki* bruciati, cipolle in salamoia *e* bruciate. Credo che anche il tè abbia un sapore particolarmente affumicato», sospirò la vintovnik.

«Non possiamo lasciarvi soli per un secondo». La signora Lebedeva li guardò torva.

«Tre ore, *vila*!», brontolò Zemleed, grattandosi le ginocchia. «E lei mi stava interrogando di nuovo. Guarda!». Mostrò le mani, e ognuna aveva un bel foro di proiettile nel palmo frondoso. «Il prezzo del favoritismo, dice lei!».

«Be', ora, devi ammettere che vieni quasi subito dopo il favorito dello zar». La signora Lebedeva sorrise.

«E tu no? Dov'è il *tuo* prezzo, eh?».

«Sto molto attenta a non stare sola con la zelante Naša». La vila tirò su col naso. «Trovo che questo sia il modo migliore per evitare gli interrogatori».

«Pace!», Marja Morevna rise, alzando le mani. Su ogni dito brillavano anelli d'argento tempestati di malachite e rubini grezzi e non intagliati. «Se non vi comportate bene, tutti voi, non vi racconterò più storie su Pietrogrado!».

L'occhio limpido di Naganja si riempì di lacrime nere e unticce. «Oh, Maša, non è giusto! Come potrò promuovere gli interessi del Partito nell'entroterra se non mi insegnerai a conoscere Marx e papà Lenin?».

Zemja si accigliò, la sua bocca era poco più di una fessura nella pietra del mento. «Chi è papà Lenin? *Tsk!* Zemleed ha *un solo* papà: papà Koščej. Non ha bisogno di un papà Lenin brutto e calvo!».

Il viso di Marja Morevna si illuminò e si oscurò tutto in una volta. Si rigirò gli anelli alle dita. Quando pensava a Koščej, il suo sangue ribolliva e gelava a un tempo. «Bene, sono sicura che questo porrà fine al dibattito, Zem. Naša?».

Naganja sospirò enfaticamente. «Dovrei andare io stessa a Pietrogrado!», gemette. «A che serve un folletto a schioppo qui, dove il miglior svago per la mia specie è la caccia comune? Quanto desidero la vera utilità, dare la caccia ai nemici del Popolo e bucherellarli!».

Madame Lebedeva sbadigliò e stirò le lunghe braccia. La sua bellezza era incredibilmente delicata e penetrante, simile a quella di un uccello e quasi incolore, a parte gli occhi scuri e senza profondità. «Quando ti sposerà, Mašenka? Che fatica per te, aspettare così!».

«Non lo so, Lebed, mia cara. È così impegnato con la guerra, sai. Tutto il giorno e tutta la notte nel Černosvjat a studiare documenti e assegnazioni di truppe. Non proprio un buon momento per un matrimonio». In verità, Marja era stanca di aspettare. Strizzò gli occhi alla gelida luce del sole, desiderando di essere zarina, di essere al sicuro qui, di sapere che non sarebbe dovuta tornare a casa, dove non aveva un cavallo o uccelli di fuoco da cacciare, dove non aveva simili amici.

«Forse non ti ama più». Naganja scrollò le spalle, la bocca mezza piena di pirožki.

«Merda di scoiattolo! Una lumaca schiacciata ha più buon senso di te», ringhiò Zemleed. «Papà non può sposare nessuno. Non finché *lei* non approva. Non prima che arrivi Babuška».

«Vorrei che si desse una mossa!», sospirò Madame Lebedeva. Rosicchiò un po' di cipolla annerita. «Voglio candidarmi per la dacia dei maghi, quest'estate. C'è abbastanza competizione e non riesco a concentrarmi sulla mia candidatura se devo pensare anche al corredo di Maša. Le prove d'ingresso sono *brutali*, tesoro».

Naganja ridacchiò. «Cosa c'è nel corredo di una ragazza di

Pietrogrado? Merda di cavallo e mezzo litro di acqua per lavare della Neva?».

«Sono sicura che non è affare di un folletto», ringhiò Lebedeva. «Lascia fare a quelli di noi con un briciolo di raffinatezza in più».

«Come se una strega vila non pensasse solo ai bigodini e a cercare la fortuna in una tazza di piscio!».

Naganja strinse l'unico occhio e sputò. Un bel proiettile esplose dalla sua bocca e trafisse le piume di cigno di Madame Lebedeva, facendole saltare via il cappello. Lei gridò di indignazione, con i capelli bianco ghiaccio bruciacchiati di nero sulle punte. E corse dietro al suo cappello.

«*Bestia!* Marja! *Devi* punirla! Le hai fatto giurare di non sparare a nessuno stamattina, e guardala come si ribella!».

Marja Morevna assunse un'espressione solenne. Con un dito ricurvo e ingioiellato fece cenno alla vintovnik di avvicinarsi al suo fianco. «Naša, sai che non dovresti disobbedirmi».

Naganja tacque. Le sue mani tremavano, gli ingranaggi le schioccavano nervosamente nella guancia.

All'improvviso, la mano di Marja balenò fuori e afferrò la bocca e il naso di Naganja. Con l'altra mano bloccò la nuca della vintovnik. Il petto di Naganja si sollevò, cercando di respirare, ma Marja non la lasciò andare. Spinse il folletto a terra, tenendole il viso tra le mani feroci, balzando a cavalcioni su di lei per inchiodarla meglio al suolo della foresta. Il cuore di Marja sussultò ed esultò. Del tutto spontaneamente, pensò a un libro di poesie gettato nella neve e a una sciarpa rossa strappata a metà. Spinse più forte. Lentamente, lacrime nere e oleose si accumularono negli occhi di Naša e scesero sulle nocche di Marja Morevna mentre Naša lottava, si contorceva, finché non restò immobile sotto di lei. Marja sorrise, le sue trecce sfiorarono le braccia di noce dell'amica. Alla fine, lasciò alzare Naganja. Il folletto ansimò e farfugliò, dispiaciuta e rauca, asciugandosi le lacrime.

«Fa' che ti sia di lezione», disse allegramente Marja Morevna. «Attenta al grilletto quando sei in compagnia! Quando ti dico di fare qualcosa, devi farla». *Forse una zarina non è che una bella ragazza fredda nella neve, che guarda dall'alto in basso qualche disgraziato e non si arrende.* Marja pensò a queste cose, il suo respiro e il polso si calmarono. Ultimamente aveva sentito quella freddezza dentro di sé e, sebbene la temesse, l'amava, perché la rendeva forte.

Naganja sedeva tremante. Il suo respiro si era fatto affannoso. Tirò su col naso pietosamente e se lo toccò.

«Oh, Naša!», gridò Marja, sentendosi improvvisamente meno fredda e un po' imbarazzata. Forse si era lasciata trasportare, ma i folletti non ascoltavano nessuno che non sapesse picchiarli sonoramente. Dopotutto, una brava zarina parla la lingua dei suoi sudditi. «Non essere triste! Ti troverò una bella *rusalka* da strappare dal suo lago nel cuore della notte e da strangolare per ottenere informazioni! Non sarà adorabile?».

Naganja sorrise un po', addolcita. Un intenso rossore color noce le si levò sulle guance e Marja capì che le era piaciuto essere punita, anche se solo un po'. Si rivolse al lešij.

«Ora, Zemja... su, ridammi quel libro! L'hai fatto quasi a pezzi! Zemja, chi è questa babuška di cui parli? Pensavo di aver incontrato tutti qui!».

In quel momento, un grido acuto e meraviglioso riecheggiò nella foresta. Una fiamma arancione circondò le nuvole, così in alto nell'aria che sembrò poco più che un granello di polvere infuocata. Prima che Naganja potesse gridare, Marja aveva afferrato il fucile, si era inginocchiata e aveva sparato.

Con uno schianto rovente e scoppiettante, un uccello di fuoco cadde dal cielo.

«Perché chiamano questo posto l'isola di Bujan?», rifletté Marja mentre i quattro tornavano a grandi passi lungo via Skorochodnaja. Il sole tramontava sulla città, riversando luce sulle calde cupole bianche scolpite da ossa lisce e lucenti. La prima spolverata di neve scintillava sulla strada, come una promessa della dolcezza dell'inverno a venire. «Non è affatto un'isola, per quanto ne so».

«Una volta lo era», disse Zemleed, che era di gran lunga il più anziano di loro. «L'inarrestabile mare salato. Il tuo lago Bajkal? *Pfui!* Una pozzanghera! Il *nostro* mare aveva i pugni, ai tempi che furono».

«Continua a essere una meraviglia per me», disse Madame Lebedeva, con la sua voce musicale che faceva muovere più leggero persino il suo cavallo bianco, «che i lešie abbiano imparato a parlare. Che tipo di processo è stato, mi chiedo? Un riccio solitario ha battuto su una roccia finché non ha fatto rumore?».

«I lešie hanno imparato dagli alberi cantando canzoni che insegnavano gli uccelli, che gli uccelli avevano imparato dai vermi, che i vermi avevano imparato dal fango, che il fango aveva imparato dai diamanti. *Frutto di una discendenza*, ecco cosa siamo».

«Be', sono sicura che eri uno studente molto scarso, Zemja. Non hai il vocabolario di una salamandra. In ogni caso, Maša, cara, l'isola di Bujan una volta era davvero un'isola, in un grande mare dove pesci delle dimensioni di un galeone nuotavano tra le onde dorate. Loro, quei pesci, cantavano certe canzoni all'alba. Se avessi cento balalaiche e mille *gusli*, non riusciresti a suonare una canzone uguale alla più breve delle loro».

«Che è successo?». Marja Morevna convinse il suo cavallo nero ad andare avanti. Quello si tirò dietro una rete d'argento. Piume fiammeggianti spuntavano da ogni angolo, bruciando la terra sotto di sé mentre si trascinavano.

Madame Lebedeva sospirò. «Cosa succede a qualsiasi cosa bella? Vij l'ha divorata. Per prima cosa i grandi pesci si misero a pancia in su, uno per uno, i loro ventri praticamente delle isole. Poi l'acqua divenne nera e verde, attraversata da correnti di fango. Poi le onde presero fuoco e arsero fino al fondo del mare. Le fiamme bruciarono le stelle… e poi svanì. Nebbia e vapore. Tutto quanto finito nelle casse dello zar della Morte. Puoi scommetterci che nel *suo* paese c'è un mare fantasma pieno di pesci fantasma che continuano a cantare le loro canzoni, in una chiave diversa, con parole diverse. E nel nostro paese, se cammini abbastanza lontano nella pianura, vedrai grandi ossa sporgere dalla terra dove un tempo c'era il fondo del mare. Montagne fiancheggiate da costole, valli piene di mascelle».

Marja cavalcava in silenzio. Ogni volta che imparava qualcosa della lunga storia del paese di Koščej e della guerra con lo zar della Morte, amava Bujan un po' più intensamente e temeva la guerra un po' più risolutamente.

«Stasera andiamo a raccogliere funghi?», disse con dolcezza Naganja, ancora imbarazzata ed elettrizzata dalla sua punizione. «Ci sarà una luna fuori, grande come un bersaglio. E ho un debole per i finferli».

Il variopinto gruppo attraversò la porta della città: una palizzata di corna aggrovigliate e imponenti, ogni punta coronata da un teschio ghignante. Marja non lo riteneva più raccapricciante né rabbrividiva mentre passava sotto quelle orbite vuote. Ora, i teschi sembravano sorriderle, come a dire: «Noi che una volta eravamo vivi possiamo ancora proteggerti e amarti, e permetterti di continuare a vivere al sicuro. Niente muore mai veramente».

Una volta chiusi i cancelli alle loro spalle, le botteghe e le case sfavillarono, le finestre illuminate da fuochi rossi e felici. Il Černosvjat si stagliava lì davanti, con le sue torri nere e le sue porte rosse scintillanti. Assomigliava così tanto al Cremlino che Marja li aveva spesso pensati come fratelli separati alla nascita e piazzati agli opposti, uno su ciascun lato del mondo. Koščej viveva nella torre più grande, la cui cupola era cosparsa di granati. Ma la maggior parte della gente viveva da qualche parte nel Černosvjat, nelle cittadelle più piccole, nelle cappelle e nelle anticamere. Il posto cresceva con gli anni, come un albero, come la casa in via Gorochovaja, in via Dzeržinskaja. I vecchi nomi vorticavano nella mente di Marja, confluendo insieme e separandosi di nuovo finché non riusciva più a ricordare quale fosse venuto prima.

L'ampia pianura ospitava molte altre case e saloni e focolari e osterie che sgorgavano come acqua dal Cremlino nero. Marja non si accorgeva quasi più che le case e le sale erano state messe insieme con le pelli di molte bestie esotiche e familiari, i tetti ricoperti di capelli lunghi e ondulati, le grondaie bordate di trecce dorate. Dalle fontane zampillava sangue caldo e scarlatto in vasche di vetro, gocciolando piacevolmente nella luce del tardo pomeriggio. Un ricco vapore fluttuava dai loro bacini, e ogni tanto il corvo vi si posava per dissetarsi. Una volta Marja aveva urlato quando una fontana sanguinante si era innalzata come un geyser per il suo spettacolo di mezzogiorno. Una volta si era sentita male quando aveva visto il muro di una cappella rabbrividire per un vento improvviso, proprio come succede alla pelle. Ma la fontana si era imbarazzata molto e fu presentata alla cappella, il cui nome era Avdotia, e queste cose a Marja ora sembravano semplicemente giuste e adorabili, solo esseri viventi nel paese della Vita, dove anche una fontana respirava e fluiva di materia vitale. Ma ormai era passato tanto tempo, come il sogno di un'altra vita.

«Penso di essere troppo stanca per i funghi, Naša», disse infine. «Andrò invece da Koščej e vedrò se ha bisogno di me. Però», aggiunse magnanima, «stanotte puoi dormire con me, se vuoi, e mangiare una crostata con la glassa». Le piaceva di più punire o premiare? Marja non avrebbe saputo dirlo. Ogni cosa a Bujan provocava un piacere diverso, se solo si imparava a riconoscerlo.

La vintovnik si illuminò e ballò un po' sulla lunga strada acciottolata. Zemleed grugnì e colpì il terreno con il pugno muscoso.

«Favoritismi!», sbottò.

8

Dormi accanto a me

Nella stanza più profonda e nascosta del Černosvjat, le cui cupole ossificate splendevano qua e là di bolle d'argento e crociere d'acciaio, Koščej l'Immortale sedeva sul suo trono di onice e osso. I suoi occhi si abbassarono, esausti e arrossati dal pianto o dal lavoro o da entrambe le cose. Davanti a lui, su un grande tavolo formato dalla pinna pelvica di un pesce incredibilmente enorme, erano sparpagliate mappe e progetti e lettere, carte e scatole da imballaggio, fotografie e schizzi, libri tenuti forzatamente aperti, capovolti, con il dorso spaccato.

Marja Morevna entrò, la tenuta da cacciatore mezza aperta per il caldo. Le pareti scure del Černosvjat spesso sembravano respirare e il loro respiro era brutalmente caloroso o spietatamente freddo. Marja non sapeva mai cosa aspettarsi. In silenzio, camminò attorno al lungo tavolo e lasciò cadere un'unica piuma d'oro, che scivolò pigramente per posarsi su un modulo di richiesta. Non fiammeggiava più, ma risplendeva di una soffusa luce ambrata.

«Avrei preferito che fosse vivo, volčitsa», disse Koščej senza alzare lo sguardo.

Marja scrollò le spalle. «È morto solo ora, sia per la stanchezza della caccia che per il proiettile».

Koščej si alzò dalle sue carte e la tirò a sé, chinandosi a baciarle la clavicola.

«Sono orgoglioso di te, ovviamente, malevola amata. Ma devi renderti conto che hai solo aggiunto un uccello di fuoco alla cavalleria di Vij. Una cosa nera e senza fiamma, le cui ali d'ossa trasportano piloti fantasma con le braccia piene di armi».

Marja Morevna chiuse gli occhi, gustando le sue labbra sulla sua pelle come una volta, tanto tempo prima, aveva gustato la fetta di pane nero, imburrata e spalmata di uova di pesce.

«Nascondeva una covata di uova», sussurrò mentre lui le afferrava i capelli e le inclinava la testa per rivelare la sua gola, pallida e nuda. «A breve avremo abbastanza uccelli di fuoco per trainare una torre d'assedio, e ne resteranno ancora uno o due per accendere il focolare al nostro ritorno». Il suo peso su di lei la fece rabbrividire e le risvegliò la pelle. Lei sorrise contro il suo guanto scuro. «Inoltre, una volta era tradizione che un corteggiatore andasse a prendere la piuma di un uccello di fuoco per mostrare le sue buone qualità coniugali».

«Conosco le tue qualità».

Marja non disse nulla. Non sentiva l'urgenza di sposarsi, esattamente… niente di simile alle sue sorelle, che l'avevano desiderato come il premio alla fine di una partita lunga e difficile. Ma sentiva che finché Koščej l'avesse baciata e baciata ancora e non l'avesse sposata, sarebbe rimasta una bambina a Bujan: una zarina viziata, ma non una zarina, non una del luogo. Una specie di giocattolo umano. Non le importava che lui le regalasse un anello – gliene aveva regalati a dozzine, di ogni gemma scura e scintillante –, ma non desiderava essere una principessa per sempre. Koščej raccolse il coltello che aveva usato per aprire i sigilli dei corrieri e la guardò pensieroso. Allungando il braccio, tagliò lentamente i bottoni della sua tenuta da cacciatore.

«Se continui a tagliarmi, resterò senza più vestiti», disse Marja Morevna. Le gemme nei suoi capelli tintinnarono l'una contro l'altra quando lui le racchiuse il cranio nella sua grande mano. Con l'altra le tagliò la gonna del vestito in un colpo solo, come a staccare la buccia da una mela rossa, rossa. Le sue mani bruciavano fredde su di lei, che sentì – come riusciva sempre a sentire – le ossa sotto la pelle delle sue dita, i suoi fianchi. Poi si indurì, la sua pelle divenne calda e reale e piena. Uno scheletro, sempre, l'abbracciava prima, e poi si ricordava di essere un uomo. Capì: lui non gliel'aveva forse detto? «Essere Immortale significa trattare con la morte in ogni momento. Scongiurare la morte non è un atto involontario, come respirare, ma una tensione costante, come tenere in equilibrio un bicchiere sulla testa». E ogni giorno, lo zar della Vita combatteva nel proprio corpo per tenere a bada la morte come un cane bastonato.

Koščej affondò le unghie nella parte bassa della schiena nuda di Marja. Il sangue stillava in gocce minuscole. Marja gridò un po', il respiro sottile e rapido, e lui si portò il pollice alle labbra, succhiando la piccola macchia del suo sangue. Le guance di lui, sempre scarne, erano segnate dalle ombre, e l'Immortale la guardava con occhi affamati. Ma questo non la spaventava più. Il suo amante sembrava spesso affamato, perseguitato. Poteva baciarlo fino a cancellare da lui quelle espressioni, e spesso lo faceva, finché il suo viso non diventava serafico, morbido, liscio: come può fare chiunque per il suo compagno quando la giornata è lunga e dura, e il conforto è lontano. Non pensava più, al momento, a baciarlo fino a sentirlo vivo. Ogni cosa in quel posto era livida e impressionante e viva, e quando lui l'amava e la feriva allo stesso tempo, anche lei viveva, più in alto e più intensamente di quanto avesse creduto di poter fare. *Sì*, pensò, *la magia è così, quando arriva*. Come le fontane di sangue, gli edifici di pelle e capelli, Koščej, da tempo, era diventato casa. Così Marja sorrise mentre lui le mordeva le spalle, sentendo dei lividi infantili che le sbocciavano invisibili sotto la pelle. *Domani li indosserò come medaglie*, pensò, mentre lui la sollevava sui resti di mappe e diagrammi meccanici.

«Koščej», gli sussurrò sul collo, dove i capelli scuri gli si arricciavano. «Dove tieni la tua morte?».

Koščej l'Immortale si portò i polpacci di Marja Morevna attorno alla vita e affondò in lei con il peso degli anni. Gemette sul suo seno. Lo zar della Vita diventava come un bambino quando aveva bisogno di lei, e questo la lasciava senza fiato. Il potere che aveva su di lui, che lui le aveva dato. *Chi comanda, questo è tutto.*

«Dimmelo», sussurrò. Lo voleva anche lei. Voleva così tanto in quei giorni, tutto ciò che toccava.

«Zitta, Dalila!». Si spinse dentro di lei, le ossa dei suoi fianchi le trafiggevano il ventre morbido.

«Non ti nascondo niente. Faccio amicizia con i tuoi amici, mangio come mangi tu, ti insegno la dialettica! Se non vuoi prendermi in moglie, almeno prendimi in confidenza».

Koščej strizzò gli occhi. Trasalì per la forza del suo segreto, il suo culmine, il suo bisogno. Mentre la stringeva sempre più forte, Marja aveva l'impressione che il suo viso diventasse più rotondo, più giovane, come se respirasse la sua stessa giovinezza.

«La tengo in una cassa di vetro», ansimò infine, spingendola bruscamente all'indietro sopra le pile di documenti che prevedevano i movimenti delle truppe, i pugni intrappolati nell'immensa massa dei capelli di lei. «Protetta da quattro cani: un lupo come te, un segugio da corsa affamato, un cucciolo altezzoso e un grasso cane da pastore. Tutti i loro nomi iniziano con la stessa lettera, e solo io conosco la lettera». Chiuse gli occhi sulla sua guancia mentre lei si fletteva verso di lui come un arco teso. «E solo qualcuno che conosce i loro nomi può raggiungere lo scrigno dove custodisco la mia morte».

Koščej gridò come se stesse morendo. Si appoggiò al suo amore, il petto gli tremava. Lei lo strinse come un bambino, come se fosse suo. E non le sfuggì che parlare della sua morte eccitava Koščej in qualche parte nel profondo, come se quella vicinanza, persino della parola stessa, sfrigolasse elettricamente nel suo cervello.

«Vinceremo, Koščej?», sussurrò lei. La stanza divenne improvvisamente gelida, la brina si addensò sulle alte finestre. «Vinceremo questa guerra?».

«La guerra non si fa per vincere, Maša», sospirò Koščej, leggendo le tracce delle linee di rifornimento, delle strategie a tenaglia, oltre la spalla di lei. «Si fa per sopravvivere».

Quella notte Naganja la vintovnik si rannicchiò addosso a Marja nella sua camera da letto, tappezzata di velluti e sete rosso vinaccia. Vivere nella stanzetta di Marja era come vivere dentro un cuore. Le piaceva così, anche se faceva venire il mal di testa a Madame Lebedeva. E le piaceva la sua intimità, stare tra le sue cose. Il letto enorme, con i quattro pilastri neri che sparivano nel soffitto, fece sprofondare entrambe le ragazze tra i cuscini. Naganja, sempre calda al tatto, sospirò nell'ombra, e Marja Morevna la strinse forte in modo che Naša sapesse che non era più arrabbiata. Non lo era mai stata davvero.

«Domani», disse Naganja, «sarebbe meraviglioso uscire insieme nella piazza centrale e sparare il più lontano possibile, e poi correre a vedere a cosa abbiamo sparato! Una volta ho fatto questo gioco con un ragazzo e lui sparò a una rana in gola. E accadde la cosa più strana e più brutta. La rana si trasformò in una ragazza che iniziò a piangere, tutta nuda e coperta di fango». Naganja fece una pausa per lasciare a Marja il tempo di stupirsi. «Indossava un vestito verde quando si sposarono, e non crederesti al pane nuziale che preparò. La crosta era tutta piena di miele e zucchero e di piccoli mirtilli canditi. Pianse anche quando venivano lette le pubblicazioni. Le stesse lacrime del giorno in cui lui le ha sparato. Forse non voleva sposarsi proprio con lui, ma chi non vorrebbe sposarsi con un tiratore esperto? Non posso crederci. Deve aver pianto per qualche segreta ragione anfibia. Poi il suo vestito prese fuoco mentre ballavano, e c'è stato un casino, ma tutto questo è irrilevante».

«Se spariamo in città, potremmo colpire qualcuno che non sta giocando al nostro gioco», disse Marja assonnata. La parte bassa della sua schiena bruciava ancora piacevolmente per via delle unghie di Koščej.

La vintovnik colpì il cuscino con il suo pugno di noce. «È

questo il bello! Ah, be', se vuoi fare la bambina, possiamo uscire nel bosco. Probabilmente non otterremo altro che scoiattoli, e nessuno di *loro* si trasformerà mai in una ragazza».

«Va bene, Naša. E se prendo una rana, è tutta tua».

Il folletto si rannicchiò più vicino. «Allora mi vuoi ancora bene, Mašenka?».

«Certo, Našenka. Punirti non significa che tu non sia amata. Anzi. Puoi punire veramente solo qualcuno che ami».

Naganja fece scattare allegramente le sue giunture di ferro.

Marja aprì gli occhi nell'oscurità, fissando il soffitto scolpito che mostrava la scena di un grande dragone frangiato assediato dai boiardi. «Ti ho mai raccontato della prima volta che Koščej mi ha punita?».

«Koščej *ti* ha punita?».

«Oh sì, molte volte. Ma la prima volta è stato perché mi ha chiesto di non parlare, e io ho parlato lo stesso. Non ho detto molto, gli ho solo detto che mi sentivo meglio. Ma non era per quello che avevo detto, era perché avevo infranto la mia parola. Anche se pensi che sia stato crudele da parte sua dirmi di non parlare, l'avevo promesso».

Naganja si dimenava, agitata. Anche se la punizione si era conclusa da tempo, non poteva fare a meno di preoccuparsi per la sua amica.

«E così, quando sono arrivata per la prima volta a Bujan, non mi ha permesso di entrare con lui al Černosvjat, o di cenare, o di incontrare adorabili folletti a schioppo dai nomi come il mio. Mi ha lasciata alle stalle a badare al suo cavallo perché avevo infranto la mia promessa».

«Be', sono certa che potevi ancora respirare». Naganja non poteva fare a meno di stuzzicare: era la sua natura.

«Ci sono cose peggiori che non respirare», disse piano Marja. «Quando sei così lontana da casa, e spaventata, e sei stata malata per molto tempo, e nessuno ti conosce, e ti mancano tua madre e la tua vecchia casa, e non sai se ti sposerai o se verrai uccisa, essere lasciata in una stalla da sola senza una parola è molto brutto. Ma ho tirato lo stesso fuori la vanga, anche se la sua lama era alta la metà di me. Ho rigovernato la stalla del cavallo – e quella bestia fa un macello, te lo assicuro, tutto letame, gas di scarico e marmitte rotte! Dopo un po' non piangevo quasi più, ma le braccia mi dolevano da morire. Gli spazzolai il manto e lo strofinai con dell'olio, mentre lui non smetteva di sbuffare con gli occhi fiammeggianti. Era ancora bianco e color crema, come quando ero malata. "Perché cambi colore in quel modo?", chiesi, senza aspettarmi una risposta. "Così è difficile scegliere l'olio giusto!".

E lui brontolò: "Non sono io il cavallo che ti ha portata a Pietrogrado. Quella è mia sorella, la Ronzina di Mezzanotte. Poi hai cavalcato mio fratello, il Cavallo di Mezzodì, che è rosso come l'alba. Io e te ci siamo appena conosciuti. Io sono il Castrone dell'Alba e per arrivare qui bisogna cavalcare ciascuno di noi. Il mio nome è Volčja Jagoda".

"Ti ha chiamato 'cibo per lupi'?" chiesi, dato che allora non conoscevo l'umorismo di Koščej.

Volčja sbuffò di nuovo e dal naso gli uscirono scintille. "Non lo siamo tutti?", disse.

Cominciai a spazzolare la sua criniera orribilmente aggrovigliata. Ogni volta che gli tiravo lo scalpo mi mordicchiava, e i morsi di Volčja sono come i tagli di una spada. Piansi molto, ricordo. E al freddo, anche piangere fa male. Arriva a raffiche impreviste, e le lacrime si congelano a metà del viso. Allora non sapevo come trattenermi dal piangere. Quando finii, i suoi peli brillavano rossi del mio sangue e a quel punto assomigliava al fratello. Fuori la notte si era fatta densa e nera, e la città mi spaventava. Dove viveva Koščej? Dove potevo trovare del cibo? Dove potevo bere o dormire? Così ferrai di nuovo Volčja, per rimandare quelle decisioni. Gli staccai i vecchi ferri di cavallo di battistrada e martellai quelli nuovi di ferro. Sapevo come farlo, perché quando ero giovane e indossavo una sciarpa rossa, dovevamo tutti imparare a gestire i cavalli della polizia, dopo la scuola. In caso di un'altra guerra, capisci. Quindi feci scorrere la mia mano lungo il suo nodello – così morbido e caldo! – e lui mise la zampa proprio nella mia mano. Quando ebbi finito, Volčja Jagoda mi guardò con quegli occhi enormi e infuocati e si sdraiò proprio lì nella sua stalla pulita.

"Vieni", disse. "Dormi accanto a me e lui ti verrà a prendere domattina. Condividi il mio abbeveratoio e il mio sacco di avena".

Be', Naša, ho bevuto e mangiato, anche se l'avena era secca e insapore. Ho trovato una zolletta di zucchero nel sacco e Volčja me l'ha lasciata prendere. Mi sono sdraiata accanto alla sua grande pancia bianca e ho chiuso gli occhi. Era come dormire accanto alla stufa nella mia vecchia casa. Perché, Naša, anche quando sei stata cattiva, a volte ci sono un letto caldo e un caro amico da qualche parte, se solo sai dove cercare. L'ho imparato da Volčja, anche se non credo fosse esattamente quello che avrei dovuto imparare. E proprio mentre stavo per addormentarmi, distrutta ed esausta e ancora sanguinante per un paio di morsi, Volčja Jagoda mi disse dolcemente all'orecchio: "Dormi bene, Marja Morevna. Penso che tu mi piaccia di più. Nessuna delle altre ragazze mi ha regalato scarpe nuove"».

«Ed è venuto a prenderti la mattina dopo?».

«Oh sì, e tutto è stato perdonato. Del resto, non puoi punire qualcuno a meno che tu non voglia perdonarlo. Che senso avrebbe? E gli ho riferito quello che ha detto Volčja».

«E? Cosa ha detto papà?».

«Ha detto: "Devi esserti sbagliata. Non ci sono mai state altre ragazze"».

Nel buio, Naganja la vintovnik aggrottò la fronte e fece schioccare la lingua.

Marja Morevna si addormentò con i pugni stretti, pronti in posizione vicino al mento.

9
Una ragazza che non si chiama Elena

Dalla sigaretta di Madame Lebedeva, infilata nel suo bocchino d'avorio, saliva una sottile spirale di fumo. Era sdraiata su una soffice poltrona blu, il corpo spigoloso avvolto in un abito di piume di cigno senza maniche, punteggiato di minuscole perle di vetro. Madame si mise palesemente d'impegno per non mangiare la zuppa di cetrioli. Pezzetti di cerfoglio e dragoncello galleggiavano nel brodo verde, solitari e incustoditi. Lebedeva si avvicinò con riservatezza, ma non era necessario: il caffè affollato produceva abbastanza frastuono da nascondere qualsiasi segreto volesse condividere.

«Sono profondamente entusiasta di poterti portare qui, Maša, cara».

Marja la ringraziò di nuovo. Madame Lebedeva si era truccata appositamente per il loro pranzo, o più precisamente per il komitet che controllava l'ingresso all'esclusivo ristorante dei maghi. Le sue palpebre brillavano, coperte di una leggerissima polvere verde cipolla. L'aveva scelta per abbinarla alla zuppa, che aveva deciso già settimane prima di ordinare. Marja avrebbe potuto mangiare nel piccolo chalet ogni volta che voleva, naturalmente, non essendole proibito nessun luogo a Bujan. Ma Lebedeva si era guadagnata il suo privilegio e, mano nella mano, il piacere di sbandierare il suo privilegio con l'amica. «Sono *insensibile* al rapimento, ti dico. È tutto dovuto al fatto che ho prodotto un *cikavac*, ovviamente. Un'inezia, davvero.

Per una dotata di tanta grazia come me, nascondere un uovo sotto il braccio per quaranta giorni ed evitare il confessionale è a malapena degno di nota! Una tale creaturina così cara, per giunta. Ma le recensioni! Oh, mi hanno fatta a pezzi, Maša!».

«Fatta a pezzi?».

Lebedeva picchiettò la sua sigaretta, la cenere si ammucchiava. «*Fatta a pezzi*. Hanno detto che avrebbe dovuto sembrare un parrocchetto, non un "ridicolo pellicano in miniatura". A quanto pare, non avrei dovuto tagliarmi le unghie durante i quaranta giorni, che è il motivo per cui capisce le lingue degli animali ma non esaudisce i desideri. E venderlo a quel *vodjanoj* è stato un atto di sfacciato mercantilismo e dovrei essere interrogata. I critici, mia cara, non sono mai felici a meno che non schiaccino qualcosa sotto i piedi. Un pellicano! Dovrei mangiargli gli occhi».

Un cameriere con una camicia bianca immacolata apparve silenziosamente al loro fianco. Si inchinò con garbata sollecitudine. «Altra zuppa, signora?». La sua testa calva risplendeva alla luce della lampada, fatta eccezione per la striscia di capelli bianchi selvaggi che gli scendevano al centro del cranio come la criniera di un cavallo. La faccia di Lebedeva fiorì.

«Che piacere incontrare un altro vila! I compatrioti sono sempre un conforto. No, caro». Madame Lebedeva sorrise, il suo fascino perfetto, maturo, freddo. Si era esercitata allo specchio per giorni. «Ho una costituzione delicata. Marja prenderà sicuramente un'altra ciotola del tuo accattivante *ucha*, comunque! Gli umani sono così robusti. È storione quello che sento nel brodo?».

«Molto perspicace, signora. E lo chef le fa i complimenti per la sua produzione di martedì scorso. I pellicani saranno sicuramente di gran moda la prossima stagione».

Lebedeva aggrottò la fronte. Il cameriere rivolse la sua attenzione a Marja, gli occhi chiari, umidi di aspettative. Dal canto suo, Marja non voleva più stufato di pesce, anche se la riscaldava con un sapore delicato, salato e ricco di aneto. Era piuttosto sazia, ma le piaceva rendere felice Madame Lebedeva, e ciò che la rendeva felice, soprattutto, era dare ordini agli altri.

Il cameriere si chinò per parlare più intimamente con loro. La sua pelle odorava di linfa di pino ghiacciata.

«Se la compagna Morevna fosse interessata, io stesso ho lavorato a un piccolo incantesimo che potrebbe piacerle. Non è niente, davvero», si schermì prima che Marja potesse dire qualcosa. «Ma se le piacesse, potrebbe sussurrare una parola allo zar?».

«Io… Non sono certo un giudice. Non so nulla degli affari dei maghi».

«Marja», sussurrò Lebedeva, «sicuramente sai come funziona. Abbiamo preso appunti approfonditi durante le nostre visite a Mosca».

«Sì, ma a Mosca questo tipo di caffè è per gli *scrittori*». La Lebedeva e il cameriere apparvero entrambi piacevolmente perplessi, non gradivano essere messi in imbarazzo, ma lo stesso si rallegravano, ora certi di ricevere una lezione dalla fonte. «Scrittori», disse Marja in tono incoraggiante. Parlare con la gente di Bujan era come camminare sul ghiaccio: potevano conversare senza intoppi quanto ti pareva, e poi all'improvviso Marja ricadeva nelle loro idee aliene, sconvolta da ciò che non conoscevano. «Romanzieri? Poeti? Drammaturghi?». Lebedeva tirava dalla sigaretta, che sembrava non accorciarsi mai, per quanto ne cadesse cenere come neve.

«Sono sicura che suoni affascinante, cara. Cosa sono, una specie di prestigiatori?».

«No, no, raccontano storie. Le scrivono, voglio dire». Marja afferrò il suo tè per garantirsi un momento di riflessione. I bujaniti avevano un'insaziabile brama di informazioni sul mondo umano, ma qualsiasi cosa Marja dicesse loro diventava una nuova moda audace, che si diffondeva come un pettegolezzo. Doveva stare attenta. «Un drammaturgo scrive una storia che altre persone recitano. Memorizzano la storia e fingono di esserne le eroine e i cattivi. Un poeta ne scrive una in rima, come una canzone». Marja sorrise all'improvviso. Chiuse gli occhi e recitò, le parole le tornarono in mente come vecchi amici:

Colà la reginetta
Si strugge nella sua stanzetta
E bruno lupo ha per ancella;
Colla Baba Jaga il mortaio
Di per se stesso arranca e gira;
Là lo zar Koščej sull'oro langue.

Il cameriere si infilò il tovagliolo sotto il braccio e applaudì energicamente. Lebedeva batté le mani. «Oh, superba! Si parla di noi! Com'è gratificante essere così riconosciuti».

Incoraggiata, Marja si affrettò. «Un romanziere scrive un tipo di storia lunga, con… un sacco di storie più piccole all'interno, e motivi, e simboli, e talvolta le cose nella storia sono realmente accadute, e talvolta no».

Il cameriere arricciò il suo bel naso. «Perché si dovrebbe raccontare una storia su qualcosa che non è realmente accaduto? Almeno la poesia era schietta, virile. Per nulla interessata a oziose fantasie, semplicemente un rispettabile rapporto di censimento!».

Marja bevve pensierosa la zuppa. «Suppongo perché è noioso continuare a raccontare storie in cui le persone nascono e crescono, si sposano e muoiono. Così aggiungono cose strane, per rendere più interessante quando una persona nasce, più soddisfacente quando si sposa, più triste quando muore».

Lebedeva schioccò le dita. «È come mentire!», esclamò. «Be', lo capiamo, ovviamente! Più è grande la bugia, più è contento il bugiardo».

«Sì, un po' come mentire. Ma…», Marja si avvicinò a loro con fare cospiratorio. Non poteva farne a meno: le piaceva essere un'esperta, un'autorità riconosciuta. Vedere le sue opinioni diventare realtà. E poiché viveva, mangiava e dormiva a Bujan, aveva imparato a spiegare meglio le cose in modo che i suoi compagni potessero capirle. «Ma sapete, un mago dai capelli neri e folti baffi ha lanciato una maledizione su Mosca e anche su Pietrogrado, così che nessuno potesse dire la verità senza mentire. Se un romanziere scrivesse una storia vera su come le cose sono realmente accadute, nessuno gli crederebbe e potrebbe persino essere punito per propaganda. Ma se scrivesse un libro pieno di bugie su cose che non potrebbero mai realmente accadere, con solo alcune cose vere nascoste all'interno, ebbene, sarebbe acclamato come un eroe del Popolo, gli verrebbe dato un posto in un caffè degli scrittori, gli servirebbero vino e ucha gratuitamente. Otterrebbe un'estate retribuita nella dacia e verrebbe celebrato. Riceverebbe persino una medaglia dal mago con i folti baffi».

Il cameriere fischiò. «Questa è una buona maledizione. Vorrei stringere la mano a quel mago e offrirgli un bicchierino di vodka».

«Qualcuno dovrebbe scrivere un romanzo su di me», disse altezzosamente Lebedeva. «Non mi importerebbe se mentissero per renderlo più interessante, purché siano buone bugie, piene di baci e fughe audaci e dell'occasionale atto barbarico. Non sopporto un povero bugiardo».

«Per un po'», disse Marja Morevna, «ho pensato che mi sarebbe piaciuto fare la scrittrice. La mattina andavo a scuola a piedi e leggevo poesie e mi chiedevo se potevo essere come gli uomini e le donne nelle sale da tè riservate. Se ci fosse una storia dentro di me, da qualche parte nel profondo, addormentata, in attesa di svegliarsi».

«Ne dubito». Madame Lebedeva sbuffò. «Hai davvero bisogno di lavorare su come menti. Forse è perché sei tanto lontana da Pietrogrado. Le maledizioni non hanno molto potere di attaccare, geograficamente parlando. L'onestà è una *così* brutta abitudine, cara. Come mangiarsi le unghie».

Proprio in quel momento, la finestra rotonda del caffè, ricavata dalla lente dell'occhio di una balena, fu scossa da un leggero tremito.

«È possibile che tu abbia scelto una poesia sfortunata da recitare, mia cara», disse Madame Lebedeva, concedendosi finalmente un unico sorso della sua zuppa verde pallido. I suoi occhi si chiusero con squisita soddisfazione. Il cameriere si affrettò ad allontanarsi, di colpo molto interessato a un tavolo dall'altra parte della stanza.

All'esterno, si avvicinò un'auto nera. Il suo lungo muso inclinato e curvo come un becco spietato, i parafanghi arcuati, rotondi come uova. Come occhi intelligenti, le finestre si restrinsero. Era allo stesso tempo simile e diversa da Volčja Jagoda, l'auto che aveva portato Marja a Bujan. Questa sembrava nel complesso più grande, più sicura, più lussuosa, più seria.

Sotto di essa, dove avrebbero dovuto esserci le ruote, quattro zampe di gallina gialle procedevano con grazia a grandi balzi sulla strada, gli artigli neri raspavano la neve dura.

Mettendo da parte il cucchiaio d'argento, Madame Lebedeva spense la sigaretta nel piatto, poi la recuperò con uno svolazzo, intera e non fumata, e la infilò nel cappello.

«Per quanto tu sappia che ti adoro, devočka, qui dentro ci sarà troppa agitazione per il mio povero cuoricino. Credo che mi sposterò nella sala dei sigari e fiuterò il loro sangue di yak più vecchio. Per rimettere in sesto il mio stomaco».

Lebedeva se ne andò in un turbinio di piume e di capelli chiari e ondeggianti, lei faceva tutto in un turbinio. Marja Morevna sbatté le palpebre due volte e lanciò di nuovo un'occhiata nervosa alla macchina, le cui zampe di gallina si trascinavano avanti e indietro sui ciottoli ghiacciati. Provò anche un tremore allo stomaco: il suo corpo aveva imparato a sentirlo nel profondo delle viscere quando stava per accadere qualcosa di strano. Era utile, ma spiacevole. Marja tenne le mani ferme.

Nel caffè calò un improvviso silenzio. Un silenzio assoluto e profondo, senza alcun tintinnio di piatti o tazze cadute a disturbarlo. Il rivestimento delle pareti formicolò fino alla pelle d'oca quando una donna dal grosso seno con un naso simile alla lama di un'ascia entrò a grandi falcate nel locale, il collo affondato in una pelliccia nera, i capelli bianchi strizzati in uno chignon ferocemente stretto. Guardò a sinistra, poi a destra, dopodiché i suoi occhi caddero su Marja Morevna come un corvo vecchio e grasso quando si posa su un ramo. Si sedette con la sicurezza di una padrona di casa. Tre camerieri si affrettarono a portarle tè, vodka e *kvas* dorato in un barattolo fresco. Apparve un quarto, un rusalka, con i capelli bagnati, che reggeva un'oca intera su un vassoio dorato. La donna staccò una coscia e l'addentò, leccandosi il succo dal mento leggermente peloso. Il cameriere fu obbligato a rimanere in piedi, un pezzo di mobilio che sollevava l'oca per il crescente godimento della donna.

«Quindi sei tu, *lei*», ringhiò la vecchia, sorridendo con la bocca piena. Aveva tutti i denti, ed erano aguzzi, leonini e ingialliti.

«Non credo di capire cosa intendi», disse piano Marja Morevna. La vecchia sembrava traboccare di autorità. Lo stomaco di Marja lo avvertì come un colpo. La megera picchiettava sul tavolo con l'osso della coscia dell'oca.

«Ragazza, saltiamo questa pantomima in cui fai finta di non accoppiarti con mio fratello in quella sua goffa torre... smettila! Dev'essere per forza tutto nero? È un vecchio toro dai modi artefatti, poco ma sicuro. Comunque, non ho pazienza con le ragazze innocenti, a meno che non abbiano delle mele in bocca e siano in buoni rapporti con la mia pentola da zuppa».

Marja cercò di sorridere con educazione, come se stessero conversando piacevolmente sul tempo. Ma stringeva così forte la sua tazza da tè che il manico le impresse sui palmi delle lune rosse. Il suo volto arrossì e la vecchia alzò al cielo gli occhi itterici.

«Oh, smettila, Elena! Arrossire va bene per le vergini e per i cristiani!».

«Il mio nome non è Elena».

La vecchia si fermò e inarcò un sopracciglio, i cui peli ispidi erano cresciuti tanto lunghi che li aveva intrecciati ordinatamente lungo l'arcata sopracciliare. La sua voce cambiò timbro, passando a un tono di interesse. «Perdonami. Ho solo supposto. Mio fratello ha un…», mescolò il tè con l'estremità grassa dell'osso d'oca, «*feticismo* per le ragazze di nome Elena, sai. Quasi una monomania. Di tanto in tanto, si intrufola una Vasilisa, solo per rendere le cose piccanti. Quindi era facile sbagliare. Come ti chiami, figlia mia?».

«Marja Morevna. E non ce ne sono altre. Non ci sono mai state».

La megera si gettò dietro una spalla l'osso d'oca. Il cameriere, sempre silenzioso e diligente dietro di lei, lo afferrò con mano lesta. Poi lei si allungò sul tavolo, con la pelliccia che sciabordava tra la vodka, e prese il suo viso tra le mani.

«Be', non è semplicemente *affascinante*», sussurrò. «Che il diavolo festeggi! Lascia che la tua vecchia baba ti porti in una… spedizione. Ti farà bene! Moralmente fortificante, come guardare ben bene un cimitero. Un corpo ha bisogno di un buon *memento mori* per espellere gli umori».

La megera afferrò Marja Morevna per un braccio e la strattonò fuori dal ristorante. Non aveva pagato nulla.

Marja non era una stupida. Poteva fare due più due più due e arrivare a sei, vale a dire, sommare *la vecchia nonna* e *le zampe di gallina* e *i camerieri terrorizzati* e arrivare a Baba Jaga. Nessun mago superava di grado Baba Jaga. Il suo posto al caffè dei maghi era a dir poco sacrosanto.

Fuori, la neve ondeggiava lungo un sentiero di pizzo, così fitta da oscurare persino il Černosvjat, arroccato sulla collina, scuro e inespugnabile. Baba Jaga lanciò un grido lamentoso e balzò in aria, le sue gambe magre sforbiciavano sotto di lei. Atterrò violentemente sulle spalle di Marja, affondando i talloni nelle ascelle della ragazza.

«Via, ragazza! Via!», gridò. «Una moglie deve essere un buon destriero, eh?».

A Marja tremavano le ginocchia, ma quando sentì lo schiocco di una frusta di pelle di capra sulla schiena, corse nella neve, incespicando. L'auto di Baba Jaga sbuffò, prendendo vita, e saltellò dietro di lei, pizzicandole i talloni con il paraurti anteriore.

«Da quella parte, non-Elena!», Baba Jaga urlò nella tempesta. Marja gemette come un vecchio ronzino e corse.

La bocca di Marja gocciolava saliva come un cavallo troppo affaticato. Svoltò l'angolo, dove era stata spazzata via la neve, verso un vicolo semi riparato, il respiro affannoso, roco e rapido. Baba Jaga le tirò i capelli per farla fermare sulla soglia della porta, e saltò giù. Marja sussultò per il sollievo, quel peso caldo finalmente era svanito dalla sua schiena. Si chinò, il suo cuore rantolava, il sudore le colava addosso, strisciando giù dal cuoio capelluto. Una porta d'osso di cavallo fendeva il fianco di un edificio in pelle di cinghiale color sangue. Immondizia e vetri rotti ricoprivano la stretta strada. L'auto suonò allegramente il clacson, strascicando le sue zampe di gallina.

«Entri tu, e poi entro io», disse soddisfatta Baba Jaga, il suo respiro come vapore. «E stammi vicina… voglio vedere se piangi».

Superarono insieme la porta di femore di cavallo. Torreggiava su entrambe. All'interno, il reparto spalancato di una fabbrica si apriva sotto una balconata di ferro. Sbirciarono oltre la ringhiera, le viti e i bulloni gemevano sotto il peso di piombo di Baba Jaga. In basso, dozzine e dozzine di ragazze lavoravano su telai delle dimensioni di camion dell'esercito: le loro dita guizzavano dentro e fuori dai filamenti di lino, le spole correvano nelle loro mani. La maggior parte delle donne era bionda, con i capelli intrecciati in una corona ordinata intorno alla testa. Solo poche brune, come Marja, punteggiavano quel mare d'oro chiaro. Indossavano tutte uniformi identiche color mora. La vecchia era raggiante come una mattina di festa.

«Ognuna di quelle cosette graziose si chiama Elena. Oh, scusami. *Quella* è Vasilisa. E quella lì. E quella pienotta nell'angolo… e quella alta con la sua bambola ancora in tasca. Che dolce».

Marja si asciugò la fronte fradicia. I polpacci le bruciavano intensamente. «Cosa stanno facendo?», ansimò.

«Oh, questa è una struttura bellica. Non lo sapevi? Il tuo amante non ti dice proprio *tutto*? Stanno tessendo eserciti. A mezzogiorno e a mezzanotte, e nessun giorno libero per buona condotta. Vedi? Ecco, ne sta uscendo uno dalla linea proprio ora».

Esattamente sotto di loro, presso un telaio, una delle Elena stava ultimando l'elmo su un soldato. Era piatto come la carta, ma perfetto, l'uniforme nuova di zecca, gli occhi serenamente chiusi, il fucile puntato. La spoletta andava avanti e indietro, tessendo l'ultima punta dell'elmo. Quando ebbe finito, la Elena aprì la gamba dei suoi pantaloni e ci soffiò dentro con forza, prima la destra, poi la sinistra. Il soldato si gonfiò, il suo naso schioccò in posizione, i muscoli delle cosce si riempirono. Si sedette rigidamente e, con un gran cigolio di cuciture nuove, marciò verso il fondo della stanza, dove lo attendevano i bagni di fissaggio.

«Non sono vivi, vedi», spiegò Baba Jaga. «Be', non *propriamente* vivi. Non vivi come una rana o la mia macchina. Tutto perché così Vij non può tirare fuori il suo vecchio trucco di uccidere la nostra gente come se venisse pagato a peso, per poi rivoltarli e schierarli nelle sue stesse formazioni. Quando trafiggi uno di questi poveri bastardi, si disfano e basta. Bel trucco, no? Non posso dire che mio fratello non sia intelligente».

«Compagna Jaga...».

Baba Jaga turbinò su di lei, con le code della pelliccia che svolazzavano. «Non chiamarmi *compagna*, ragazzina. Non siamo uguali e non siamo amiche. *Presidente* Jaga. Quell'assurdità del compagno è solo un gancio con cui il basso tira giù l'alto. E poi cosa ottieni? Tutti che si rotolano nella stessa merda, come maiali».

Marja lottò per mantenere la sua voce forte e profonda. Non avrebbe mostrato paura di fronte a questo lupo di donna. «Presidente Jaga, perché mi hai portata qui?».

Baba Jaga sorrise, mostrando tutti i denti. La sua pelliccia nera aveva delle teste, notò a un tratto Marja, tre in totale: visoni con gli occhi a fessura, i musi congelati in un triplice ringhio. «Per mostrarti il tuo futuro, *compagna* Morevna! Koščej, il mio insaziabile fratello, ha rapito tutte quelle ragazze: da Mosca, da Pietrogrado, da Novgorod, da Minsk. Le ha strappate alle loro casette accoglienti, le ha trascinate nella neve, dicendo loro cosa mangiare, come baciare, quando parlare, facendo loro il bagno quando si ammalavano, solo perché lo amassero e avessero bisogno di lui – oh, mio fratello brama di sentire che qualcuno abbia bisogno di lui! Ha così tanto bisogno di se stesso, sai. E poi, be', cosa succede sempre con i mariti? Di alcune di loro si è annoiato, alcune di loro lo hanno tradito, rubandogli la morte o scappando con *bogatyr* dai colli come prosciutti, a malapena capaci di parlare. E poi *loro* gli rubano la sua morte. Oh, le streghe! Erano spudorate. Comunque, non importa. Mio fratello finisce sempre per morire. Oh, i funerali a cui ho dovuto partecipare! E fiori e regali per ognuno di essi! Sono quasi in bancarotta per colpa dei suoi teatrini. Ma non funziona mai. Questo è ciò che significa immortale. È solo la sua morte che muore. Koščej va avanti all'infinito. Nessuna di quelle ragazze dal culo lattiginoso l'ha capito, anche se praticamente indossa una lettera di intenti sul petto. Afferrano la sua morte e la squarciano e la calpestano da maledette quali sono, ma cosa ci puoi fare? Un cane è un cane. Sa solo mordere e mangiare. Ma la maggior parte di loro, Marja – accidenti, che nome nero e tenero! Potrei sdraiarmici tutto il giorno – la maggior parte di loro non ha superato questo punto grazie a me, tanto per cominciare. La famiglia è una faccenda spinosa e crudele, e Koščej non può sposarsi senza la mia autorizzazione. Quelle stupide mogli di buoi non erano adatte a spazzare il mio pavimento! Non riuscivano nemmeno a scoccare una freccia attraverso la cruna di un ago! A che serve una moglie che non ci riesce, ti chiedo? Gli ho fatto mille favori». Baba Jaga si infilò la mano nel cappotto e tirò fuori un sigaretto. Ne masticò l'estremità facendola rotolare tra le labbra, e sputò. «Quindi eccole lì sedute. Non invecchiano mai: gli anziani sono pessimi lavoratori, io dovrei saperlo. Persino a me non piace fare nemmeno mezza giornata quando posso non lavorare affatto. E non muoiono. Quella Elena lì – con il neo sul collo! – è qui, oh, dai tempi di Knjaz' Oleg. Lenočka!». La presidente Jaga la chiamò e mandò alla sarta un bacio fumoso. La ragazza non alzò lo sguardo dal fucile che tesseva. «Sono sicura che abbiamo spazio per te qui da qualche parte, Marja! Dopotutto, che razza di babuška sarei se lasciassi fuori al freddo anche solo una delle mie bambine?».

Gli occhi di Marja si velarono di lacrime. Si sentiva stordita. Un altro passo e sarebbe caduta oltre il bordo del balcone. Tutte loro? Tutte loro avevano amato Koščej, dormito nelle sue capanne? Si erano rannicchiate con i vintovnik? Avevano imparato ad avere freddo?

«Ha detto che non ce n'erano state altre, mai. Ha detto che avevo frainteso Volčja Jagoda, e che ero il suo unico amore». Ma più della bugia che le aveva raccontato, il cuore di Marja non riusciva a capacitarsi della turpitudine del suo amante che teneva prigioniere quelle ragazze, anno dopo anno, come un tesoro nascosto.

«I mariti mentono, Maša. Ne so qualcosa: te lo dico per esperienza. Questa è la lezione numero uno. Lezione numero due: tra gli argomenti su cui è più probabile che un marito menta ci sono i soldi, l'alcol, gli occhi neri, l'appartenenza politica e le donne che si sono accosciate sulle sue ginocchia prima e dopo di te, dolcissima».

Marja si coprì il viso con le mani. Non sopportava di guardare le Elena e le Vasilisa. Pensarle avvolte in impacchi di senape, o ad aprire la bocca per ricevere pane e uova. E peggio, a non tornare mai a casa, a non alzare mai lo sguardo da un lavoro che non riusciranno mai, mai a finire.

«Segugi e focolari, ragazza, non hai mai sentito alcuna storia su Koščej? Ha solo quello. Atto primo, scena prima: bella ragazza. Atto primo, scena seconda: la bella ragazza è sparita!».

«Non pensavo che *significasse* qualcosa». *Pensavo che le storie riguardassero me, in qualche modo. Che fossi un'eroina. Che la magia fosse per me.* «Non sanno nemmeno cosa sono gli scrittori, qui!».

Baba Jaga si ammorbidì, per quanto poteva ammorbidirsi. Le sue sopracciglia intrecciate si increspavano dolcemente. «Non significa che non sappiamo cosa siano le storie. Non significa che non ci camminiamo dentro ogni secondo. I *čerti* – cioè noi, demoni e diavoli, piccoli e grandi – sono compulsivi. Ossessivi. È la nostra natura. Giriamo su un binario, in tondo. Marciamo al passo. Recitiamo le stesse storie, ancora e ancora, le stesse serie di movimenti, mentre il tempo si accumula come il filo intorno a un arcolaio. Ci piacciono gli schemi. Sono confortanti. A volte cambiano delle piccole cose: un'auto invece di una casa, una ragazza che non si chiama Elena. Ma non è diverso, non proprio. Mai». Baba Jaga premette il dorso della mano avvizzita sulla guancia di Marja. «È così che diventi immortale, volčitsa. Ripercorri la stessa storia ancora e ancora, finché non indossi un ritmo nel mondo, finché, anche se sparissi, la storia continuerebbe a girare, a suonare, come un fonografo, e tu dovresti rialzarti, anche con un proiettile nell'occhio, per recitare la tua parte e dire le tue battute».

Le lacrime scorrevano sulle guance di Marja e gocciolavano attraverso la grata del balcone di ferro. Una finì sui capelli rossi di una Vasilisa. Non si mosse nemmeno un po'. *Oh, farò qualcosa, qualcosa*, pensò Marja con una furia simile alla febbre. *Quando sarò zarina romperò tutte queste macchine e le libererò.* «Se sei qui per decidere se posso sposarmi, perché hai aspettato così tanto? Sono qui da quasi un anno. Gli ho creduto per un anno!».

Baba Jaga ritirò la mano. Schiacciando il sigaretto sulla ringhiera della balconata, raddrizzò la schiena.

«Lenin è morto», disse bruscamente. «È più bravo di mio fratello. La sua morte gli è rimasta addosso. Che cosa avrei dovuto fare? Sono andata a danzare sulla sua bara. Gli dovevo almeno quello. Nessuno mi ha visto, ovviamente. Dopo tutti questi anni, sono abbastanza agile da riuscire a camminare nel vento. I fiati suonavano e si levavano i canti funebri e io danzavo sulla sua brutta bara di vetro… Come Biancaneve, il diavolo pelato! Mi chiedo, se lo baciassi, si sveglierebbe?».

«Potrei far preparare un ordine, se ti fa piacere», disse la presidente Jaga, tornando indietro lungo via Skorochodnaja sul proprio vapore. Si fermò di colpo, annusando l'aria con lunghi sbuffi, come un segugio. Baba Jaga si intrufolò dietro il fianco di una distilleria buia e silenziosa. «Aha! Pensavi di poterti nascondere, vero?», gridò, prendendo a calci un enorme barile ancora chiuso di vodka. La neve incrostava i suoi cerchi di ferro. Lo accarezzò con affetto. «Ho un bel timbro in ottone, abbastanza grande da spaccare teste. Ma credo che sia tutto più o meno nella norma. Tre incarichi, completati nei tempi previsti, e puoi indossare un bel vestito bianco e arrossire a tuo piacimento. Be', dubito che ti lascerà vestire di bianco. Ma ho reso l'idea. E se fallisci, posso sgranocchiare le tue ossa tra i denti. *Crunch, crunch!*».

«Pensavo che punissi le ragazze mettendole a lavorare in quella fabbrica».

Baba Jaga picchiettò il barile di vodka come uno scassinatore. «Quello è il privilegio di una Elena. Quanto a te, voglio mangiare. La famiglia condivide in parti uguali, lo sai. Mio fratello ti assaggia. Perché io dovrei essere esclusa? Hai mangiato come una zarina per un anno! Guarda che natiche, che braccia carnose! Da te potrei tirarci fuori un banchetto quaresimale e mezzo arrosto di Capodanno».

Marja Morevna era in piedi al freddo, le mani affondate nelle tasche di lana. Il vento le sferzava il cappello di pelliccia. «Non è lo sposo che dovrebbe recuperare piume di uccello di fuoco e anelli dal fondo del mare per dimostrare il suo valore alla sposa?».

Baba Jaga appoggiò la testa di lato, come se stesse valutando quale risposta sarebbe stata più divertente. «Le donne devono liberarsi dalle catene dell'oppressione, mio piccolo vitellino. Inoltre, quel genere di cose funziona davvero solo se non lasci che lo sposo si faccia strada nel tuo grembo per un anno prima del matrimonio. Una volta che lo fai, non puoi sperare neanche che gli sposi si occupino della cenere del focolare, figuriamoci scherzare con gli uccelli di fuoco. Creature spaventose, se vuoi la mia opinione. Sacchi nervosi di escrementi in fiamme... e ne hai mai visto uno mangiare? Non otterrai altro che vesciche e un calcio in bocca per il disturbo. E questo vale sia per i mariti che per gli uccelli di fuoco».

Marja si concesse un sorriso compiaciuto. Non aveva ricevuto un graffio dal suo uccello di fuoco.

«Ma le Elena», sussurrò. «Non riesco a sopportare di pensare a loro. Ci deve essere un errore. Devo parlare con lui. Devo...». Forse non era niente, o la vecchia strega mentiva solo per farla arrabbiare, e al mattino ne avrebbe riso con Koščej.

«Cosa, ascoltare la sua spiegazione? Le sue suppliche? Posso capire volerlo vedere strisciare. Sono sicura che a te lo ha fatto fare a sufficienza, e cosa hai fatto per meritarlo? Avevi un bel seno e imparavi a memoria un po' di poesie? Ascolta, devočka. Una baba lo sa. Raccontati una storia che ti soddisfi e fai finta che te l'abbia raccontata lui. Risparmiati una scodellata di problemi».

«Pensavo che non volevi che si sposasse».

«Non me ne importa un capezzolo secco se si sposa o no. Ma non tollererò che introduca in famiglia mocciose idiote e stupide». La presidente Jaga piegò il dito verso la tinozza di quercia. La sua lunga unghia deformata scintillò mentre praticava un minuscolo foro netto nel legno, poi inclinò la testa per sorbire la vodka che ne usciva. Il liquore schizzava sulla sua lingua secca mentre leccava e beveva. Alla fine, la megera si asciugò la bocca con la manica e passò il dito nell'altro verso, ricucendo il buco. «E devi ammettere che ho la diabolica abitudine di avere ragione. Quale di queste mocciose *non* si è avventata sul primo cretino divoratore di patate che le è passato davanti? Chi di loro *non* ha complottato contro Koščej? È stato ferito, mio fratello, molto spesso. Voglio solo ciò che è meglio per lui. Ripetilo a te stessa, se ti aiuta a sorridere quando ti bacia. E faresti meglio a sorridere. Sono stata sposata diciassette volte, Marja Morevna. Hai idea di quanto conosca gli uomini? E le donne! Non mostrarti così sconvolta: dopo un eone o due passati a essere una moglie, ti verrà voglia di averne una anche a te. Cose terribilmente convenienti, le mogli. Meglio delle mucche. Ti ameranno per averle pestate e lavoreranno finché non moriranno».

«Io non sono così».

«Vedremo. Comunque, quello che so sul matrimonio potrebbe riempire il cielo in una notte senza stelle. Non supero le prove perché ho incensato il commissario giusto. Le supero perché io so. Una moglie deve terrorizzare, deve avere il braccio più forte di un boiardo e deve sapere come comandare. Questo è tutto ciò che conta, alla fine. Chi comanda. E se non ci riesci, *pfui!* Non te ne fai un bel niente di un anello».

Marja alzò il mento. «E se non ne volessi uno?».

«Ne volevi uno, stamattina. Cosa è cambiato? Che aveva un branco di fidanzatine prima di te? Sicuramente non pensavi che immortale significasse impotente. Quelle sono belle ragazze! Conservare la verginità è un atto criminale, come conservare il cibo. Inoltre, non dimenticare la parte in cui ti mangio le ossa se fallisci. Meglio sposate che trasformate in brodo di ragazze e cotolette di fanciulle.

10
Il *raskovnik*

«Che aspetto ha?», disse Naganja, lucidando le sue lunghe gambe di noce con dell'olio viscoso. Si versò la sostanza dorata sulla pelle e ridacchiò mentre la solleticava, gocciolando nelle guarnizioni metalliche della canna da fucile nell'incavo delle sue ginocchia. Si aggiustò il mirino osseo sopra l'occhio destro.

«Come faccio a saperlo? Non ne ho mai sentito parlare». Maša si gettò sconsolata sulla poltroncina di velluto vicino alla sua toeletta. Il sole bussava alle finestre, trasformando le tende rosse in fiamme. Non usava mai i cosmetici, anche se Lebedeva la costringeva a imparare i riti arcani della cipria e del belletto rosso. Eppure erano lì, unguenti in vasetti neri intatti, ma in attesa.

Naganja scrollò le spalle. «Oh, be', ne ho sentito parlare. Una qualche erba piccina e pelosa che sblocca tutte le serrature, presumibilmente. Ma non è questa la parte divertente. Il bello è che trovi del raskovnik incatenando una vecchia signora a ceppi di ferro e facendole attraversare un campo al buio della notte. Ovunque cadranno le sue catene... *puf!* Del raskovnik. Non ho mai assistito a quella roba, però. È un suicidio mantenerlo fresco: durano più a lungo i gigli in un vaso pieno di polvere».

«Devo portarlo alla presidente Jaga entro domani, altrimenti mi infilerà nella sua pentola per la zuppa. Sta già cercando le ricette nelle sue credenze». La presidente Jaga si era assicurata che Marja non riuscisse a vedere Koščej, lo teneva occupato e rinchiuso, in modo che non potesse fare altro che obbedire ai capricci della malvagia e antica strega. «Pensi che potremmo convincere Lebedeva a farlo? È un po' vecchia».

La vintovnik rise, il metallo unto della sua mascella scattava come un fucile caricato a salve. «Le racconterò che l'hai detto tu, la prossima volta che mi pizzica le guance e mi accarezza i capelli. Non va bene, però: deve essere una vecchia signora umana. La scarsità smuove il desiderio, lo sai. È da un anno che non abbiamo delle vecchie nonne vere, qui».

«Allora, cosa devo fare? Non voglio diventare una zuppa». *E se non riesco a ottenere la corona, non posso liberare le Elena.*

«E tu vuoi sposare Koščej. Per essere degna».

Marja Morevna s'incassò nel petto, imbronciata. «Dovrei liberarmi di quei suoi cani e gettare la sua morte da un dirupo, ecco cosa dovrei fare. Naša, tu non hai visto quelle donne! Dovrebbe darsi da fare *lui* per dimostrare di essere alla *mia* altezza!».

Naša si agitò. I suoi grandi occhi scuri si corrucciarono per la preoccupazione. «Ma le ho viste. Le ho viste. Quando vivevano in questa stanza. Quando hanno incontrato la presidente Jaga. E ho incontrato anche gli altri uomini».

«Quali altri uomini?».

«Gli Ivan. Ovunque ci sia una Elena o una Vasilisa, c'è un Ivan. Sicuramente Babuška te ne ha parlato. Quanto ai bogatyr? Non sono troppo brillanti, di solito, ma non si può dire che non siano una specie avvenente. Sono sempre i più giovani di tre figli. Sono sempre dei tipi onesti, stupidi come le unghie dei piedi ma possenti dentro i pantaloni. E le Elena si innamorano sempre e scappano. Ricordo che un Ivan arrivò con un lupo, un'enorme bestiaccia mostruosa e grigia. Ha fatto tutto il lavoro il lupo, inducendo Koščej a dire loro dov'era la sua morte, a dire a Ivan cosa raccontare in modo che Elena la Brillante perdesse la testa per lui, anche se era il figlio più giovane, senza eredità e col fango sotto le unghie. E quando tutto fu detto e fatto, i due se ne andarono a cavallo del lupo. Lasciarono Koščej sanguinante nella neve. Quando erano ormai lontani, sani e salvi, lui si rialzò e lavò via il sangue. Rimase a lungo a guardare la strada, come se pensasse che lei potesse tornare indietro. Ma che ci puoi fare? Andati vuol dire andati. Non è uscito dal Černosvjat per settimane. La presidente Jaga non lo pronuncia nemmeno più, il nome Ivan, li odia così tanto. Se ne incontra uno per strada: *crunch, crunch!* Se lo divora così su due piedi e rutta come un commissario per il grano, così tutti sanno che non le dispiace».

«Le conoscevi? Hai dormito rannicchiata insieme a loro e sai dove sono? Ma non provi a salvarle?».

Naganja aggrottò la fronte. «I čerti non si occupano di soccorso. Se mangi pesce marcio, ti farà stare male. Se sei una donna infedele quanto una sputacchiera, finisci in fabbrica. È solo buon senso. E inoltre, è naturale che le persone siano infelici. Proprio come è naturale che un folletto si diverta del fatto che siano infelici. Come sistema, funziona benissimo».

Marja si stuzzicava le unghie. Conosceva la risposta ancor prima di pronunciare la domanda. «E se finisco lì io, non verrai neanche per me?».

Naganja la vintovnik distolse lo sguardo, i capelli unti le ricadevano sul viso.

«Be'», disse Marja dolcemente. «Se mai dovessi incontrare un uomo di nome Ivan, gli mangerò il cuore prima che possa augurarmi il buongiorno».

Naša sorrise, entusiasta di sorvolare su argomenti così scomodi.

«È per via del fatto che sei una di noi, Mašenka! Milza e sonno, midollo e mente. Adesso c'è il raskovnik da scovare e non abbiamo molto tempo».

«Se ci serve un umano, come potremo mai tornare in una città senza Volčja Jagoda e senza una manciata di settimane a disposizione?».

«Ci sono i luoghi di confine. Luoghi in cui le betulle sono

più sottili della carta e puoi strapparle. Luoghi in cui lo zar della Vita e lo zar della Morte hanno combattuto così duramente che i loro territori giacciono schiacciati l'uno contro l'altro, su entrambi i lati di un sasso, nelle foglie e nella radice di una rapa, sulla coda di un gatto e sulla sua lingua».

«Dovrei provare a vederlo di nuovo, prima di andare. Baba Jaga non può tenermi fuori se lui sente la mia voce. Sicuramente mi prenderà tra le braccia e mi dirà…».

«No, Maša». Naganja si agitò. «La guerra sta andando male».

«La guerra va sempre male».

Marja e Naganja presero un giovane cavallo verde, veloce e affamato, e trottarono lungo via Skorochodnaja nella luce serale, la vintovnik ficcata davanti a Marja, con il pomolo della sella stretto tra le mani di legno. Il crepuscolo scivolava via pigramente, prendendosi il suo tempo per calare una foschia rosa-viola. Gli ultimi raggi di sole sfioravano le orecchie del loro stallone.

«Rendo i cavalli nervosi», si preoccupò Naganja. La sicura nella sua guancia si armava e disarmava bruscamente, echeggiando lungo la strada. «Sicuramente anche questo s'imbizzarrisce e mi farà cadere! E poi rotolerà sopra tutte e due!».

«Ne ho scelto uno giovane, che non ha ancora sentito dire che a volte spari alle persone. Andrà tutto bene». Il cavallo sbuffò, la neve gli vorticava nelle narici.

Naganja si rivoltò sul posto mentre dietro di loro la strada si restringeva e il bosco si innalzava, scuro e su di giri, ghiacciato e frusciante. Afferrò l'amica per il mento. «Marja, ascolta come se le tue orecchie non avessero fondo! I luoghi di confine sono pericolosi. Ci vivono creature molto poco raccomandabili. Devi stare attenta o Koščej mi farà fondere per averti persa. Se vedi qualcuno che conosci, o qualcuno con una stella d'argento sul petto, non devi parlarci, nemmeno per maledirli o chiedere i loro nomi. Non devi scendere da cavallo. Se il tuo piede tocca terra, non sarò in grado di aiutarti. Perfino i sassi del nemico mordono e sono feroci. Troverò io la vecchia signora per te. Io la spingerò attraverso il campo».

«Non è imbrogliare?».

«*Tsk!* Lei si *aspetta* che tu imbrogli! Maša, sai che ti voglio bene: questi compiti non mettono alla prova la tua forza o la tua astuzia, mettono alla prova la tua capacità di imbrogliare, che è il vero modo di valutare un diavolo. Sono progettati per essere impossibili se giochi correttamente. Che dovresti fare, sennò? Camminare nella terra di nessuno senza protezione e perderti per sempre?».

«È quello che hanno fatto le altre? Hai detto queste cose alle Elena?».

«*Sì!* E si sono rifiutate di ascoltare perché erano fanciulle innocenti senza una menzogna nel cuore o una macchia sull'anima. Non essere innocente, Marja. Innocente significa stupida. Segui la tua amica, che è una goblin e ne sa di più, e mangeremo insalata di raskovnik prima dell'alba».

Ma se non sono innocente, nel mio cuore ci sono bugie? Macchie sulla mia anima? Sono un diavolo? Cosa significa essere una di loro? Marja decise che avrebbe sistemato tutto quando avrebbe avuto un momento per pensarci bene, quando la pentola di Baba Jaga non avrebbe oscillato minacciosa sulla sua testa.

La foresta si infittì, le betulle si riempirono di corvi, il sottobosco di occhi rossi, appuntiti, da porcospino. In alto, il viola trapelava dal cielo e il nero si insinuò fino a quando solo le stelle affilate e taglienti squarciarono la notte. Il corpo di Naganja si riscaldò contro il suo, premette delicatamente il grilletto in gola per evitare che i suoi oli si congelassero. Finalmente il bosco si dischiuse in un'ampia radura dove la neve scorreva uniforme e liscia come l'acqua. Una dozzina di case rilucevano e fumavano e facevano il genere di cose che fanno le case di un villaggio nel buio dell'inverno. Naganja urlò, il suo grido echeggiò tra i gufi come fosse il verso di uno di loro. Una vecchia sgusciò fuori da una delle case più piccole e si infilò nella neve. Una volta che ebbe oltrepassato l'anello di luce proiettato da tutte quelle finestre, si accovacciò nel campo e il sibilo della sua urina frusciò rumoroso nel silenzio della sera.

«Siamo fortunate come un cercatore di funghi stasera, Marja! Guardala, tutta grassa e piena di succo!». Naganja saltò giù da cavallo con leggerezza, senza affondare nella neve né lasciare tracce, ma danzandoci sopra come una libellula sopra un lago.

«Perché è sicuro per te e non per me?», sussurrò Marja Morevna.

«Perché sei ancora una ragazza». La vintovnik sorrise. «Le ragazze devono obbedire alle regole. I čerti le spezzano».

Il folletto a schioppo corse via nella neve. Marja spinse in avanti il cavallo per tenere d'occhio l'amica.

«*Psst*, babuška!», sussurrò Naša. «Vecchia sgualdrina pigra! Quanti bambini hai avuto dal tuo uomo, eh? Passi la vita con le gambe aperte, vero? Rimane posto solo per far intrufolare il diavolo!».

La vecchia donna trasalì e si guardò intorno, proprio nella direzione di Naganja, ma non vide nulla.

«Vergognati, baba! Alla tua età non hai nemmeno la decenza di avvicinarti alla stregoneria! Stai lì a mentire, perché non lo fai? Strilla con i mocciosi avuti da metà dei tuoi vicini. *Riempite i miei cuscini! Datemi delle ciliegie!*».

La vecchia rabbrividì, scrutando intensamente l'oscurità.

«Babuška! Tieni le cosce strette per una volta! E se Cristo tornasse stanotte e per prima cosa vedesse le tue vecchie ossa cadenti che pisciano nella neve come un cavallo? Se ne tornerebbe dritto in paradiso, al doppio della velocità, ecco cosa farebbe!».

La donna balzò in piedi, unendo le ginocchia con uno schiocco secco. Naganja si tuffò e incatenò le gambe della vecchia signora, ridacchiando.

«Marja», disse una voce sommessa. Ma Marja si ricordò di non parlare con nessuno e guardò dritto davanti a sé.

«Marcia, compagna Pigrona!», gridò la vintovnik. Si colpì

una delle orecchie, batté il piede e sparò tre proiettili dalla bocca accompagnati dal morbido *psht psht psht* di un silenziatore. I colpi si abbatterono tutt'intorno alla vecchia nonna ma non la ferirono, la fecero solo balzare in avanti come una vacca spaventata. «Più veloce! Più veloce! La polizia ti sta cercando! Corri! Ti ricordi come si tirano su le gonne!».

La donna si lagnava e inciampava, le caviglie imbrigliate nelle manette. «Non cadere o ti farò arrestare per aver sprecato la tua vita con bambini e boršč!».

«Marja», disse di nuovo la voce. Marja strinse gli occhi. *Non risponderò*, pensò disperatamente.

Naganja mordicchiava i talloni della sua umana, sputando proiettili silenziati e colpendole le dita dei piedi con le baionette che Marja non sapeva nascondesse sotto le braccia.

«Non piangere, vecchia cammella rugosa! Pensa solo alle storie che dovrai raccontare a tutte le altre bestie sputacchianti! Il diavolo ti ha inseguita nella neve! Sarai la regina cammello, il cesso numero uno!».

«Marja Morevna, guardami».

Marja non poté farne a meno. Abbassò lo sguardo. Una bellissima, giovane donna stava in piedi sotto il suo cavallo, con i capelli biondi raccolti in un elegante chignon da ballerina. Indossava una folta pelliccia bianca, di quelle che un uomo regala all'amante. Sul suo petto risplendeva uno sprazzo di luce, come se qualcuno le avesse gettato addosso un secchio di argento fuso. Brillava come una stella acquosa.

«Svetlana Tichonovna!». Marja rimase senza fiato.

«Sì, sono io», disse la donna. «Scendi e abbracciami, tesoro mio. Per una dodicesima parte ero tua madre, dopotutto».

Svetlana tese le braccia. La stella sul suo petto ondeggiò.

«Non dovrei», disse Marja, ma sentiva gli occhi bruciare di lacrime. Non immaginava quanto forte fosse il suo desiderio di vedere un volto umano, un volto materno.

«Alla Marja che conoscevo non importava molto dei "dovrei". Hai rubato la mia spazzola, dopotutto, e sei scappata nel cuore della notte come una mocciosa ingrata. Ma dono senza amarezza, come dovrebbe fare una madre».

«Come puoi essere qui, Svetlana? Questo è l'altro lato del mondo». Le dita di Marja desideravano sfiorare la sua guancia ghiacciata, per dire: *E la mia vera madre? E mio padre? Qualche parola dalle mie sorelle? E non sono una mocciosa.*

«Proprio vero, proprio vero! Be', la storia è che sono morta pochi mesi dopo che te ne sei andata.

Non potevo farci niente, ero così affamata. Quando la polizia è venuta a interrogare mio marito sulla sua appartenenza a certi circoli, ho sputato contro di loro e ho detto loro che avrebbero dovuto vergognarsi di essere così grassi, nei loro grandi appartamenti, mentre io e i miei bambini non ricordavamo che sapore avesse la carne! Non si possono dire quelle cose. Lo sapevo. Penso che fossi solo stanca di vivere. Non si sta bene, di questi tempi, da vivi».

«A me piace», sussurrò Marja.

«Perché non vivi a Leningrado. Riesci a crederci? È Leningrado ora che il vecchio drago è morto. Continuano a cambiarle nome. Ascoltami bene, tra vent'anni la chiameranno Ghiacciolo al Limone e spareranno alle persone che ridono quando lo pronunciano. La vita è bella quando c'è zuppa di cetrioli e ombretto del colore delle cipolle primaverili e un samovar che passa tra i tavoli. Avevo dimenticato quanto fosse bella, finché non sono arrivata nel paese della Morte, dove Vij è lo zar e i fantasmi dei pasti che consumano i vivi fanno cigolare tutte le nostre dispense. Vieni giù, Maša. Ti darò una caramella».

«Ho paura. Non voglio tornare indietro. Non voglio avere fame. Non voglio essere una qualunque ed essere ignorata. E di certo, non voglio essere morta. La mia casa è a Bujan, nel paese della Vita».

«La tua casa è *Leningrado*», ringhiò Svetlana Tichonovna. «L'hai solo dimenticato».

«Non è così! Si può lasciare la propria casa e trovare un posto nuovo. La gente lo fa di continuo. Perché io non posso?».

Svetlana Tichonovna scrollò le spalle come se non le importasse minimamente. «Vieni a baciarmi le guance, devočka, e ti dirò quanto sei diventata bella. Che cosa hanno da temere i vivi dai morti?».

Naganja gridò dall'angolo più lontano del campo, dove si era fermata la donna, le manette si sganciarono con un suono metallico. La vecchia nonna tornò di corsa nella sua casa, e la vintovnik danzò, con le catene che le tintinnavano in mano.

Marja scosse il capo. Si sentiva come se una nebbia argentea le si fosse aggrappata alla testa, rendendola spenta e sonnolenta. «Sveta, non hai intenzione di baciarmi davvero».

Svetlana Tichonovna ridacchiò e le saltò addosso, artigliandole e afferrandole la gamba. Delle persone risalivano dalla neve in spirali come fumo, uomini, donne e bambini, tutti con gli schizzi d'argento della morte sul petto, tutti affamati e mostrando i denti.

«Scendi, scendi!», piagnucolavano. «Vogliamo solo amarti e abbracciarti! Sei così calda! Perché il nostro nemico dovrebbe prendersi tutti i tuoi baci?».

Cento dita fredde tirarono Marja, e nessun cavaliere avrebbe potuto rimanere in sella con quelle mani sulla pelle. Lei si lasciò andare e cadde nella massa, tra di loro, neve e vapore si gonfiavano intorno a lei. Piombarono su di lei come una cosa sola, piagnucolando per tutto il tempo. Non la morsero né la artigliarono, ma la baciarono, ancora e ancora, le loro labbra sulla sua carne. A ogni bacio si sentiva sempre più fredda, sempre più magra, come se il vento della notte potesse portarla via. Svetlana Tichonovna giaceva su di lei, le sue labbra carnose e ghiacciate si chiudevano sulla bocca di Marja Morevna.

«Scendi», sussurrò la ballerina nel suo orecchio gelido. «Ti insegnerò a ballare in modo tanto perfetto da far fermare cento cuori a ogni passo».

Marja gemette sotto le ombre. Cercò di pensare, di riempirsi il cuore di cose vive e calde, di ricordare che era viva e non stava soccombendo sotto il peso di tutti quei fantasmi.

«Tè», sussurrò impercettibilmente. «Marmellata di lamponi ancora nella pentola, forni, zuppa con aneto, brodo di sottaceti». Le ombre indietreggiarono, i loro denti riflettevano la luce della luna, argentea e uniforme. Marja si sforzò di sollevare la testa. «Peperoni nel mio piatto e correre al freddo e gnocchi che bollono in una pentola di ferro e le polveri di Lebedeva e le parolacce di Zemja e i gusli che suonano più veloce possibile!», continuò, la voce più forte, più bassa, quasi un ringhio. I fantasmi la guardarono torvi, con risentimento.

Svetlana Tichonovna fece una smorfia.

«Sei sempre stata una bambina cattiva», sputò fuori.

«Un uccello di fuoco nella mia rete! Un fucile in pugno! Impacchi di senape e frustini di betulla e bliny croccanti nella mia padella!», urlò, e i cittadini del paese di Vij alzarono le mani, tornando a vagare nella foresta.

Marja si issò tremante sul giovane cavallo, che, bisogna dargliene atto, non si era spaventato né era corso via, ma masticava erbacce sepolte nella neve e non aveva degnato di alcuna considerazione l'intera faccenda. Naganja era in piedi, mostrava il fianco privo di canna di fucile e guardava Marja di traverso.

«Non essere troppo soddisfatta di te stessa», disse. «Pensa! Avresti potuto semplicemente ascoltarmi dal principio: sarebbe stato così originale! Una novità negli annali di Bujan!».

Naganja alzò la mano scura. Nel suo palmo c'era un fiore dai petali arancioni fiammeggianti e spessi come lingue di vacca, ricoperti di pelo bianco e ispido, dalle foglie affilate e dentellate, dallo stelo tempestato di spine malvagie.

«Ricordalo quando sarai regina», disse solennemente la vintovnik. «Che sono scesa nell'oscurità per te e ho spaventato a morte una vecchia».

La presidente Jaga sedeva alla sua monumentale scrivania di legno nero e lucido come smalto, nel retro del caffè dei maghi. Si rigirava il raskovnik tra le mani, scrutandolo con una lente da gioielliere.

«Be', è poca roba», ammise.

«Non hai chiesto un bouquet», scattò Marja. Le occhiaie le cerchiavano gli occhi, le sue dita erano diventate pallide ed esangui. Ogni centimetro del suo corpo era dolorante, sfinito, malridotto, esausto.

«Vero, vero. Lo ricorderò, per la prossima ragazza».

Marja non disse nulla, guardando fisso davanti a sé, ma le bruciavano le guance.

«Che cosa abbiamo detto riguardo all'arrossire, devočka?». Baba Jaga si pizzicò il grosso naso.

«Capre e cancrena, ragazza, non sopporto l'odore della tua giovinezza!».

«Aspetta un po'. Se ne andrà via».

«Oh, oh! Ora spariamo a zero sui nostri superiori, vero? Ascolta, quasi-zuppa. Nel matrimonio, la massima virtù è l'umiltà. Se sei umile, li prenderai alla sprovvista!». Baba Jaga sbatté la mano sul tavolo per enfatizzare il suo punto di vista. Come fosse una coincidenza, le sue dita trovarono lì un bicchiere di vodka, e lei lo buttò giù in un colpo. «Ogni volta che mi sposo, indosso sempre una membrana strappata a dei vitellini gemelli. Mi rende giovane, mi rende bella come una noce di burro, mi fa arrossire, mi tende le trecce, mi fa pregare nelle chiese e mi fa inchinare, umile come letame. I ragazzi non possono resistere! Arrivano ansimanti con i loro cazzi in un guinzaglio di seta, le palle dipinte d'oro per il mio piacere. Concedo loro una notte sulle mie ginocchia, proprio come vogliono loro, dolci e obbedienti e muti come un pesce, confusi dai loro corpi misteriosi, oh mamma, tanto più forti del mio! Poi si svegliano e… ah! C'è Baba Jaga nei loro letti, qualche verruca in più, denti come aculei e la pentola della zuppa già rossa sul focolare. È un buon trucco. Dovresti vedere le loro facce!».

«Io non sono così».

«Vedremo. Non esiste una brava moglie o un buon marito. Solo quelli che aspettano il loro momento».

11
Oro bianco, oro nero

«Capisci perché ho bisogno di te», disse Marja Morevna, sedendosi sul muschio della foresta accanto a Zemleed, che, da parte sua, sembrava disinteressato, e concentrava invece l'attenzione su una corona di viole e carnose rose canine che aveva intrecciato. Tese il pollice e lo osservò; nella ferocia della sua concentrazione, la lingua di pietra gli spuntava dalla bocca. Da ultimo, infilò nella corona tre bacche scarlatte di belladonna e la guardò di nuovo.

«Non farlo», disse bruscamente.

«Zmej Gorynyč», ripeté lei. «Quello è un drago. Un bel passo avanti rispetto agli arbusti. Non ho la minima idea di come combattere un drago, figuriamoci come portare il suo tesoro alla presidente Jaga restando Marja Morevna, figlia di dodici madri, e non Arrostita, figlia di Ustionata. Vuole il suo oro bianco e il suo oro nero e, a dire il vero, io non voglio niente. Voglio dormire».

«Sparagli da lontano», disse burbero Zemleed. «*Rat-ta-ta*, in mezzo agli occhi. Smangiucchia bistecca di drago, sii felice. Importuna Naganja».

Il lešij staccò una striscia di corteccia di betulla da un albero vicino e la intrecciò abilmente tra le violette, più abilmente di quanto Marja avesse mai pensato che le sue spesse mani ricoperte di corteccia potessero fare.

«Sei arrabbiato con me, Zemja?».

Il lešij frantumò una ghianda tra i denti di granito e sputò la cupoletta nell'erba.

Marja provò di nuovo. «Naganja non è abbastanza forte per lottare contro un drago, e spararagli sembra conveniente, tranne per il fatto che uccidere una bestia del genere darebbe a Vij una piattaforma per un bombardamento aereo. Con tre teste».

«È forte abbastanza. Dorme vicino a te».

Marja guardò il muschio in basso. Le formiche vagavano verso qualche lontana battaglia o un'orgia di semi di grano. I lešie erano così delicati con le loro buone maniere. Dubitava che gli importasse chi dormiva nel letto di lei: i lešie si accoppiavano per impollinazione incrociata. A lui importava, intuì, perché credeva che il più forte di loro avrebbe dovuto proteggere Marja nel sonno, e Marja aveva scelto Naganja perché credeva (chiaramente sbagliando) che la vintovnik potesse batterlo, se fossero stati necessari pugni e lotta a mani nude. Zemleed mise il broncio e infilò nella corona un rametto di lucide bacche di sorbo.

«La bocca di Naganja è forte», disse Marja con cautela. «Ma il suo braccio è giovane. Il tuo è vecchio e duro, e io lo scelgo. Inoltre, la lotta a mani nude non è mai stata nello stile di Naganja».

Zemleed fece un largo sorriso. I suoi occhi rocciosi trasudavano umidità come gocce di pioggia.

«Sceglie Morevna!», disse lui, raggiante. «E sceglie il meglio. Zemleed sa dove fa il nido Zmej Gorynyč. Naša non sa fare altro che buchi. Gorynyč dorme sopra le ossa. Sopra l'oro. Zemja vorrebbe un letto del genere, ma *tsk*. Si accontenta».

Il lešij, con i capelli di muschio che scendevano giù in diverse trecce verdi, reggeva il suo diadema della foresta. Si abbassò senza guardare e tirò su una manciata di cipolle invernali, infilandole in modo che i gambi verdi cadessero come un velo dalla parte posteriore della corona. Zemleed si allungò e la mise sulla testa di Marja. Si intonava ai suoi pantaloni rosati, ai suoi stivali nero-violacei.

«Lui ti aiuterà, se gli fai una promessa».

«Qualsiasi cosa, Zemja».

Il lešij sorrise compiaciuto, accarezzandosi i baffi appuntiti. «Un bacio, per Zemleed, sulle labbra. Lui non lo dirà».

Marja Morevna rise. Anche i devoti dell'impollinazione incrociata dovranno essere curiosi ogni tanto, ragionò. Non fa più male che baciare un albero o una roccia. E poi, Koščej aveva baciato tutte quelle Elena. O almeno, probabilmente. Chi poteva dire se era vero? Marja sentì la sfida ribollirle in petto. Non le importava. Avrebbe baciato chi le pareva. «Va bene, Zem. Un bacio».

Senza preavviso, il lešij si levò in aria, fece una capriola e precipitò con violenza sul terriccio muschioso, mettendosi a scavare furiosamente. I suoi pugni colpivano la terra, i denti digrignavano e laceravano, i piedi scalciavano come quelli di un sommozzatore che si immerge in acque profonde. Volavano zolle, Zemleed scomparve nella sua tana. Dopo un istante, le sue dita, le nocche inanellate di funghi merlettati, riemersero.

«Morevna! Sbrigati! La tua massima velocità è sempre troppo lenta».

Marja afferrò la mano ruvida del lešij e lui la trascinò a testa in giù sottoterra.

Marja si rigirò durante la discesa e atterrò in piedi e tutta in ordine in un'altra foresta, piena di cespugli bassi e fitti e alti fiori lilla. Montagne color arancio dorato si ergevano da tutte le parti, accerchiandoli.

Zemleed penzolava dai rami di uno degli alberi più alti, scalciando le sue gambette corte avanti e indietro, in preda alla gioia. Dimenando la testa, la sfilò dalla fessura di un ramo e cadde – *dump, paf!* – sul terreno cosparso di aghi.

Ma il folletto della foresta rimbalzò e quando si raddrizzò era un bell'uomo con un'uniforme da soldato verde scuro con i bordi rossi, il berretto d'oro scintillante. Aveva una barba nera intricata e spinosa e braccia muscolose come tronchi di pino. Zemleed si appoggiò un dito accanto al naso.

«Non puoi dire niente», disse, con una voce all'improvviso diversa. «Non devono saperlo».

Marja Morevna rimase a bocca aperta. Non riusciva a chiuderla. Tutto quel tempo, e il suo amico era... Cosa? Non avrebbe saputo dirlo. Un uomo. E bellissimo, per giunta. «Perché no? Zem! Anche Lebedeva dovrebbe ammettere che sei attraente!».

«Le foreste hanno dei segreti», disse lui gentilmente. «È a questo che servono. A nascondere cose. Per separare un mondo da un altro. Potresti non crederci, ma amo Lebed e Naša con tutto il mio cuore fangoso. Ma finché penseranno che sono stupido, posso continuare a rubare dai loro nascondigli e non sospetteranno mai di me. Lebedeva non penserebbe neanche per un attimo che io voglia la sua crema da notte, o la camicetta di Naganja. Ma le ho, e sono mie, e non le restituirò, no».

«Perché *dovresti* volerle?».

Zemleed scrollò le spalle. «È nella mia natura. Io accumulo tesori. È anche nella loro natura, che è anche il motivo per cui Lebedeva ha più creme da notte che notti, e Naša colleziona scatolette di alluminio. Zmej Gorynyč, anche lui è così. Ma credo che sia anche nella tua natura».

Marja sbatté le palpebre. «Non credo proprio. Cos'avrei collezionato?».

Zemleed fece un sorriso sbilenco, come se non sapesse bene come usare la propria faccia.

«Noi».

Il lešij la condusse attraverso un campo di boccioli gialli appuntiti, grondanti di polline, appesantiti dalle api ronzanti. Piante rigonfie di cotone bianco ondeggiavano intorno a loro come minuscole nuvole. Il sole appoggiava le mani sulle loro spalle, spingendoli avanti. Le montagne, striate di neve, si ergevano curiose e sottili intorno a loro, come se un uomo affamato dormisse sotto terra e le sue costole spuntassero dalla pietra. Seguirono un fiume di un azzurro intenso che scorreva impetuoso attraverso il prato, con i pesci che sguazzavano come se nessun fiociniere potesse sognarsi di passare di lì. In lontananza, finalmente, proprio mentre il sole si faceva rosso e stanco, Marja vide una grande iurta di pelliccia tra l'erba secca. Spessi velli arricciati ricoprivano il tetto, lunghi pali si ergevano stretti l'uno contro l'altro, formando una struttura circolare. Una pelle di montone nascondeva la porta.

Zemleed non bussò. Scostò le pelli da un lato e si infilò nella capanna, strizzando la sua enorme figura nella porta. Marja lo seguì nella calda ombra della iurta, dove un uomo calvo con gli occhiali rotondi sedeva alla sua scrivania, tra montagne di scartoffie che lo facevano sembrare molto piccolo.

«Avete un appuntamento?», ruggì, mentre un rossore gli si propagò dal cuoio capelluto alle sopracciglia in una lunga ondata rossa.

«Cerchiamo Zmej Gorynyč», disse Marja, con voce ferma.

«Siete minuscoli», concluse l'uomo. «Zmej Gorynyč non esiste a uso e consumo dei piccoletti. Si accorge solo dei grossi! Grossi quanto lui!».

«Io sono grosso». Zemleed scrollò le spalle.

«Non molto, rispetto a Zmej Gorynyč!», muggì l'uomo, e la sua testa arrossì di nuovo.

«Non siamo venuti per paragonarci a Zmej Gorynyč», ribatté dolcemente Marja, soppesando l'umore dell'uomo con gli occhiali. Quello afferrò un plico di carta dal fondo della pila e lo tirò fuori abilmente, liberandolo senza disordinare il resto. Si mise a scarabocchiare sul fascicolo. «Come potremmo competere con tre teste, una coda come una catena montuosa e un fiato in grado di bruciare imperi?».

L'uomo con gli occhiali alzò lo sguardo esasperato. «Guardate, criminali, non ho tre teste. Non ne ho mai avute tre! Succede questo quando si lascia libero sfogo agli scrittori e non li si costringe al virtuoso lavoro del Partito nel momento in cui imparano a piazzare un accusativo. Sono il *compagno* Gorynyč e ho *una* testa».

«Non sono una criminale», replicò Marja Morevna. Zemleed non contestò l'onestà della propria condizione, essendo un goblin e un criminale nello spirito, anche se nessun mandato di cattura portava il suo nome.

«Certo che lo sei», scattò il compagno Gorynyč. «Tutti sono criminali! Siamo assediati da ogni parte da forze antirivoluzionarie. Naturalmente, quindi, gli esseri umani si dividono in tre categorie: i criminali, i non-ancora-criminali, e quelli non-ancora-catturati». Il compagno Gorynyč li indicò con un'enorme penna stilografica. «Anche l'uomo che è vigile per tutta la vita, che mantiene la mente e il corpo così immacolati da non avere mai un solo pensiero antirivoluzionario, anche quell'uomo è un criminale! Avrebbe dovuto essere puro senza sforzarsi! Se per attenersi alla visione del compagno Stalin ha dovuto faticare tanto, allora ovviamente era un criminale fin dall'inizio!».

«Pensavo che fossi un drago», sospirò Marja, sedendosi su una piccola sedia. Bramava ancora le vette più alte della magia, vedere draghi e sirene, vedere il mondo a nudo. Non questo, che le faceva solo ripensare a casa, e al fatto che il suo mandato di cattura avrebbe dovuto almeno definirla "fuggitiva". Zemleed rimaneva calmo dietro di lei, sull'attenti.

Il compagno Gorynyč sbatté entrambi i pugni sui suoi fascicoli. «Io *sono* un drago! Guardatevi intorno! Cosa vedete, eh? Questo è il mio letto di ossa! Guardate come le faccio scricchiolare!».

Marja inarcò il sopracciglio, cosa che sembrò farlo infuriare ancora di più. Presto, pensò lei, la sua testa sarebbe volata via. Scrollò le spalle. «Non vedo ossa».

«La tua natura criminale ti acceca! Guarda!». Afferrò un fascicolo che aveva in mano. «Compagno Evgenij Leonidovič Krjukov! Condannato per organizzazione antistalinista martedì 24! Gli ho fatto sparare durante la mia pausa pranzo! Ossa! Compagna Nadežda Aleksandrovna Roginskaja! Condannata per avermi nascosto i suoi cugini, dei criminali fuggitivi! Arrestata giovedì, fucilata il venerdì prima di cena! Ossa!». Reggeva un enorme plico sopra la testa. «Il villaggio di Bandura, in Ucraina! Si sono rifiutati di collettivizzare! Peccato che in ogni caso muoiano di fame! Ossa!». L'uomo calvo si chinò sulla scrivania, accarezzando le carte. «*Trecentosessantasette* spie antibolsceviche condannate separatamente per l'assassinio di Sergej Mironovič Kirov! O lo saranno, non appena riusciremo a far fucilare Kirov a Leningrado! Ossa! Ossa! Ossa!». Gorynyč stringeva le carte tra i pugni, fuori di sé. «Dormo con i miei ordini di esecuzione infilati sotto al materasso. Mi fa bene alla schiena!».

Marja lo osservava; in lei, aspro e freddo, divampava l'orrore. «Perché lo fai, compagno Gorynyč?», disse teneramente.

«È il minimo che possa fare! Qui, nell'entroterra, il Partito non ha vita facile. Le persone sono così attaccate ai loro yak e ai loro figli. Ma io, io capisco l'oriente. Sono stato qui più a lungo della sporcizia! Mia madre era una grande dragonessa. Viveva nel lago Bajkal, sbuffando tempeste, sputando inondazioni, tuffandosi sul fondo per addentare le assi del pavimento del mondo. Mio padre – non ci crederai, lo so! –, mio padre era Gengis Khan, e aveva un cuore così grande che solo lui, tra tutte le creature in cielo e in terra, era abbastanza forte da imporsi sulla mia gigantesca madre, ridendo di gusto. Il mio uovo ha viaggiato con l'Orda d'Oro. Mi sono nutrito di villaggi in fiamme, di corpi crivellati di frecce. Sono sazio di orientali! Quindi li conosco, dalla testa ai piedi. E loro conoscono me. Sanno che se vanno contro il Partito, vanno contro il compagno Gorynyč, e Gorynyč è sempre stato il loro compagno, il loro amante, il loro commensale, il loro celebrante ai funerali».

Si aggiustò gli occhiali e si asciugò la fronte con un fazzoletto rosso. «Sono un intermediario. Mosca mi manda carne e ossa, e io le mando ricco e soffice cotone, ricco e soffice petrolio. Tributi. È un sistema vecchio e onorevole».

«Che t'importa se il Partito ha interessi nell'Est?», chiese Marja, rimanendo più calma possibile, perché la calma sembrava turbarlo, e una bestia sconvolta è disattenta. «Sono solo curiosa. Mi sembra che un tempo Gorynyč non lavorasse per gli zar».

«*Puah!* Perché avrei dovuto? Sono un Khan per diritto di nascita! Gli zar non potevano offrirmi nulla che non avessi già. Dilettanti, tutti quelli ritratti nei dipinti. Ma ora! Il Partito tratta solo in grande, quantità industriali! Sono come me. Degli ingordi. Loro accumulano. Il Partito riveste il mio letto di lussuosi femori, sterni, costole! Senza il Partito, a dire alla gente che è tutto per il loro bene, non dormirei così in pace».

Il compagno Gorynyč si portò improvvisamente una mano sull'occhio e allungò il collo verso di loro come una tartaruga.

«Come hai detto di chiamarti, criminale?», disse bruscamente.

«Marja Morevna». *Fuggitiva*, pensò. *Questo è tutto ciò che può dire contro di me. E occasionalmente burbera con gli amici, ma solo perché glielo permettono.*

Gorynyč sfogliava le sue carte, sollevava fascicoli, con la lingua che guizzava dentro e fuori dalla bocca. «Cosa abbiamo qui?», esclamò trionfante. «Lo sapevo, è vero! Che mi dimentico? Niente e nessuno! Compagna Marja Morevna! Condannata per grave diserzione a Leningrado nel 1942! Ossa! Ossa! E questo fa di te ossa per *me*, ti rende il mio tributo. Che ne dici se ti sparo adesso e la facciamo finita? Perché aspettare? Il tempo è collettivo, Marja Morevna, la più squisitamente collettiva di tutte le merci. Appartiene a tutti noi allo stesso modo. Allora perché accumularlo?».

Marja raddrizzò le spalle e appoggiò una caviglia sul ginocchio. Non poteva, non avrebbe mai potuto mostrare a un drago – anche a uno con gli occhiali – che l'aveva spaventata. Se spaventa un cavallo, spaventerà un serpente. Un Khan rispetta solo la forza. Ciononostante, lei voleva tornare nella sua stanza rossa, al caldo, con la cena pronta.

Gli rivolse uno sguardo. «Se appartiene a tutti noi allo stesso modo, allora prenderò la mia parte e me la godrò, grazie».

«*Pfui*». Gorynyč sbuffò, lasciando cadere il fascicolo nero sulla scrivania. Ci scarabocchiò sopra. «Così mi divori la giornata e caghi solo altre scartoffie. Ora devo annotare che eri qui, che hai rifiutato di essere fucilata, che hai respirato una tazzina d'aria, che hai agitato un cucchiaio di polvere. Hai lasciato scaglie di pelle e tre ciocche di capelli in cambio. Sono davvero molto impegnato».

«Se ci darai ciò per cui siamo venuti, ce ne andremo volentieri», disse Zemleed, semplicemente.

«E che cosa sarebbe?».

«Il tuo oro», intervenne Marja. «Non credo di aver bisogno di molto. Una moneta. Una d'oro bianco, una d'oro nero».

Il compagno Gorynyč si appoggiò allo schienale della sedia, incrociando le enormi mani rosse e carnose dietro la testa calva. «Tu, mia giovane criminale, sei un'idiota».

Zemleed si tolse il berretto da ufficiale e lo cullò tra le muscolose braccia di radici di quercia. I suoi capelli neri e selvaggi spuntarono fuori in lingue e spirali. «Gorynyč». Sorrise. «Di' di no. Mi piacerebbe che tu dicessi di no».

«Non dico di no. Non dico di sì. Io dico che sei un idiota con le palle al posto del cervello, enorme masso di un lešij. Oh, riesco a vedere il muschio sulle tue ossa! Chi inganna Zmej Gorynyč? Niente e nessuno! Che pensi di fare qui? Io e te, ragazzo, possiamo travestirci da uomini, possiamo coniugare perfettamente tutti i nostri verbi e loro non ci ameranno comunque. Non vorrà mai che le cospargi le tette di fango e le lanci delle foglie bagnate. Mio padre era più simile a noi di qualsiasi essere umano, e aveva ragione: prendili se li vuoi, tieniti i bambini e mangiati il mondo a sazietà. La cosa migliore che gli umani potranno mai darci è un tributo. Chiedi al tuo Koščej. Lo sa meglio di chiunque altro. Sono *loro* che non hanno anima né cuore. Chi fa il letto di Zmej Gorynyč? Non lui!».

«Io ho un'anima», disse Marja Morevna, e le facce dorate delle Elena le affollarono la mente. «Ho un cuore. Non dormo sulle ossa di nessuno».

Il compagno Gorynyč la guardò malizioso. «Sei ancora giovane. Datti tempo».

«Trangugiavi ossa molto prima che il Partito te lo prescrivesse», sbottò Marja. «Non andare a tracciare linee di separazione tra i čerti e gli umani. Hai fame tu, abbiamo fame noi. Qual è la differenza?».

«La *differenza* è che il mondo intero è vostro, ma voi continuate a spingerci fuori! Non basta avere le città e le chiese, bisogna avere anche le fattorie. Non basta avere le fattorie, bisogna avere le foreste. Non basta avere le foreste, bisogna avere la neve, ogni fiocco, ogni cristallo! E adesso vieni a chiedere anche il mio oro, come se avessi la minima idea di cosa sia il tesoro di un drago, di cosa significhi. Bene, ti ho battuta, Marja Morevna. Sei già morta. Ma io? Zmej Gorynyč sopravvive a tutto. Posso essere mongolo, se devo. Posso essere cinese, se c'è da esserlo. E posso essere un brav'uomo di Partito senza il minimo sforzo. Alla fine di tutto, se verrai a cercare, troverai ancora Gorynyč che nuota tra le ceneri, che si abbronza la pancia sui tuoi teschi!».

Zemleed si rimise il cappello e se lo raddrizzò. Poi, s'incamminò verso la porta per uscire, lasciando cadere un lembo di pelle di capra dietro di lui.

«Cosa sta facendo?».

«Vai a scoprirlo da solo», disse Marja, anche se non ne aveva idea.

«Non posso, imbecille. Che pensi, che un drago possa trasformarsi in un uomo? Sono troppo grande per farlo! La carne di un uomo non è più di un calzino per me. Sei così in profondità nelle mie spire che posso già assaporarti. La sedia su cui sei seduta, anche quella sono io. La scrivania sono io, il pavimento, la iurta. Anche alcuni dei fiori all'esterno. Le mie squame, la lingua, la cresta, lo stomaco. Non posso uscire fuori di me».

Il compagno Gorynyč si tolse gli occhiali e li piegò delicatamente. Spalancò orribilmente la bocca, mostrando tutti i denti piatti. La bocca continuò a spalancarsi fino a ricadere sul suo cranio come un cappuccio. Marja si precipitò verso la porta, ma l'aria intorno a lei si gonfiò e si oscurò, spire che prima non aveva visto brillare intorno a lei, alte come muri e anche di più, le si stringevano intorno, la guardavano dentro. Marja cercò di colpire forte la carne di lucertola che la attanagliava, ma le spire le avevano già bloccato le braccia. Puzzavano di carne in putrefazione e midollo vecchio. Deglutì per riprendere fiato, il petto schiacciato e frenetico, la testa che sporgeva appena da un nido di serpenti del colore delle caverne sotterranee, nero e blu e argento. Non riusciva a vedere il volto di Zmej Gorynyč, ammesso che ne avesse uno, ma solo il suo corpo inesorabilmente teso. Anche le lacrime di Marja venivano soffocate.

«Compagno Gorynyč», sussurrò rauca, la voce strozzata, il battito del cuore che le risuonava nelle orecchie. «Mi avrai, abbastanza presto. Il tuo fascicolo dice questo, e i fascicoli non mentono. Sarò il tuo letto d'ossa e dormirai su di me per sempre. Ma il tuo fascicolo non dice "la compagna Marja Morevna, mangiata da un drago kazako nel 1926"! Ci saranno discrepanze, Zmej Gorynyč! E scartoffie! Lasciami andare. Non dovrai aspettare a lungo». Poi Marja Morevna chiuse gli occhi. Si chinò in avanti più che poté e baciò, molto dolcemente, la carne di serpente che le si chiudeva intorno al viso.

Le spire divennero bollenti e Marja per un momento pensò davvero che sarebbe potuta morire lì. Una minuscola fiamma le risalì la guancia, appena sotto l'occhio. Le ciglia cominciarono a sfrigolare… e poi le spire scomparvero. Si fermò in un campo di cotone fuori dalla iurta, piegata in due, cercando di respirare. Marja si schiaffeggiò il viso per spegnere la fiamma.

«Maša!», gridò Zemleed, più in alto sul prato, alla riva del fiume. «Stai bene?».

«È amara e non vale la pena mangiarla!», urlò una voce dalla iurta.

Marja corse dal lešij, che si era tolto la giacca verde oliva e sudava in canottiera.

«Dove sei andato, Zemja? Poteva soffocarmi. Poteva ucci-dermi».

Zemleed si asciugò la fronte con un grosso pugno. «Sto deviando questo fiume, Marja Morevna. Lo sto convincendo a dirigersi verso quell'orribile iurta e a trascinarla via. Quando se ne sarà andato, potremo rovistare tra le macerie in cerca di monete, bianche e nere. È stato il suo blaterare riguardo ai Khan a darmi l'idea. Abbiamo fatto questo genere di cose quando ce li siamo ritrovati tra i piedi».

Zemja si abbassò sulla riva del fiume, le sue enormi ginocchia scrocchiarono sonoramente nell'aria blu. Radunò un cumulo di terra tra le sue braccia, così tanta terra che con essa si sollevarono grandi ossa lunghe e macigni, talmente grandi che dietro la massa non si riusciva a vedere alcun lešij, e lo scagliò lontano da sé. Esplose contro una collinetta in una pioggia di polvere e rocce frantumate. Zemleed fece l'occhiolino a Marja e saltò nel buco che aveva fatto, che si stava già riempiendo dell'acqua del fiume. Appoggiò la spalla contro un lato del buco di terra e spinse, i fasci di nervi del collo tesi come corde di violino. Sfondava il terreno e continuava a spingere, così veloce e così lontano che Marja lo perse immediatamente di vista in mezzo alla terra scura e al fiume che scorreva impetuoso per riempire il sentiero creato per lui. Quando raggiunse la iurta, il fiume non poteva essere fermato. Il lešij balzò fuori dalla schiuma e dall'acqua assordante mentre la corrente travolgeva il compagno Gorynyč, trascinandolo con sé per unirsi a un altro ruscello più in basso sulla collina. Lo strillo di Zmej Gorynyč echeggiò nella valle, ma anche le risate di Zemleed, che gli sputò dietro.

Marja camminò tornando verso il posto che la iurta aveva occupato, i capelli inzuppati di spruzzi, il viso scottato che pulsava. Quando raggiunse il luogo che la iurta aveva recentemente occupato, il fiume si era un po' calmato e Zemja stava rovistando tra l'erba, alla ricerca dell'oro.

«Non c'è niente qui, Zemja», sospirò Marja. «Nemmeno le ossa. Guarda, non ci sono che piante di cotone dappertutto!».

Marja appoggiò la testa di lato. Si arrampicò su un mucchio di cotone, mentre alcuni ciuffi chiari svolazzavano leggeri nel vento caldo. Strappò una delle soffici teste bianche. Lo conosceva, conosceva l'enigma, e la sensazione di trionfo le provocò un formicolio al cuoio capelluto.

«Oh, Zemja! Ora lo vedo. Lo vedi? Oro bianco. Il compagno Gorynyč aveva ragione a ridere di noi che chiedevamo monete». Rigirò il fiore tra le mani. «E il nero deve essere…».

«Petrolio», concluse Zemleed.

Marja aggrottò la fronte. «Ma non ho l'attrezzatura per cercare il petrolio nel terreno. Forse ci sono dei barili da qualche parte. Forse c'è una trivella, sulle colline».

Zemleed sorrise di nuovo, la barba scintillante di sudore e acqua di fiume. Alzò una delle pesanti braccia e, con un urlo, la fece schiantare contro la terra. Questa cedette e il lešij vi affondò fino alle spalle. La sua faccia si corrugò come se si sforzasse di trovare delle aringhe in un barile. Alla fine, con un grido di tensione, tirò di nuovo su il pugno. Traboccava di icore nero, denso, puzzolente. Zemja si lasciò cadere di peso, ansimando mentre il polline gli volteggiava intorno alla testa.

E nella luce fioca e morente, Marja Morevna si inginocchiò al suo fianco, gli mise le mani sulle guance larghe e diede un bacio al lešij proprio quando in cielo apparve la prima stella. Era un bacio vero, profondo, e lei era seria.

Quando si allontanò, il volto roccioso di Zemleed era bagnato di lacrime.

«Ricordalo quando sarai regina», sussurrò con voce roca. «Ho smosso la terra e l'acqua per te».

La presidente Jaga inarcò il sopracciglio intrecciato vedendo la massa di melma nera e il fiore di cotone sulla sua scrivania. Oltre la porta, il caffè dei maghi era frenetico e in fermento. Infilò il dito nel petrolio e lo leccò in via sperimentale.

«Bassa qualità», sbuffò lei.

Marja non disse nulla. Jaga lo avrebbe accettato.

«Guardati, tutta piena di te, pensi che due su tre ti rendano qualcuno! *Pfui*, tu non sei ancora *nessuno*. L'ultima è la più difficile – questa è la regola – e non ce la farai mai».

«Ce la farò, invece».

«Allora hai deciso di perdonare a Koščej le sue amiche?».

Marja si masticò l'interno della guancia. «È meglio», rispose lentamente, rendendosi conto di aver detto la verità solo mentre la formulava, «accumulare tutti i propri vantaggi prima di muoversi. Avrò la tua benedizione nella fondina prima di dirgli una sola parola, presidente Jaga».

Jaga si accese un sigaretto, soffiando un grosso anello verso la libreria. «Vedo che i miei giochi estremamente dispendiosi non sono uno spreco completo. E almeno adesso sei un po' interessante, con quella stravagante cicatrice a ricordarmelo». La pelle ustionante del compagno Gorynyč le aveva lasciato un segno sotto l'occhio, una vescica a forma di diamante che le incideva quasi a metà la palpebra inferiore. Anche una volta guarita, avrebbe dato l'impressione di piangere polvere da sparo, di piangere ferite. «Ma non importa. Avendo un cervello come una patata e una dolce fichetta civilizzata che si fa gli affari propri, non hai alcuna speranza di portare a termine il mio ultimo incarico».

La presidente Jaga indicò la finestra con il suo sigaretto. «Vedi il mio amico là fuori?».

Marja guardò, aspettandosi che l'auto con le zampe di gallina fosse lì a fischiare ai gatti randagi. Ma fuori, tra la neve fitta e le ombre dell'interminabile sera d'inverno, c'era un grande mortaio di marmo, rosso come un massacro, più grande di un cavallo, con il pestello che macinava lentamente intorno alla ciotola.

«Cavalcalo. Portalo fino ai confini settentrionali di Bujan, nel punto in cui crescono i fiori di felce. C'è una caverna lì, nel fianco del dirupo, e dentro la caverna, una cassa. Portami quello che troverai lì. Il mio mortaio non ti renderà le cose facili. Ma imparerai a dominarlo, a piegarlo, a farlo obbedire». Jaga sospirò, soffiando fumo. «O non imparerai. Non posso insegnarti a comandare, ragazza: o ce l'hai o non ce l'hai. E se non ce l'hai, be', puoi anche infilarti subito in una stufa: tuo marito ti brucerà per riscaldarsi, prima o poi». Baba Jaga fece un cenno a Marja e si diede una pacca sulle gambe. Sotto la pelliccia nera, indossava un grembiule di pelle come un macellaio o un fabbro.

Marja indietreggiò. «Non voglio sedermi sulle tue ginocchia. Non sono una bambina».

«La più piccola mosca su un mucchio di merda di capra mi interessa di più di quello che vuoi tu».

Marja fece una smorfia, attraversò la stanza e si sedette, con cautela, serrando la mascella, sulle ginocchia della presidente Jaga. La megera le prese il viso tra le mani come faceva sua nonna.

«Se pensi che mio fratello sia diverso, ragazza, allora non c'è speranza per te. Ti brucerà come cera, se glielo permetti. Penserai che sia amore, mentre lui cenerà con il tuo cuore. E forse lo sarà. Ma è talmente affamato che ti mangerà tutta in una volta, e tu finirai nella sua pancia, e cosa farai allora? Ascolta ciò che dico, perché lo so. Ho mangiato tutti i miei mariti. Prima ho mangiato il loro amore, poi la loro volontà, poi la loro disperazione, e poi ho fatto delle torte con i loro corpi – e quei corpi mi erano così cari! Ma il matrimonio è una guerra, e tu fai quello che devi per sopravvivere... perché solo uno di voi ci riuscirà».

Marja deglutì a fatica. «Io non sono così», sussurrò.

«Vedremo. Quando voli su un mortaio e un pestello con la luna che ti urla nell'orecchio, e mi assomigli così tanto che nessun uomo potrebbe distinguerci, vedremo come sei. Solo una cosa conta, cara quasi-zuppa: chi comanda».

12
Il rosso impone

«No», disse Madame Lebedeva, immergendo il dito in un barattolo di polvere color ambra. Si abbinava sia alla sua teiera che al tè. Con un movimento agile se lo passò su una palpebra e ispezionò il suo lavoro nell'alto specchio incorniciato di ferro della toeletta. Una vaporosa gonna bianca le svolazzava alle caviglie, una camicetta severa si arricciava di pizzo intorno al collo, appuntato da un cammeo. I capelli bianchi come la neve si increspavano in leggeri boccoli, raccolti in una cascata di piume e perle. Anche l'immagine sul cammeo aveva gli stessi riccioli, le stesse piume e perle.

«Cosa vuol dire "no"?», chiese Marja. Il rifiuto dell'amica la ferì: nonostante tutta la sua superbia, Lebedeva si negava così di rado.

«Voglio dire, non faccio quel genere di cose».

«Che genere di cose?».

Lebedeva sospirò e posò il rossetto rosa glassa con un sonoro schiocco di metallo contro lo smalto.

«Che pensi, Maša? Il genere di cose per cui vieni da me con una specie di compito impossibile stranamente adatto ai miei particolari talenti che *deve* semplicemente essere completato e "Oh, Lebed, tesoro, aiutami nel momento del bisogno!". Non lo faccio. Non berrò l'oceano così che tu possa prendere un anello dal fondo, non resterò sveglia per tre giorni per intravedere una piccola zarina arrogante trascinarsi verso chissà dove, e di certo non mi metto nei pasticci con un mortaio che non mi ha mai causato problemi».

Madame Lebedeva esaminò il suo arsenale di rossetti e ne afferrò uno con decisione, del colore di una peonia vista attraverso strati di ghiaccio.

«Cosa ti preoccupa? Naganja e Zemleed sono venuti con me, mi hanno aiutata. Se fallisco, la presidente Jaga mi infilerà nel suo piatto».

«Naganja e Zemleed sono i tuoi compagni, Marja».

Marja arrossì un po' per l'imbarazzo. Cominciò a pensare di essersi comportata male, in qualche modo. «E tu cosa sei?».

La pallida signora si voltò incredula dallo specchio. «Sono Inna Afanasevna Lebedeva! Sono una vila e una maga e non sono la tua serva, Marja Morevna! Che cosa hai fatto per me se non rifiutare le mie avances e deridere le mie preoccupazioni perché non sono le tue preoccupazioni, perché ritieni frivoli i cosmetici, la moda e la società? Che considerazione mi hai mostrato se non rifiutare le mie offerte di darti le istruzioni di cui avevi tanto bisogno e permettere agli altri tuoi amici di calpestare il mio orgoglio? Quando sono venuta da te dicendo: "Maša, aiutami a maledire questo bestiame, aiutami a corteggiare quel pastore per il mio divertimento!". Mi attengo ai miei affari, che non sono i tuoi!».

E Marja Morevna sapeva di essersi comportata male e ne era terribilmente dispiaciuta. Non poteva sopportare che una bella ragazza bionda le parlasse duramente, le faceva male la gola, dove una volta era appoggiata una sciarpa rossa. «Oh, Lebed! Non era mia intenzione insultarti!».

La vila sospirò, pizzicandosi le guance finché non diventarono rosa e luminose. «Questa è la tua natura. Potrai anche non essere una Elena, ma per loro sei una sorta di cugina. E la tua specie non tratta bene la mia specie. Quindi no, non ti aiuterò a cavalcare il mortaio. Di certo non desidero che tu venga mangiata, tesoro, non è questo. Ma ho il mio orgoglio. Certi giorni, Maša, quando non ho prodotto un cikavac e il caffè mi respinge alla porta; quando i pastori strillano e mi mostrano il segno della croce; quando Naganja dorme nel tuo letto e il mio amante mi lascia per una cagna rusalka che vuole solo annegarlo – e gli sta bene – è tutto quello che ho. E tu ridi di me perché cerco di insegnarti cose sul rossetto».

«Be', devi ammettere che quando viene messo accanto alla minaccia di diventare zuppa, il rossetto è piuttosto sciocco».

Madame Lebedeva fissò Marja finché lei non sentì le guance bruciare e la vescica nera avvampare dolorosamente.

«Pensi che io sia una sciocca, Maša? Per tutto questo tempo, e tu mi parli come se fossi una ragazza volubile. Sono una maga! Non hai mai pensato, nemmeno una volta, che amassi il rossetto e la tinta per qualcosa di più del semplice colore? Sono una studentessa della loro tradizione, ed è arcana ed ermetica al di là dei sogni degli alchimisti. Non ti sei mai chiesta perché ti ho dato così tanti vasetti, così tante creme, così tanto profumo?». Gli occhi di Lebedeva brillarono. «Maša, ascoltami. I cosmetici sono un'estensione della volontà. Perché pensi che tutti gli uomini si trucchino quando vanno a combattere? Quando mi trucco gli occhi dello stesso colore della zuppa, non è perché non ho niente di meglio da fare che preoccuparmi di sciocchezze. Vuol dire: "Io appartengo a questo posto e tu non mi rinnegherai". Quando sfumo le mie labbra rosse come l'amaranto, vuol dire: "Vieni qui, maschio. Io sono la tua compagna e tu non mi rinnegherai". Quando mi pizzico le guance e le spolvero di madreperla, vuol dire: "Morte, stai alla larga, sono tua nemica e tu non mi rinnegherai". Voglio dire queste cose e il mondo ascolta, Maša. Perché la mia magia è forte quanto un braccio. Non vengo *mai* rifiutata».

Le labbra senza tinta di Marja si schiusero per la sorpresa.

«Non lo sapevo».

«Non me l'hai *chiesto*».

«Per favore, aiutami, Inna Afanasevna». Marja le prese le morbide mani pallide nelle sue. «Per favore».

«Ogni tanto mia cara sorella devi fare qualcosa per te stessa».

Marja guardò Madame Lebedeva: le sue profonde palpebre ambrate, le labbra pallide, le guance satinate. Non riusciva a sopportare la bellezza della sua amica. La abbagliava. Eppure, non pensava di riuscire a rifiutare Madame Lebedeva.

«Allora mi truccherai, per questo compito? Vuoi mettermi il belletto in faccia, come mi hai chiesto così spesso?».

Madame Lebedeva aggrottò la fronte. Le sue labbra perlacee erano rivolte verso il basso, e sembrava molto più vecchia.

«No, Mašenka. Non lo farò. Sarebbe solo un'estensione della mia volontà, ed è la tua che è in discussione. Ma ti dirò: il blu è per affari spietati, il verde è per osare ciò che non dovresti, il viola è per la forza bruta. Ti dirò: il corallo persuade, il rosa insiste, il rosso impone. Ti dirò: mi sei cara come l'essenza di rose. Per favore, non farti mangiare».

Madame Lebedeva si chinò in avanti sul suo piccolo sgabello d'oro e baciò Marja su entrambe le guance, con le ciglia che sbattevano dolcemente contro le tempie di Marja. Aveva l'odore della pioggia che cade tra i caprifogli, e quando si allontanò, i suoi baci rimasero sulla pelle di Marja, piccoli cerchi gemelli di rosa, quasi invisibili.

«Ricordalo quando sarai regina», sussurrò. «Ti ho svelato i miei segreti».

Un timido mezzogiorno invernale mostrava a malapena la sua modesta caviglia prima di scivolare di nuovo nell'oscurità. Marja camminava lungo via Skorochodnaja, prendendo a calci blocchi di ghiaccio. *Comandare*, pensò. *Non ne so nulla. Chi comandava quando Koščej mi nutriva e mi metteva a tacere? Non io.* Un'esplosione di risate fuoriuscì da una taverna con grondaie di trecce nere che pendevano dagli angoli come campanelli. Marja si fermò e accarezzò il muro dell'edificio – pelle pallida e liscia, troppo glabra per non essere quella di una ragazza. L'edificio rabbrividì per l'attenzione. *Eppure, ho scelto di tacere, di mangiare ciò che mi dava. E lui tremava quando mi toccava. L'ho reso tanto debole da farlo tremare. Cosa significa tutto questo?*

Marja si fermò e alzò il viso verso le stelle che scintillavano come punte di coltello. Sollevò il bavero del suo lungo cappotto, la ferita sotto l'occhio pulsava per il freddo. Pensò all'anno che era passato da quando era arrivata a Bujan, ai brividi che l'avevano scossa quando aveva visto per la prima volta il Černosvjat, alle fontane di sangue caldo che ancora gorgogliavano dietro di lei, alla risata schioccante e impaurita di Naganja. *1942*, pensò. *Durante Leningrado*. Fu il "durante" che la fece rabbrividire. Non *a* Leningrado. *Durante* Leningrado. *Almeno morirò a casa. Ma ha davvero detto che sarei morta? Ha detto: «grave diserzione». Sarò una disertrice. Come una fuggitiva, per davvero. E cos'è casa? Bujan è casa. Leningrado è così lontana. Il 1942 è così lontano. Perché mai dovrei tornare indietro?*

«Volčja Jagoda», sussurrò, cercando nel vento qualcosa di familiare, qualcosa di enorme e gentile.

«Sì, Marja», disse la voce del cavallo, accanto a lei in un attimo come se fosse sempre stato lì, a respirare sulla sua spalla. Splendeva lattiginoso nella notte.

«Mi chiedevo se saresti venuto, dato che ti volevo qui».

«Non la definirei una regola. Ma ho orecchie molto buone e sono veloce».

Marja si voltò e mise le braccia intorno al lungo collo del cavallo. Non puzzava di cavallo, ma di gas di scarico e di metallo.

«Promettimelo, Volčja. Promettimi che non mi riporterai mai più a Leningrado. Se non tornerò indietro, non potrò morire lì».

«Qualcuno ha detto che saresti morta?».

La fronte di Marja si corrugò. «Be', no, non esattamente. Ha detto condannata. Ma condannata di solito significa morta».

«Forse non sarà così male».

«Volčja, devi giurarlo. Su cosa giurano i cavalli?».

«Su niente». Volčja parlava con uno strano accento, la sua voce profonda, tesa e corrucciata. «I cavalli sono senza Dio. C'è solo il cavaliere e la frusta. Ma lo prometto».

«Portami a casa, Volčja».

Il cavallo, pallido come un osso, si accovacciò e si dimenò nell'abbraccio di Marja così che lei si ritrovò issata sulla sua groppa prima che potesse respirare due volte. Poteva sentire il sangue oleoso del cavallo ribollire caldo e pesante sotto di lei. Si rivolse verso il Černosvjat, una macchia scura contro il cielo scuro. Alla luce delle torce, le ombre delle sue ossa si muovevano sotto la pelle sottile.

«Perché ti lasci cavalcare da me? Sei più mansueto del mortaio della presidente Jaga?».

Volčja Jagoda sbuffò. «Quella cosa è una scodella. Non ha bocca, né denti. Non puoi definire qualcosa come vivente se non ha bocca. Molte cose a Bujan sono confuse e invertite – rocce muschiose e pistole che parlano, uccelli che si trasformano in uomini e palazzi che paiono giovinetti –, ma noterai che tutto ciò che è vivo ha una bocca. Le bocche mordono e deglutiscono, parlano, assaporano. Baciano. La bocca è lo strumento principale per vivere. Il mortaio è come uno spaniel molto feroce. È vivo in un certo senso, ma non gli riserveresti un posto per la cena». I suoi zoccoli echeggiavano nell'oscurità. «Quanto al motivo per cui mi sono lasciato cavalcare da te... ah, che disciplina terribile, cavalcare ed essere cavalcato! Qual è il servo: quello che porta la sua padrona, o quella che pettina e spazzola la sua cavalcatura? È semplice, Marja Morevna. Mi hai servito la prima volta che ci siamo incontrati. Mi hai lucidato la pelle e mi hai dato delle scarpe nuove. Hai dormito al mio fianco. Una mano lava l'altra. Nei miei quattro cuori, servire è l'unica possibile espressione d'amore. Servo Koščej. Ma se tu non avessi passato la tua mano sul mio nodello, non ti avrei mai servita». Volčja Jagoda girò la testa scarna per mordicchiarla. Faceva male, ma lei lo prese per quel che era, dolcemente, con affetto. «Con il mortaio non funzionerà, lo sai. È una bestia da cucina. Non riusciresti ad abbassarti così tanto da servirlo, nemmeno se strisciassi sulla pancia. E le prove di Jaga non misurano mai la grandezza della tua umiltà.

Ci vuole forza, Marja. Vuole che tu sia più grande di quello che sei. Ci vuole una padrona, ed è abituato a una che è antica e forte, le cui cosce possono schiacciarlo tra loro, i cui fianchi di ferro lo spingono verso casa. Non ce la farai mai».

«Tutti sono così sicuri che non possa farcela».

«Oh, Marja, certo che non puoi! Anche dopo un anno con noi sei ancora buona e gentile! Un po' più selvaggia, forse, più incline a mordere ed essere morsa, a rubare e combattere, ma quanto calda sei ancora. Quanto disposta a fare ciò che ti viene detto. Questa non è una ragazza che cavalca il mortaio. Tu non ce l'hai nel sangue. Vieni, ti porterò al muro nord. Puoi andare a prendere il suo gingillo e nessuno si accorgerà della differenza».

Marja scosse la testa. «Le basterà chiedere al mortaio e io sarò catturata».

«Te l'ho detto, non ha bocca per tradirti».

Marja aggrottò intensamente la fronte. Avrebbe voluto che fosse così facile. Avrebbe voluto essere aiutata. È molto più bello essere aiutati. Ma la voce di Madame Lebedeva risuonava in lei: «Ogni tanto, mia cara sorella, devi fare qualcosa per te stessa».

«Il compito non è il gingillo, è il mortaio», sospirò infine. «Portami alla mia torre, Volčja. È tutto. Devo trovare la strada da sola».

Cavalcarono in silenzio per molto tempo. Via Skorochodnaja si stendeva come un nastro nero, e il grande pendente della luna scorreva verso il suo centro.

«Volčja Jagoda, posso chiederti un'ultima cosa?».

Il grande cavallo sospirò. «Vuoi risposte come l'avena in un sacchetto di mangime, Marja».

«Ho parlato con domovoj e lešie e lo stesso Zmej Gorynyč, e tutti loro si definiscono leali: amano il Partito come una madre. Mi ripetono gli slogan della mia infanzia e i loro occhi brillano di orgoglio. Eppure Koščej vive nel suo grande palazzo e Lebedeva fa incetta di creme da notte e di cammei e favorisce il suo patronimico. I piccoli si affrettano a portare i distintivi di appartenenza sul petto, ad agitarsi e a unirsi, ma i grandi vivono come hanno sempre fatto, come draghi, come zar. Com'è possibile?».

Volčja Jagoda valutò la questione. «Non è così nel tuo mondo?».

«Suppongo di sì. Ma queste cose sconvolgono le persone. Organizziamo manifestazioni e guerre civili quando le disuguaglianze vengono smascherate».

Lo stallone sbuffò e il suo respiro si addensò per il freddo. «Marja Morevna, in questo siamo più bravi di te. Nei nostri cuori possiamo conservare due idee terribili nello stesso momento. Mai la tua gente ci ha deliziato di più, mai è stata così tanto come una famiglia. Per un diavolo, l'ipocrisia è un gioco di società, come una sciarada. Che divertimento, e quando la serata sarà finita ci terremo la pancia per non morire dalle risate».

Marja non accese le lampade. I suoi occhi si spostarono affettuosamente verso la sua stanza rossa, oscurata dalla luna e dalle ombre. Fece scorrere le mani sulle sue cose: una sedia di broccato, il letto a baldacchino pieno di pellicce folte e setose, la scrivania d'argento, la piuma fiammeggiante di un uccello di fuoco, che bruciava debolmente mentre dormiva. Da qualche parte, a una bestia mancava quella piuma. Marja all'improvviso si pentì di non aver mai scritto niente su quella scrivania, nemmeno una lettera a casa, alle sorelle nei loro focolari matrimoniali. Nemmeno una poesia. Le sue dita, cacciatrici determinate nonostante il cuore fosse irrimediabilmente prostrato, trovarono la toeletta e il suo alto specchio, i vasetti e le scatole e i pennelli che Lebedeva le aveva regalato per ogni festa con biglietti scritti a mano che la scongiuravano di entrare nel mondo delle donne adulte e di tutti i loro privilegi segreti.

Marja Morevna sedeva allo specchio, leggera come nei sogni. Le sue mani fluttuavano sulla schiera di cosmetici come se suonassero un clavicembalo. I vasetti traboccavano di colori che le facevano battere il cuore, turbinii cremosi di rosso e indaco pavone e un rosa come la zampa di un gattino.

Sarò rossa come un massacro, come la pietra del mortaio, pensò. Radunò nel suo cuore i ricordi del trattamento cosmetico di Lebedeva come istruzioni: come l'aveva eseguito, le pennellate delle sue mani pallide, l'ordine con cui la vila le aveva truccato il viso. Prima la cipria, come neve, stesa sulle guance e sulla fronte con un pesante piumino di pelo di montone. Poi, gli occhi. Marja scelse un vasetto intagliato di pigmento d'oro, come un'icona, gli occhi di una santa. Colorò le sue ciglia d'argento, la cui umidità era fresca e scivolosa sulla pelle. Poi prese un sottile pennello di pelo di cinghiale e lo intinse nella polvere cremisi di corniola. Sotto l'arcata sopracciliare tracciò una lunga linea rossa, e sopra le palpebre disegnò con uno scarlatto ancora più scuro, come il sangue che si raccoglie in fondo a un cuore. Il rosso impone. Si pizzicò le guance e vi spalmò sopra una lucida crema color bronzo rubino. Le labbra vennero per ultime: la bocca che Volčja Jagoda diceva essere lo strumento dei vivi. Trovò nella foresta dei rossetti una terrificante tonalità autunnale, come fuoco, come foglie morenti.

Marja si guardò allo specchio, ancora se stessa ma pronta per la battaglia, più terribile, più vecchia. Non aveva gestito tutto in modo impeccabile, come avrebbe fatto Lebedeva. Il suo viso era un po' selvaggio, un po' irregolare, le linee intorno agli occhi tremolanti, i colori troppo accesi, non sfumati, non lievi, come disegnati dalle dita tremanti e dagli occhi deboli di una vecchia. Marja alzò le mani e raccolse i suoi lunghi capelli neri in uno chignon ferocemente stretto, così stretto che gli spilloni che lo trattenevano le fecero uscire minuscole gocce di sangue dal cuoio capelluto. Di notte, con la luna alta e tranquilla tutt'intorno, conosceva il resto come una poesia da recitare. Ridendo con Naganja alla luce del sole, non ci avrebbe mai pensato. Ma la notte, avvolgente e pesante, guidava i suoi passi, le sue scelte. Aprì l'armadio e tirò fuori un grembiule di pelle che aveva preso in estate, quando Zemja aveva deciso che le sue braccia erano troppo magre e le aveva insegnato a forgiare gli attizzatoi del camino dal ferro ribollente. Era così pesante, le cinghie le gravavano addosso, le affondavano nel collo, nella vita. *Oh, mi dispiacerà*, pensò mentre si infilava la sua pelliccia più folta e nera e la richiudeva sopra il grembiule. Raccolse nelle tasche le ossa d'anatra secche della cena della sera prima, ancora appoggiate sul vassoio d'avorio. Sul suo collo una goccia di mirra resinosa e una spruzzata di vodka da una bottiglia di cristallo.

Marja Morevna non voleva più guardarsi allo specchio. Temeva ciò che l'attendeva nel vetro. Ma si avvicinò di soppiatto e alzò gli occhi per guardare. Com'era largo il suo petto, all'improvviso, quanto scure e squadrate le sue spalle. Come le sfiorava il mento pallido la pelliccia, com'erano rigidi i suoi capelli e le sue labbra scure!

«Io sono Marja Morevna, figlia di dodici madri, e non sarò rifiutata», sussurrò alla ragazza nello specchio.

Molto più in basso, sulla strada innevata, il mortaio rosso aspettava, impaziente, fumante nella notte invernale.

Annusava l'aria nera e faceva le fusa nel suo strano modo: il pestello nero macinava lentamente, con soddisfazione, attorno alla ciotola del mortaio. *Ah! C'è lo stesso odore di vecchie ossa e spezie per imbalsamazione della mia padrona!* Sobbalzava, elettrizzato dalla sua vicinanza, imprimendo profondi cerchi nella neve. *Ah! Ci sono il cappotto nero e il grembiule di pelle sventolante, ecco la mia padrona!* Il mortaio cominciò a girare con trepidazione. *Ah! C'è la bocca insanguinata, fresca di marito, e questo significa la mia padrona!*

Ma il mortaio saltellava freneticamente avanti e indietro, fuori portata. Profumava anche di giovinezza sotto le vecchie ossa e il liquore versato, e la figura scura non sembrava abbastanza grande e i suoi capelli erano neri quando avrebbero dovuto essere bianchi.

La figura scura, avvolta nella pelliccia, si avvicinò al mortaio incerto. Senza un attimo di esitazione, ringhiò e schiaffeggiò con forza il mortaio sul ventre.

«Fammi salire, brutta tazza da tè!», ringhiò, con voce bassa e ruvida.

Il mortaio esultò. *Ci sono la mano ruvida e le parole crudeli che possiede la mia padrona!* Si piegò in avanti, miserabile, in modo che la sua amata strega Jaga potesse arrampicarsi.

Ma non appena la sollevò, il mortaio capì di aver accettato un impostore. *La mia padrona pesa più di tre fornai che mangiano il pane! Fuori, fuori, piccola bugiarda!*

I piedi di Marja scivolarono e sbandarono nella ciotola concava, in cerca di un appiglio. Il mortaio roteava e si scuoteva, cercando di farla finire fuori. Scalciò, si sollevò. Si lanciò in aria, si capovolse e si abbatté bruscamente sulla neve tre volte, ma Marja si aggrappò ancora al pestello, digrignando i denti, artigliando la pietra liscia con le unghie fino a farle spezzare e sanguinare. Quando il mortaio si raddrizzò di nuovo, lei si mise a cavalcioni sul pestello come fosse un manico di scopa, le ginocchia che sbattevano dolcemente nelle scanalature levigate dove erano abituate a posarsi le ginocchia di Baba Jaga. La pietra ribolliva, calda come il fondo di una stufa, pulsante come se vi scorresse del sangue. Marja Morevna vi si spinse contro con le ginocchia, le sue ossa stridevano dolorosamente contro di esso, ma il mortaio continuava a protestare, cercando di rimbalzare abbastanza forte da schiantarle la testa contro le proprie pareti.

Marja avvolse un braccio attorno al pestello, le sue cosce ne strinsero il tronco e si frugò in tasca. Tirando fuori una coscia d'anatra essiccata, la fece rotolare nella ciotola del mortaio, per conferire alla bestia l'odore del volatile grasso e gustoso, e poi lo scagliò giù per Skorochodnaja più forte che poteva. Il mortaio balzò, famelico, e gli saltellò dietro, su in aria e di nuovo giù, lasciando una scia di solchi ampi e profondi nella neve, come un'ellisse senza fine.

Tra le sue gambe, il pestello vibrava e tremava, sbattendola intorno alla ciotola. Il dolore divampò bianco e nero ovunque andasse a sbattere contro la pietra, e poi di nuovo, quando i suoi lividi si formavano.

«A nord, mucchio di spazzatura!», sibilò al mortaio, amplificando la voce, rendendola graffiante.

Il mortaio si fermò, di nuovo confuso dalla sua voce, che non sarebbe mai stata grossa o tagliente come quella della sua proprietaria. Marja Morevna fece un respiro profondo, il freddo lancinante le scorreva dentro. *Non sono così stupida da non ascoltarti, presidente Jaga! So di cosa si tratta!*

Si spinse contro il pestello, lasciando che premesse lascivamente contro di lei, il suo calore pulsante le pervase le gambe, il ventre. Fece vibrare le ossa contro l'arnese, roteando i fianchi, spingendo, persuadendo. Aprì di più le gambe, finché non sembrò una parte di lei, una Marja di pietra che sporgeva goffamente dal suo corpo, gonfia e selvaggia. Si girò in modo che il pestello puntasse a nord e si spingesse in avanti. Il mortaio ruotò ancora una volta, con gioia, elettrizzato al suo tocco – era giusto, era di questo che si trattava! – e sfrecciò verso nord, attraverso l'oscurità e il ghiaccio.

Il vento la trafisse, sollevandole il petto verso gli alberi stellati. Una sorta di terribile piacere la trapassò: l'aria di pino e il gelido chiaro di luna, il pestello caldo e saltellante sotto di lei e il dolce suono del mortaio che pestava la neve. Tutti i piccoli animali della foresta si allontanarono dalla strada e dalle risate rumorose di Marja Morevna mentre la luce delle stelle le sferzava le guance rosse. Cavalcò il mortaio e il pestello come una creatura selvaggia, squarciando la notte.

Il confine settentrionale di Bujan corre su un paese collinoso e innevato. La terra, lì, non ha ancora mai visto il sole. Tutto l'anno le folle dei ghiacci si stringono intorno ai tre o quattro semi d'erba che pregano valorosamente per l'arrivo della luce. Una volta, i lešie costruirono un muro durante l'inverno, in modo che il mare del Nord sapesse che qui era territorio proibito. Ma come tutte le pietre toccate dai lešie, il muro sospirava, sognava e desiderava più di quanto aveva, e nel frattempo, silenziosamente, cresceva. Ora, solo un archeologo sarebbe in grado di intuire che la rupe nero-porpora con una dozzina di capre che rosicchiano la sua estremità un tempo era un muro, vedrebbe le vecchie, vaghe forme di mattoni ai piedi della rupe. Potrebbe individuare la fessura di una caverna, dove un tempo era custodita la torre di guardia del muro, da cui un tempo risuonavano gli allarmi giù per le valli, lanciati da uno spirito muschioso, pesante come il granito.

Non un archeologo, ma il mortaio afflitto da una specie di muta simpatia per il vecchio muro, pietra su pietra, portò Marja Morevna proprio nella caverna, poco più di una fenditura nella roccia, come il sottile triangolo di oscurità tra le pagine di un libro lasciato a faccia in giù su un tavolo bianco.

Il mortaio batté tre volte sulla neve e si ribaltò in avanti, rovesciando Marja nel cerchio impresso nella neve compatta in mezzo a cumuli morbidi e silenziosi. Il pestello rotolò intorno alla ciotola, vibrando, chiedendo approvazione. Marja pensò di baciarlo, ma sapeva che la presidente Jaga non avrebbe onorato così la sua bestia. Gli diede invece un altro duro schiaffo. Il mortaio si raddrizzò di scatto, roteando in estasi.

I fiocchi di neve volarono nella fessura, tre venti si infilarono dentro, ululando cupi e rauchi. La pelliccia nera di Marja Morevna brillava, quasi imbiancata dai grumi di ghiaccio. Si infilò nell'imboccatura della caverna, la pelle ancora arrossata per la cavalcata, il respiro vaporoso nello stanzino di pietra. Il soffitto si abbassava, stalagmiti simili a gocce di saliva traballavano sopra la sua testa mentre il pavimento scendeva, sempre più in basso, nel buio. *Come posso trovare una cassa in tutta questa oscurità?* Marja si disperò, le sue mani annaspavano davanti a lei, aggrappandosi alle ombre.

«*Uuh*, nonna!», ringhiò qualcuno di invisibile, da qualche parte oltre la portata di Marja. «Perché inciampi così? Sei di nuovo ubriaca?».

«*Wuuh!*», ululò un'altra voce roca. «Un giorno ti spunteranno le branchie e imparerai a respirare la vodka. E poi ci mancherai!».

«*Wof, Wof*», brontolò un terzo. «Ti accenderò un fiammifero sui denti». Un lampo di fosforo avvampò, facendo diventare verdi e bianche le pareti della caverna.

Quattro cani ansimavano affettuosamente davanti a Marja, le loro zampe enormi e ossute nella luce fantasma: una lupa fiera che sbatteva lentamente la sua folta coda contro il pavimento della caverna, un segugio da corsa affamato che si leccava i baffi, un cagnolino altezzoso, la pelliccia arricciata che gli orlava il viso come una piccola criniera, e un grasso cane da pastore maculato, il mento appoggiato su due pilastri di saliva congelata come denti lunghi e spessi. Marja trattenne il respiro. Dietro di loro c'era una cassa di vetro, brinata, scintillante.

«*Arf, arf!*», guaì il cagnolino. «Stai benissimo stasera, nonna! Non hai praticamente nessuna verruca! Sono sicuro che fai di nuovo il bagno nel sangue. Vergini o capitalisti, questa volta?».

Marja poteva sentire l'eyeliner appiccicoso intorno alle ciglia, i capelli sciolti a metà dallo chignon. *Devo sembrare spaventosa... del resto, spaventosa è ciò che si aspettano. Ciò che vogliono.*

«Vergini», ringhiò lei. Il grasso cane da pastore si sporse in avanti sui suoi pilastri di sputo, che traballavano come gelatina.

«*Wof, Wof!* La tua voce è così forte e chiassosa, nonna!», piagnucolò. «L'ultima volta che sei venuta a trovarci, sembrava che avessi ingoiato sei coltelli! Come l'hai resa così dolce?».

Marja si morse il labbro. «Io, ehm, ho bevuto l'anima di un uccello canterino», abbaiò lei. «Ho giusto aperto il suo piccolo petto e risucchiato la canzone, come midollo attraverso un osso!». Dopo un momento, aggiunse: «Come se fossero affari tuoi!».

«*Uuh*, nonna», ululò la lupa, con i suoi occhi tondi e astuti. «La tua pelle è così morbida e liscia! L'ultima volta che sei venuta a trovarci, sembravi una pagina spiegazzata! Avevi più macchie di un fungo velenoso! Come hai fatto a renderla così elastica?».

«La moglie del compagno Stalin sta allattando!», Marja sibilò, scaldandosi alla sua pantomima. Sputò sul pavimento della caverna per non sbagliare. «Mi sono intrufolata nella sua stanza di notte e ho spremuto i suoi capezzoli in una vasca finché non ho potuto nuotare nel suo latte e strofinarmelo sulla pelle come una crema da notte! Ho talmente stancato quella vecchia mucca che la mattina riusciva a malapena a camminare!». Dopo un momento, aggiunse: «Vecchia puttana rognosa!».

«*Auuf!*», sbuffò il segugio da corsa, le costole esposte come le corde di una balalaica. «Il tuo profumo è così delizioso, nonna! L'ultima volta che sei venuta a trovarci, puzzavi di morte e denti marci!». Il segugio inspirò profondamente. «Ora sento profumo di fiori d'arancio e sangue fresco sotto un bouquet di vecchie ossa di anatra e mirra. Come hai fatto a ripulirti così?».

Marja strinse forte i pugni nelle tasche. Srotolò la sua menzogna come un filo. «Ho trovato un vecchio venditore ambulante di profumi che andava a Odessa con il suo carro. Dopo averlo guidato attraverso la foresta, ho agguantato tutte le sue bottigliette e me le sono fracassate contro la fronte, una per ogni sorso di vodka nella sua scorta!». Dopo un momento, aggiunse: «È morto! L'ho ucciso!».

I cani sembravano dubbiosi. Le colonne di saliva tremolavano mentre l'acqua gocciolava su di esse dal soffitto di pietra. Alla fine, il lupo scrollò le spalle pelose.

«*Uuh*, nonna. Cosa ti porta a casa nostra stasera? Se hai fame, abbiamo una bella zuppa di sangue bollente, se Acre, qui, non ha leccato tutto».

Il segugio da corsa allungò una zampa e morse l'orecchio della lupa. «Cosa ho detto sull'uso del mio nome? Nessuno dovrebbe saperlo!».

La lupa roteò gli occhi gialli, resi luminosi come ossa dalla luce fosforescente. «È nostra nonna, Acre. Conosce i nostri nomi. Inoltre, non farebbe mai del male a nostro padre! A meno che non se lo meriti davvero: allora sì che gli farebbe male».

«Be', *Astiosa*», brontolò il segugio, «non dire significa non dire. Anche un ultimo nato della cucciolata lo sa».

«*Grr, grr!* Non dirò mai il *mio* nome», ringhiò il cagnolino, leccandosi le zampe. «In questo modo, quando papà verrà a lodarci, saprà che io sono stato buono e che voialtri siete stati cattivi, malvagi cani randagi, e mi allungherà una carezza sulla testa e dei biscotti».

Il cane da pastore rise, il brontolio del suo petto gonfio scuoteva le colonne di bava. Le sue guance scivolarono oltre i bordi. «È la nostra babuška, Atroce, barboncino ingrato e leccapiedi! Vedrai se ti porterà i regali di Capodanno!». Il cagnolino squittì indignato al suono del suo nome. Il cane da pastore guardò Marja con franca adorazione canina. «Mi lascerai cavalcare con te anche quest'anno? Come ricordo il vento sulle mie guance!».

«*Uuh*, Algida, che lecchina! Ti ha definita una strega ubriaca, nonna. L'ho sentita, nemmeno una settimana fa», canticchiò la lupa in tono confidenziale.

«E ho detto che non si sarebbe arrabbiata! Lo sei, nonna? Stavo cantando una canzone serale in tuo onore! "Strega ubriaca" fa rima con "cuore di lumaca"!».

«Tu e le tue canzoni!», ridacchiò il cagnolino Atroce. «Una star del palcoscenico di Mosca, ecco cosa sei!».

Algida si staccò dai suoi pilastri di bava e affrontò Atroce con un ringhio. Marja li guardò combattere. Non riusciva a credere alla sua fortuna: tutti i loro nomi, lanciati sulle sue ginocchia come bambole. Ma se questi erano i cani di Koščej, allora la morte di Koščej riposava in quella lucente cassa di vetro. La presidente Jaga intendeva in modo palese che lei la rubasse e tornasse al Černosvjat trionfante, semplicemente per essere presentata come una Elena infedele che intendeva solo distruggerlo. Eppure, se non fosse tornata con essa, Jaga l'avrebbe divorata e la sua innocenza non avrebbe avuto alcuna importanza.

La sua pancia si contorse. I cani lottavano ai suoi piedi, e il sangue colava dalle loro gole.

«Atroce», sussurrò, tendendo le mani. «Algida, tregua».

I due cani si immobilizzarono, mostrando il bianco degli occhi. Si voltarono a guardarla, il tradimento scintillava nei loro sguardi, e caddero morti, Atroce si accasciò nel *rigor mortis* sull'enorme torace maculato di Algida.

La lupa regale le balzò addosso, sbavando.

«Non sei nonna!», la incalzò.

«Astiosa, Acre!», Marja gridò spaventata e la lupa cadde morta, sbattendo sul pavimento della caverna con un crepitio di ossa. Il segugio da corsa morì in silenzio, tutto raggomitolato, badando ai fatti suoi, come se si fosse sempre aspettato di morire in quel modo.

La cassa brillava dolcemente, circondata da cani morti. Marja si inginocchiò e azionò la sua chiusura scivolosa. Il coperchio si aprì con un crepitio di ghiaccio rotto.

All'interno era posato un uovo, avvolto nella seta nera. Un semplice uovo di gallina, marrone e rotondo, con la sommità cosparsa di lentiggini.

13
Lo zar della Vita e lo zar della Morte

Marja Morevna voleva attraversare di corsa la sala del trono fino a Koščej, posargli la testa in grembo, raccontargli tutto ciò che aveva sofferto, ascoltarlo mentre la rassicurava con qualche ovvia spiegazione – che non includesse la parola “Elena” – riguardo alle ragazze della fabbrica. Ma lui sedeva pesantemente sul trono di onice e osso, il mento affondato tra le mani. Non la guardò. Le solite mappe e carte ingombravano il grande tavolo, e Koščej aggrottò la fronte così profondamente che le pareti si incurvarono per allontanarsi da lui, nel disperato tentativo di sfuggire al suo disappunto. Non batté ciglio nemmeno quando l'alta porta nera si spalancò ed entrò Baba Jaga, con il sigaretto che lasciava dietro di lei tracce blu come stendardi di battaglia. Si avvicinò alla poltrona di Koščej, mentre il suo mantello si gonfiava, gli diede un bacio umidiccio sulle labbra, e lo divorò avidamente allargando la bocca. Koščej alzò il viso e ricambiò il bacio. Marja era troppo sconvolta per sussultare o gridare. Ma gli occhi le si riempirono di lacrime e sarebbe voluta sparire.

«Non essere così scioccata, zuppa!», rise la presidente Jaga, schioccando le labbra. «Questo era mio marito, oh, secoli fa! Il mio nono, credo. È giusto che io sgualcisca un po' il tuo stallone: il mio mortaio è mezzo svenuto dopo che tu lo hai cavalcato così duramente, strofinando il muschio di un'altra padrona sul suo pestello in modo che la povera bestia si confondesse!».

«Hai detto che era tuo fratello», disse Marja intorpidita, il viso in fiamme. Il suo petto sprofondò, preso a calci da quella scena.

«Čerti, ragazza. Demoni. Che dovrebbe importarci? Quando si vive per sempre, prima o poi si prova di tutto, solo per vedere. In ogni caso, non ha funzionato». Jaga accarezzò teneramente la guancia di Koščej con il dorso della mano. «L'unico che non ho potuto mangiare». Koščej fece un debole sorriso. La megera saltò giù dal palchetto nero e marciò verso Marja, il suo alito malsano e stantio sul viso di lei. Guardò il cappotto di Marja, il grembiule di pelle, il trucco sul viso. «Sono io a dare ordine di affrontare le prove perché so cosa ci vuole per essere sposate con un serpente. So bene di cosa parlo». Serrò le labbra screpolate. «Adoro il tuo cappotto, Marja».

«Ho superato le tue prove, presidente Jaga».

«Oh? Bene, allora, vediamolo!».

Marja estrasse l'uovo dal posto dove l'aveva tenuto, vicino al seno, al caldo e al sicuro. Koščej sibilò, risucchiando l'aria tra i denti.

«Te l'ho detto, fratello. Proprio come le altre. Sarà la tua morte».

La presidente Jaga rigirò l'uovo nella mano callosa, lo aprì e ne mangiò l'interno, i denti lucidi di tuorlo giallo.

Marja gridò, agonizzante. Era la morte di Koščej? Sembrava un uovo. «No! Non puoi! Ho fatto tutto quello che mi hai chiesto!».

Baba Jaga fece un risucchio con la lingua. «Lei ha ragione! Prendila se la vuoi ancora, Kostja. Do la mia benedizione con entrambe le mani. È una ladra furtiva e bugiarda e un'assassina di cani e mi somiglia proprio! Darò anche la dote alla cagna». La vecchia sedette con un *plop* soddisfatto alla scrivania cosparsa di mappe, spegnendo il sigaretto su uno schizzo del paesaggio campestre.

Lacrime calde scendevano sul viso di Marja. «Non sapevo dove mi avrebbe mandata. Non sapevo che ci sarebbero stati dei cani...».

«Ma una volta arrivata lì, li hai uccisi tutti e hai preso l'uovo», sottolineò Baba Jaga. «Sapendo esattamente cosa stavi facendo. Il mio povero fratello in lutto ha allevato quei cani fin da cuccioli».

«Koščej, dimmi qualcosa!», supplicò Marja. «Perché non mi parli?».

«Cosa dovrei dire?», chiese piano Koščej, con voce cupa e graffiante. «Dovrebbe esserti chiaro che l'uovo non era la mia morte, dal momento che mia sorella ne ha fatto il suo pranzo. Perché mai avrei dovuto dirti dove l'avevo nascosta? Certo che gli daresti la caccia. Non puoi farne a meno. Di' a una ragazza che qualcosa è un segreto, e niente le impedirà di scovarlo».

«Mi hai mentito». E lei lo pensava davvero. L'uovo, le Elena. L'insulto alla sua adolescenza. Qualunque cosa.

Il volto di Koščej non tradiva alcuna emozione. «E avevo le mie buone ragioni, come puoi vedere».

«Non puoi condannarmi per tradimento – un tradimento architettato da lei, escogitato da lei! – se mi menti tu stesso, e su qualcosa di più grande dell'uovo».

Koščej piegò la testa di lato, incuriosito, come un uccello nero. Si alzò e attraversò la stanza verso di lei, prendendole il viso tra le lunghe dita. E serrò la mascella. «Ti ho condannata, Marja Morevna? Ti ho chiamata infedele?».

Marja pianse amaramente, un tipo di pianto sgradevole e spezzato che le stravolse il viso. Quando le lacrime scivolarono sulla sua cicatrice, sfrigolarono e bruciarono. «Mi hai lasciata sola a fare tutte quelle cose orribili per conto mio senza vederti, senza parlarti. Ho visto la fabbrica, ma non ho avuto modo di incontrarti per chiederti come puoi tenere quelle ragazze, cosa faresti con me se disobbedissi».

Koščej la studiò, i suoi occhi neri vagavano. «Certo che ti ho lasciata da sola. I preparativi per il matrimonio sono di competenza della sposa. Avrei dovuto guidarti come un padre, in modo che tutto ciò che facevi non fosse opera tua, ma mia? Non ho bisogno di dimostrarmi di essere degno di me stesso».

Marja liberò il mento di scatto. «Ma cosa devo dimostrare io? Dovevi finirci tu avvolto nelle spire di Zmej Gorynyč, a dimostrare che non sei un mostro, che sei degno di *me*!».

«Non l'ho dimostrato? Non ti ho portata via dalla tua città affamata e ti ho nutrita, vestita di cose belle, ti ho insegnato ad ascoltare e a parlare? Non ti ho condotta in un luogo dove sei una padrona, una zarina adorata e venerata, dove abbiamo fatto l'amore, dove la tua pelle è coperta di gioielli? Non mi sono offerto io stesso come controdote? Non sono venuto da te in ginocchio con un regno in mano? E quanto a *quelle ragazze*, appartengono a me, e questo *dovrebbe* terrorizzarti. Dovrebbe intimorirti e farti farfugliare e tacere ai miei piedi, come un cane bastonato che sa cosa gli sta per succedere. Eppure mi urli ancora contro e scansi il viso dalle mie mani e mi definisci indegno. Vieni da me vestita come mia sorella, con la mia morte nel cappotto. Non importa che non sia la mia morte. Pensavi che lo fosse. Perché fai queste cose, pur sapendo che quelle ragazze, proprio in questo momento, cuciono i miei eserciti?». Koščej la circondò con le braccia e la attirò a sé. Marja chiuse gli occhi davanti a lui, al suo amante, alla sua morte, alla sua vita. Ma aveva anche paura di tutte le cose che avrebbe potuto essere. «Ti dirò perché. Perché sei un demone, come me. E non ti importa molto se altre ragazze hanno sofferto, perché vuoi solo quello che vuoi. Ucciderai cani e perseguiterai vecchie donne nella foresta e tradirai qualsiasi anima se ciò significherà avere ciò che desideri... E questo ti rende malvagia, e ti rende una peccatrice, e ti rende mia moglie».

No. A me importa. Otterrò ciò che desidero con tutti i trucchi che conosco, e anche ciò che desiderano le ragazze della fabbrica. Hai quasi ragione, amore mio. Ma ancora sbagli. Non poteva dire niente di tutto ciò, ma se lo tenne in petto, dove non c'era bisogno di pronunciarlo.

Baba Jaga si morse la punta dell'unghia del pollice e la sputò contro di loro. «Ha baciato il lešij, sai. E nemmeno un bel bacio. Ha usato la lingua e ha assaggiato il suo fango».

Koščej allontanò Marja per fissarla freddamente. «È vero?».

«Sì». Non se ne vergognava.

Koščej sorrise. Le sue labbra pallide la cercarono, schiacciandola in un bacio come se fosse l'ultimo. Marja ne assaporò la dolcezza come se la baciasse ancora con miele e zucchero sulla lingua. Quando lui si staccò, i suoi occhi brillavano.

«Non mi interessa, Marja Morevna. Bacialo. Portalo nel tuo letto, e anche la vila, per quello che conta. Mi capisci, moglie? *Non ci devono mai essere regole tra di noi.* Saremo avidi insieme, accumuleremo tesori. Ci colpiremo l'un l'altra con rami di betulla e ci chiuderemo a vicenda nelle segrete, nella notte berremo il sangue l'una dell'altro, e al sole ci tradiremo. Mentiremo e desidereremo e ameremo centinaia di amanti, balleremo finché la neve non si scioglierà sotto di noi. Ruberemo e mangeremo finché non ingrasseremo e rotoleremo nei piaceri della vita, aggrappandoci l'uno all'altra per avere un appiglio. Lasciami solo la mia morte – lasciami tenere quest'unica cosa sacra e intatta e segreta – e ti servirò me stesso in pasto, su un piatto colmo di tutta l'abbondanza del mondo. Solo non lasciarmi, giura che non mi lascerai mai e nessuna imperatrice si eleverà sopra di te. Dimentica le ragazze in fabbrica. Sii egoista e crudele e non pensare a loro. Io sono egoista. Io sono crudele. La mia compagna non può essere inferiore a me. Ti avrò nel mio tesoro, Marja Morevna, mio specchio nero».

Marja tremò. Sentì qualcosa liberarsi dentro di lei e volare via come cenere. Si allungò verso di lui e gli afferrò la mascella con la mano, affondando le unghie nella sua carne fredda. Avrebbe fatto la sua mossa; era tutto ciò che poteva fare. «Se mi vuoi, Koščej Bessmertnyj, dimmi dov'è la tua morte. Tra di noi non devono esserci menzogne. Possiamo mentire al resto del mondo e andare a caccia con gli artigli sguainati, ma non l'uno all'altra. È più che giusto: tu sai dov'è la *mia* morte, sulla punta del tuo coltello o tra dita che stritolano o in un calice di veleno. Mostrami che puoi riposare nella mia mano come un pulcino, piccolo, debole e consapevole che potrei schiacciarti se lo volessi, ma che non lo farò, non lo farò mai. Me lo devi; sui corpi di tutte quelle Elena, di tutte quelle Vasilisa… e mi devi anche i loro corpi».

Koščej non disse nulla per molto tempo. Il suo volto fluttuava sopra di lei, impassibile, immobile.

«Non farlo, fratello», sospirò Baba Jaga.

«Un macellaio a Taškent custodisce la mia morte», disse infine. «L'ho lasciata alle sue cure quando sono venuto a prenderti. Si trova nella cruna di un ago, che si trova all'interno di un uovo, che si trova all'interno di una gallina, che si trova all'interno di un gatto, che si trova all'interno di un'oca, che si trova all'interno di un cane, che si trova all'interno di una cerva, che si trova all'interno di una mucca, e la mucca vive con il macellaio, molto amata da lui e dai suoi figli. I figli cavalcano la mucca che contiene la mia morte e le schiaffeggiano il posteriore».

Marja lo baciò forte, come per tirare fuori la verità, e la frangia del suo cappotto nero gli sfiorò il mento.

La presidente Jaga tornò a sedersi sulla poltrona. Accese un nuovo sigaro, e sputò.

«Immagino che alcune persone definirebbero questi qui dei voti», borbottò la megera, ma allo stesso tempo sorrise, mostrando i denti marroni, ancora macchiati di tuorlo dorato. «I matrimoni mi riempiono d'aria».

Un vento freddo cominciò a turbinare nella stanza senza finestre. Prese velocità, girando in tondo come un cavallo da corsa, roteando tutt'intorno, rovistando tra le mappe e le carte, pungendo la pelle, soffiando forte e veloce fino a gridare vicino a Marja Morevna e a Koščej e a Baba Jaga, strappando loro i vestiti, i capelli, rubando loro il respiro. Koščej alzò le braccia per proteggere la sua nuova moglie. Baba Jaga alzò gli occhi al cielo.

«Merda», disse concisa, e il vento si fermò di colpo, lasciando al suo posto un bianco silenzio.

E c'era qualcuno nella stanza che non era mai stato lì, prima. I capelli neri dell'uomo arrivavano fino al pavimento. Indossava una tonaca grigia da prete e il suo petto risplendeva di uno sprazzo di luce argentea, come una stella. Le sue palpebre erano così lunghe che gli coprivano il corpo come la stola di un prete, le ciglia sfioravano il pavimento. Tese le mani, allungando verso di loro le lunghe dita incolori.

«Le mie congratulazioni per le nozze, fratello», gracchiò l'uomo. La sua voce risuonò lontana, come udita attraverso tre lastre di vetro. «Avrei portato dei regali, se fossi stato invitato. Del bestiame. E dei cessate il fuoco». Si stirò le palpebre come baveri.

«Ma non sei stato invitato, Vij», sbottò Baba Jaga. «Perché sei un ospite terribile. Spegni tutti i fuochi e riduci in scheletri le ballerine mentre tutti gli altri cercano di godersi lo spettacolo. Perché qualcuno dovrebbe invitarti?».

«Perché partecipo a tutti i matrimoni, Notte», fece le fusa Vij. «La morte si cela dietro ogni sposa, ogni sposo. Anche mentre pronunciano i loro voti, i fiori stanno marcendo nella corona di lei, i denti stanno marcendo nella bocca di lui. I tumori che non noteranno per trent'anni, stanno già crescendo lentamente nel loro stomaco. La bellezza di lei s'imbrunisce ai bordi mentre l'anello le scivola dal dito. La forza di lui si esaurisce, in modo quasi impercettibile, mentre la bacia. Se ascolti in chiesa, puoi sentire il mio orologio ticchettare dolcemente, mentre si avvicinano alla tomba. Tengo le loro mani mentre percorrono con orgoglio la brevissima strada verso la vecchiaia e la morte. È tutto così dolce, mi fa piangere. Lasciami baciare la tua sposa su entrambe le guance, Vita. Fammi sentire il suo sangue caldo raffreddarsi lentamente contro le mie palpebre».

«Non fa per te, fratello mio», disse Koščej.

«Oh? Hai rimosso anche la sua morte, allora? Ricordo quando lo hai fatto con la tua… ah, che casino!». Sotto quelle palpebre, Marja poteva vedere le orbite degli occhi di Vij voltarsi verso di sé.

«Certo che no. Lo ha fatto, bambina? Posso vedere la tua morte sbocciarti come un fungo sul petto».

La mano di Marja scattò al petto, cercando a tastoni l'invisibile testa-di-morto. Vij allungò le dita verso di lei, lentamente, come se si muovesse nell'acqua. Una puntura di spillo la perforò tra i seni. Non le fece male, ma la ancorò del tutto, e sapeva che così Vij avrebbe potuto spostarla dove voleva. L'aveva afferrata per il cuore, o per la morte, o per entrambi, e vacillò mentre lui intrecciava le dita spettrali nell'aria oscura. Marja non aveva mai nemmeno pensato di chiedere che la sua stessa morte le venisse strappata. Non era così intelligente, dopotutto. Lottò per restare ferma, per resistere, ma il suo busto si contorceva e tremava. Vij lasciò cadere la mano e scosse la testa pesante. La fitta svanì. «Non prenderla sul personale. Mai, per nessun altro nostro fratello, ha tirato fuori il suo bisturi. Solo lui vive per sempre. Tutti gli altri, in un modo o nell'altro, sono per me. Possono essere solo per me. E Vita, quel vecchio tiranno, sa che la mia terra è fertile adesso. Così tanti fiori bianchi. Così tanti morti dal '17. Tanti più di noi che di voi. Presto non ci sarà nessun posto dove tu possa camminare, in cui la mia gente non fluisca sopra e intorno a te, non beva il tuo sudore, non ingoi il tuo calore. Quindi, forse parteciperò ancora al tuo matrimonio, eh, ragazza? Forse ci sarò io in piedi accanto al tuo spettro presso un altare d'argento, a mettere un anello di pietra sull'ombra del tuo dito, a succhiare il fantasma della tua verginità. Potrei combattere sul campo della tua pancia. Potremmo dividerti come una provincia, tra lui e me».

Baba Jaga si grattò il sopracciglio intrecciato. «Allora, come sei riuscito a infrangere il trattato, Vij? Non ti è permesso entrare a Bujan e lo sai. Ci sono porte e cani tra te e noi. Queste piccole riunioni di famiglia sono così imbarazzanti! Noi tre in una stanza! Non succedeva più da... mmm, direi dalla caduta di Costantinopoli. Ci siamo dati così tanto da fare per tenere fuori la tua carcassa. Ferisce i nostri sentimenti quando ignori i nostri desideri in questo modo. Certo, i bambini più grandi sono sempre pieni del loro stesso moccio».

Vij la guardò con una strana espressione: qualcosa, pensò Marja, come l'amore e la premura. «E la tua carcassa, Notte? Avrò anche quella, prima che il secolo finisca. Staremo tutti insieme, una famiglia, con una sola testa». Gli angoli del sorriso di Vij svanirono sotto le sue palpebre. «Il raskovnik», sibilò con crudele soddisfazione, «apre tutte le serrature. Che gentilezza da parte della nostra Marja andare a prendercelo! Nessuno è più stupido di una sposa novella, dicono le vecchie storie. E non era poi così difficile mandare i miei soldati oltre il confine a inseguire il suo cuore puzzolente, che batteva e sbraitava, e poi tirarla giù da cavallo perché non ci vedesse ficcare il naso dove lo aveva ficcato la sua vintovnik. Le porte del paese della Vita sono aperte, e anche adesso i miei compagni si stanno muovendo rapidi come l'acqua per celebrare il tuo matrimonio e lasciarti i nostri doni alla porta. Spero ti piacciano. Dopotutto, Marja Morevna, ora siamo una famiglia».

Vij si inchinò cortesemente, aggrottando le lunghe palpebre. Prima che qualcuno potesse trarre un altro respiro, si piegò in avanti fino a raggomitolarsi in un grande albatro bianco e volare lentamente fuori dalla porta e giù per le lunghe scale nere. Marja si distaccò dal suo nuovo marito e corse dietro allo zar della Morte, inseguendo le pallide penne scintillanti della coda dell'uccello finché non oltrepassò l'enorme cancello scolpito del Černosvjat e volò verso il cielo grigio del mattino, gracchiando un verso solitario e dolente.

Via Skorochodnaja si stendeva davanti a lei, striature d'argento la segnavano come colate di vernice. Ovunque fosse, l'argento strisciava, divorando la pietra fino a farla bollire. Fanti dal petto placcato d'argento marciavano per le case, sfondando le finestre con il calcio dei fucili, chiamando all'interno con le loro voci distanti, prendendo a colpi di baionetta le taverne fino a far sanguinare i muri. Da ogni parte proveniva il rumore dei vetri infranti.

E appoggiati alla parete di fondo del caffè dei maghi, ammucchiati con i fiori pallidi e i nastri come se fossero destinati a diventare doni, riposavano Zemleed, col fango che gocciolava da uno squarcio nella sua testa di pietra, Naganja, con la mascella di ferro sfondata, e Madame Lebedeva, un bel foro di proiettile che le sbocciava sul cuore. Si era dipinta gli occhi di rosso, ovviamente, perché fossero intonati. I loro sguardi scuri erano diretti verso l'alba, ma non vedevano nulla.

TERZA PARTE
IVANUŠKA

Ma dietro a lei, in pastrano ed elmo,
Tu, entrato qui senza maschera,
Tu, [Ivanuška] della favola antica,
Che cosa oggi ti tormenta?
Quanta amarezza in ogni parola,
Quante tenebre nel tuo amore,
E perché questo rivolo di sangue
Torce il petalo delle tue gote?[5]

ANNA ACHMÀTOVA

5. Anna Achmàtova, *Poema senza eroe e altre poesie*, trad. it. di Carlo Riccio, Torino, Einaudi, 1966.

14
Tutti questi morti

In autunno, quando il fumo della legna aleggiava dorato e denso e la neve saggiava il vento con le dita bianche, un giovane ufficiale camminava da solo per una strada lunga e stretta, fumando una sigaretta lunga e stretta. Si godeva la sigaretta, aspirava il fumo con gusto, prendendosi il suo tempo. Il tabacco era prezioso, uno dei suoi pochi privilegi di ufficiale. Era come fumare oro. Piccoli brividi di piacere gli scendevano lungo la schiena mentre il sole freddo s'infiltrava tra il fumo, frammentandosi in raggi paradisiaci. I suoi stivali scricchiolavano sul fango ghiacciato della strada, e anche quello gli piaceva: il nitido crepitio dei passi nella foresta di latifoglie, il calore del cappotto di lana e del berretto di pelliccia, l'incontro tra sigaretta e fango congelato e foglie gialle e Ivan Nikolaevič, per il quale la mattinata procedeva estremamente bene.

Quel giorno, Ivan aveva già assaporato non solo il tabacco, ma anche il burro. Il ricordo del coltello che raschiava il pane fritto e lasciava una scia di crema salata e lucente lo elettrizzava ancora. Aveva cominciato a pensare al burro come a un premio di qualche racconto mitico, come alla piuma di un uccello di fuoco. Ma anche adesso il sangue gli pulsava più forte, ricordando la striscia di grasso sul pane. Le sue ossa erano forti, le gambe lunghe abbastanza da attraversare tre fiumi con una sola falcata. Proprio il sabato precedente, durante il suo lavoro volontario obbligatorio, aveva raccolto più mele di tutti i ragazzi di città, quegli studenti intelligenti con gli occhiali e i capelli arruffati. Il piacevole fruscio dei suoi muscoli e il sapore dell'unica mela rubata, soda e agrodolce, aleggiavano ancora intorno a lui come una luminosa foschia alcolica. Cosa fare con questo eccesso di buone sensazioni e gambe lunghe? Ivan Nikolaevič aveva approfittato della pausa pranzo ed era andato a fare una passeggiata nel bosco di larici oltre le recinzioni del suo accampamento.

E così Ivan avanzò a grandi passi tra le prime foglie cadute, aspirando la sigaretta a piccole boccate per farla durare. Ma la dolcezza delle sigarette è, in parte, nel fatto che si consumano in fretta. Il giovane ufficiale, con rammarico, ma con uno scrigno pieno di ricchezze, calpestò l'ultimo minuscolo mozzicone nel gelo.

A pochi metri di distanza, sotto una luminosa impalcatura di foglie dorate, Ivan Nikolaevič vide la mano di un uomo. Le dita erano diventate grigie e bluastre. La mano stringeva ancora un pugno di neve della notte precedente. Ivan non si mosse, ma con lo sguardo seguì la mano fino al polso, all'avambraccio, alla spalla, e infine al volto del morto, disteso nella foresta, gli occhi vuoti e fissi, la bocca aperta come se avesse dimenticato cosa volesse dire. Non era russo: Ivan ne era certo. L'uomo indossava una sciarpa scarlatta ricoperta di lustrini intorno alla testa e una fila di orecchini d'acciaio all'orecchio sinistro, che era stato segato a metà. I suoi vestiti risplendevano di ornamenti, gli stivali, di uno strano cuoio verde burroso, brillavano. Inoltre, era ancora aggrappato al suo fucile, anche nella morte, e Ivan Nikolaevič sapeva bene che i fucili dei morti russi non duravano mai a lungo. Ivan era consapevole di dover tornare subito all'accampamento e denunciare lo straniero morto nel bosco. Fece invece qualche passo con i suoi stivali logori e diede dei colpetti al cadavere con la punta del piede.

Forse quegli stivali mi andranno bene, pensò Ivan Nikolaevič. Poteva già sentirne la morbidezza sotto i piedi doloranti. Nemmeno gli stivali dei morti russi duravano a lungo. *Oggi ho la fortuna dalla mia! Burro, una bella fumata e stivali nuovi!* Ma dietro il morto c'era un'altra mano alzata, di una donna, macchiata di sangue. Ivan rabbrividì e si ficcò le mani nelle tasche. Meglio lasciarli lì. E comunque non avrebbe saputo come giustificare il loro colore con i compagni. Tuttavia, si sporse in avanti, sbirciando dietro un'esile betulla per vedere il volto della ragazza morta, la guancia beccata per bene dagli uccelli, un occhio perso. Portava anche una sciarpa selvaggia, gialla come le foglie, e sulla fronte aveva due piccole corna ritorte, come quelle di un capretto. Ivan sibilò tra i denti e si fece il segno della croce. Era una cattiva abitudine farsi il segno della croce, ma, come mangiarsi le unghie, era difficile da perdere.

Come se fossero briciole di pane, seguì i morti addentrandosi nel bosco. Alcuni giacevano in cerchio, schiena contro schiena, caduti mentre si difendevano. Altri erano morti da soli. Alcuni avevano le corna, come la donna con la sciarpa gialla. Alcuni la coda. Altri non sembravano molto diversi dallo stesso Ivan. Qua e là il terreno ghiacciato riluceva: schizzi di qualcosa di orribile, una specie di vernice argentea. Ce n'erano così tanti. Ivan ebbe un principio di nausea e si dispiacque per il suo prezioso burro. Ma non si fermò. Come poteva esserci stata una simile battaglia tanto vicino al suo accampamento senza che una delle sentinelle avesse dato l'allarme per i colpi di fucile? Il vento scalciava i lembi del suo cappotto grigio. Desiderava un'altra sigaretta, per consolarsi.

Finalmente, il bosco si aprì su una profonda vallata rocciosa, ricoperta di foglie brune. Ivan Nikolaevič si lasciò sfuggire l'orrore dalle labbra. Gridò e cadde in ginocchio. Migliaia di morti erano disseminati sul terreno, le mani alzate, gli occhi ciechi e vuoti, i bei vestiti che svolazzavano al vento. Un'averla gracchiò amaramente sopra di lui, scendendo in picchiata per staccare una palpebra, scuotendo il capino nero per strapparla via. Grandi schizzi di vernice argentea inzuppavano la terra. Molti dei toraci dei combattenti ne erano stati ricoperti. Non aveva odore. Nessuno dei morti puzzava. Sul crinale successivo della valle si ergeva una tenda nera, lunghi e sottili vessilli rossi, bianchi e dorati schioccavano, piegandosi sotto le nuvole basse.

Ivan gridò al vento: «Se qualcuno è rimasto vivo qui, fa' che risponda! Chi ha sterminato questo grande esercito?».

Un soldato vicino a lui tossì, ributtando bolle di sangue dagli angoli della bocca. Ivan Nikolaevič si precipitò da lui, gli diede dell'acqua dalla sua fiaschetta. Ma l'acqua gli scivolava sul viso, come fosse di seta, bagnandolo cupamente. Il soldato trasse un respiro affannoso e dei filamenti si staccarono dagli angoli delle sue labbra. Ivan indietreggiò.

«Tutti questi morti appartengono a Marja Morevna, la regina d'oltremare».

E poi il soldato morì, con quel nome sulle labbra screpolate.

Ivan avanzò barcollando verso la tenda nera, inciampando sui corpi, tenendo il cappello calcato in testa. Si asciugava le lacrime con le nocche, muovendosi sulle loro sciarpe, i lustrini, gli stivali perfetti, come uno scalatore. *Non guardare in basso. Non guardare in basso.*

Nessuna guardia proteggeva la tenda. Ivan Nikolaevič sussultò quando con la coda dell'occhio vide una cosa bianco-argento muoversi. Non appena si voltò verso di essa, vide solo altri morti, solo altre foglie. La tenda tremò.

«*Screeeach*», gracchiò qualcosa che non era né la tenda né un soldato. Ivan si girò. Si muoveva a fatica sui resti in frantumi, vacillando qua e là su un gomito deforme, una gamba storta. Ivan non avrebbe saputo dire se era un uomo o una donna: le sue spalle scure e coperte dai capelli si incurvavano, nascondendo la testa, e quando si muoveva, cigolava come una banderuola. Ivan desiderava disperatamente correre, mettere in moto le lunghe gambe, attraversare tre fiumi con una falcata sola. Invece aspettò, con il cuore un po' debole, finché la cosa non calpestò un cadavere ossuto e tirò su la testa incassata nel petto.

Aveva un volto di donna, così perfettamente giovane e bello che Ivan Nikolaevič fu sferzato dalla forza di quello sguardo, la pelle gli si rianimò in un fremito. Le squisite sopracciglia di lei si inarcavano su feroci occhi blu-viola e le labbra si schiudevano come fossero di una sposa in attesa di essere baciata. Ma i suoi capelli scuri erano aggrovigliati e arruffati come quelli di un orso, e non indossava vestiti se non penne malridotte, più simili a una pelliccia che a delle piume, che pendevano a grappoli dalle spalle enormi, squadrate e ossute, fino ai piedi a tre dita giallo lucertola: gli artigli di un uccello, che arpionavano il terreno ghiacciato.

«Oggi ho la fortuna dalla mia», abbaiò lei, la saliva che schizzava. «Burro, una bella fumata e stivali nuovi!».

La donna-uccello ridacchiò come se avesse fatto una battuta notevole. Quando la sua bella bocca si aprì, Ivan riuscì a vedere che aveva solo tre denti, affondati in gengive bianche e traballanti. Lei inarcò la schiena, le sue spalle si aprirono in ali seminude. Le agitò due o tre volte prima di sistemarsi, ripiegandole sulla schiena. Ivan si fece di nuovo il segno della croce.

«Per favore, ragazzo. Che fai? Dovresti aver chiuso con Dio. Gli hai lanciato contro, con le mani alzate, un sacco di improperi, e adesso? Hai tirato mattoni contro le Sue finestre! Personalmente, non ho nulla contro gli oppiacei o le masse, ma tu Lo avevi al tuo fianco. È un'accusa giusta». La donna-uccello spalancò la bocca e gracchiò di nuovo.

«Sei un diavolo!», gridò Ivan Nikolaevič.

«Che occhio».

Ivan cercò di respirare più lentamente. Il freddo gli tagliava la bocca.

«Dio non esiste solo finché nemmeno i diavoli esistono», sussurrò. «Altrimenti il gioco è finito».

Sollevò una zampa, poi la posò e sollevò l'altra, dondolandosi avanti e indietro.

«E allora che finisca, Ivan Nikolaevič».

«Come fai a sapere il mio nome?».

«Sai che, ogni volta che ho parlato con un essere umano, mi è stata fatta questa domanda? È quasi un conforto. Quasi tenero, come mi guardi con gli occhi così grandi. Io sono la Gamajun, ragazzo. Conosco i nomi di tutti. Naturalmente, anche se non fosse così, ti chiameresti sempre Ivan Nikolaevič. È barare, lo ammetto. Non molto meglio che tirar fuori un uovo dall'orecchio».

Ivan non credeva in Dio. Non proprio, non come credeva nella colazione, nel burro, nelle sigarette. Abbastanza sfortunato da essere nato prima della rivoluzione, era stato battezzato ed era incline a sfortunati errori come farsi il segno della croce. Ma Ivan sapeva che il dogma religioso serviva solo a opprimere i lavoratori. Era orgoglioso della sua mente pura, del suo pensiero moderno, libero da tutte quelle sante promesse vuote.

Ivan Nikolaevič non credeva in Dio, ma credeva nella Gamajun. Sua madre aveva smesso di leggergli la Bibbia come ogni brava madre dovrebbe fare, ma non aveva mai smesso di raccontare storie intorno alla stufa, quando l'inverno sprofondava nel buio. Ivan non la ricordava mentre recitava il *Padre nostro*. Ma ricordava con acuta chiarezza il suo viso illuminato dalla luce del fuoco di pini resinosi mentre sussurrava: «La Gamajun mangia dalla ciotola del passato, del presente e del futuro, la ciotola in cui il mio Ivanuška è un bambino, e un ragazzo forte, e un vecchio con dei nipoti. Eccola che arriva, sembra un uccello, ma non è un uccello… *Cra, cra, cra!*».

«Mi conosci, eh?». La Gamajun sorrise. «Bene. Sai, conosco persone di alto rango. Ho delle garanzie dal governo. Se Cristo tornasse su una nuvola d'oro, lo arresterebbero sul posto, ma lascerebbero in pace me. Le rivoluzioni possono arrivare solo fino a un certo punto».

I palmi di Ivan si chiusero in pugni umidi, freddi. Come poteva inserire tutto ciò nel suo rapporto quotidiano? «Chi c'è in quella tenda, Gamajun?».

«Entra e scoprilo. Alla fine, lo scopriresti comunque. Non può non-accadere prima che accada. E poi tutto si avvierà, come un motore, andando avanti e avanti finché non ci sarà più niente da bruciare».

«Non capisco», sussurrò.

La Gamajun si avvicinò a lui dondolando, con la testa che ondeggiava sulle massicce spalle alate. Si accovacciò sul ventre di un soldato morto – il suo peso gli spezzò le costole – e artigliò i lembi della sua camicia vinaccia. «Siediti, Ivan Nikolaevič. Ti dirò tutto quello che ti succederà. Forza, allora, usa le ginocchia… Ecco, è così che si piegano». Il bel viso della Gamajun sbucò fuori dallo sfacelo del suo corpo di uccello. Protese il collo, lungo e sinuoso come quello di un cigno, ma grosso, solcato dai tendini.

Ivan si sedette sull'erba, evitando accuratamente di oltraggiare qualche povera creatura morta.

«Perché dovresti fare una cosa tanto terribile?», chiese Ivan.

«Perché devo assicurarmi che le cose accadano nel modo in cui accadono».

«Ma devono farlo, non è così?».

La Gamajun inclinò la testa di lato. I suoi occhi brillavano. «Oh, Ivanuška, non da sole, non è così. Pensa a quando tua madre ti raccontava storie davanti al fuoco. Hai ascoltato quelle storie un centinaio di volte. Jack si arrampicava sempre sulla pianta di fagioli. Dobrynja Nikitič andava sempre sui monti Saraceni. Finist il Falco sposava sempre la figlia del mercante. Sapevi come andavano a finire. Ma volevi ancora che tua madre te le raccontasse, con la sua voce gentile e la spaventosa imitazione di un lupo ringhiante. Se le avesse raccontate diversamente, non sarebbero avvenute nel modo in cui erano già avvenute. Tuttavia, deve *raccontarle* perché la storia continui. Perché avvenga come è sempre avvenuta. Con me è la stessa cosa. Conosco tutte le storie. I boiardi si radono sempre la barba. La Chiesa si divide sempre. L'Ucraina appassisce sempre in mezzo a un vento velenoso. Ma voglio ancora sentire il mondo che le racconta nel modo in cui solo lui può raccontarle. Voglio tremare quando il mondo imita un lupo. Deve avvenire ancora perché avvenga davvero. Sei già entrato in quella tenda. Sei già scappato con lei. L'hai già persa. Potresti raccontare la tua storia in modo diverso questa volta, suppongo. Ma non lo farai. Il tuo nome sarà sempre Ivan Nikolaevič. Entrerai sempre in quella tenda. Vedrai la sua cicatrice sotto l'occhio e ti chiederai dove se l'è procurata. Sarai sempre stupito di come una donna possa avere tutti quei capelli neri. Ti innamorerai sempre, e sarà sempre come farsi tagliare la gola, con la stessa rapidità. Scapperai sempre con lei. La perderai sempre. Sarai sempre uno sciocco. Sarai sempre morto, in una città di ghiaccio, con la neve che ti cade nell'orecchio. Hai già fatto tutto questo e lo farai ancora. Sono qui solo per assicurarmi che accada».

«Mi fai paura». E infatti, tremava da capo a piedi, ogni sua cellula vibrava per la presenza della Gamajun, per la pressione delle sue parole, così pesanti, come una tempesta in arrivo che poteva percepire nelle ginocchia, nel petto.

«Sì», disse lei semplicemente.

«Non capisco. Voglio capire».

«Lo capirai. Prima della fine. Lo capirai. Succede sempre».

«Allora perché le cose accadono nel modo in cui accadono? Se le capisco posso cambiarle. È colpa tua? Mi impedisci di cambiarle?». Le Gamajun dovevano dire la verità. Ivan lo sapeva, lo ricordava da tutti quei racconti. E così non riusciva a trovare nessuna parte di sé capace di non crederle.

«Accadono perché la Vita consuma tutto e la Morte non dorme mai, e tra loro si muove il mondo. L'inverno diventa primavera. E ogni tanto recitano una strana, triste pantomima, solo per vedere se qualcuno ha già vinto. Se il mondo si muove ancora come una volta». La Gamajun arruffò le piume sfilacciate e guardò Ivan da sotto le ciglia. «Come una messa in scena passionale. Come un sacrificio. Non è certo colpa mia».

Ivan guardò verso la tenda nera. «Potrei correre a casa, tornare al mio accampamento. Potrei riprendere il mio orologio e non raccontare mai nulla di tutto questo».

La Gamajun inarcò un perfetto sopracciglio. «Vai, allora, Ivanuška. Corri. Credimi, lei non ne vale la pena».

Le nuvole si mescolarono ai capelli di Ivan Nikolaevič. Lui aggrottò la fronte e pensò a quanto aveva amato la sigaretta di quella mattina. Alla fortuna dalla sua parte. Se fosse scappato, sarebbe comunque morto prima o poi. Era il 1939. La gente moriva di continuo. Sarebbe comunque morto, ma sarebbe morto senza sapere chi c'era nella tenda nera. Se lo sarebbe chiesto costantemente, come un taglio all'interno della sua bocca che non riusciva mai a smettere di stuzzicare con la lingua.

In qualunque momento fosse morto, ovunque fosse morto, sarebbe stata l'ultima cosa a cui avrebbe pensato: la seta nera che sbatteva, dando proprio l'impressione di un sussurro.

Ivan non si era mosso.

«Dobrynja Nikitič va sempre sui monti Saraceni», disse piano la Gamajun. Poi ficcò la testa sotto le spalle e scomparve in un batter d'occhio.

15
Dominio

Marja Morevna era china sulla scrivania, i capelli raccolti in una treccia intorno alla testa, l'uniforme da maresciallo incrostata di fango.

La guerra va male.

La guerra va sempre male.

Si passò una mano sugli occhi. Era un anno e più che aveva bisogno di occhiali. «Guarda», dicevano quegli occhiali dalla sua scrivania. «Guarda quanto sei diversa dagli altri. *Tu* invecchi e i tuoi occhi si consumano. Nel caso in cui ti possa mai confondere sulla tua appartenenza». Marja immaginò che era per questo che nessuno chiedeva notizie delle ragazze rapite delle fiabe. Sono degli esseri così imbarazzanti. Diventano impazienti, si arruolano nell'esercito, hanno bisogno di occhiali. Chi le vuole?

Marja batté sul suo telegrafo d'argento. I telefoni non andavano d'accordo con i suoi connazionali. Non sapeva perché e nemmeno loro, ma i loro nasi sanguinavano quando cercavano di parlare nei ricevitori. Anche le loro orecchie, ma non così tanto. *Tap-tap-tic-tap.* È finita. *Non è rimasto nessuno. Sto venendo a casa.*

All'improvviso percepì la presenza di un uomo nella sua tenda, come un chiavistello che si serra. Il suo calore le colpì la schiena, dorato, innocente. Odorava di sigarette, pane caldo e pelle maschile. Col passare del tempo era diventata brava ad annusare: ormai, aveva l'olfatto di un lupo. Marja Morevna non si voltò a guardarlo, ma lo conosceva, e quanto sembrava grande nella tenda, grande come il sole. *Non ora, oh, non ora.* Per poco non vomitò: e fu così che capì fino a dove si era spinta. Una volta, la magia la faceva sentire accaldata e nauseata allo stesso tempo. Ora accadeva con gli umani, che le facevano torcere lo stomaco finché non desiderava strapparselo via e farla finita con tutto il suo corpo.

«Suppongo», disse, con la gola gonfia, «che il tuo nome sia Ivan Nikolaevič». Voleva accusarlo, farlo arrestare e condannarlo con l'imputazione di essere Ivan, vederlo impiccato. Quante volte Koščej e Jaga le avevano detto che quel giorno sarebbe arrivato, l'avevano messa in guardia come per un'epidemia di colera nel villaggio vicino, ne avevano esaltato l'inevitabilità. Quanto ne aveva riso ogni volta.

«Sì». E sentì la sua voce per la prima volta, morbida e profonda come il fango estivo. Sentiva come sente un lupo.

«E naturalmente, sei il più giovane di tre figli».

«Sì... È così».

«E tu sei quello onesto? I tuoi fratelli maggiori sono malvagi e falsi, e il tuo povero padre non ha mai capito la differenza?». Marja percepì l'amarezza della propria voce – come un tè tannico fermentato da tutto ciò che è ingiusto – storcendo la bocca.

«I miei fratelli sono morti. In Ucraina, nella carestia. Non saprei dire se sarebbero diventati malvagi o falsi».

Marja si fermò, la mano che fluttuava su una mappa del confine nodoso e tortuoso tra Bujan e la città siberiana di Irkutsk.

«Potrei chiamare i miei uomini. Potrei farti uccidere. Per nessun motivo se non che ti chiami Ivan e che sono io a volerlo. Dovrei ucciderti io stessa. Un proiettile non è poi così male».

La sua voce le rotolò di nuovo addosso, ricca e viva, russa e familiare. «Per favore, non farlo».

«Lei ha detto che saresti venuto e io ho giurato di mangiarti il cuore. Non puoi infrangere i giuramenti fatti ai morti».

«Chi l'ha detto?», chiese Ivan Nikolaevič.

«Una vecchia amica. Non importa».

«Chi sono quei soldati là fuori? Per cosa sono morti?».

«Per la guerra. Per me. Non lo so».

«Quale guerra? C'è un trattato. Siamo al sicuro dalla Germania».

Marja rise aspramente. Si strofinò di nuovo gli occhi doloranti. Che effetto le provocava quella parola, sentirla qui, in questo luogo. «Avevo dimenticato che esistesse qualcosa come la Germania. Combattiamo per Koščej, contro Vij. Per la Vita, contro la Morte. Alcuni di quei soldati sono nostri. E una volta che muoiono, passano a Vij, vengono arruolati. Ci dissanguiamo di anime per lui. Quelli con l'argento sul petto, sono i morti di Vij, i suoi fantasmi, che abbiamo ucciso noi. Ma non sappiamo dove vanno. Non vengono dalla *nostra* parte. Lasciano dei cadaveri, come i vivi. Ma non ci sono più e basta. Forse c'è un altro esercito, invisibile, ancora più invisibile dei fantasmi, che combatte per cose che non conosciamo e non possiamo vedere, e vanno là a rinforzare i ranghi. Ma non lo sappiamo. E cosa puoi farci? Morto significa morto. Anche per loro».

«Come è possibile uccidere un fantasma? E puoi, per favore, guardarmi?». Marja riusciva a sentire questo nella sua voce: «Ragazza folle. Sei una ragazza folle». Le orecchie le bruciavano.

«Allo stesso modo in cui uccidi qualsiasi altra cosa. Un proiettile funziona bene. Anche le baionette. Uno strangolamento come si deve non fa mai male. E no. Non ti guarderò. Non ti guarderò mai». *E non sono folle. Come osi pensare una cosa del genere, come osi venire qui, come osi vivere?*

«Sei Marja Morevna», disse Ivan. «La regina d'oltremare».

«Mi chiamano ancora così? È davvero strano. Sono troppo giovane per ricordare quando qui c'era il mare».

«Sei un demone? Hai le corna? Le ali?».

Marja ci pensò a lungo. *A chi appartieni, ragazzina? Perché sei qui fuori nel bosco oscuro e profondo?*

«Sono la moglie di Koščej», rispose infine. «E sono una donna. Non ho le corna».

Poteva sentire Ivan respirare, come se la tenda si espandesse e si contraesse per riempirlo, svuotarlo e riempirlo di nuovo. «Credo di essermi intromesso», disse a bassa voce. «Volevo solo fumare una sigaretta e fare una passeggiata. Non capisco cosa sta succedendo qui. Capisco il mio accampamento e i miei compagni, e che stasera mangeremo del brodo e una rapa ciascuno. Non vedo l'ora. Mi piacciono le rape. Hanno un sapore un po' burroso e sono così calde appena escono dalla pentola. Potrei accontentarmi di rape per il resto dei miei giorni, credo. Non ho bisogno di conoscere il tipo di ragazza che sposerebbe Koščej l'Immortale».

A Marja dolevano le ginocchia. *Sono mai stata così stanca? Stanca come una vecchia sella.* Si rese conto che stava ancora lavorando al telegrafo con le sue dita fredde. *Tap-tap-tic-tap.* Automaticamente, come una medium ciarlatana che comunicava con il piccolo zarevič perduto.

«Sai che raccontiamo storie su di te?», gli disse, fissando il pulsante del telegrafo sotto la sua mano. «Sei un mostro, un orco. Ridiamo di te. "Sii buono con la tua ragazza, Koščej, o un Ivan verrà a portarla via!". Questo è quello che piace di più agli Ivan. Sedurre le mogli di Koščej. È il loro hobby numero uno. In qualche modo, ho dimenticato che ci sono davvero dei ragazzi di nome Ivan».

«Non ti sto seducendo!».

«Però è così», disse Marja, e sentì la propria voce riempirsi di confidenza, di desiderio. Quasi si voltò. Quasi lo chiamò Vanja, Ivanuška, come se fossero già amanti. Il suo fianco si era già mosso un po' verso di lui, come se con tutta se stessa intendesse fissarlo con un'espressione gentile e perdonarlo fin dall'inizio, in modo da non doverlo fare in seguito. Non riusciva a spiegarla, l'attrazione verso di lui, come Vij che le tirava i seni con la sua puntura di spillo. Lo zar morto l'aveva afferrata per la sua morte e l'aveva fatta volteggiare. Ivan, oh, solo la sua voce, l'aveva afferrata per la vita. «È così. Solo sollevando il lembo della mia tenda, lo stai facendo. Solo restando vicino a me caldo e vivo. Dopo questa lunga giornata, e dopo che tutta la cavalleria di Vij ha spazzato via il mio battaglione come acqua. Oggi ho perso due colonnelli. Due colonnelli, un maggiore e tanti cavalli. Tante ragazze. E domani mi sveglierò e mi sistemerò l'uniforme e li guarderò tutti negli occhi, i miei compagni, gli stessi di prima, solo che avranno delle stelle d'argento che brillano sul petto e vorranno strapparmi il fegato. E in tutto questo arrivi tu, così caldo e giovane e innocente. Profumi come un essere umano. Posso sentire l'odore del tuo cuore. È come un pasto ricco, preparato solo per me. E ormai dovrei saperlo: i pasti ricchi preparati come per magia, nel bosco, inattesi... quelle sono seduzioni. E anche se so che sei un Ivan ed esisti per farmi tradire mio marito, voglio baciarti lo stesso. Per sentire la vita dentro di te afferrare la vita dentro di me. Pura e fresca e nuova. E tu... Non hai nemmeno visto la mia faccia, ma posso sentire l'impatto del tuo desiderio tra le scapole. Le mie forme, le mie misure... Già non lasceresti questa tenda senza di me».

«Sì», sussurrò Ivan.

«Eppure insisti sulla tua innocenza».

«Ti ho trovata solo per caso. Ho seguito una scia di corpi».

«Allora forse anche io sto seducendo te».

«È una specie di macabro regalo della sposa», disse Ivan, e non rise.

«Forse ogni soldato che ho ucciso è caduto proprio in quel modo per tirarti fuori dal tuo mondo e condurti da me. Forse il mio corpo l'ha fatto a mia insaputa, i colpi della mia spada, i colpi del mio fucile». Era così? Marja si sentiva come se tutte le sue membra fossero collegate da fili sottili, e un colpo di vento avrebbe potuto farla a pezzi. Chi era lei per sapere cosa volevano quelle membra scollegate, cosa facevano quando lei non guardava? «Ma non è così male come pensi. La maggior parte dei soldati sono solo stoffa vuota, con un po' di fiato dentro e un goccio di sangue. Non turba nessuno quando vengono abbattuti. Be'. Nessuno che conta. Ma alcuni, sì. Alcuni sono raccapriccianti. Alcuni erano vivi».

Marja sussultò quando Ivan le sfiorò la vita con una mano. Non l'aveva sentito muoversi verso di lei. Non era stata all'erta. E che aspetto aveva prima di entrare nella tenda? Era caduto da un albero? Era stato un corvo, un pettirosso, un passero? No, non lui. Era stato un uomo, là fuori e qui dentro. Non c'era nessun uccello dentro di lui. Ivan non le cingeva la vita con il braccio, non era possessivo. Si limitò a posare il palmo sulle sue forme, esitante. La sua vicinanza la schiacciava, come se fosse il sole a trattenerla. La sua gravità le tirava le orecchie, il suo respiro le risaliva sul collo. Lui sussurrò, invisibile, vicino come un fantasma, e lei non riusciva a capire perché le stesse dicendo questo solo ora. Ma l'armonia di lui che parlava, le vibrazioni delle sue parole contro la nuca, si muovevano dentro di lei come soldati, sorvegliando il territorio, guadagnando terreno.

«Quando ero ragazzo», disse, «mio nonno morì. Mia madre gli era molto vicina e per un anno abbiamo visitato la sua tomba tutti i giorni. Ma ero un ragazzo, ero irrequieto, quindi mi sono allontanato da lei. Il suo dolore era una casa serrata e mi faceva paura. Ho imparato a leggere dalle lapidi, scandagliando ogni lettera tra l'erba alta. Una in particolare mi ha colpito. Piccola, non più grande di un libro di scuola. "DORSHMAII VELIČKO", diceva. "1891-1900". Sotto c'era scritto: "PERCHÉ LA MORTE NON HA DOMINIO SU DI LEI". Non sapevo cosa significasse "dominio". Ma ho immaginato Dorshmaii mille volte, con i capelli neri o biondi, più alta di me, più bassa. Una lunga treccia, o capelli corti come un ragazzo. Sarebbe stata mia amica e avrebbe letto le lapidi con me. Sarebbe stata altezzosa e mi avrebbe evitato e io l'avrei amata comunque. Le avrei rivelato la mia lealtà in silenzio. Avrei dichiarato il mio amore con canzoni rumorose e promesse. Ho pensato a lei tutto il tempo, e a quelle parole: "La morte non ha dominio su di lei". E poi un giorno, quando mia madre andò a trovare il nonno e io andai a trovare Dorshmaii, in piedi vicino alla sua tomba c'era una donna anziana con un fazzoletto marrone in testa. Una delle calze le era scesa. La vecchia aveva apparecchiato una tavola tra le tombe e la stava imbandendo con del cibo: pane e condimenti e gnocchi e grossi chicchi d'uva verde e piccoli cioccolatini e un vecchio samovar pieno di tè. Preparava i posti a tavola come se stesse arrivando qualcuno per mangiare con lei. Ma non mangiò. Si voltò come se sapesse che ero lì e mi tese le braccia. "Mangia", disse. "Mangia". Ero timido. Non conoscevo la donna. "Per favore", disse. "Mio figlio è morto in guerra. Era tutto ciò che avevo al mondo. Quello lì è lui. Vitalij. Il mio Vitalij. Non lo rivedrò mai più. C'è un buco in me come un proiettile. Voglio nutrire tutti quelli che non sono mio figlio, per mantenerli in vita. Voglio che nessuno abbia dei buchi. Non ho più nessuno al quale possa fare da madre. Mangia, mangia. Ecco alcuni *blintses*, dolcezza. Ecco la pasta al formaggio. Mangia. Sii grasso. Sii vivo". E ho mangiato il suo cibo mentre arrivavano nuvole di pioggia. Non ho mai mangiato niente di più dolce. Ho lasciato l'uva sulla tomba di Dorshmaii e non ci sono più andato. Il giorno dopo aver mangiato il pane e il formaggio della vecchia, mia madre terminò il suo lutto e mi portò al parco. Non sono mai tornato indietro».

Marja chiuse gli occhi. Pensò a una capanna in un bosco oscuro; a un tavolo pesante. «Perché mi stai dicendo questo?».

Ivan Nikolaevič appoggiò la testa ai suoi capelli. «Quello che sto dicendo è che in questo cimitero vorrei darti da mangiare, in modo che tu non abbia dei buchi come proiettili. Siediti alla mia tavola, Marja Morevna. Lascia che io sia una madre per te. Sii grassa. Sii viva».

E Marja si voltò. Vide un uomo giovane, ma non così giovane, con un viso largo e arrossato dal sole e capelli d'oro scuro, come una moneta passata di mano in mano. I suoi occhi avevano il colore del tè e delle rughe leggere, e questo li faceva sembrare gentili. Lei serrò la mascella per dimostrargli che non era gentile, non lo sarebbe mai stata.

Al braccio, Ivan portava una fascia rossa, una vecchia sciarpa, annodata come una ridicola sorta di emblema di un cavaliere. Marja la toccò delicatamente con la punta delle dita. Per un attimo pensò che potesse prendere fuoco. Che potesse svanire piuttosto che accogliere il suo tocco. *Una persona, ma non del Popolo.* Tuttavia rimase morbida e luminosa nella sua mano.

«Sei così dura, Marja Morevna. Potresti tagliarmi. Perché sei così dura?».

«Perché mi sono arruolata nell'esercito e tutti i miei amici sono morti».

E poi scoppiò in lacrime, le prime lacrime da quel terribile matrimonio notturno. Appoggiò, solo per un momento, la fronte ardente contro il petto di Ivan Nikolaevič.

16
Il costante rimpianto dei morti

Durante la Grande guerra, lo zar della Morte arrivò più vicino alla vittoria. La sua grande forza è sempre stata nei numeri e nella pazienza. La Morte può sempre permettersi di aspettare.

Fu in quegli anni senza luce che fu uccisa la zarina del Sale.

Nella Terra della Morte, Vij si arricchì. Le tesorerie della morte si riempirono di grano arso e di mele, di bestiame affamato e di patate appassite. I caffè dei morti si riempirono di avventori che bevevano caffè e leggevano libri proibiti. Le anime erano sollevate quando arrivavano nel paese di Vij, perché lì a loro non sparavano, né venivano colte dalla dissenteria, né nessuno dei loro amici soffriva. Vij rese il suo paese il più simile possibile al mondo dei vivi, costruendo persino cinema dove si proiettavano le immagini argentee della guerra, in modo che i morti potessero essere soddisfatti e non desiderassero tornare in vita. Perché questo è il costante rimpianto dei morti, che sebbene bevano, mangino e sognino come facevano prima, sanno di essere morti e desiderano disperatamente vivere di nuovo, sentire ancora una volta il sangue dentro di loro, ricordare chi erano. Perché la memoria dei morti è breve, e pensiero dopo pensiero essi perdono ogni senso delle loro vite precedenti fino a che non vagano da un luogo all'altro come ombre, gli occhi vuoti. E dopo un po', credono di essere di nuovo vivi.

Fu così che Vij inviò i comandanti boiardi tra il suo popolo per annunciare che avrebbe rimandato a casa chiunque avesse portato a termine il proprio servizio nell'esercito. A casa, alla Vita, al focolare, al sangue e al lavoro. Mentiva, e loro sapevano che mentiva, ma i morti possono sopravvivere a lungo con una promessa simile. Lo zar della Morte non si sarebbe più accontentato di far appassire il grano sui gambi o di far imputridire lentamente gli uomini con delle infezioni. Avrebbe attaccato la fonte di tutto ciò che odiava, lo zar della Vita. In fin dei conti, perché dovrebbe desinare sulle ceneri di banchetti viventi? Perché dovrebbe essere tenuto in minor considerazione di suo fratello? Perché l'impero della Morte non dovrebbe superare qualsiasi potere terreno?

E un po' per volta, distrussero le strade di Bujan. Il territorio della Morte avanzava di qualche centimetro al giorno, il territorio della Vita ripiegava. Ma il giorno dopo, il territorio della Vita sarebbe avanzato e la Morte avrebbe ripiegato. Mentre i ranghi di Vij si riempivano di morti umani dal fronte francese e dalle pianure tedesche, lui non si sarebbe fermato. Percorrere via Skorochodnaja era una corsa a precipizio attraverso chiazze di luce e oscurità. Quel ciottolo poteva appartenere al nemico, e toccarlo con un dito del piede richiamava i loro cani. Presto Bujan divenne un paese di ballerini, che saltavano, giravano e strisciavano per rimanere nel proprio paese e per non scivolare, mettendo solo un'unghia, solo una ciocca di capelli, nel territorio di Vij.

A quei tempi, la zarina del Sale si definiva neutrale. Lei non avrebbe preso le parti di qualcuno. Si preoccupava e piangeva per le città del mondo umano, dove si era stabilita e aveva preso parte a opere teatrali morali e aveva intrattenuto giovani donne nel suo delicato salotto. Ma anche lì il paese della Morte traspariva a chiazze: uomini e donne cadevano a terra morti, per le strade, dopo aver affondato il piede, ignari, in quel mondo invisibile e senza profondità. La zarina del Sale difendeva le città come meglio poteva, spargeva il sale inesauribile del suo corpo sulle buche nevose dove sanguinava la Morte. Ogni volta che vedeva una vecchia nonna barcollare, con gli occhi rigirati all'indietro, la zarina del Sale si lanciava verso la babuška per prenderla, dar-

le del pane salato e rimetterla in sesto. Ben presto, lo zar della Morte la odiò persino più di quanto odiasse lo zar della Vita e mandò i comandanti boiardi, che avevano tutti bocche come coccodrilli e ali a cui erano appesi coltelli tintinnanti, a farla a pezzi e a spargere i pezzi in tutta la Russia, in modo che non potesse mai ricomporsi.

Non è facile uccidere una zarina. Ma Vij era audace, e i suoi boiardi le strapparono il braccio, la gamba e il collo e gettarono da una grande altezza il suo kokošnik *di cristalli di sale, così che andasse in frantumi. Senza di lei, le città iniziarono a morire di fame e si unirono a Vij in grandi fasci; non solo le anime, ma anche edifici come teatri dell'opera furono ridotti in polvere, e appartamenti fatti esplodere un'unità dopo l'altra e fabbriche annientate con la benzina.*

Si dice che Vij abbia sposato il braccio sinistro della zarina del Sale per metterla finalmente a tacere, e che giaccia, con le dita rigide per il dolore e la rabbia, su un trono di nocche nel cuore del paese della Morte.

«Capisci?». Marja alzò lo sguardo dal libro nero di Licho e fissò intensamente Ivan, cercando segni di incredulità. Se non le avesse creduto, allora lei non lo avrebbe amato. *Ragazza folle. Sei una ragazza folle. Perché dici cose del genere?* Dentro di sé, voleva che non le credesse, per rendere tutto più facile.

«Koščej è lo zar della Vita e tu sei sposata con lui. Ed è per questo che guidi i suoi eserciti».

«Sì, ma è la parte sulle voragini che dovresti ascoltare. Se decido di portarti a casa, devi ascoltarmi e fare esattamente come ti dico».

Ivan invece la baciò. *Oh*, pensò Marja, *non sopravvivrò a questo. Perché gli uomini vengono a bussare alla mia porta? Perché si tolgono il cappello e mi guardano con grandi occhi da cerbiatto e si denudano il collo? Se rimanessero a casa e guardassero i tavoli della loro cucina in questo modo, potrei avere un po' di pace.*

«Dobbiamo attraversare il paese di Vij per tornare a Bujan. Non è lontano, ma devi camminare esattamente dove passo io, e respirare proprio come respiro io, e parlare solo quando parlo io. Adesso è tutto terreno conteso. Se raccogliessi una sola foglia in questa foresta, avrebbe un lato morto e un lato vivo. Potresti vedere persone che una volta amavi, che una volta conoscevi. Non puoi parlare con loro, altrimenti ti avvicineranno e non ti lasceranno più andare. Non puoi nemmeno guardarli. Se mostrano uno schizzo d'argento sul petto, devi distogliere lo sguardo».

«E il mio accampamento? Si preoccuperanno per me. Sarò classificato come disperso o morto».

Marja gli lanciò uno sguardo fulminante. Non le importava del suo piccolo accampamento. Leningrado era abbastanza lontana. La guerra non sarebbe ancora giunta fin lì. Sarebbe stato bello lì, con i tigli appena fioriti. I violinisti avrebbero suonato qualcosa di dolce e nostalgico in un caffè che Marja ricordava appena. Potrebbe smettere. Semplicemente smettere. E dormire. *Portami via da questa guerra, umano. Perché sei così lento?* «Sai, quando ero nella tua posizione, Koščej disse: "Prendi le tue cose e vieni con me". E io non feci tante storie».

Ivan impallidì un po'. Tossì. «Be', Marja, quando qualcuno te lo dice di questi tempi, non è molto carino. Di solito… di solito significa: "Verrai al mio accampamento"».

«Allora dovresti essere felice di lasciare il tuo accampamento, se è un posto così orribile».

«Baciami ancora, Marja, e verrò ovunque».

Lei lo baciò. Era come sparare con il fucile e guardare un uccello di fuoco cadere dal cielo. *Chi sarei diventata*, pensò, mentre la bocca di lui la scaldava, *se non avessi mai visto gli uccelli? Se non fossi mai stata assillata dalla magia? Avrei amato un uomo del genere, così semplice, sereno e giovane?*

Dopo dieci anni, Marja Morevna riusciva a vedere le marcature del paese della Morte. Lasciava un timbro, come un doganiere, su ogni parte del mondo che toccava. A volte il timbro era come un'ombra con dei puntini d'argento, che sembravano delle stelle. A volte sembravano increspature d'acqua riflesse sul fondo di un molo. A volte, quando lei doveva attraversare le loro roccaforti, le pareva un sigillo imperiale con un orso a tre teste che sollevava infuriato sei zampe. Era sempre meglio non guardare, però, guardare solo il paese della Vita che snodava il suo sottile sentiero attraverso il territorio di Vij, e i segni di Bujan: una specie di tenue luce solare invernale, gli odori delle cose sui fornelli, di tutto ciò che è verde.

«Marja», sibilò Ivan mentre tornavano indietro, verso casa di lei, verso suo marito.

«Qualcuno ci sta seguendo».

«Ti avevo detto di non parlare. Lo so. Loro mi... mi seguono sempre, Ivan. Sempre».

Marja non ebbe bisogno di voltarsi. Le avrebbero sicuramente sorriso, con gli occhi illuminati di speranza come lampade a gas, gli argentei petti sfolgoranti. Un ometto con una testa come una roccia, una ragazza con un mirino al posto di un occhio e una signora con piume di cigno tra i capelli. Sempre.

Poteva sentire il profumo di Lebedeva, violette e acqua d'arancia.

«Te l'avevo detto. Potresti vedere persone che un tempo amavi. Non puoi parlare con loro, altrimenti ti avvicineranno e non ti lasceranno più andare. Sarebbe come saltare con tutti e due i piedi nel paese della Morte. Non posso parlare con loro, mai». La testa di Marja vagava. Non aveva mai parlato di loro, dei suoi amici morti, e di come la perseguitassero, di come la volessero ancora; Koščej non era comprensivo. «Ti amo», diceva. «Non sono morto. Non è abbastanza? Non puoi fare amicizia con un'altra anima a Bujan?». «Non posso toccarli. Non è previsto che il servizio militare sia facile».

Marja Morevna scivolò in avanti sul piede destro, e senza sollevarlo oltrepassò tre grosse pietre piatte. Sollevò il piede sinistro superando le stesse pietre e unì le gambe. Ivan la imitò. Seguì il sentiero che conosceva, calpestando solo ogni settimo pezzo di terra, solo ogni terza foglia caduta. Si mise sulla pancia per infilarsi sotto un vecchio tronco d'albero, cosparso di funghi, invece di scavalcarlo. Non guardò dietro di sé, né di lato. Si muoveva come si muove un serpente, ed espirava con prudenza solo ogni due respiri. Ma alla fine giunsero nel luogo temuto da Marja, dove non esisteva un sentiero sicuro segnato da ombre, increspature o sigilli. C'era solo una macchia nera tra le montagne, completamente priva di luce. In lontananza, come in un quadro, si aprivano di nuovo le colline della sera, violacee tra la nebbia e gli ultimi raggi di sole. Marja Morevna si protese all'indietro. Ivan le afferrò la mano e la strinse tra le sue, e lei sentì la sua paura come fosse sudore. La paura di Ivan la rendeva più forte. Lei avrebbe potuto essere coraggiosa per entrambi. Entrarono insieme nel campo nero.

I loro passi echeggiavano come se attraversassero un'invisibile strada di città, anche se sotto i loro piedi sentivano solo terriccio molle. Si susseguivano piccole raffiche di suoni: rozzi ragli da taverna, cose pesanti che andavano in frantumi, ceramica e legno, un violino, suonato basso e veloce. Gli occhi di Marja si spalancarono nell'oscurità. *Sono al sicuro*, si disse. *Ho un percorso. Ho sempre avuto un percorso. Non mi raggiungeranno.*

«Ivan Nikolaevič», chiamò una vocina piena di gioia e di riconoscimento.

«Non girare la testa», sibilò Marja. «Continua a camminare. Resta con me».

«Ivan Nikolaevič, sono io!», la voce risuonò di nuovo.

«Se guardi, sarà la tua morte e non mi bacerai mai più né fumerai una sigaretta né assaggerai più il burro», avvertì Marja a denti stretti. La mascella le faceva male a forza di serrarla: ogni parte di lei si chiuse, compatta.

«Ivanuška, sono Dorshmaii. Vieni ad abbracciarmi, finalmente!».

E Marja lo sentì voltarsi, trascinandola con sé.

La voce apparteneva a una fanciulla dalle trecce chiare acconciate all'antica, come due lacrime che le pendevano dalla testa. Indossava un abito di pizzo e il suo sorriso sembrava una fotografia: incontaminato, esperto, congelato. Lei tese le braccia.

«Oh, Ivanuška, ho aspettato così tanto! Quanto sei stato fedele alla mia tomba. Com'era dolce l'uva che mi hai lasciato! Ivan, vieni a baciarmi! Ho sognato che mi baciavi mentre tutti i vermi bussavano alla mia bara».

Il viso largo di Ivan si illuminò come una lanterna. «Dorshmaii! Oh! Sei bionda, alla fine! E gentile».

«Molto gentile!», concordò la ragazza argentea, e le sue trecce ondeggiavano mentre annuiva. «Qui lo dicono tutti. Condivido sempre le mie ceneri!».

Ivan Nikolaevič indietreggiò un po'. Marja cercò di trascinarlo via, ma era grosso e testardo e sarebbe andato fino in fondo. *Sei anche più stupido.* Marja si arrese. *Ti avevo avvertito.*

«Cosa intendi?», disse incerto.

Dorshmaii Veličko prese una sigaretta dalla fascia del suo vestito e se la mise in bocca. Era già stata tutta fumata. La sigaretta era una lunga colonna di cenere. Ma inspirò allegramente e la cenere ritornò pian piano bianca, finché non fu di nuovo intera. La porse a Ivan.

«Puoi averla, ora. So che ti piacciono. L'ho conservata per te».

«Non osare», sbottò Marja.

Ivan non la prese. Dorshmaii si strinse nelle spalle e la lasciò cadere, schiacciandola sul terreno con il suo piede delicato. «Adesso non va più bene per me. È tutta consumata. Oh, ma *tu* non sei consumato, Ivan! Sei così caldo e luminoso che riesco a malapena a guardarti! Eccoti, denso e pieno di succo! Come dell'uva verde! Vieni a condividere il mio letto, come hai sempre desiderato. E so che lo volevi, anche allora, piccola creatura malvagia».

Ivan la fissò. La sua mano in quella di Marja si allentò e lei lo sentì sfilarsi verso la ragazza come l'acqua che scorre da un bicchiere all'altro.

«Dorshmaii», disse Marja, senza alzare la voce. Aveva sperato che lui sarebbe stato abbastanza forte da solo, che non avrebbe dovuto usare la sua autorità. Era pronta ad abbatterla, prontissima. «Lui è sotto la mia protezione».

La ragazza con l'abito di pizzo spostò lo sguardo da Ivan a lei e viceversa. «Non credo che la tua protezione si estenda ai giocattoli, piccola zarina. Lasciamelo avere. Lo cavalcherò fino in Georgia e torneremo prima di domattina. Sanguinerà per i miei speroni. Allora potrai averlo indietro».

Marja prese il fucile finemente intagliato che portava a tracolla. Amava il suo fucile. Non ce n'erano altri simili. L'aveva trovato a casa di Naganja, tanto tempo prima. La vintovnik l'aveva ricavato dalle ossa dell'uccello di fuoco che avevano ucciso durante la caccia, l'ultima volta che erano stati tutti insieme, con l'intenzione di farne un regalo di nozze. Marja Morevna si mise all'opera e regolò il mirino verso il fantasma.

«Non farlo!», gridò Ivan.

«Oh!», Dorshmaii sospirò. «È così bello! Vedo ancora le fiamme! Oh, Marja Morevna, non hai diritto a un'arma del genere! Dalla a me! Vedi, l'uccello apre la bocca verso di me, vuole essere mio!».

Marja sparò. Una delle trecce a forma di lacrima della ragazza cadde.

«Oh, ti odio», sputò Dorshmaii. «L'ho avuto prima io. Non è giusto!».

Il sangue colava dallo stelo della sua treccia, giallastro e denso. Un grumo di terra nera e gocciolante colpì il fantasma in mezzo agli occhi, e lei strillò di indignazione. Ivan si voltò per vedere chi l'avesse lanciato.

«Smettila di guardare, Ivan! Ti ho detto di ascoltarmi! Non puoi guardarli!». Ma anche Marja, incapace di lasciarlo andare o di perderlo nell'oscurità, guardava, quando un ometto con una barba di muschio pallido e ghiacciato e mani come pietre rotte raccolse un'altra manciata di terra e la soppesò nella mano. Uno schizzo d'argento gli macchiava il petto. Guardò Marja solo una volta e grosse lacrime gli sgorgarono dagli occhi, cadendo come pioggia.

«Corri, Ivan», sussurrò Marja.

Così fece. E dietro di loro, l'oscurità ebbe uno spasmo, come in preda al dolore.

Quando raggiunsero la luce, Marja lo afferrò avvicinandolo a sé, si girò tre volte, si appoggiò un dito sul naso e svanì.

17

Un dolore dove un tempo si trovava la mia morte

«Siamo a casa», sospirò Marja. «Questa è casa».

Ma Ivan impallidì e tremò nel suo lungo cappotto grigio. Guardò le fontane di sangue che gorgogliavano e zampillavano. Guardò le trecce distese lungo i cornicioni, le cappelle con le porte di pelle e le croci d'osso, la porta di corna e teschi. Guardò le cupole nere del Černosvjat che si stagliavano davanti a loro, tutte ombre.

«Questo è l'inferno», sussurrò Ivan. Marja vide la sua mano contrarsi, desiderosa di farsi il segno della croce, e tenere le dita immobili solo per lei... E le piacque che nel suo orrore desiderasse ancora compiacerla.

«No, no, non è così. È il paese della Vita. È tutto vivo, vedi? Il sangue e la pelle e l'osso e la pelliccia. È tutto vivo. Niente è morto qui, niente. È bellissimo».

Ma Ivan scuoteva la testa dorata. «Almeno a Leningrado costruiamo *sopra* le ossa».

Marja Morevna rise. Voleva scostargli i capelli dagli occhi. «Era ovvio che fossi di Leningrado», disse. Non sarebbe stata una tentazione se fosse stato originario di Mosca o di Minsk o di Irkutsk. Solo un ragazzo di casa sua poteva arrivare con una vecchia sciarpa rossa e segnarla nel profondo. Era stato costruito per lei, come una macchina perfetta.

«Non voglio restare qui!» piagnucolò. «Questo è il paese del diavolo!».

«Certo», disse una voce profonda, familiare a Marja come il suo letto. «E dovresti andare a casa immediatamente».

Koščej l'Immortale prese Marja tra le braccia. Lei sorrise: un sorriso franco, aperto, indifeso e luminoso come l'inverno. Lo baciò, e dove le loro bocche si unirono, sgorgarono spontaneamente delle gocce del loro sangue e si mescolarono, e i loro corpi si intrecciarono profondamente.

«Hai portato un giocattolo?», disse Koščej incuriosito, mettendo giù sua moglie, la sua lunga tonaca nera che si sollevava al forte vento di Bujan. «È anche per me?».

Marja lo osservò attentamente in viso. Se l'avesse giocata bene, se ci fosse riuscita, nessuno si sarebbe fatto male. «Mi ha trovata, a Irkutsk, dopo la battaglia. È di Leningrado».

Koščej l'Immortale fece un largo sorriso, i capelli neri gli si scompigliarono un po', mossi dal vento. «Oh, la mia Marja è cresciuta, ha iniziato a rapire umani per sé! Che orgoglio».

«Non è così». Ma era vero? Non gli era apparso come un marito-uccello, dal nulla, e l'aveva trascinato via dal mondo?

Koščej si rivolse al giovane ufficiale. «Oh? Cosa ne pensi, giovanotto? È così?».

Ivan era piuttosto fuori di sé. Non riusciva a smettere di fissare la fontana di sangue, il modo in cui il sole la rendeva quasi nera. «È muto? Ha un nome?».

Marja vacillò e abbassò gli occhi. Non poteva dirlo, non riusciva a decidersi a pronunciare il nome Ivan in presenza di suo marito. Ma lui lo indovinò. Lo vide impigliato nella sua bocca come un amo da pesca. Erano sposati da molto tempo. Gli occhi neri di Koščej divamparono di rabbia, la mascella si contrasse, proprio come quella di lei. *Che specchi siamo, messi uno di fronte all'altra a riflettere il desiderio.*

«Non mi faresti questo, vero, Maša? Dimmi che è Dmitrij Grigorovič. Dimmi che è Leonid Beljaev. Dimmi che si chiama Priapo e non hai potuto resistergli. Ma mia moglie non avrebbe mai portato un Ivan in casa mia, non mi pugnalerebbe così, sul collo».

«Pensavo che non ci fossero regole tra di noi», rispose Marja a bassa voce, piuttosto imbarazzata a discuterne davanti allo stesso Ivan, che non faceva parte del loro matrimonio e non avrebbe dovuto ascoltarne gli accordi privati.

Koščej sbatté le palpebre due volte e raddrizzò la schiena, corrucciato per il risentimento.

«Certo che hai ragione, moglie. Ho già dimenticato le mie parole. Cos'è un nome? Niente e nessuno. Sono un vecchio sciocco». Il sorriso gli si congelò sul viso perfetto: la curva giovanile della mascella, gli occhi affatto raggrinziti per l'età. Rimaneva in tutto e per tutto l'uomo che era apparso sulla soglia di Marja con le stelle tra i capelli. «Devi portare a cena il tuo amico e noi discuteremo le nostre opzioni riguardo alla guerra».

Lo zar della Vita si girò sui lucenti tacchi neri e si diresse al suo palazzo. Voltandosi indietro gridò: «Oh, fai attenzione a non camminare sul lato destro della strada. L'abbiamo perso mentre eri via».

Marja si portò la mano alla bocca. Non l'aveva visto. Come poteva non essersene accorta? Una lunga striscia nera correva lungo via Skorochodnaja. Nell'oscurità, l'argento sbucava come stelle.

Fu lo stesso Koščej a servirli: fagiano su un piatto nero, coppe diamantine di vino incolore, due pagnotte – una scura e una chiara –, pere affogate in una salsa profumata che Marja non riconobbe. Davanti al posto di Ivan c'era un panetto di burro lucente con un coltellino d'oro conficcato in mezzo. Marja indossava un lungo abito nero, il corpetto di seta le scavava per bene nella scollatura, le gemme ammiccanti. Koščej lo amava particolarmente e lei desiderava fare pace. «Sembri una notte d'inverno», le aveva detto quando gliel'aveva regalato. «Potrei addormentarmi dentro il tuo freddo». Cercò di non guardare nessuno dei due uomini.

«Mangia», disse Koščej inespressivo. «Avrai bisogno di forze per la strada».

Ivan incrociò le mani in grembo. «Io... Non credo che dovrei mangiare il tuo cibo, compagno», disse con voce tremante.

Koščej lo schernì. «Perché no? Hai già cenato alla mia tavola, hai già assaporato mia moglie. Posso sentirne l'odore su entrambi, un profumo così dolce da essere nauseante».

Marja posò la forchetta. «Perché lo fai, Koščej? Ho già avuto degli amanti prima. Anche tu. Ricordi Marina? La rusalka? Lei e io abbiamo nuotato insieme ogni mattina. Abbiamo gareggiato con il salmone. Ci hai chiamate i tuoi piccoli squali».

Lo zar della Vita teneva il coltello così stretto che Marja poteva vedere le sue nocche sporgere. «Qualcuno di loro si chiamava Ivan? Qualcuno di quei ragazzi umani aveva un'innocenza appiccicosa? Io ti conosco. Ti conosco perché sei come me, uguali come due cucchiai annidati l'uno nell'altro». Suo marito si chinò vicino a lei, la luce della candela scintillava tra i suoi capelli scuri e arruffati. «Quando li rapisci, significano molto di più, Marouša. Fidati di me. Lo so. Che cosa ho fatto di sbagliato? Ero noioso? Ti ho ignorata? Non ti ho dato bei vestiti a sufficienza? Non abbastanza smeraldi? Sono sicuro di averne ancora, da qualche parte».

Marja alzò la mano e la posò sulla faccia del marito. Con la rapidità di un battito, gli affondò le unghie nella guancia. «Non osare parlarmi così. Per anni non ho indossato altro che sangue e morte. Ho combattuto tutte le tue battaglie per te, proprio come mi avevi chiesto. Ho imparato tutti i trucchi che secondo te dovevo imparare. Ho imparato a non piangere quando strangolo un uomo. Ho imparato ad appoggiare il dito sul naso e svanire. Ho imparato a guardare ogni cosa morire. Non sono più una ragazzina abbagliata dalla tua magia. È anche la mia magia, adesso. E se ho guardato tutti i miei soldati morire davanti a me, se sono stata salvata solo dal fucile e dalle mie mani, se ho bevuto più sangue che acqua per settimane, allora mi prenderò il ragazzo umano che è inciampato nella mia tenda e lo terrò tra le mie gambe finché non smetterò di urlare, e tu *non* mi punirai per questo. Non siamo čerti? Non siamo diavoli? Non la *ascolterò* nemmeno, la tua punizione, vecchio».

Koščej le afferrò la mano e la trascinò per il polso dalla sedia sulle sue ginocchia. I piatti tintinnarono e le pere si rovesciarono sul pavimento. Il sangue le rigava il palmo dove le unghie l'avevano graffiata, e lui lo baciò, le baciò il pollice, l'anulare, finché il mento non gli si macchiò di rosso. «Quanto ti adoro, Marja. Ho scelto davvero bene. Sgridami, rifiutami. Dimmi che vuoi quello che vuoi e maledicimi per sempre. Ma non lasciarmi».

Marja lo studiò, scrutando il suo viso così caro, immutato, immutabile. Ivan le prese la mano sotto il tavolo, ma lei lo aveva dimenticato. Le sue dita non erano più di un tovagliolo piegato sulla sua pelle. Koščej si stagliava così imponente nella sua visione, tutto ombre. L'aveva riempita, il suo intero mondo, una luna che cancellava la luce di ogni altra stella. Gli infilò le dita nei capelli come lana di montone. «Porta via la mia morte», disse. «Tagliala via. Rimuovila, rinchiudila nell'occhio di un'anatra. Dietro quattro cani. Rendimi uguale a te, come se fossimo due cucchiai. Allora non ti lascerò mai». Koščej le tolse delicatamente la mano dalla testa e gliela posò in grembo. «Non sarebbe meglio che la tua signora della guerra fosse immortale come te? Non sono al sicuro a causa di un trattato. La paura che ha Vij di te non è uno scudo, non proprio. Sono nuda e lontana da te la maggior parte dell'anno. Apri le mie ossa e raccogli la mia morte. Seppelliscila al centro della terra. Merito così tanto. Sai cosa merito».

«Me l'hai già chiesto. Non posso».

«Hai preso la mia volontà».

«Così funzionano tutte le seduzioni. Uno si presenterà all'altro, avvolto in un fiocco. La domanda è sempre chi deve prendere e chi deve dare. Io ho preso per primo, tutto qui. Tu prenderai per ultima. Sono più bravo di te in questi giochi, ma gli studenti si perfezionano nei loro talenti, sempre, sempre. Non puoi darmi la tua morte aprendo la tua bella bocca e assaporando caviale. E io non la prenderò».

«Eppure pretendi la mia lealtà, tutto il mio cuore, il mio midollo».

«Quelle cose sono mie. Non capisci, Maša. Non hai mai capito. Sei il mio tesoro, il mio oro pallido, il cuore del mio cuore. Giaci sul fondo del mio essere e mastichi le mie radici. Ma non sei una di noi. Non importa quanto diventi simile a noi. Non eri con noi quando il mondo era giovane e facile da ingannare. Quando c'era solo una stella nel cielo. Non puoi sapere quello che sappiamo noi. Non sei costruita come siamo costruiti noi. Hai imparato così tanto, l'hai fatto, e sono così orgoglioso di te. Ma tu...», Koščej posò la mano sulla seta nera del suo sterno. «Sei ancora fatta di carne, cartilagine e ossa».

Lei scrutò i suoi occhi senza profondità, senza fine. Come lo amava... ancora, per sempre. Era la fonte di quella magia calda, disgustosa e meravigliosa, e l'aveva versata dentro di lei come vino. «Di cosa sei fatto?», gli chiese, mentre la sua rabbia amara si addolciva. *Forse posso sopportare questa guerra per te ancora un po'. Se posso tenere vicino te, e anche Ivan. Nessuna regola, mai.*

«Non carne», disse gentilmente Koščej. «Nemmeno sangue». Le prese di nuovo le dita, passandosele sulle labbra in modo che le loro macchie di sangue si imprimessero lì. «Per te indosso il sangue come un cosmetico, proprio come indosso questo volto, e questo corpo tutto magrezza e agilità. È per compiacerti, solo per compiacerti, mia ragazza umana, mia volčitsa. Non lo sapevi? Non hai indovinato? Ma non va bene, Maša. Tu trasporti la morte in ogni cellula. Ogni minuscolo granello nel tuo corpo sta morendo, più veloce di un gioco di prestigio. Muori continuamente, ogni secondo. Come potrei estrartela? La mia morte non è così diffusa. Io ne ho solo una. Tu ne hai milioni. Nemmeno mia sorella, la mia cara sorella che conosci così bene, nemmeno Jaga mi chiede di prendere la sua morte. Sai perché?».

Marja Morevna rimase in silenzio. Riusciva a pensare a una

sola cosa, tutta la sua mente ci si era aggrappata: *Che aspetto hai senza il tuo volto? Chi sei, marito? Lo vedrò. Sarà così.*

«Perché sa come l'ho estirpata da me stesso. Non penseresti di lei che sa essere tenera. Ma allora eravamo così giovani, e c'è una sorta di intesa tra fratelli e sorelle. Una storia condivisa. Non te la racconterò, amore mio. Sei ciò che sei e penso che potresti provarci, solo per mostrarmi che ci riusciresti. Dirò che è stato in parte come quando sei venuta qui con me, e in parte come aver permesso a un lupo di mangiarmi il fegato ogni giorno per mille anni, e in parte come soffocare lentamente in un gas del colore dell'ittero, e in parte come morire ogni secondo, per evitare di morire per sempre. C'è ancora un luogo dentro di me, Maša, dove un tempo si trovava la mia morte. C'è un dolore lì, proprio come alcuni uomini che ancora sentono le gambe molto tempo dopo che sono state amputate al ginocchio. È il mio dolore e non posso condividerlo. Non lo farei, anche se potessi. Invecchierò con te, se ti farà piacere. Sarò uguale a te, ruga per ruga, capello grigio per capello grigio, scricchiolio per scricchiolio, tumore per tumore. Sarai così bella quando sarai vecchia».

«La morte non ha dominio», disse Ivan, e sia Marja che Koščej si voltarono a fissare il giovane come se fosse apparso dal nulla. L'attenzione di Marja era l'attenzione di un gatto, adesso. Ciò che desiderava di più la tratteneva completamente, così che abbandonava con enfasi ogni cosa che non fosse l'oggetto della sua fissazione. E poi appariva qualcosa di nuovo e lei lo colpiva con lo stesso sguardo impenetrabile. Conosceva se stessa, come era diventata via via, nel corso degli anni, un gatto, un lupo, un serpente, tutto tranne che una ragazza. Come aveva strappato da sé la fanciullezza come una morte. E ora Ivan sedeva lì, senza mangiare il pane spalmato di burro, diligentemente, aspettando la sua considerazione, il suo rispetto, ma lei avrebbe potuto dimenticarlo in un momento se Koščej l'avesse attirata a sé come una piccola luna, e Marja lo sapeva, e si sentiva spaccare e lacerare tra di loro, il suo cuore umano, il suo cuore demoniaco.

«Ben detto», gli concesse Koščej, la generosità rivestiva le sue parole. «Per favore, ragazzo, mangia. Te lo prometto, nessuno apparirà e ti sgriderà dicendoti che ora devi restare qui sei mesi all'anno. Devi essere affamato di un pezzetto di carne splendente».

Ivan fissava il burro, quanto brillava. «Hai detto che questo è il paese del diavolo».

«È così. Allora devo essere il diavolo. E lei la sposa del diavolo. Non sei fortunato a esserti imbattuto in persone così eccitanti?».

Marja cercò di aiutarlo. Ricordava che era stato difficile. «Ti sta solo prendendo in giro, Ivan».

Koščej ringhiò all'improvviso, le sue labbra si ritrassero dai denti aguzzi e a un tratto giallastri, scuriti. Scagliò contro il muro il calice che non si frantumò, ma cadde pesantemente sul pavimento.

«Non quel nome», ringhiò. «Non in casa mia. Chiamalo in un altro modo, se insisti a trascinarti dietro dei randagi».

Marja si alzò dalle sue ginocchia, i suoi capelli sciolti si attorcigliarono al collo di lui come un guinzaglio.

L'avrebbe respinta, ma non importava cosa avrebbe detto. Lei non sentiva dolore dove risiedeva il suo rifiuto, non più. In effetti, Marja non provava molto altro che desiderio, un desiderio infinito che si attorcigliava dentro di lei, che si scagliava contro Koščej, per il vino e l'oca e il melone, per il manico del suo fucile d'osso. Il desiderio sopravviveva a qualsiasi combattimento, con i pugni, con i fucili. Era un lupo, tenace. Aveva inghiottito Ivan Nikolaevič. Non ricordava, adesso, di essersi mai sentita felice o triste. Solo affamata. Solo vuota, avida e insaziabile. Era come se non si fosse mai tolta quel grembiule di pelle, quella pelliccia nera, quella terribile vernice rossa.

Koščej le teneva la mano, stretta nel suo pugno freddo.

«Non lasciarmi», disse disperatamente. «Nessuna regola tranne questa regola. Non lasciarmi».

Koščej l'Immortale permise a Ivan di dormire nella casa di Marja. Gli piaceva mostrare magnanimità. Gli piaceva essere espansivo, purché alla fine non dovesse davvero condividere. Così Marja non si stupì quando lui l'afferrò per una ciocca di capelli e la riportò a sé una volta che la testa dorata di Ivan era scomparsa lungo il corridoio del Černosvjat. Le prese i capelli tra le mani, passandoci sopra il pollice.

«Tutte le mie onici, le mie agate, la mia ossidiana. Tutti i miei tesori neri in quest'unica tua ciocca», mormorò Koščej. «Quanto sono cresciuti i tuoi capelli. Potresti strangolarci un uomo».

Marja riprese i suoi capelli dal pugno e li sollevò, pesanti come una corda, attorcigliandoglieli intorno al collo, avvicinando il viso al suo. Lui profumava d'orzo e alberi secolari. Ma forse aveva quell'odore solo per farle piacere. Marja Morevna rabbrividì tra le braccia del marito.

Premette la fronte contro la sua, chiudendo gli occhi dalle lunghe ciglia.

«*Dovresti* andare con lui», sussurrò aspramente Koščej, «quando te lo chiederà. Dovresti andare, fare dei bambini, baciare le loro ferite e insegnare loro a leggere».

«Non dici sul serio». L'aria tra loro era densa, impenetrabile.

«Non lo dico sul serio». La spinse indietro, lontano dalla tavola nera del banchetto, contro un lungo e ampio muro tutto ricoperto di arazzi d'argento che raffiguravano pavoni e mele e arcangeli dai lunghi denti. A parte le lunghe catene che pendevano dagli occhi della coda di un pavone. «Non lo dico sul serio. Resta con me per sempre, per sempre, fino alla morte, e poi, ancora, terrò le tue ossa e le stringerò al mio petto». Le sollevò un braccio e lo incatenò. Marja conosceva quelle catene. Le possedeva, le aveva addomesticate. Anche se voleva parlare con franchezza, con calma, il suo cuore sussultò quando le serrature si chiusero. Ritrovò il respiro. Cercò i suoi occhi, abbassando la testa per catturarne lo sguardo.

«Koščej, sono io. La tua Maša, la tua Marouša. Che me ne faccio di bambini feriti?».

Le legò l'altro braccio contro il broccato d'argento e Marja rimase lì, impotente. Ma il suo sangue e il suo desiderio sferzavano, e di tutte le volte che era rimasta prigioniera al muro di Koščej, sapeva che questa volta non era affatto impotente. Koščej aveva la paura incisa in ogni angolo familiare del suo volto.

«Ma se vai con lui, non sarai al sicuro. Vij non rispetterà sempre i nostri trattati. Gli accordi ti mantengono solo in vita: non felice, o illesa, né tengono minimamente al sicuro coloro che ami. Ho contrattato per te, mai per nessun altro. Se mi lasci, lui un giorno verrà a prenderti con cesoie d'argento e tu cadrai. Se non fosse un codardo legato a me, l'avrebbe già fatto».

«Non hai bisogno di mandarmi via per il mio bene come una bambina. Ho scelto di combattere e lo scelgo ancora». Ma mentre lo diceva, Marja Morevna sapeva di mentire. Voleva la fine della guerra. La fine del freddo e dell'oscurità e della strada diventata per metà argentea a causa della morte.

Koščej si avvicinò a un armadio e tirò fuori un lungo ramo di betulla, bianco e sottile.

«Volevo darti una vita di avidità e abbondanza», disse, strusciandole il ramo sui seni. «Volevo mantenerti innocente, così da avere sempre la tua purezza con cui nutrirmi, a ogni colazione e a ogni cena. *Puoi* avere di nuovo la tua innocenza. Non è vero, quello che dicono, che non puoi mai riaverla indietro. Puoi. È solo che la maggior parte delle persone non se ne preoccupa». Koščej l'Immortale infilò le dita nella scintillante scollatura del suo vestito e lo strappò deliberatamente fino all'orlo. Delle piccole gemme caddero a terra. Marja chiuse gli occhi. Il suo corpo si inarcò verso di lui, come l'animaletto striato che era diventata, sempre disperata e affamata. Questo, questo la tratteneva lì. Viva, in fiamme. Alla fine della lotta con quel muro, con quell'uomo, con quelle catene che risvegliavano il suo cuore.

«Dovresti andare con lui. Te lo chiederà stasera, credo. Io lo chiederei stasera. C'è un motivo per cui mi lasciano tutte per gli

Ivan. Non potrò mai essere un Ivan. Non potrò mai rotolare con te al sole come un cucciolo senza cervello. Sono troppo vecchio per questo, per il calore e la semplicità. Io brucio, io gelo. Non ho mai caldo. Sono rigido; ho dimenticato la morbidezza perché non mi è servita». Calò il ramo contro il suo seno e il bruciore le strappò un grido. Sentì la pelle sollevarsi in un pomfo scarlatto: il fuoco fuso del dolore che si manifestava sulla sua carne. *Sì, sono ancora viva*, pensò. «Quando dico per sempre», sussurrò Koščej, «intendo fino alla morte nera del mondo. Un Ivan significa solo il presente, la sua luce tremolante in un campo verde, la sua bocca sulla tua. Rappresenta il prolungamento di quel momento. Ma l'eternità non è luminosa. Non è così. L'eternità è fredda, dura e definitiva». La colpì di nuovo, sullo stomaco, e lei sorrise, inarcando la schiena per ricevere il colpo successivo sulle ossa del bacino, il fuoco penetrava ribollente, insopportabile. Per un momento Marja ricordò la felicità e la tristezza, il piacere delle uova di pesce e dei meloni in salamoia, la notte nella sauna quando era stata così malata. Koščej calò ripetutamente il ramo sulla sua pancia, e lei capì. Quella pancia, che poteva partorire figli per un Ivan ma mai per lui, che la rendeva diversa da lui, che la rendeva umana, non čerti.

Le lacrime rigarono il viso di Marja Morevna. Rincorse il suo respiro, lo trattenne, lo calmò e Koščej si fermò, la testa bassa come un vecchio lupo.

«Koščej, Koščej», sussurrò. «Cosa sarei stata se non avessi mai visto gli uccelli? Io non sono nessuno. Io non sono niente. Sono un foglio bianco su cui tu e la tua magia avete tratteggiato una ragazza. Proprio il tipo di ragazza che volevi, affamata e ferita e bisognosa. Una macchina per amarti. Non c'è niente in me che non sia opera tua. Avevo sei anni quando è arrivato il corvo... Sei! È l'intera mia vita che hai piegato nelle tue mani. Cosa sarei potuta diventare, crescendo? Che tipo di donna umana, che tipo di creatura semplice e felice? Se non fossi mai stata spezzata dall'ala di un uccello. Se non avessi mai visto il mondo a nudo. Voglio essere di nuovo me stessa. Voglio avere sei anni. Voglio smettere di sapere tutto quello che so. Ivan assomiglia alla vita che mi hai rubato».

E lo zar della Vita ruggì d'angoscia, scuotendo la testa da una parte all'altra come un toro. Colpì il muro con il pugno e della polvere nera si sbriciolò dal cratere che aveva aperto. Morse il lungo collo di Marja Morevna, ma lei non sanguinò. La sua pelle si era indurita, era diventata forte, impenetrabile. E non poteva fare a meno di pensare: *Quante volte hai recitato questa scena, vecchio? È nuovo e brutale per me, ma non per te, no.*

«Se vado con lui», disse, con la voce bassa e tremando per ciò che non voleva ma doveva dire, «mi metteresti in fabbrica con le Elena?». Eppure, ciò che gli chiedeva veramente era perdono, un po' di perdono per il suo più grande fallimento, non aver fatto niente per le Elena, perché la guerra l'aveva distratta e lei aveva fallito, era stata infedele, le aveva abbandonate perché i suoi amici erano morti e la sua bontà si era spezzata.

Koščej lasciò cadere piano il ramo e si portò le mani al viso. Per un momento, Marja credette che piangesse. Ma poi ringhiò e muggì e le saltò addosso con una tale ferocia che lei pensò potesse spezzarla a metà. Si strappò di dosso i vestiti e le aprì le gambe fino a farle gemere i fianchi, entrando in lei senza dolcezza, ma come un re che fa il suo ingresso in un palazzo nemico. Si arrampicò sul suo corpo e affondò gli artigli, e Marja tremò violentemente, per il piacere, per il dolore, per la paura di lui, per l'adorazione.

«Sì», ruggì, «sì, ti metterò lì e spegnerò la luce nei tuoi occhi e verrò a fissarti per secoli, a scrutarti attentamente, perché sei mia, il mio tesoro, il mio giacimento, e io non posso trattenerti e non posso lasciarti andare».

Si spinse contro di lei più e più volte, i suoi ruggiti echeggiavano. All'ultimo momento, mentre gridava verso di lei come una creatura spezzata, Marja per un momento vide il suo viso avvizzire, diventare incredibilmente vecchio, vecchio come la pietra, i capelli bianchi, gli occhi infossati in un cranio sbiancato, solo i suoi denti ancora affilati, crudeli e pronti.

18

Ciò che abbiamo tra di noi

Una volta, due anni, due mesi e due giorni dopo il giorno del suo matrimonio, dopo tre funerali con bare marroni, verdi e bianche, dopo la battaglia del Černosvjat, in cui Marja fu ferita alla coscia sinistra e tutta la torre nord avvizzì, morì e risorse argentea come proprietà di Vij, Marja Morevna andò a visitare la fabbrica. Era sgattaiolata per le strade di Bujan di notte, e non aveva guardato né i pescivendoli morti che sedevano sui loro raccapriccianti scalini, fumando e bevendo polvere da bicchieri di cristallo, né la taverna che un tempo aveva amato, ora inzuppata d'argento, piena di fantasmi che cantavano canzoni rivoluzionarie. Adesso facevano parte dell'altra Bujan, e lei non sopportava ascoltarli, sbirciare attraverso le finestre della città morta, anche se non era pericoloso lanciare loro una rapida occhiata furtiva.

Marja ricordava la strada. Il sentiero marchiato a fuoco nella sua memoria, il fosforo scoppiettante e sibilante. Seguirlo si rivelò molto più facile, con la schiena dritta e senza una cavalla che ridacchiava. La porta d'osso, il ticchettio che incombeva all'interno. La luna si muoveva nel cielo come un vagone ferroviario, e la giovane sposa scivolò dentro, sulla grande balconata di ferro che aveva condiviso con Baba Jaga in un'altra vita, quando non conosceva il colore del sangue di un morto. Dei globi verdi illuminavano il luogo: l'ampio pavimento piastrellato, le finestre lunghe e strette, le pile di cecchini di stoffa completi e ufficiali di fanteria e cavalleria con cavalli di organza negli angoli. Anche nell'ultimo scampolo della notte, la luminosità toccava la testa di ogni Elena, dozzine di loro, le teste piegate su spole saltellanti, su telai saettanti. Marja discese la scala di ferro con il cuore in gola. Nessuna la notò. Nessuna alzò lo sguardo. Non riusciva a vedere una caposquadra, anche se dei respiri a distanza ravvicinata interrompevano il ticchettio delle macchine mentre una ragazza soffiava in uno dei soldatini di stoffa e il soldatino di stoffa prendeva il suo primo respiro, che era in realtà il respiro di quella povera Elena, che scorreva dal polsino alla bocca.

Marja Morevna si accovacciò accanto a una delle donne. I suoi capelli, castani come belle noci, erano intrecciati in un cerchio sulla nuca, e le sue dita si muovevano così rapide, così incredibilmente rapide! Aveva già finito la metà del busto di una ragazza, il suo braccio cucito stringeva un fucile da cecchino. La Elena – o era una rara Vasilisa? Marja non poteva esserne certa – non voltò la testa. Aveva occhi velati d'oro lattiginoso, le iridi invisibili, e non sbatté mai le palpebre, nemmeno una volta.

«Elena», sussurrò Marja. «Ti chiami Elena?».

La ragazza continuava a tessere, le dita fulminee come pesci che guizzano sott'acqua. Marja le toccò il braccio. La sua pelle era calda. «Elena?». La membrana lattiginosa e dorata sopra i suoi occhi vorticava e si muoveva, ma la ragazza non parlava.

«Oh, per favore, svegliati. Per favore!». Impulsivamente, non avendo la minima idea del perché, Marja si alzò un po' e baciò la ragazza sulla tempia. Le labbra di Marja premettero sulla pelle calda e morbida della ragazza, su ciuffi di capelli sottili e lanuginosi. Non è così che si sveglia una principessa addormentata? «Per favore, svegliati», sussurrò di nuovo Marja.

Ma la ragazza non si svegliò. Si bloccò, i fili si sfrangiarono e scivolarono fuori dalla loro trama. Incrociò le mani in grembo ma non alzò lo sguardo né parlò, e la pellicola d'oro non si assottigliò.

«Elena? Riesci a sentirmi? È rimasto qualcuno dentro di te?

Ho tanta paura, Elena. Ti amava? Lo hai lasciato? Ti ha incatenata agli arazzi d'argento? Ti piacevano i suoi baci? Eri felice qui? Hai conosciuto un ragazzo di nome Ivan? Vuoi andare a casa? Quanto tempo è passato tra quando eri felice e il momento in cui avresti voluto ucciderlo?».

Marja deglutì a fatica. «Mi ha detto di dimenticarvi, di essere egoista, di essere crudele, di essere un demone. Ma io vi sogno, e nei miei sogni portate l'acqua per Baba Jaga, e avete un uccello di fuoco appollaiato in una gabbia dorata, e Koščej vi ama tanto quanto ama me».

La ragazza si guardò le mani giunte.

«E se dicessi: "Vai, Elena, non suonerò l'allarme. Corri, esci, scappa!"».

La ragazza non si mosse.

«Elena, Elena, al mondo siete le uniche come me. Cosa mi succederà? Cosa ti è successo? A tutte voi? Elena, ogni primavera marcio con tutti questi soldati, e quando tocco le loro spalle, penso a voi, a tutte voi. Non posso farci niente. E mi incute una paura così terribile, perché mi sembra di vedere terrore e incertezza nei loro occhi cuciti, e non sono fatti per essere vivi. Ma gridano quando vengono colpiti, come se fossero vivi, e io rabbrividisco. Parlami, Elena. O Vasilisa... Sei Vasilisa? Sento che il cuore mi abbandona ogni giorno, in ogni tenda fredda, in ogni centimetro di terra mezza morta dove il sangue sgorga come un filo. Ho tanta paura, Vasilisa. Temo che la guerra stia andando male».

Ma la tessitrice non alzò lo sguardo, e tutt'intorno a loro le macchine ronzavano, senza preoccuparsi di nessuna delle due. Marja si asciugò le lacrime e si alzò. Il suo ginocchio schioccò e scricchiolò, essendo stato colpito durante la prima battaglia di via Skorochodnaja, quella che avevano vinto, ma a malapena, oh, a malapena.

La tessitrice, Elena o Vasilisa, girò lentamente la testa, senza muovere il resto del corpo. Fissò ciecamente il ventre di Marja, all'altezza dove un momento prima si trovava il suo viso.

«La guerra va sempre male», disse la ragazza, e prese ancora una volta la spoletta.

Marja Morevna tirò il braccio della ragazza. Tirò più forte che poteva, ma era come tirare una roccia. Andò di ragazza in ragazza, implorando, piangendo, il viso accaldato e umiliato, dimenticando, per una volta, tutto di se stessa, sapendo solo che una aveva parlato, e quindi dovevano essere tutte vive. Ma nessuna Elena si mosse, e nessuna Vasilisa parlò più, e nessuna di loro sarebbe andata con lei, anche quando cadde su una pila al centro del pavimento ronzante della fabbrica, sconfitta e senza speranza.

«È un vampiro?», domandò Ivan Nikolaevič, seduto a disagio nel mare rosso del suo letto, nudo, indifferente, ignorando la camicia da notte nera che Koščej gli aveva fornito.

«Che cosa bizzarra da dire», rispose Marja, in piedi accanto al suo specchio. Si guardò mentre si dedicava ai capelli lunghi e rovinati con accurati colpi di spazzola dalle setole di cinghiale, una spazzola che non evocava strane vecchie, che non portava con sé alcun destino da sopportare. I lucenti peli di cinghiale passavano tra i capelli di Marja Morevna. Le piaceva il suo corpo, le piaceva guardarlo, anche – soprattutto – segnato dalle strisce tigrate delle frustate sui seni nudi e pesanti, sul ventre. Non aveva più il corpo di una ragazza. I fianchi erano i fianchi di un leone, il petto forte e muscoloso, le gambe addestrate a saltare, correre e inginocchiarsi per sparare.

Le cicatrici le segnavano la pelle come costellazioni, conducendo fino alla prima, il marchio di Zmej Gorynyč, che si stagliava ancora sulla sua guancia come una striscia di vernice nera.

«Ti ha leccato il sangue sulla mano», disse Ivan. «Ed è vecchio e pallido, e i suoi denti sono come zanne. So che sembra giovane, ma in realtà non lo è. Sedersi accanto a lui è come sedersi accanto a una statua incredibilmente antica in un museo. Quindi penso che sia una domanda logica, davvero».

«Lui è lo zar della Vita, e il sangue è vita. Come lo sono anche la zuppa, la vodka, i bagni e le scopate. Ma non credo che sia un vampiro. Almeno, non del tipo che seppellisci a testa in giù ai crocevia».

Ivan aggrottò la fronte e si passò un'ampia mano bruna tra i capelli. «Continui a chiamarlo così. Lo zar della Vita».

«È ciò che è». *E allora io sono la zarina della Vita?* Chiese metà del suo cuore. L'altra metà rispose: *Nemmeno per un momento sei stata regina.*

«Ma è un tipo di vita particolare, no?», Ivan si sporse in avanti, la testa bruciata dal sole rifletteva la luce della candela. Sembrava un cane meraviglioso, enorme e vigoroso, che aveva trovato un osso. «È... una vita da fungo. Del tipo pallido e radicato che cresce nell'oscurità. Scommetto che in tutti i tuoi anni qui non ti ha mai dato da mangiare una mela fresca. Tutto ciò che ama è conservato, salato... *in salamoia.* Suppongo che siano vivi, ma mantenuti in vita, per sempre, in una campana di vetro. Anche lui. Un marito in salamoia, ecco cosa hai».

Marja si allontanò dallo specchio, accigliata. «E tu sei fresco, è così? Direttamente dall'albero? Ma poi diventerai marrone e farinoso, e un giorno ci saranno dei vermi dentro di te. Koščej non appassirà mai».

Ivan scrollò le spalle timidamente. «Non mi permetterei».

«Certo che lo farai. Ti permetti già».

«Tu sei un'umana», disse piano. «Non appartieni a questo posto, con tutto questo sangue, tutta questa salamoia. E la loro salamoia sta filtrando dentro di te, a poco a poco. Riesci persino a scomparire come loro. E chissà cos'altro!».

«Be'», Marja rise dolcemente. «Non ci riesco davvero, non come fanno loro. Non sono molto brava. Posso farlo solo in certi posti, dove i confini sono piuttosto sottili. Abbiamo dovuto camminare fino al punto in cui mi sono girata e ti ho portato via, ricordi? Non conosco tanti posti così. Il territorio cambia troppo velocemente per mantenere aggiornate le mappe. Ma probabilmente potresti farlo anche tu nei punti sottili. Se ti alleni. Non è difficile».

«Non *voglio* farlo». Ivan Nikolaevič cominciò a rollare una sigaretta. Senza che lei lo chiedesse, era comparso silenziosamente un vassoio di bronzo, sistemato ordinatamente con cartine e tabacco fresco e croccante. Ivan pensava che quella roba fosse sua, ma Marja lo sapeva bene: Koščej si inseriva lì, in mezzo a loro, anche quando era via.

«Perché no?». Lei scrollò le spalle. «È divertente. Ti fa sentire bene».

«Non me. *Tu* mi fai sentire bene, e la luce del sole sul grano, e il burro fresco e le uova e le sigarette come queste, che mi preparo io, proprio come piacciono a me. La magia è come togliermi la pelle e indossarla di nuovo, al contrario».

Marja posò la spazzola e strisciò sul letto, godendosi la sensazione di perseguitarlo, come un gatto, affamata. Di sapere di più su di lui. Doveva sentirsi così Koščej, pensò. Tutto il tempo.

«Bene», fece le fusa, «anche a me piacciono tutte queste cose. Non voglio scegliere. Koščej non mi fa scegliere».

«Sì», disse Ivan dolcemente, accarezzandole il viso con la mano. «Lui lo fa. Solo che fa in modo che spogliarti della tua pelle abbia il sapore del burro fresco e della luce del sole sul grano».

Marja aggrottò la fronte. Se solo glielo chiedesse, se solo si comportasse come un uccello, come un uomo in nero, lei troverebbe tutto molto più facile. «Ivan, tu non ci capisci. Il matrimonio è una cosa privata. Ha le sue leggi selvagge, le sue storie segrete e le sue azioni feroci, e ciò che accade tra persone sposate è incomprensibile agli estranei. Ti sembriamo terribili e severi, e vedi il nostro sangue che scorre, ma ciò che abbiamo tra di noi l'abbiamo conquistato a fatica, e l'abbiamo fatto nostro come volevamo che fosse, nel colore, nella forma».

Ivan la baciò, esitante, dolce, come un ragazzo bacia una ragazza nel cortile della scuola. La sua bocca era calda.

«Guarda come mi baci, Marja Morevna», sussurrò, «mentre mi racconti cos'è il matrimonio!».

«È egoistico accumulare risorse, Ivan Nikolaevič, quando

potremmo condividerle ciascuno secondo le proprie necessità. Perché non posso avere entrambi? Tutti e due, Leningrado e Bujan, in salamoia e freschi, uomo e uccello?».

La baciò di nuovo, più profondamente, e il sapore di lui nella bocca di Marja era intenso, più intenso del sangue.

«Cosa abbiamo tra di *noi*, allora, Maša?».

«Niente», sussurrò. Quanto aveva osato, chiamandola Maša così presto! «Non ancora».

Marja Morevna gli afferrò le spalle tra le mani e lo spinse sotto di sé. Gli strinse i fianchi tra le cosce di leone e lo baciò con tutta la veemenza e la possessività che aveva imparato, con tutto quello che aveva da dare in un bacio. I capelli di lei gli coprivano il viso, una tenda nera che nascondeva tutta la luce, immergendolo inevitabilmente dentro di lei.

Ivan le batté la mano sulla nuca, muovendosi sotto di lei, inarcando la schiena per avvicinarsi di più. Gemette sotto di lei, le sue ciglia del colore delle monete, lunghe come quelle di una ragazza.

«Vieni con me, torna a Leningrado», sussurrò. «Ritorna». *Ecco, l'ha chiesto. E io devo scegliere. Guerra davanti a me, e dietro una donna che non conosco, la donna che avrei potuto essere, un'umana, intera e calda.*

E nel profondo di se stessa, Marja sentì la sua vecchia casa in via Gorochovaja, in via Komissarskaja, in via Dzeržinskaja, aprirsi e scricchiolare e farle cenno, e i suoni della Neva gorgogliare nel verde. Sgorgavano dai baci di Ivan, dalla sua pelle, dal suo seme, cose che non si era permessa di ricordare. Sentì l'odore del mare. *Ma il 1942 non è poi così distante, adesso*, pensò disperatamente, e il suo calore le pervadeva la pancia flagellata. *Non così distante.*

E il cuore di Ivan Nikolaevič si ruppe dentro il corpo di Marja Morevna, e i suoi mille pezzi si depositarono in profondità nelle ossa di lei, e, attraverso la finestra, le stelle stavano a guardare.

Più tardi, dopo aver condiviso l'acqua e qualche fetta di carne color rubino, Marja vide spuntare da sotto la giacca la sciarpa rossa che Ivan Nikolaevič si era fatto annodare intorno al braccio. Si chinò e ne toccò la punta, che sporgeva come una lingua.

Ivan sorrise un po'. «È la mia sciarpa dei Giovani Pionieri. Non so perché la porto ancora. Mi piace. Mi faceva sentire al sicuro, quando ero giovane. Mi faceva sentire bene, come se non potessi farmi male, perché ero così buono, perché appartenevo a qualcosa».

La guardò per un lungo momento, con i suoi caldi occhi del color del tè oscurati dalla luce delle candele fino a diventare quasi neri, come quelli di Koščej. Ma lo sguardo di Ivan la tratteneva in un circolo di calore e di silenziose verità notturne. Marja non disse nulla. Trattenne il respiro. E poi lui lo fece, e lei pensò che il proprio corpo avrebbe tremato tanto da spaccarsi. Ivan Nikolaevič slegò la sciarpa dal suo cappotto e la appese al collo nudo di Marja Morevna, sollevandole i lunghi capelli sopra la stoffa, in modo che le punte pendessero sui suoi seni, coprendoli di colore scarlatto come lacrime di sangue.

Marja si svegliò nell'abisso ben prima dell'alba, gli occhi spalancati nell'oscurità. Si tirò su a sedere, mentre Ivan era un piacevole ammasso caldo accanto a lei, privo di sensi. Una donna bianca argentea sedeva alla sua toeletta, con le dita lunghe e pallide toccava i vasetti, uno per uno. I capelli bianchi sciolti le ricadevano fino alla vita. Indossava un cammeo, un'incisione perfetta di una donna con lunghi capelli chiari e una stella d'argento sul petto.

«Mašenka, mia cara», sospirò Madame Lebedeva. «Quanto mi manchi. Come vorrei che tu parlassi con me».

La vila si voltò e la stella d'argento sul suo petto proiettò ombre sinuose sul soffitto. Le sue palpebre erano dipinte del colore più chiaro che Marja avesse mai visto.

«Non ti farò del male», disse piano il fantasma. «Non lo farò. Tutti questi anni, e ancora non sai che non ti trascinerei mai con me, mai. È l'ora terribile in cui tutto può essere detto. Ho aspettato quest'ora. Dimmi una parola, Maša. Fammi un cenno. Ti amo. Una volta che si è morti, la vergogna si sfila come una camicia vecchia. Non costa nulla essere chiari su queste cose. Ti amo. Tu non mi ami?».

Le palpebre di Marja si chiusero di nuovo pesantemente, ma si costrinse a riaprirle. E guardò intensamente la sua vecchia amica. Riusciva a malapena a sopportare il suo viso. Voleva correre da lei ed essere abbracciata, ma no, no, mai più. Mai. Lei non avrebbe voluto trascinare via Marja, ma sarebbe successo lo stesso, come la gravità, come se fosse caduta molto lontano. Non voleva parlare. Ma il peso di quegli anni trascorsi senza guardarsi alle spalle, senza notare i passi d'argento dietro di lei, oh, quel peso era gravoso sul suo grembo.

«Ti amo, Lebed», disse infine Marja Morevna, e pianse piano, senza gemiti, senza lacrime. Si era prosciugata completamente.

«Non è poi così male, tesoro mio. Essere morti. È come essere vivi, solo più freddi. Le cose hanno meno sapore. Si sentono meno. A poco a poco, dimentichi chi eri. Non c'è molto amore, ma ci sono molta vodka e ricordi. È un po' come un'assemblea universitaria, ma le torte e le crostate sono fatte di polvere. E c'è sempre una guerra in corso. Ma c'era sempre una guerra anche prima, no? E la vista di cose calde ti rende solo furiosa, più arrabbiata di quanto avessi mai pensato di poter essere. Non possiedo cose calde, vedi. Eppure le desidero. E non riesco a ricordare le cose così bene. Come se stessi invecchiando, ma non potrò mai invecchiare. Tuttavia, sono contenta che mi abbia parlato prima che mi dimenticassi di te».

«Pensavo che se non ti avessi guardato, se non avessi guardato nessuno di voi, sareste andati via, e non avrei dovuto ricordare».

«Un giorno andremo via. O forse dimenticheremo chi sei,

ma ci aggrapperemo ancora a te per abitudine, e sapremo solo che ci siamo sempre aggrappati a questa ragazza dai capelli neri, chiunque sia». Madame Lebedeva toccò lo specchio, guardandosi come se fosse una bellissima sconosciuta. Una macchia umida e argentea si allargò come brina dalla punta del dito sul vetro.

«Hai provato dolore», sussurrò Marja, «quando sei morta?».

«Non ricordo. Ti stavo portando il velo, davvero, come potevi sposarti senza velo, Maša? È vergognoso. Lo stavo portando e qualcuno mi ha sparato. Per un momento ho pensato di essere inciampata in qualcosa, poi l'assassino mi ha presa tra le braccia – oh, come brillavano d'argento! – e ha appoggiato la bocca sulla mia ferita. Succhiava come un bambino, e ho pensato: *Non allatterò mai nessuno, mai…* e poi sono morta. È come tirare una corda più forte che puoi, e quella si libera di colpo e tu cadi, perché ti stai sforzando così tanto che non riesci a tenerti in equilibrio. Poso dei fiori sul mio corpo. C'ero così affezionata. E, sai, durante la lotta per il Černosvjat un proiettile al fosforo colpì il vecchio caffè dei maghi. Ora è nel nostro paese e posso mangiare lì quando voglio. Zuppa di polvere, gnocchi di polvere. Piccole tortine di cenere». Lebedeva indicò improvvisamente Marja, la sua voce si fece più acuta. «Dovresti andare con Ivan, Maša. Ascolta la tua amica. È ancora una maga. Sa ancora le cose».

«Spezzerà il cuore di Koščej». Aveva deciso di restare. Aveva deciso di andare. Nel sonno aveva deciso mille volte. I suoi sogni erano divisi a metà.

«Eh. È stato spezzato prima. E non è un cuore. Devi badare a te stessa. Ben presto il mio signore deciderà che ne ha abbastanza del tuo fucile e verrà a banchettare sui tuoi resti, trattato o non trattato. Perché non dovresti avere un po' di pace prima di allora? Leningrado nel 1940… un posto così tranquillo. Potresti essere felice».

«Conosco a malapena questo ragazzo». Marja si godette la

vista dell'amica, e un dolore sordo iniziò a farsi sentire tra i seni. Doveva smetterla di parlare con Lebedeva; doveva smettere… ma non ci riusciva.

«Conoscevi a malapena Koščej. Il rapimento è un meraviglioso rompighiaccio».

Marja Morevna si passò la mano sugli occhi. «Lebed, perché? Perché mai dovrei lasciare Bujan? È casa mia».

«Perché è così che succede. Così che lui muore. Così che muore sempre. L'unico modo in cui può morire. Morire fa parte dei suoi matrimoni, non meno che fare l'amore. Non saprebbe che fare se a un certo punto non lo uccidessi».

«Non lo ucciderò mai! Anche se me ne andassi, anche se partissi, non lo *ucciderei*!».

«Vedremo. Ma tu te ne andrai. Perché sei ancora giovane, in qualche modo, e hai bisogno del sole in faccia, del sole alto di Leningrado, per colorarti le guance. Va', e dormi tranquilla, e non pensare a quanti uomini moriranno oggi».

«Koščej mi fermerebbe». Ma lo farebbe? Forse non farà che trovarsi un'altra ragazza. Forse tutto ricomincerà da capo, solo senza Marja Morevna, e lei potrà guadagnare un po' di tregua.

«È troppo orgoglioso per questo. Pensi che abbia mai fermato le altre?».

«Non sono come le altre».

«Oh, ma Maša, non vedi? Lo sei. È arrivato un Ivan. Che è come dire: "È suonata la mezzanotte. È ora di andare a letto, piccola". Non puoi avere entrambi. In guerra devi sempre scegliere da che parte stare. Uno o l'altro. Argento o nero. Umano o demone. Se cerchi di essere un ponte tra loro, ti faranno a pezzi».

Marja allargò le mani. Solo Lebedeva poteva percepire la sua paura, le ferite che aveva nascosto nella mascella, nello spazio che Koščej aveva creato quando aveva preso la sua volontà. «Lebed, come posso vivere in quel mondo? Sono a malapena umana. Ero solo una bambina… come posso ritrovare la ragazza che ero prima di sapere cosa fosse la magia? Quel mondo non mi amerà. Mi prenderà a calci e pugni sulla neve, mi strapperà via la sciarpa e mi lascerà a vergognarmi mentre mi dissanguo».

«Vivrai come vivresti in qualsiasi mondo», disse Madame Lebedeva. Allungò la mano come per afferrare quella di Marja, come per premerla sulla sua guancia, poi chiuse le dita, come se la mano di Marja fosse nella sua. «Con difficoltà e dolore».

E lentamente, con l'infinita attenzione di una donna che si veste per il teatro, Madame Lebedeva allungò il collo lungo ed elegante – così tanto, così tanto! – i seni rigonfi di piume, le gambe snelle ripiegate sotto di lei, fino a diventare un cigno, una fascia nera sugli occhi. Saltò sul davanzale della finestra e volò via nella notte cruda e dolorosa.

19
Tre sorelle

E così Marja Morevna rapì il ragazzo umano dai capelli d'oro, trascinandolo lungo le strade ghiacciate e oscurate dall'alba, fiancheggiate da sbadiglianti echi d'argento. Si tennero sul lato sinistro, non si guardarono indietro.

Ivan Nikolaevič, dietro di lei, montava un cavallo con le orecchie rosse e gli zoccoli piccoli, che non era della progenie di Volčja Jagoda, ma piuttosto qualche sinistro nipote indiretto, secondo il modo in cui i cavalli considerano queste cose. L'animale non possedeva alcuna inclinazione meccanica, era solo un cavallo che amava la sua padrona ed era entusiasta, nel profondo dei ricordi delle sue cellule indirette, di essere usato come mezzo di rapimento. Marja, da parte sua, si chiedeva, mentre i suoi denti gelavano per il vento, se potesse mai esserci amore senza quel correre nella notte, senza la fuga, senza precipitare in terre oscure, senza il timore che qualcuno, madre o padre o marito, potesse tendere una mano dolente per riportarla indietro. Ivan la teneva per la vita mentre il cavallo sbandava nella foresta, incurante dei rami o delle pietre. Lui non diceva niente. Lei non riusciva a pensare a niente da dire. Lo aveva rapito, e che puoi dire a una cosa rapita? Le sue ossa sbattevano sulla sella. Il ginocchio le scricchiolava. La vecchia vescica sotto l'occhio pulsava.

Ma nessuna mano li disarcionò. Nessuna guardia nera volò attraverso i larici gialli per tirarla indietro per i capelli. Il sole del mattino puntava rosso su di loro, accusatore, diretto. Sotto il suo sguardo di disapprovazione cavalcarono per tutto il giorno, fino al pomeriggio. Per tutto il pomeriggio e nella notte. Le stelle disegnavano una mappa del cielo sull'oscurità che li sovrastava.

Alla fine, il cavallo dalle orecchie rosse ansimò, sputò e cadde in ginocchio nell'ombra nevosa di una radura nella foresta. Si erano fermati presso una grande tenuta, la luce del fuoco brillava e scintillava in ogni finestra cristallina con l'accogliente noncuranza invernale dei ricconi. Aveva sicuramente delle stalle e del fieno. Il cavallo li aveva guidati bene. Una grande porta a vetri era socchiusa in modo invitante. Gli occhi di Marja nuotavano insieme alle sferzate del vento e della neve. Sbirciò dentro, timorosa di entrare, certa che Koščej avesse organizzato tutto questo per lei, per farla sentire in colpa, per ricordarle tutte le casette morbide e tranquille sulla strada per Bujan. Per infilarsi nel loro letto, come il tabacco che era apparso senza rumore su un tavolo.

Ma erano soli. Il cavallo curiosava pacificamente con il muso nella neve. Nessun suono, nemmeno il verso dei gufi, rompeva l'oscurità. E così Marja aiutò Ivan – indolenzito dalla sella e tremante per il freddo pungente e rigido – a oltrepassare la soglia.

L'atrio della dacia li circondava: il pavimento scuro di malachite punteggiato di diaspro marrone, tutti i candelabri di rubino e ametista. E al centro del pavimento splendente c'era un grande uovo di smalto blu, ricoperto di foglie d'oro e tempestato di diamanti simili a teste di chiodi. Sopra l'uovo era appollaiata una donna di mezza età, i capelli biondi raccolti all'indietro come una balla di fieno in autunno. Da sopra gli occhiali osservava due ferri da maglia d'argento, dai quali pendeva mezza calza cremisi da bambino, che cresceva lentamente, centimetro dopo centimetro.

Il cuore di Marja sussultò per la sorpresa.

«Olga!», gridò. «Com'è possibile? Come puoi trovarti qui,

nel profondo della foresta? Come ho potuto trovare te in tutta la vastità del mondo? Sono tua sorella, Maša!». Marja avrebbe potuto piangere, ma le lacrime si congelarono dentro di lei: era così stanca, impaurita e irrigidita, così timorosa di essere ingannata, di vedere la donna scivolare giù dall'uovo e tirar fuori qualcos'altro, qualcosa di orribile, qualcosa di accusatorio.

La donna alzò lo sguardo e il suo viso riluceva tutto di porcellana e di rosa. Olga si riempì come un otre alla vista di sua sorella e, infilandosi il lavoro a maglia sotto il grosso braccio, saltò giù dall'uovo e baciò Marja su tutto il viso prima di voltarsi verso Ivan e baciarlo molto castamente sulle guance.

«Marja! Oh, mia cara sorella!», esclamò, e aveva un odore così simile a quello di Olga che non poteva essere un trucco. «Quanto tempo è passato! Guardati, sei cresciuta come un orso! Ah! Quando abbiamo smesso di essere bambine?».

Marja desiderava alzare le braccia e farsi sollevare da Olga e volteggiare come faceva quando erano giovani, insieme, nella casa di via Gorochovaja.

«Olja, sei felice? Stai bene?».

«Ah, molto bene! E la mia sesta figlia è in arrivo!». Accarezzò affettuosamente l'uovo ingioiellato. «Questo è il genere di cose che capita quando sposi un uccello». Fece l'occhiolino. «Ma poi, hai sempre saputo che era un uccello, vero? E non me l'hai detto. Ragazzina cattiva. Ma tu? Sei felice? Stai bene?».

«Sono stanca», disse Marja Morevna. «Olja, questo è Ivan Nikolaevič. Non è un uccello».

Ivan si inchinò alla sorella maggiore di Marja.

Olga si sollevò delicatamente gli occhiali sul naso. «Oh, so chi è. Pensi che i luogotenenti non parlino, vero? I pettegolezzi sono come l'oro, da queste parti. Guarda mia sorella, fuggita, uno scandalo, e alla sua età! Sappi che sono stata fedele a Gratč da quando mi ha preso il braccio, e ho quattordici piccoli e preziosi pulcini a dimostrarlo!».

«Così tanti!», Ivan fischiò.

Olga strinse i suoi occhi belli su di lui. «Non hai sentito che c'è una guerra in corso?». Lei si imbronciò. «Dobbiamo fare tutti la nostra parte».

«L'ho detto a Marja. Abbiamo un patto con la Germania. La guerra non se la sogna nemmeno, la Russia. Tua sorella sarà al sicuro a Leningrado».

«*Puah!*», sputò Olga. «Questo è quello che sai tu». Gli voltò le ampie spalle e abbracciò ancora una volta Marja Morevna. «Ma dovete fermarvi per la notte, rinfrescare il vostro povero cavallo – che bestia magra! –, mangiare dalla mia tavola, bere dalla mia dispensa. Tu sei mia sorella. Ciò che appartiene a me, appartiene a te, anche se sei una Dalila malvagia con una doppia razione di uomini. Cosa sarà mai una piccola scorrettezza, in famiglia?».

E così Olga li condusse al suo lungo tavolo d'ebano apparecchiato con pane e peperoni in salamoia e pesce affumicato, gnocchi e barbabietole all'aceto e kaša integrale, bliny conditi con cucchiaini neri di caviale e panna, funghi e spessa lingua di manzo. Della vodka fredda appannava una caraffa di cristallo. Lo stufato d'oca ribolliva sul focolare. A capotavola sedeva un uomo con una bella giacca da camera nera. Aveva la testa di un corvo dalle piume lucide, e scattò crudelmente contro Marja quando lei sfilò la sedia. Olga gli baciò il becco e lo trascinò via con sé, canticchiando e cinguettando per lui nel dolce linguaggio segreto del matrimonio.

Per un momento, rimasti soli, né Marja né Ivan si mossero per mangiare. A Marja doleva la testa. Era lo stesso cibo che aveva mangiato tanto tempo prima, quando era una bambina, un nonnulla, una lupacchiotta affamata? Non riusciva a ricordare. Ivan prese la vodka con la sua forte mano rossa.

«Aspetta…», sussurrò debolmente. «Aspetta… volčik». La parola la elettrizzò, le scivolò fuori dalla lingua come qualcosa di proibito. Ivan ritirò le dita. Le obbedì. Si fidava di lei. Marja si leccò le labbra secche. La forma delle cose si muoveva nella sua mente. Un calore le salì alle guance. Riusciva a malapena a parlare, per quanto pendevano grandi le parole nel suo cuore. «Non parlare più stasera, Ivan Nikolaevič. Invece, ascoltami e fai come ti dico». Ivan sbatté le palpebre incerto e iniziò a protestare. Marja gli mise un dito sulla bocca. Tolse la mano. Non parlò. *Oh, questa è una cosa importante*, pensò. *Quanto sembra enorme dentro di me. Prima non avevo capito.*

«Ora». La sua voce tremò un po'. La assestò. «Assaggia prima il caviale». Marja Morevna tagliò una spessa fetta di pane e la spalmò di burro bianco, poi ci sparse sopra le uova rosse luccicanti. Gliela porse e, come un bambino, lui mangiò dalla sua mano. Lo guardava, distante, una regina su un piedistallo, ma così vicina a lui, così legata alla sua bellezza rubata. «Ora, sorseggia la tua vodka e poi addenta uno dei peperoni – vedi come l'aceto e la vodka si contrastano l'un l'altra? Questa è una cosa rara. Una cosa invernale». La gola di Marja si ispessì. Parlò tra le lacrime. «Si sente l'estate in questa miscela, l'estate bollita e macerata in salamoia. Perché così è la vita, Ivan. Dei barattoli su uno scaffale, colori vivaci sottovetro, messi da parte contro l'inverno, contro la fame».

Ivan sospirò pesantemente e posò il bicchiere.

«È tutto così stupido, Marja. Ho fame. Lascia che un uomo mangi in pace». Si buttò sul pesce con passione, e l'incantesimo si ruppe disordinatamente ai piedi di Marja Morevna, che lo fissò, la mascella serrata fino a temere che i denti le si potessero frantumare.

Quando l'alba illuminò la grande casa, Marja e Ivan Nikolaevič trovarono Olga ancora una volta in cima al suo ricco uovo, che lavorava a maglia come un colibrì, troppo veloce per seguirne i movimenti.

«Maša, cuore mio, sorellina minore», chiamò la matrona. «Porta questo con te».

Strappò via il gomitolo tra i denti e lanciò la pallina rossa a Marja, che la prese e la strinse come un frutto al mercato. Il gomitolo era più morbido di qualsiasi lana sapientemente filata, spessa.

«Ti riporterà sempre indietro, al tuo paese, a casa tua. Faccio tutte le calze dei miei figli con quella roba, così sapranno come tornare a casa dalla madre». Olga scese dal lato color cobalto dell'uovo e tese le braccia alla sorella. Quando Marja vi entrò, Olga la sollevò e la fece roteare. Marja rise suo malgrado, come aveva sempre fatto.

«Di' a nostra madre che le voglio bene, quando arrivi a Leningrado», disse Olga, e baciò Marja su entrambe le guance. Olga sapeva di monete e maternità, e Marja Morevna la tenne stretta.

Così viaggiarono, nell'alba, nel pomeriggio. Attraverso il crepuscolo e nella notte. Le stelle cucivano motivi intricati sulla calotta oscura sopra di loro. Tuttavia, nessun coltello pallido balenò nella foresta per trafiggere il cuore di Marja, né per sollevare la testa di Ivan Nikolaevič dalle sue spalle.

Alla fine, il cavallo dalle orecchie rosse cadde in ginocchio in un prato pieno di erbe appuntite e taglienti che spuntavano dalla neve, circondate da betulle bianche come ossa. Una casetta più piccola si trovava in una radura di ghiaccio duro e neve così fredda che gli stivali cigolarono nel calpestarla. Metà delle finestre brillavano alla luce del fuoco. Il fiato dei cavalli sbuffava da metà delle stalle. Una grande porta di legno era socchiusa, invitante. A Marja dolevano gli occhi. Voleva chiuderli per sempre. Invece aiutò Ivan Nikolaevič – le ginocchia gli tremavano per la lunga cavalcata – ad attraversare la soglia.

Intorno a loro c'era l'atrio della casa, il pavimento di legno d'acero scuro inframmezzato di bei riquadri di frassino, tutti i candelabri d'osso e corna, i trofei di un cacciatore. E al centro del pavimento splendente c'era un grande uovo dal guscio marrone caldo e lentigginoso coperto da nastri rosa. In cima all'uovo sedeva una donna sorniona e rubiconda, i suoi occhi grigi saettavano verso ogni cosa affascinante. Da sopra la montatura di un paio di occhiali osservava un cesto di mele che aveva in grembo, e tagliò ogni frutto in sette pezzi, per torte, crostate e ravioli.

Il cuore di Marja vacillò per la sorpresa. Sondò il suo stomaco: è magia? È opera dei čerti? Ma non riusciva a capirlo. Non sentiva niente.

«Tatjana!», gridò. «Com'è possibile? Come puoi essere venuta a vivere qui, così lontano nella natura selvaggia? Come posso averti trovata, dopo tutto quello che è successo? Sono tua sorella, Maša!». Marja avrebbe potuto piangere, ma le sue lacrime si erano asciugate dentro di lei per la stanchezza, per quanto a lungo e veloce aveva volato.

La donna alzò lo sguardo e il suo viso risplendeva, tutto bruno e cremisi. Si riempì come un pallone di seta alla vista di sua sorella. Infilando il coltello sotto il forte braccio, balzò giù dall'uovo e baciò Marja su tutto il viso prima di voltarsi verso Ivan e baciarlo, affatto castamente, sulle guance. «Marja! Oh, mia carissima sorella!», esclamò. «Quanto tempo è passato! Guardati, sei cresciuta come una capra! Ah! Quando siamo diventati tutti ciechi?». Tatjana picchiettò gli occhiali della sorella, infilati nel taschino, ma uguali ai suoi.

Marja desiderava ardentemente che Tatjana le strofinasse la testa e le agitasse i capelli come faceva quando erano giovani insieme nella casa di via Gorochovaja.

«Tanja, sei felice? Stai bene?».

«Ah, molto bene! E il mio quarto figlio è in arrivo!». Accarezzò affettuosamente l'uovo marrone. «Sposi un uccello e ti svegli in un nido». Le fece l'occhiolino. «Ma poi, hai sempre saputo che era un uccello, vero? E non me l'hai detto. Ragazzina intelligente. Ma come ti vanno le cose? Sei felice? Stai bene?».

«Sono stanca», disse Marja Morevna. «Tanja, questo è Ivan Nikolaevič. Non è un uccello».

Ivan si inchinò alla seconda sorella maggiore di Marja.

Tatjana si tirò su gli occhiali sul naso, perplessa. «Oh, so chi è. Pensi che i luogotenenti non vadano in giro, vero? I pettegolezzi sono come tazze di zucchero, da queste parti. Guarda mia sorella, una donna perduta, una rubacuori, e alla sua età! Sono così orgogliosa di te. Sappi che ho avuto il doppio degli amanti di Zujok da quando ha preso la mia verginità per la prima volta, e ho nove piccoli astuti pulcini a dimostrarlo!».

«Così tanti!», fischiò Ivan.

Tatjana spalancò i suoi occhi vivaci su di lui. «Non hai sentito? Abbiamo abbandonato le gerarchie oppressive del vecchio mondo». Sorrise. «Dobbiamo tutti fare la nostra parte per la modernità».

«La vita è già abbastanza dura, credo, senza modernità», sospirò Ivan.

«*Puah!*», sputò Tatjana. «Questo è ciò che sai tu». Ma lei gli voltò le spalle formose e abbracciò ancora una volta Marja Morevna. «Naturalmente devi fermarti per la notte, rinfrescare il tuo povero cavallo – che bestia leale! – mangiare dalla mia tavola, bere dalla mia dispensa. Sei mia sorella. Ciò che appartiene a me appartiene a te, anche se sei una famigerata sgualdrina. Siamo una famiglia: ci assomigliamo l'una con l'altra!».

E così Tatjana li condusse alla sua lunga tavola di noce apparecchiata con cigno arrosto, vareniki ripieni di carne di maiale dolce e mele, meloni in salamoia, torte di pasta frolla piene di crema. A capotavola sedeva un uomo con una bella giacca da camera marrone. Aveva la testa di un piviere dalle folte piume, e scattò allusivamente verso Marja quando lei sfilò la sedia di Ivan. Tatjana gli diede un colpetto all'ala e lo convinse ad allontanarsi insieme, gorgheggiando con lui in armonia nel linguaggio brillante e litigioso di chi è ben assortito.

Ivan divorò il maiale dolce e bevve vino rosso intenso.

«I vigneti che ci hanno dato questo vino riforniscono anche la tavola del compagno Stalin», disse Marja con un'espressione solenne e vuota. «Qualcuno, una volta, mi ha detto che anche quando i bambini muoiono di fame per amore della rettitudine, i papà hanno sempre del vino a tavola». Anche lei sorseggiò il vino. «Quando ero giovane, sembrava troppo dolce. Ho assaporato l'amarezza, il sapore di chi ha vissuto a lungo e selvaggiamente. Forse anche tu dovresti imparare a preferirla. In fin dei conti, quando tutto il resto sarà finito, potrai averne ancora». Marja Morevna scolò il bicchiere. «Ora, anche questo sciroppo candito ha un sapore amaro sulla mia lingua», sospirò.

Quando l'alba pizzicò le guance brune della grande casa, Marja e Ivan Nikolaevič trovarono Tatjana ancora una volta in cima al suo uovo con i nastri, intenta ad affettare mele come un boscaiolo, troppo veloce per seguirne i movimenti.

«Maša mia, mia sorellina», gridò la moglie del piviere. «Porta questa con te».

Lanciò una mela a Marja, la sfera rossa volteggiò nell'aria. Era solida e brillante come una gemma.

«Non importa quanta ne mangi, fintanto che risparmi il torsolo, al mattino sarà di nuovo intera. Preparo tutte le cene dei miei figli con quella roba, così sapranno che la madre si prende cura di loro e pensa al futuro». Tatjana scese dal lato liscio dell'uovo e tese le braccia alla sorella. Quando Marja vi entrò, Tatjana le accarezzò la testa e le scompose i ricci. Marja rise suo malgrado, come aveva sempre fatto.

«Di' a nostra madre che la amo, quando arrivi a Leningrado», disse Tatjana, e baciò Marja su entrambe le guance. Tanja odorava di pane e amore, e Marja Morevna la tenne stretta.

Così viaggiarono all'alba, nel pomeriggio, attraverso tre volte nove regni, il mondo intero tra il paese della Vita e Leningrado. Nel crepuscolo e fino a mezzanotte. Le stelle scrivevano strani nomi sui fogli scuri sopra di loro. Tuttavia, nessun soldato confezionato comparve a catturare Marja Morevna o a sparare a Ivan Nikolaevič con fucili di lana grezza.

Alla fine, il cavallo dalle orecchie rosse cadde in ginocchio in un passaggio pietroso imbrattato di ghiaccio, dove non si vedevano fiori o alberi. Un'umile capanna si ergeva al centro di un circolo di rocce aguzze, protetta da ogni lato. Una delle finestre brillava alla luce del fuoco. Del fiato di cavallo sbuffava da un fienile annerito dal tempo. Una porticina di ferro era socchiusa, come per sfidarli, più che per invitarli. Le dita di Marja pulsavano per il freddo. Aiutò Ivan – che tossiva rauco, la pelle arrossata e febbricitante – a varcare la soglia.

L'unica stanza della casa si apriva intorno a loro, il pavimento di terra battuta chiazzato di pezzi di ghiaccio, le candele tutte di sego, spesse e lunghe come braccia. E al centro del pavimento compatto era sistemato un grande uovo, il guscio d'acciaio lucente tempestato di bulloni di ferro. Sopra l'uovo sedeva una giovane donna snella e gentile, il suo arrossire più rapido delle ombre di passaggio. Osservava da sopra un paio di occhiali un cesto di chiavi che aveva in grembo, e le separava, il ferro dal rame e dall'ottone, per fonderle.

Il cuore di Marja cantava di gioia. Aveva sperato, aveva sperato dopo le altre.

«Anna!», gridò. «Com'è possibile? Come hai potuto nasconderti qui, così in alto sui monti? Sono tua sorella, Maša!». E Marja pianse lacrime calde, libere e felici.

La donna alzò lo sguardo e il suo viso risplendeva, tutto pallido e luminoso. Si riempì come un secchio d'acqua alla vista di sua sorella. Infilando un mazzo di chiavi sotto il braccio sottile, saltò giù dall'uovo e baciò Marja su tutto il viso prima di voltarsi verso Ivan e baciarlo freddamente sulle guance. «Marja! Oh, mia carissima sorella!», esclamò. «Quanto tempo è passato! Guardati, cresciuta come un lupo! Ah! Quando siamo diventate così serie?».

Marja desiderava ardentemente che Anna la prendesse in braccio e ballasse con lei, come faceva quando erano giovani insieme nella casa di via Gorochovaja.

«Anjuška, sei felice? Stai bene?».

«Ah, molto bene! E la mia seconda figlia è in arrivo!». Accarezzò con affetto l'uovo d'acciaio. «Una moglie e suo marito devono essere completamente d'accordo». Le fece l'occhiolino. «Ma poi, hai sempre saputo che era un uccello, vero? E non me l'hai detto. Ragazzina traditrice. Ma che dire di te? Sei felice? Stai bene?».

«Sono stanca», disse Marja Morevna. «Anja, questo è Ivan Nikolaevič. Non è un uccello».

Ivan si inchinò alla terza sorella maggiore di Marja.

Anna si tirò su con rabbia gli occhiali sul naso. «Oh, so chi è. Pensi che i luogotenenti non si informino a vicenda, vero? I pettegolezzi sono come le tessere annonarie, da queste parti. Guarda mia sorella, sleale, criminale, alla sua età! Sappi che ho vissuto nella virtù da quando Žulan si è preso la mia coscienza, e ho due pulcini onesti a dimostrarlo!».

«Così pochi!», fischiò Ivan.

Anna socchiuse gli occhi chiari verso di lui. «Non hai sentito? È malvagio avere più di quanto posseggano i tuoi vicini». Lei sorrise. «Dobbiamo tutti fare la nostra parte per il Partito».

«Certo», disse Ivan.

«*Puah!*», sputò Anna. «Questo è quello che sapete, tutti e due». Ma lei gli voltò le spalle eleganti e abbracciò ancora una volta Marja Morevna. «Devi fermarti per la notte, rinfrescare il tuo povero cavallo – che bestia sincera! Il tuo prigioniero però sembra malato. Vomiterebbe tutto ciò che gli dai da mangiare. Tu sei mia sorella. Ciò che appartiene a me appartiene a te, anche se sei un'esule. Siamo una famiglia. Ma non devi dire a nessuno che ti ho ospitato».

E così Anna li condusse fuori, attraverso il ghiaccio argenteo, fino a una piccola sauna poco più grande di uno degli armadi di Olga. Un uomo con un logoro cappotto grigio uscì dalla banja con uno sbuffo di vapore. Aveva la testa di un'averla magra, e non avrebbe guardato Marja mentre le passava accanto. Anna gli sorrise, il viso illuminato come una lampada a olio, gli prese l'ala e tornò verso casa, gracidando e gracchiando nel linguaggio stridulo e ordinato dell'incorruttibilità.

Marja Morevna si rifiutò di lasciar parlare Ivan. Questa volta trasformò la sua volontà in ferro, flettendola, testandola. Ivan si sottomise a lei e c'era gratitudine nella sua sottomissione. *Sei viziato*, pensò. *Tutto quel cibo abbondante te lo sei tenuto nella pancia, ti sei goduto ogni boccone. Ma ora sei malato e devi cedere.* Lo fece sedere nella sauna. Su un tavolino pieno di graffi c'era un boccale di vodka.

Marja rimase immobile. Si sentiva come se fosse due donne: una vecchia e una giovane, una innocente e una sapiente, strana, acuta. Marja spogliò Ivan Nikolaevič, e le sue mani sembravano muoversi due volte per ogni gesto, per sbottonare la camicia di lui ora, e per sbottonare la propria poi. Gli occhi di lui roteavano e la sua fronte rossa sudava. Quasi la chiamò per nome, ma si ricordò di tacere e lei lo baciò per questo. Marja Morevna gli strofinò la pelle con le dita lunghe e forti. Il suo ragazzo d'oro quasi si addormentò seduto, calmato dalle sue mani e dal suo canto dolce e triste, melodie ricordate a metà, su lupi che mordono e ragazze incuranti. Presto, sia il sudore che le lacrime scesero sul viso di Marja, e desiderò che Koščej fosse con lei per mostrarle come custodire quell'essere umano malato, la cui cura del corpo era ora inspiegabilmente sua. Ma andato vuol dire andato. Non ci sarebbe più stato Koščej. Rimaneva solo Marja.

«Bevi, Ivanuška». Chiocciò lei dolcemente, come una madre, e gli portò il boccale alle labbra. «I tuoi polmoni bramano la vodka». Obbediente, lui bevve e tossì e bevve ancora una volta.

Marja Morevna affondò i piedi sudaticci di Ivan nella vasca poco profonda di sua sorella. Gli porse un pugno d'acqua sotto il naso e gli ordinò di inspirarla. Lui farfugliò e soffocò, ma lo fece lo stesso, tanto era abituato alla sua voce ormai, al suo comando. Alla fine, lo fece alzare. Raggiunse l'angolo nebbioso della banja, sapendo con tutto il midollo che lì ci sarebbe stato un lungo ramo di betulla bianca.

Ma Ivan era sprofondato nella febbre e dormiva raggomitolato sul pavimento della banja come un segugio.

Marja lasciò andare lentamente il ramo di betulla. Lo guardò nell'oscurità senza far rumore.

Quando l'alba svegliò la famiglia dell'umile capanna per lavorare, Marja e Ivan Nikolaevič trovarono Anna ancora una volta in cima all'uovo d'acciaio, intenta a smistare le chiavi come un motore, troppo veloce per seguirne i movimenti.

«Maša mia, la mia sorellina più piccola», gridò la moglie dell'averla. «Porta questa con te».

Lanciò a Marja una chiave dai denti di ottone. Brillava debolmente nella sua mano, catturando il sole.

«È la chiave della nostra vecchia casa, in via Gorochovaja. Ma ovviamente ora è via Dzeržinskaja. Una di noi dovrebbe vivere di nuovo lì. Una di noi dovrebbe essere di nuovo giovane». Anna scese dal lato grigio dell'uovo e tese le braccia alla sorella. Quando Marja vi entrò, Anna le premette il viso sul suo seno da sorella, le prese la mano e cominciò a danzare con lei, un dolce, lento giro intorno alla piccola capanna. Marja rise suo malgrado, come aveva sempre fatto. Ricordava, come attraverso uno specchio, di aver riso così, una vita fa. Baciò la fronte di Anna con passione.

«Quando nostra madre è morta», disse Anna, «il Ministero dell'Edilizia mi ha mandato le chiavi. Sono stata l'unica che sono riusciti a trovare. Noi manteniamo aggiornati i nostri registri». Allora Anna baciò Marja su entrambe le guance. Odorava di ferro e forza, e Marja Morevna la tenne stretta.

QUARTA PARTE
NON CI SONO UCCELLI DI FUOCO A STALINGRADO

E di continuo in quell'afa gelata,
Minacciosa, lasciva, d'anteguerra,
C'era un certo futuro rimbombo,
Allora lo si udiva più sordo,
Non angosciava quasi le anime
E nella neve accumulata sulla Neva annegava.
Come nello specchio di una notte di terrore
Va su tutte le furie e riconoscersi
L'uomo non vuole,
Eppure per il leggendario lungoneva
S'avvicina il Secolo Ventesimo,
Autentico, non da calendario.[6]

ANNA ACHMÀTOVA

6. Anna Achmàtova, *Poema senza eroe e altre poesie*, trad. it. di Carlo Riccio, Torino, Einaudi, 1966.

20
Due mariti arrivano in via Dzeržinskaja

In una casa lunga e stretta su una strada lunga e stretta, una donna con un vestito azzurro chiaro sedeva accanto a una finestra lunga e stretta, in attesa della sua punizione.

Ma non arrivò né cadendo né in fiamme. Per un anno, un mese e un giorno non arrivò. E nemmeno il perdono.

Era primavera inoltrata quando Marja Morevna fece scivolare la sua chiave d'ottone nella serratura della casa in via Dzeržinskaja, e la sentì scivolare anche tra le proprie costole, aprendola come un reliquiario pieno di vecchie ossa senza nome. La casa era vuota. Tutte le tende – verde e oro, cobalto e argento, rosso e bianco – erano state strappate dalle aste. Delle ragnatele formavano un palinsesto sui muri, infinite generazioni di ragni che tessevano racconti di ragno nella seta. La casa sembrava molto più piccola di quanto non fosse, più buia: una vecchia bestia curva fuori uso. Un buco si era aperto nel tetto, facendo cadere pioggia e boccioli di prugno nella stanza che un tempo era appartenuta a Marja e ai suoi genitori. La stufa al piano di sotto era silenziosa e fredda, piena di vecchia cenere che nessuno aveva tolto. Stanze vuote che si affacciavano su altre stanze vuote.

«I Djačenko vivevano in questa stanza», disse rivolta a nessuno. A Ivan Nikolaevič, pensava, la mano di lui appoggiata con fare possessivo sulla sua schiena. Era tutto sbagliato. Avrebbe dovuto ritrovare del calore qui, come il calore di Ivan.

Della vita, e del vivere. «Avevano quattro ragazze, tutte bionde. Non ricordo i loro nomi. Il padre mangiava questa terribile zuppa di sottaceti ogni notte. Il posto puzzava solo di aneto. E qui… oh, le Blodnek! Oh, erano così belle. I loro capelli! Come avrei voluto capelli così. Lucidi e dritti come stecche di legno. Avevano l'abitudine di leggere». Si voltò verso Ivan, i suoi occhi vuoti. «Leggevano questa rivista di moda. Ognuna di loro aveva la sua ora per farlo, ogni giorno. Memorizzavano orli e gamme di colori. Piccole Lebedeva! E oh, ecco, lì i Malašenko avevano legato mazzi di fiori da vendere, e Svetlana Tichonovna si spazzolava i capelli. Oh, perché nessuno vive qui? Era una bella casa! Avevo dodici madri, in questa casa, dodici padri. Mangiavo del pesce così dolce, in questa casa».

E Marja Morevna cadde in ginocchio davanti alla grande stufa di mattoni nella cucina vuota. Non piangeva, ma il suo viso diventava sempre più rosso per il dolore di non riuscire a piangere.

«Zvonok», sussurrò al pavimento. «Zvonok, vieni fuori». Alla fine si raggomitolò sulla piastrella rotta e si addormentò, come un cencioso gatto selvatico che aveva finalmente trovato riparo dalla pioggia.

Quella sera, Ivan Nikolaevič si recò al ministero per chiedere di perdonare la sua scomparsa dall'accampamento, raccontando una lunga storia di malattia e di un buon servizio tra i villaggi della provincia di Burjatskaja. Aprì e chiuse la porta dando un bacio sulla guancia di Marja che a lei parve estraneo come un tatuaggio inciso in quel punto. I baci schiacciavano, polverizzavano, cancellavano, mordevano: non erano colpi di becco. Non schioccavano per poi svanire in un secondo. Il profumo di nuove foglie di tiglio e di forsizia soffiò dietro di lui per riempire lo spazio. Marja Morevna lo guardò scendere per strada. La sera azzurro-lavanda gli lanciava fasce attorno, e lui passò accanto a giovani dai berretti neri che, appoggiati ai tigli, suonavano le chitarre. Marja chiuse gli occhi. Quando li riaprì, le chitarre suonavano ancora sotto le prime deboli stelle e Ivan Nikolaevič era scomparso dietro l'angolo. All'improvviso, ebbe paura di uscire di casa. Quale posto orribile la attendeva là fuori, dove le fontane zampillavano acqua morta e insapore, dove le alte case non avevano nome, né pelle, né capelli? Quella casa era rimasta dentro di lei come era sempre stata, l'architettura della sua infanzia. Il legno conteneva gli oli della sua pelle nella profondità delle sue venature, le finestre portavano ancora l'impronta – scomparsa da tempo, invisibile – del suo minuscolo naso. Un fantasma della Marja senza magia, la bambina che non era spezzata, non era un soldato, non una moglie. Ma Leningrado, Leningrado era una sconosciuta che non condivideva nemmeno il nome con la città in cui era nata.

L'impianto idraulico prese vita cigolando, sputando risentimento chimico marrone nel lavandino. Marja aspettò, guardando il minaccioso rubinetto-drago eruttare il suo veleno nello scarico. Non scorreva limpido, in realtà, ma era tiepido, del colore del tè leggero. Dopo un momento di riflessione, Marja Morevna si tolse gli stivali e li mise con cura accanto alla stufa, dove un tempo si era rimpicciolita fino alle dimensioni di un mattarello. Si arrotolò le gambe dei pantaloni neri e versò l'acqua sul pavimento della cucina con le mani a coppa, senza secchio, inginocchiandosi per pulire con uno straccio unto e alcuni vecchi giornali che trovò infilati nella stufa. «SPIE FEROCI E ASSASSINI SOTTO LA MASCHERA DI MEDICI ACCADEMICI!», recitava la pagina di giornale, e lei la schiacciò sul pavimento finché l'inchiostro non colò insieme all'acqua e alla sporcizia. Il suo ginocchio cigolante si lamentò, schioccando sulle piastrelle, ma gradualmente riportò alla luce una solitaria rosa sbiadita, il motivo che ricordava nella cucina un tempo in ordine. «Voglio vedere quelle rose!», aveva gridato papà Blodnek alle figlie.

«Cosa non darei perché una sorella Blodnek mi desse un bacio adesso e accendesse la stufa con me», sussurrò Marja. Strofinò finché la schiena non pianse convulsa, arrendendosi. Era stata pugnalata lì, vicino al rene, la notte in cui avevano perso il distretto dei fabbricanti di candele, e Koščej alla vista del suo sangue aveva ululato, così simile a un lupo che i lupi del bosco si erano uniti al coro. Marja giaceva a pancia in giù, aspettando che i suoi muscoli si rilassassero e le permettessero di rialzarsi. La piastrella fredda le baciò il viso. Fuori, attraverso la finestra rotta, udì una risata da ragazzina, una risata color panna e ghiaccio alla fragola. Il suo amante le cantava: «Ci incontreremo di nuovo a Leopoli, io e il mio amore...».

Una voce ruvida e squillante la rimproverò. «Nemmeno un'ora a Leningrado, e ti fa lavare i pavimenti».

Marja sorrise al pavimento bagnato. Poi strinse forte gli occhi e il sollievo le trafisse il petto.

«Zvonok, oh Zvonja, pensavo te ne fossi andata».

Girò la testa e la domovaja era lì, i baffi biondi arruffati e pieni di doppie punte, i bottoni del panciotto perlopiù mancanti, toppe sui pantaloni color mattone. «Non che non lo apprezzi», disse Zvonok. «È passato così tanto tempo da quando a qualcuno importava del pavimento. Un gatto avrebbe potuto rinunciare a serbare rancore da quando questa casa ha sentito gridare: "Chiudete la porta, l'inverno sta arrivando!". Ma poi è arrivato l'inverno, no? È arrivato, è arrivato». La domovaja annuì tra sé.

«Ma è una bella casa. Perché non ci dovrebbe vivere nessuno, qui? E il komitet dei domovoj, tutti i tuoi amici?».

«Andati, con le famiglie. Solo io resto con la casa. È casa mia. Ho sposato la vecchia bastarda. Sono bloccata. Una lezione che alcune ragazze non hanno esattamente imparato». Zvonok si sedette a gambe incrociate vicino al naso di Marja. «Be', sai, Svetlana Tichonovna è morta. Un brutto affare, quello lì. E i suoi ragazzi, be', non avevano nessuno che procurasse loro della carne; un giorno andarono a mendicare e non tornarono più. Succede ai piccoli. Mi piace pensare che siano caduti nella Neva, i mostri. Riempivano le tane dei topi con i loro vecchi calzini. Io avevo bisogno di quelle tane! E poi i gemelli Abramov si presero qualcosa, e ben presto contagiarono tutti, e c'era una fila fuori dal bagno come al negozio di cavoli, e poi non si sono più preoccupati del bagno. E poi l'autorità comunale per l'igiene ha semplicemente iniziato a portarli via uno a uno. Alcuni morti stecchiti. Alcuni no. Tua madre è stata una delle ultime. E con loro, i loro domovoj strisciavano fuori, tenendosi la pancia, tirandosi i baffi. Non possiamo prendere la dissenteria, sai, ma lo sentiamo quando la nostra famiglia soffre».

Zvonok si tirò i baffi e guardò la rosa ripulita sul pavimento. «L'ho sentito quando ti sei presa quella pallottola nella spalla. E la baionetta nella schiena. Quanti fastidi ho sofferto per colpa tua. A ogni modo, il comitato per gli alloggi cercò di assegnare nuovi inquilini, ma io non li volevo». La domovaja sputò, evitando con cura la zona pulita che Marja aveva strofinato. «No, non volevo! Grassi e pigri, nient'altro che leccapiedi e ubriaconi! Hanno messo i Baghirli – tutti e otto – nella tua vecchia stanza al piano di sopra. E poi si sono presentati i Grusov. Marito e moglie, ratto e rattina! Hanno denunciato l'ultima famiglia, così hanno avuto il resto della casa per sé! E niente bambini tra di loro! Il vecchio grembo di quella puttana l'avrebbe soffocato, un bambino, ne sono sicura. Be', Zvonok ha delle opinioni, e le sue opinioni sono queste: che vadano tutti a fumare all'inferno. Ho rotto cose e fatto tremare le travi finché non sono scappati. Strano come nessuno abbia chiesto di essere assegnato qui, da allora! Ah!». Il folletto le diede una pacca sul ginocchio.

Marja Morevna rise un po', anche se le faceva male la schiena. «Oh, Zvonok, mi sei mancata».

«Be', non posso dire che tu abbia fatto carriera nel mondo. Ho visto quell'idiota che hai portato qui. Mi sa di informatore. Puzza come un *Grusov*».

«Non credo». Ma dopotutto, non aveva chiesto. Non c'era cosa che sapesse di lui, tranne il sapore della sua bocca. Cos'altro sapeva? Niente, niente.

«Scommetto che papà Koščej non ti ha fatto inginocchiare nella sporcizia a strofinare la sua cucina. Scommetto che avevi un kokošnik tutto di zaffiri e un gatto a strisce sulle ginocchia».

«Non esattamente». Ma di gemme ce n'erano state e mai un bacio sfuggente. Forse si era sbagliata. Forse era stata frettolosa. Ma non poteva pensarlo, non ancora: doveva provarci. *Perché cosa ci sarebbe se tornassi indietro? La guerra e il sangue e schizzi d'argento come stelle.*

«Be', dopo l'arrivo di Vij, certo. L'ho sentito anch'io, anche così lontano da te. Ma prima. Prima era bello, no? Uova di storione tutte le sere? Vasche da bagno di rame?».

Marja sorrise di nuovo. I capelli le scivolarono via dalla schiena. «Sì, è stato bello, Zvonja. Prima della guerra».

«Bene, ti dirò una cosa, Maša, ragazza mia. Avresti dovuto restare lì. Capisco la necessità di cavalcare un nuovo cavallo ogni tanto: pensi che non sia andata a dare un'occhiata alla carta da parati in un'altra casa, ogni secolo o due? Ma non si scambia una tigre per un gattino grasso, capisci cosa intendo? Piscerà sul pavimento e ti ignorerà, quando non ti morderà per il pesce che non hai».

«Quando l'ho visto ho pensato che avrei potuto rannicchiarmi dentro di lui e andare a dormire e non svegliarmi mai».

«Gli uomini non sono adatti a questo, Maša. Vorranno sempre che tu lavori, quando non sarai nel letto a addolcire il loro crollo alla fine della giornata».

«Volevo sentirmi di nuovo viva. Essere qualcun altro».

Zvonok si alzò, strofinandosi i pantaloni rossi. Si mise le mani sui fianchi.

«Be', spero che sdraiarsi su quel pavimento come un cane a pezzi sia tutto ciò che desideri essere». Scrollò le spalle. Poi la domovaja saltò su un piede, si girò tre volte, fece un respiro profondo… e si fermò. Sbirciò Marja per un momento e infilò la mano nella tasca del panciotto, tirando fuori una cosa minuscola e bianca, che diventò sempre più grande finché Zvonok non fu quasi più in grado di maneggiarla da sola. La lasciò cadere sulla piastrella: una tazza da tè di porcellana con delle ciliegie sul manico, incrinata in più punti.

Zvonok saltò attraverso il cerchio della maniglia e svanì.

«Maša!», giunse la voce di Ivan Nikolaevič, che rimbombava per la casa insieme a uno scroscio di foglie dell'anno precedente.

Marja Morevna cominciò a svegliarsi. Si sollevò dal pavimento della cucina, le ossa che scricchiolavano per il disappunto, la schiena ancora tremante aveva allentato la sua terribile morsa. Si ripulì la giacca nera: faceva ancora troppo freddo per togliersela, e non aveva nient'altro che l'uniforme da maresciallo, che Ivan aveva detto di non indossare per strada.

«Ho buone notizie, Maša!», dichiarò Ivan. La sua testa dorata apparve sulla porta della cucina e il suo sorriso nel vederla illuminò la stanza come una stufa.

Dietro di lui, una giovane donna con una lunga treccia lo seguiva timidamente, portando in braccio un bambino addormentato.

«Il comitato per gli alloggi è stato così lieto di avere qualcuno disposto a vivere in questo dannato vecchio posto, hanno solo chiesto che lo condividessimo con un'altra famiglia. Non è straordinario? Pensa solo allo spazio! Marja Morevna, ti presento Ksenija Efremovna Ozjornaja e sua figlia Sofija. La compagna Ksenija è una studentessa di infermieristica, quindi saremo molto soddisfatti di lei, ne sono certo. Mašenka, hai provato a pulire il pavimento da sola? Senza sapone o un secchio? Vedi che moglie laboriosa ho, Ksenija!», Ivan stava balbettando. Era nervoso, e lei se ne accorse. Era pervaso dalla paura che potessero essere scoperti. Lei non era sua moglie. Marja provava pena per lui, per il suo bisogno che nessuno lo sapesse. A chi potrebbe importare? Pensò ai Grusov e rabbrividì. Cos'altro non sapeva di lui? Ma a lei non importava. Voleva solo che la portasse a letto e la facesse sentire di nuovo calda, le facesse sentire il sole dentro.

Ma non disse altro che «Buonasera, compagna Ozjornaja».

«Buonasera, Marja Morevna», disse la giovane donna, e i suoi occhi scuri si riempirono di tanto calore e speranza.

Quanto deve essere sola, pensò Marja.

«Dov'è il padre del bambino?», chiese curiosa, e non senza freddezza. Non badò all'educazione, era una cosa interessante.

«È morto», disse con amarezza la giovane donna. «Gli uomini muoiono. È praticamente tutto ciò a cui servono».

Ivan Nikolaevič si schiarì la gola. «Be', ci sarà un sacco di tempo per condividere storie personali. Preferiresti il piano di sopra o il piano di sotto, Ksenija Efremovna?».

«Per favore», si affrettò Marja, prima che la ragazza potesse rispondere. «Prendi il piano di sotto. È più vicino alla stufa. Per la neonata». *E al piano di sopra c'è casa*, aggiunse silenziosamente.

«Grazie. Troviamo un modo per sentirci a nostro agio ovunque approdiamo. Ma qui è certamente... meglio. Faccio il bagno spesso».

Ivan sorrise a entrambe. «Ci vuoi scusare, compagna Ozjornaja? Vorrei scambiare due parole con mia moglie».

«Ovviamente».

Marja sbuffò piano. *Come sei strano, Ivanuška, a cacciarla dalla stanza che le hai appena dato.*

Ksenija Efremovna si infilò nel salotto dove una volta i Malašenko litigavano per i rossetti. Dove Svetlana Tichonovna affiggeva tutte le sue locandine. *La figlia del faraone. Giselle. Spjaščaja Krasavitsa.*

Ivan Nikolaevič premette Marja contro di sé con foga. Seppellì il viso tra i suoi capelli.

«Maša», sussurrò, «non guardare questa casa. Non guardare la stufa spenta, il buco nel tetto. Risistemerò questo posto per te, la casa della tua infanzia, e allora saprai che hai scelto bene, scegliendo me. Vedrai come ti servirò a dovere».

Marja Morevna sospirò contro la sua spalla. Respirò il suo profumo. *Sì, così. Più di così. Raccontami tutti i motivi per cui questa era l'unica scelta.*

«Portami di sopra», gli sussurrò.

Lui lo fece. E mentre uscivano dalla cucina, Marja notò che una pozzanghera d'acqua, perfettamente rotonda, si increspava nel punto in cui si erano fermate la ragazzina con la treccia e la sua bambina.

E andò avanti così. La commissione edilizia mandò degli uomini a riparare il tetto e Ivan sorrise apertamente a Marja, come per dire: «Guarda come comando anch'io degli uomini». Con sapone blu e soda caustica bruciarono la sporcizia e ogni malattia persistente dal pavimento della cucina. Tutte le rose sbocciarono sulle piastrelle, anche se non sarebbero mai più state rosa, ma sbiadite e marroni. Ivan portò via, secchio dopo secchio, tutta la cenere della stufa e, oh, come pianse Marja quando vide l'angolo bruciato di una rivista tra le braci grigie, la punta bruciacchiata del cappello piumato di una signora. Tutti e quattro si riunirono in cucina per accendere per la prima volta la stufa pulita. La piccola Sofija batté le manine paffute e tutti soffiarono sulla fiammella finché non si accese. Fuliggine, fumo e odore di segatura e aghi di pino riempirono la casa, ma si riscaldò. Quella sera Ksenija preparò per tutti loro un ucha dolce, con sgombro salato che aveva tenuto da parte per un'occasione speciale e aneto verde e profumato del vecchio giardino alla finestra, ora ricoperto di vegetazione e denso di nuovi germogli.

A loro furono assegnati mobili e tessere annonarie secondo il nuovo incarico civile di Ivan Nikolaevič nella *Čeka*, la commissione straordinaria. Marja rise quando le disse quelle parole.

«Ma non significa niente, Ivanuška! Che cos'ha di straordinario?».

«È come una specie di poliziotto, Maša. Uno sceriffo».

Lei, però, non era mai riuscita a capirlo. Tutte le lettere, le sigle, i codici, i colori che cambiavano come nel gioco della sedia, ogni settimana, ogni mese. Giochi che fanno i demoni. Non significava nulla per lei, se non per una sorta di fascino, come quando Naganja voleva giocare all'interrogatorio, mentre il resto di loro preferiva gli scacchi.

Ivan le comprò tre vestiti e due completi con i pantaloni, uno nero e uno marrone. Non li indossò mai. Erano appesi all'asta spoglia della tenda – rossa, bianca e gialla – e riparavano dal sole. Molto spesso Marja, Ksenija e la bambina andavano insieme al mercato a prendere patate e pane, cavoli e cipolle. A volte c'era il pesce. A volte non c'era. Se le stelle si fossero allineate, avrebbe potuto esserci del manzo, ma sarebbe sicuramente terminato prima che arrivassero in testa alla fila. Ksenija Efremovna e Marja scherzavano sulle ricchezze che le persone davanti a loro avrebbero già arraffato.

«Chi arriva qui alle tre prende le banane!».

«La vecchia vedova Ipatev divora tutto il cioccolato. Guarda come sono marroni i suoi denti!».

E Marja pensò: *Sembro proprio una di Leningrado. Chi se lo poteva immaginare?*

E di notte, in un letto striminzito della sua vecchia stanza, Marja Morevna stringeva Ivan dentro di sé, esigendo la sua obbedienza, esigendo che la sua anima gli fosse strappata e le venisse svuotata dentro. Solo allora si sentiva intera e radicata, ma non si sentiva se stessa. Sorella di Anna e Tatjana e Olga. Figlia di dodici madri. Giovane pioniera. A sei anni e senza uccelli, senza uccelli.

Marja cominciò a sorvegliare la casa come aveva fatto molto tempo prima, irrequieta, preoccupata. Camminava su e giù. Leggendo, pensando, parlando. Il suo sonno si trasformò in brevi, spontanee perdite di coscienza; di notte teneva gli occhi aperti come quelli di un gufo. Aveva paura di sognare, aveva ancora paura di uscire di casa. Ogni volta che guardava fuori dalle finestre lunghe e strette sul ciliegio dove i mariti delle sue sorelle si erano posati così brevemente, pensava di poter rivedere Bujan, tutta cremisi, tutta ossa, tutta radiosa, intera, niente argento all'orizzonte. O peggio, di vedere anche il paese incolore di Vij filtrare attraverso le giunture di Leningrado. Non sapeva se desiderava vedere queste cose o se aveva paura di vederle. Il suo corpo era ancora continuamente in tensione, pronto a riprendere il fucile (nascosto sotto il letto, con Ivan sopra, come se anche lui potesse innescarsi e sparare tra le sue mani) e correre con tutti quegli uomini dietro di lei, tutti quegli uomini confezionati con le loro scarpe morbide e silenziose. Alle esplosioni rauche e loquaci di ragazzi e ragazze che passavano sotto le finestre diretti alla prospettiva Nevskij, verso gelati, film e caffè, lei scattava in piedi, pronta a saltargli addosso e mordergli la gola.

La casa si era decisamente rimpicciolita. Lei lo sapeva. Dove una volta aveva contato, all'infinito, i cinque passi per arrivare dalla scomparsa tenda cobalto e argento alla scomparsa tenda verde e oro, ora ne bastavano tre. Ma forse, i suoi passi erano più lunghi. *Siamo così pochi adesso*, pensò, e quella notte lasciò una scarpa per Zvonok. Ivan, irrimediabilmente irritato dalla sua inesauribile brama di scarpe, la chiamò pazza, un lupo. Lei trasalì. Quella notte, mentre lui dormiva, gli balzò improvvisamente addosso e gli morse selvaggiamente la guancia. Non era pazza, non era un lupo, non più. Ivan la guardò sconvolto, sorpreso, ferito. Marja leccò via il sangue e attirò il suo corpo su di sé, le sue dita e le sue labbra. Lui protestò, con le mani già affondate nei suoi capelli. «Devo fare rapporto domattina presto, Maša!».

«Pensi che io abbia attraversato il mondo dei vivi e dei morti per essere un'amante del Partito? Sono io la tua lealtà, sono io il tuo *kommissar*».

E lui le cedeva, sempre.

Fu perché non riusciva a dormire che Marja Morevna scoprì le strane abitudini di Ksenija Efremovna. Nella lunga, impenetrabile notte di gennaio, la regina d'oltremare strisciava al piano di sotto per mettere i piedi gelati sulla stufa, con l'intenzione di camminare sulla punta delle sue delicatissime dita e non svegliare né la seria studentessa di infermieristica né la sua piccola. La bambina adesso aveva una massa scura di capelli aggrovigliati e farfugliava un flusso senza fine ricco di «mamočka», «Sofija», «latte», «pesci»! Sofija aveva appena imparato a camminare e terrorizzava tutti con le sue corse a rotta di collo lungo i corridoi, attraverso il salotto. Ma Marja le trovò entrambe completamente sveglie nelle ore senza stelle della notte, in attesa che un grande bollitore fischiasse sulla grande stufa di mattoni.

«Buonasera, Marja Morevna!», sussurrò Ksenija. «Che succede?». La bambina agitò le braccia floride in modo scoordinato.

«Niente, Ksjuša, ho solo freddo. Il vecchio tetto lascia ancora entrare le correnti d'aria. Posso sedermi vicino alla stufa?».

Ksenija Efremovna si accigliò. «Ovviamente. Nulla di ciò che mi appartiene, non appartiene a tutti». Marja percepì anche l'altra metà delle sue parole: «Ma vorrei che tu non lo facessi».

Marja si rannicchiò con loro accanto al mattone della stufa. Il calore la inzuppò, stordita e assonnata. Mise il dito nella mano della piccola Sofija.

«Stringe bene. Forse crescerà e diventerà un soldato».

Ksenija la fissò. Marja non diceva mai la cosa giusta, soprattutto in presenza della bambina.

«Hai cominciato a insegnarle a parlare?», riprovò.

«Sì, è molto intelligente».

Come cogliendo l'imbeccata, Sofija alzò le mani e strillò: «Acqua!». E ridacchiò di gusto.

«Sì, *rybka*, pesciolino mio! È il momento del bagnetto». Ksenija si torse le mani.

«Siamo un po' riservate», aggiunse goffamente.

«Volterò gli occhi se sarà d'aiuto. Ho ancora freddo. Ma perché fai il bagno a quest'ora della notte? Morirai di freddo nel sonno».

La giovane infermiera sospirò pesantemente, sciogliendo la lunga treccia e districando i capelli scuri, leggermente umidi. «Io ho… un disturbo. Anche mia figlia ce l'ha. Ci… ammaliamo, quando la nostra pelle si secca. I nostri capelli. È particolarmente pericoloso di notte. I cuscini si bevono così tanta acqua. Fosse solo per me non tirerei nemmeno fuori il bollitore, ma il mio pesciolino non sopporta il rubinetto».

Marja Morevna inclinò la testa, osservando la studentessa d'infermieristica con un interesse da corvo. Le rusalka erano così, lo sapeva per esperienza. Crollano a terra morte se si seccano. A Bujan, le rusalka avevano un grande edificio dal soffitto di vetro, pieno di piscine azzurre e saune calde, in modo che potessero pernottare in città. A casa, nei loro laghi, non si preoccupavano mai: una nuotata veloce e brillavano, cantavano, annegavano i loro amanti con abbandono e allegria. Ma troppo lontane dalle verdi profondità erbose delle acque di montagna, erano preda di un'ampia varietà di arcani rituali personali, tutti necessari per mantenere in vita una rusalka giorno dopo giorno.

«Ho conosciuto una persona, una volta, che aveva un problema come il tuo», disse lentamente Marja. Non poteva esserne sicura; non osava smascherare la giovane donna.

Ksenija Efremovna la fissò con uno sguardo profondo e incrollabile. «Non ne sono sorpresa, compagna Morevna».

Nel silenzio della cucina, rotto solo dall'assestarsi dei trucioli di legno anneriti nella stufa, Marja aiutò Ksenija a riempire una piccola vasca e ad affondarvi i suoi lunghi capelli. Accarezzò i riccioli della giovane donna, assicurandosi che ogni ciocca fosse immersa. Impulsivamente, baciò la sua fronte umida.

Al mattino non ne parlarono.

Era felice? Pensava a Koščej? Guardò se stessa da molto lontano, muoversi come attraverso l'acqua. Piccole cose riportavano il canto dentro di lei: l'odore delle ciliegie che marcivano a terra fuori dalla sua finestra; il crepitio della radio, che la faceva sempre sobbalzare; l'acidità pungente dell'aceto che Ksenija usava per conservare metà delle uova, dei funghi e del cavolo che portava dal mercato. Ksenija era più brava di Marja a sopravvivere. Marja accettava quella differenza, e solo una volta al giorno, al tramonto, guardava oltre la spalla umida dell'amica, aspettandosi di vedere Naganja che, in un angolo, schioccava la mascella in segno di disapprovazione. Ma non vide nulla; non l'avevano seguita, o erano contenti di rimanere invisibili. Marja non sapeva cosa preferire.

E poi, Ivan, sempre Ivan, il movimento di lui dentro di lei, i modi in cui poteva costringerlo a piegarsi alla sua volontà, procurarsi piccoli oggetti, un pettine, una tazza d'acqua. Si aggrappava a lui, perché se si fosse aggrappata a lui, aver lasciato Bujan poteva sembrare giusto, poteva continuare a sembrare giusto per sempre. Lui non parlava del suo lavoro. Lei non chiedeva di cosa si occupasse quando la lasciava. Ivan Nikolaevič non sembrava avere la minima idea di cosa fare con lei, ora che era venuta a Leningrado, che aveva assecondato la sua richiesta. «Posso trovarti un lavoro, Mašenka. Non ti piacerebbe lavorare? Non vorresti avere dei compagni?». Ma non le sarebbe piaciuto. Voleva solo riposare e leggere i suoi vecchi libri gonfi di pioggia, voltando le pagine con attenzione, con tanta attenzione.

«Ivanuška», chiese una notte mentre i suoni squillanti della strada risuonavano sotto la finestra. «Porteresti a termine dei compiti per me, se te lo chiedessi?».

«Cosa intendi?».

«Prenderesti… una piuma di uccello di fuoco, o recupereresti un anello dal fondo del mare, o ruberesti l'oro a un drago?».

Ivan fece una smorfia. «Questo genere di cose è così antiquato, Maša. Fanno parte della tua vecchia vita, e anche della vecchia vita della Russia. Non ne abbiamo bisogno, adesso. La rivoluzione ha spazzato via tutti gli angoli bui del mondo. Sì, i resti si nascondono ancora nell'entroterra: Koščej, una o due Gamajun. Ma sono irrilevanti. Il vecchio mondo ha lasciato in giro i suoi giocattoli sporchi e rotti. Ma molto presto sarà tutto in ordine. Inoltre, a Leningrado non ci sono uccelli di fuoco».

Marja Morevna gli voltò le spalle e lui le baciò le scapole.

La cosa principale era la stanchezza che la assaliva e permaneva. La cosa principale era la rovina della sua casa, come una pellicola posata su un'altra pellicola, in modo che potesse guardare un muro e non vedere solo il muro, ma anche Svetlana Tichonovna e sua madre litigare lì davanti per il bucato, e Zemleed scalpitarci sopra, e la pelle di un muro di Bujan, così lontana da lei. Ovunque la sua vista si sdoppiava e triplicava, e la testa le cedeva sotto quel peso. Tutto continuava a succedere allo stesso tempo, ogni cosa sopra l'ultima.

Era felice? Pensava a Koščej?

Pensò ai funghi, all'aceto e alle vecchie ferite.

Alla fine, dopo che un anno se ne era andato via nella casa di via Dzeržinskaja, Marja si sedette sul suo letto vicino alla finestra lunga e stretta. Alzò lo sguardo verso il vestito rosso appeso lì. Aveva una scollatura profonda e una gonna ampia. Un vestito da giovane donna.

«Cosa sono i trentatré anni?», disse alla casa vuota. «Una cripta?».

E così indossò il vestito e lasciò cadere i suoi capelli neri fino alla vita. Prese un po' del rossetto di Ksenija – non ci avrebbe fatto caso, non con così tante lezioni questo trimestre. Marja era migliorata nell'applicarlo e la sua bocca era lucida al punto giusto. Marja Morevna scese le scale e appoggiò la mano sul pomello della grande porta di ciliegio. Sarebbe scesa al fiume e si sarebbe presa un gelato tutto per sé, e qualcuno avrebbe ballato con lei in una sala da pianoforte, senza nemmeno sapere il suo nome. Fuori, sentiva l'odore dell'acacia estiva, fiorita in anticipo quell'anno, nel lungo crepuscolo semidorato che attraversava la notte nel giugno di Leningrado. Un giovane suonava un violino poco distante, cantando audacemente: «Ci incontreremo di nuovo a Leopoli, io e il mio amore…».

Marja Morevna girò la maniglia e aprì la porta sulla città. Rimase lì, nel suo vestito rosso vivo, la faccia esangue. Un uomo abbassò lo sguardo per osservarla, perché era piuttosto alto. Indossava un cappotto nero, anche se il vento caldo della sera gli soffiava tra i capelli scuri e ricci, così simili a quelli di un ariete. Lentamente, senza staccare gli occhi dai suoi, l'uomo dal cappotto nero si inginocchiò davanti a lei.

«Sono venuto per la ragazza alla finestra», disse, e i suoi occhi si riempirono di lacrime.

21
Questa casa non ha uno scantinato

«Ivanuška, devi farmi una promessa».
«Qualsiasi cosa, moglie mia».

Il giorno dopo, una luce pura cadde come un freddo colpo di martello su via Dzeržinskaja. Il mattino trascorse, ma la luce mantenne la sua qualità. Cerea, dura, spietata. Una giovane donna con una fascia azzurra attorno al cappello bussò con decisione alla grande porta di ciliegio. Non era mai stata un uccello: non un corvo, né un'averla, né un piviere, né un gufo. I suoi lineamenti nitidi si abbinavano alla mattina, spietati e taglienti. Bussò di nuovo.

«Ivanuška, per quanto strano possa sembrare, devi obbedirmi».
«Sempre, moglie mia».

L'uomo con il cappotto nero le sollevò una mano, come se non potesse credere che fosse reale. «Ti guardo, Maša, ed è come bere acqua fredda. Ti guardo ed è come se mi tagliassero la gola».

«Alzati in piedi». Le faceva male il petto. Si sentiva vecchia e il vento del fiume aveva un profumo dolce, ma impossibile.

«Non tollero un mondo svuotato da te. Ho provato. Per un anno ho chiamato ogni albero nero Marja Morevna. Ho cercato il tuo viso nelle trame del ghiaccio. Nell'oscurità, ho studiato attentamente la tua perdita come oro pallido».

«Tutti sopportano le difficoltà». *Io le sopporto. Non c'è mai stata scelta perché è dura sia qui che là. C'è durezza ovunque.*

«Io mi rifiuto», sussurrò.

«Nessuno può rifiutarsi».

«La vita qui è così piena di beatitudine?».

Marja Morevna cadde in ginocchio, il suo vestito si allargò oltre la soglia come una pozza di sangue. Premette la fronte contro quella di Koščej.

«E la guerra?».

«La guerra sta andando male».

«Ivanuška, questa è casa mia, qualunque cosa dicano i giornali».

«Sì».

«Mi chiamo Ušanka», disse la donna con la fascia azzurra, lisciandosi la fresca gonna marrone mentre si sedeva, «e sono venute alla luce alcune irregolarità che devo chiederle di correggere, compagna Morevna. Risponda alle mie domande e potrà passare il pomeriggio come preferisce. Passeggi lungo il fiume, faccia panini».

Marja sedeva leggera su una logora sedia verde, desiderando di essere altrove, desiderando ardentemente di balzare via come un cervo. Ma Ivan Nikolaevič aveva detto che se qualcuno veniva a fare domande, lei doveva rispondere: non si trattava di volere o non volere. «Va bene».

«Lavoro con suo marito; lo sapeva?».

«No. Non discutiamo del suo lavoro».

«Ah! Che balsamo è la buona condotta di un buon cittadino. Tuttavia, continuo a tornare su queste irregolarità».

«Oh?», Marja non batté ciglio. Era più brava nei giochi di interrogatorio di quanto potesse mai essere quella donna.

«Be', senz'altro ammetterà la stranezza di un uomo che appare dal nulla, dopo una lunga assenza dal servizio, e improvvisamente ha una moglie che prima non aveva». Il sorriso di U-šanka si allargò molto franco, come se fossero vecchie amiche.

Marja fece in modo che le sue dita non si agitassero e guardò dritto davanti a sé. «Sicuramente i soldati incontrano spesso donne in paesi stranieri».

«È una straniera, allora? Il suo russo è eccellente». La penna grattava contro il taccuino.

«No, no. Sono nata qui, a Leningrado. Prima della rivoluzione, naturalmente».

«Naturalmente. Mi consenta di fare una domanda ovvia, compagna Morevna. Mi perdoni se insulto la sua intelligenza, ma è solo il mio lavoro. È davvero sposata con il compagno Ivan Nikolaevič Geroev?».

«Ivanuška, se rompi questa promessa sarà come rompere un bicchiere di cristallo molto vecchio. Nulla potrà essere riparato».

«Capisco».

«Torna con me», insistette Koščej. «Nasconditi dentro di me, come facevi prima. Ammasserò così tanti gioielli sul tuo grembo. Vij può bruciare questo mondo, se ho te. Il Černosvjat è già suo. Il mio paese issa già una bandiera d'argento. Vieni con me. Porterò la mia morte allo scoperto e la distruggerò sotto un martello e Vij potrà averci e nel suo paese d'argento ti scoperò fino alla fine del mondo».

Marja gli sfiorò il naso con il suo, due bestie affettuose.

Koščej l'Immortale chiuse gli occhi scuri. «Posso portarti via comunque, anche se dici di no».

«So che puoi». Marja percepì le sue parole in fondo alle viscere.

«Ma non lo farò. Sarebbe più dolce ripagarlo con la stessa moneta».

«Non desidero essere trascinata avanti e indietro tra voi due come un osso tra due cani. Promettete le stesse cose e nessuno dei due le mantiene».

«Ivanuška, sarà difficile per te mantenere questa promessa. Dovrai costruirne la custodia come un camino».

«Dimmi cosa devo fare».

Ušanka si sporse in avanti, mettendo da parte il taccuino. Aveva un lungo naso bizantino con una protuberanza nel mezzo. «Lo sappiamo già, compagna Morevna. Non ci sarà alcuna punizione se ammette semplicemente ciò che è già una questione di pubblico dominio. È troppo tardi per Geroev, ma non è necessario attribuirle alcuna colpa per questo incidente».

Marja sbatté le palpebre. «Cosa pensa di sapere?».

Ušanka scrollò le spalle con voluttà. «Chi può dire quello che so? Forse ora so qualcosa che sarà smentito quando me ne andrò. Dipende tutto da lei, compagna».

La regina d'oltremare cercò di ricordare quanto piaceva a Naganja giocare a questo gioco. «No, no, Maša! Non puoi evitare i miei occhi così! Allora saprò che stai mentendo! Lo stai facendo male! Ora dimmi che sei innocente e farò finta di strapparti l'unghia del pollice».

«Le assicuro che, qualunque cosa pensi che io abbia fatto, sono innocente».

«Sa?», Ušanka si picchiettò una sigaretta spenta sul ginocchio. «Sono convinta che lei abbia ragione. Le spiace?». Marja esitò, ma la giovane ufficiale accese comunque un accendino di ottone e vi avvicinò la punta della sigaretta. «Ecco perché io e lei possiamo essere così conviviali. Stiamo solo conversando di pomeriggio, come fanno le donne. Una tazza di tè, una sigaretta? Tutte queste piccole gentilezze e nessuna bugia tra di noi. Ora, il compagno Geroev riferisce di averla incontrata nei pressi di Irkutsk, vicino al confine mongolo. È corretto?».

«Sembra corretto». Non ne aveva idea. La geografia era mutevole, fluida, inaffidabile.

«E cosa l'ha portata in una città così lontana, quando dice di essere nata a Leningrado, proprio in questa casa? E perché non ha i documenti di viaggio? Nessuna identificazione? Vede, io la conosco, compagna Morevna... o è Geroev? Ho notato che non ha risposto alla mia domanda precedente. È proprio il silenzio la sua risposta, e non la metterò ulteriormente in imbarazzo ripetendomi. Vede come progrediamo in fretta?».

Marja sorrise appena.

«Qualcosa di divertente?».

«Mi ricorda una vecchia amica, tutto qui».

«Ivanuška, so che infrangerai la tua promessa».

«Non lo farò».

«Prendilo», sospirò Koščej.

Era così pesante nella sua mano: un uovo nero, goffrato in argento, tempestato di freddi diamanti.

«Me l'hai fatto rotolare sulla schiena. Per assorbire i miei incubi». Marja guardava come catturava la luce.

«È la mia morte. Oh, mia volčitsa, non vedi? Sono sempre stato in tuo potere. Sono sempre stato indifeso».

«E il macellaio di Taškent?».

Gli angoli della bocca di Koščej si piegarono. «Manda i suoi saluti».

Marja si rigirò l'uovo tra le mani. I diamanti la pungevano, del sangue sgorgava. Giù, nell'oscurità dentro di lei, una porta si aprì. Rimase in piedi, con gli occhi vacui, imperiosa, strana com'era stato lui, una volta. Lo sapeva, finalmente. Cosa sarebbe potuta diventare.

«Vieni con me, Koščej».

«Ivanuška, non scendere nello scantinato di questa casa. Non aprire la porta. Non sbirciare nella serratura».

«È tutto?».

«Compagna Morevna, mi permetta di mostrarle le mie carte. Quando qualcosa non va nella vita di un cittadino, è come se andasse in giro tutto il giorno con la camicia a rovescio. All'osservatore casuale può sembrare tutto normale, ma in realtà, l'ordine naturale delle cose è stato sconvolto. Anche se indossa un cappotto, anche se per tutto il mondo appare l'immagine di un uomo, qualcosa dentro di lui è al contrario. Suggerisco che durante la sua scomparsa il compagno Geroev si sia associato a elementi antirivoluzionari e continui il loro lavoro anche nelle profondità di Leningrado».

Marja rise forte. «È questo che pensa?».

«O questo, o che sia lei stessa una spia, che si sia attaccata come una lampreda a un brav'uomo, e che nasconda anche adesso – in soffitta? Nello scantinato? – persone sediziose di grande interesse per me e per coloro che rappresento. Mi dica, compagna. Cosa troverei se guardassi nel suo scantinato in questo preciso momento?».

Ušanka spense la sigaretta sul davanzale della finestra.

«Ivanuška, per te questa casa non ha uno scantinato».

«Te lo prometto, moglie mia».

Lo scantinato della casa in via Dzeržinskaja puzzava di ombra e di abbandono. Vecchi barattoli di cipolle stagionate in naftalina, avvolti in veli di ragnatele, condividevano lo spazio con una macchina da scrivere arrugginita, una scatola di chiodi, un manichino da sarta e tre brocche di birra fatta in casa molto tempo prima, andata a male e strabordata, la cui schiuma si era calcificata, sbriciolandosi. Koščej circondò con le sue lunghe braccia la vita di Marja, premendole la guancia sui capelli. Strinse l'uovo nero nel palmo della mano e gemette contro il suo cuoio capelluto. Nascose la sua morte nel vestito di lei, tra i suoi seni, dove le toccava il cuore.

«Mettiti contro il muro, Koščej».

Senza una parola, le obbedì. Nel ciarpame, Marja Morevna

trovò, come per magnetismo o divinazione, quello che voleva: un rotolo di corda ammuffita. Si fermò contro Koščej, molto più alto di lei, e i suoi fianchi si mossero aderenti a lui, come nei vecchi ricordi. Gli sollevò una mano, vi annodò intorno un capo della corda e fece passare l'altro attraverso un anello di ferro al quale un tempo era agganciato un uncino per la stagionatura della carne.

Koščej l'Immortale valutò i suoi nodi. «Questo non mi fermerà. È uno scherzo. Potrei respirarci sopra e si sgretolerebbe».

«Che prova sarebbe se non potessi liberarti?», disse Marja sottovoce, e nell'oscurità gli baciò la bocca pallida; tutta l'adorazione infantile che aveva per lui ribolliva febbrilmente dentro di lei. *Ho bisogno di questo. Ne ho bisogno. Non mi rifiuterai.* Gli sollevò l'altra mano aggraziata e legò anche quella, portandogli le braccia sopra la testa.

Lui rimase lì, con le lacrime che gli rigavano il viso.

«Ti amo, Marja».

Gli appoggiò un dito sulle labbra.

«Non c'è bisogno che tu parli, Kostja. C'è solo una domanda: chi comanda? E a questo non si risponde mai con le parole. Non ti muoverai. Non cercherai di sciogliere i miei nodi. Soffrirai per me, come io ho sofferto per te. Allora saprò che la tua sottomissione a me è totale e reale. Che sei degno di me». Marja Morevna prese il viso di Koščej tra le mani e premette la fronte contro la sua. «Faremo qualcosa di straordinario insieme, io e te», sussurrò. «Ricordi quando me l'hai detto, tempo fa? Sai cosa faremo? Te lo dirò, così che dopo non potrai dire che ti ho ingannato. Tirerò fuori da te la mia volontà, e con essa la tua. Dalla cruna di un ago, nascosto dentro un uovo, nascosto dentro una gallina, nascosta dentro un'oca, nascosta dentro un cervo. Quando avremo finito, mi consegnerai la tua volontà e io la terrò al sicuro per te». Sorrise, gli occhi serenamente chiusi. «Ho imparato molto bene come cedere la mia volontà al mio amante. Un'esperta, si potrebbe dire. Tu invece sei un novizio.

Meno di un novizio. E, da buon novizio, devi ingoiare il tuo orgoglio».

Marja si ritrasse, i suoi occhi brillavano, il suo sangue cantava. Poi si voltò e salì le scale, e il suo vestito rosso si trascinò dietro di lei sui gradini neri. Quindi si chiuse la porta alle spalle e girò la chiave.

«Grazie, Ivanuška. Quanto sei buono con me».

«Questo è tutto ciò che voglio al mondo, essere buono con te».

Gli occhi di Marja brillarono di improvviso interesse, di gioia persino.

«Non è divertente?», disse lei con un sorriso che da un lato del viso si apriva pian piano la strada verso l'altro. Era un gioco, sempre un gioco. E quando si finiva di giocare, quando ci si annoiava, non si faceva che smettere e andare in cerca di funghi al chiaro di luna.

«Mi scusi?». La compagna Ušanka indietreggiò.

«Mi piacciono i giochi. Lei gioca così bene! Quasi come se fosse tutto reale».

Come se gli acronimi, i colori e i comitati fossero reali, il che equivale a dire che non lo sono affatto. Tutti giocattoli, tutto divertente; in definitiva, tutto noioso.

Ušanka farfugliò, stringendo il taccuino. «Le assicuro, compagna...».

«Torni a giocare domani, va bene? È stato così *noioso*! Mi sento come se fossimo già amiche! Che bello avere di nuovo degli amici». *Fuori di qui, fuori di qui, fuori di qui*, sibilava il corpo di Marja, ma lei continuava a sorridere.

«Non ho finito, compagna Morevna!».

«Su, su, Ušanočka, è quasi ora di pranzo, e niente è così importante da poter interferire con il pranzo!».

Ušanka smise di farfugliare. Posò la penna e il taccuino. Incrociò le mani su di loro e sorrise come un lupo.

«Sì, compagna Morevna», sussurrò. «È divertente». E si diresse con calma verso la porta, la mano ferma e sicura sulla maniglia.

Quando la donna se ne fu andata, Marja si portò una mano alla gola: il cuore le batteva all'impazzata, il sudore le pizzicava le tempie. Guardò Ušanka allontanarsi per la strada lunga e stretta. Un filo tirato penzolava dall'orlo della sua gonna, catturando la luce del sole.

22
Inafferrabili

Marja Morevna custodiva il suo segreto come una bambina. Il suo cuore crebbe con esso, perché i segreti sono il cibo preferito del cuore. La sua vita si era piegata a metà e la cucitura della sua vita era il pavimento della casa in via Dzeržinskaja, che divideva il mondo in sopra e sotto, in giorno e notte, in Ivan e Koščej, in oro e ossa.

«Giuro che marzo è già arrivato tre volte quest'anno, Ksenija Efremovna», disse al mattino, mettendo su il bollitore, guardando il tè disperdersi nell'acqua come vernice, zittendo Sofija, affettando la salsiccia in una padella. Marja si mise una mano sul cuore per mantenervi il segreto. Ksenija rise e disse che la neve amava troppo Leningrado per lasciarla andare prima di giugno. Parlavano come due giovani donne con preoccupazioni da giovani donne, e la piccola Sofija sbatteva un cucchiaio di legno sul tavolo, urlando «*mamočka*, *mamočka*» come il canto di una nottola.

Quando Ksenija andava a lezione, Marja Morevna prendeva le chiavi di ferro e apriva la porta dello scantinato. Il suo segreto sarebbe risalito verso di lei dall'oscurità e il suo cuore l'avrebbe trascinata giù.

«Sembri più vecchio oggi», sussurrò, e premette tutto il suo corpo contro quello di Koščej l'Immortale, legato al muro.

«Sono sempre stato vecchio. È solo che ora vuoi vedere la mia vecchiaia».

«Se ti baciassi, torneresti giovane?».

«Sarò sempre vecchio».

E i baci che riceveva da Koščej nella cantina umida e ammuffita erano i baci più dolci della sua vita, così dolci che le facevano male i denti. Si distendeva contro di lui, o lo colpiva con i pugni e lo accusava di averle rubato la fanciullezza, o prendeva il suo corpo a piacimento. A volte, quando gli alzava contro le mani, lui sorrideva in modo così beato che pensava che sarebbe morto. Ma la sua eccitazione le prometteva che non sarebbe successo, e dove il suo seme si rovesciava sul pavimento della cantina, crescevano strane piante blu. Quando i fiori si schiudevano, ne fuoriusciva della polvere e i fiori morivano di nuovo. Quando Marja chiese perché, e come mai a volte ora aveva le rughe, i denti aguzzi e le ossa lunghe e sporgenti, Koščej l'Immortale rispose: «Non ti senti più viva, Marja, se non quando sei più vicina alla morte? È lì che vivo. Ecco di cosa è fatto il mio corpo».

E lei gli appoggiò la testa sul petto, così che i lunghi capelli neri coprirono la sua nudità come una tonaca. Sussurrò: «Penso che finalmente siamo sposati, tu e io».

Quando Ivan tornava dal lavoro, spesso anche lui sembrava più vecchio. Mangiava le costolette e il pane in silenzio, con una sorta di cupa ferocia, e con una specie di cupa ferocia avvolgeva Marja col suo corpo, e baciava tutta la pelle che aveva, e la malediceva per non averne di più. Anche quei baci erano dolci, così dolci che le girava la testa, e lei sfrecciava tra loro come un tram, su e giù, su e giù. Marja Morevna portava il sorriso in tasca, vicino alla pelle, così che nessuno potesse rubarlo. Nella mente scrutava con attenzione il suo segreto, il suo tesoro, come se fosse oro. Se andava al mercato, correva a casa per sbottonarsi il cappotto invernale e la camicetta e premere i seni contro le labbra di Koščej in cantina. Se Ivan era in ritardo, lei camminava su e giù, in modo che lui la sentisse camminare e corresse a casa da lei, ma anche perché Koščej, di sotto, sapesse chi stava aspettando. A quei tempi, di ogni carne mangiava solo le parti più tenere.

«Ti piace, Kostja, stare appeso qui, al buio, ad aspettarmi?», chiese un giorno a Koščej l'Immortale mentre il quadrato di luce proveniente dall'unica minuscola finestra della cantina si spostava lentamente sul pavimento.

«Sì», sussurrò Koščej, e rovesciò gli occhi mentre lei gli baciava la gola e gli accarezzava il petto come fosse il suo gatto preferito. «È una novità».

«Perdere la guerra, anche questa è una novità, no?».

«Tutto è una novità, volčitsa. C'è stata una rivoluzione, o non l'avevi sentito?».

A Ivan, dava esattamente settanta baci ogni notte, e non ce n'erano due uguali. Gli disse: «Ti ricordi dove abitavo prima? Che eravamo in guerra? Che ero un soldato?».

Ivan sbadigliò. «È successo tanto tempo fa, Mašenka. Come in sogno. In effetti, certi giorni penso che sia un sogno. Sono sbalordito che tu lo ricordi».

«Non posso dimenticare le cose. Si attaccano a me».

«E cosa ti è rimasto addosso, stasera?».

«Se c'è la guerra qui, penso che la guerra di là finirà. I fantasmi mangeranno tutto perché le pance dei fantasmi bramano il mondo intero, solo per riempire un minuscolo angolo».

Ivan si girò di fianco accanto a lei, i suoi lineamenti ampi, leonini e sazi. «Te l'ho detto. La guerra è solo una forma di ostentazione straniera. Affari tedeschi. Non ha niente a che fare con noi».

Ad aprile, lo scioglimento della neve si protrasse per un'intera settimana. I festival ronzavano al mercato del fieno e Ksenija Efremovna insisteva per portare la bambina, e anche Marja, a vedere i palloncini.

«Mamočka!», piagnucolò Sofija. «Così tanti!». E si aggrappava al cielo con le sue manine.

Mentre il sole primaverile ansimava e sbuffava nel cielo, tornarono indietro lungo i viali, ognuna con in mano dei ravioli fritti traboccanti di ciliegie sanguinolente.

«Che cos'è?», chiese all'improvviso Marja Morevna. Intendeva la casa nera di via Dekabristy che si ergeva tra due condomini comuni.

Ksenija Efremovna le rispose: «È una casa che hanno dipinto con ogni genere di elemento delle fiabe, in modo che fosse meravigliosa e la gente portasse i propri figli a vederla, proprio come abbiamo portato Sofija, oggi. Puoi vedere un uccello di fuoco sulla porta, e Maestro Lupo Grigio sul camino, e Ivan lo Scemo che scorrazza sui muri con Elena la Brillante tra le braccia, e Baba Jaga che corre dietro a loro, brandendo il mestolo. E questo è un lešij, che striscia nel giardino, e una vila e un vodjanoj e un domovoj con un berretto rosso. E lì... hanno messo una rusalka vicino alla finestra della cucina». Ksenija si voltò verso Marja. «E c'è anche Koščej l'Immortale, vicino alla cantina. Lo puoi vedere, dipinto sulle fondamenta».

Marja si mise una mano sul cuore.

«Non sono strane e meravigliose, le cose a cui riesce a credere la gente?», disse la studentessa di infermieristica.

«Sì», disse Marja tremante, e fissò la casa, i suoi colori, e come tutti i personaggi dipinti lì sembravano correre, correre, rincorrersi all'infinito, inafferrabili, in un lungo anello incatenato. Le lacrime le offuscavano la vista. *Dove sono dipinta io? Non ho mai fatto parte di loro, di quei racconti, di quella magia?*

«Quello che intendo dire, naturalmente», disse piano Ksenija, «è che non scenderò nello scantinato. Non hai nemmeno bisogno di chiedermi di prometterlo».

Per un bel pezzo, lo scambio tra loro fu fatto di silenzio. Il sole si lamentava dell'artrite, scrocchiando le ossa contro i rami spogli del tiglio. Marja voleva avere di nuovo un'amica, e a volte sentiva che era così. Un'amica viva, dalle guance rosse.

«Perché vuoi fare l'infermiera, Ksenija Efremovna?».

«È meglio che essere una rusalka», affermò Ksenija, alzando le spalle. Marja si meravigliò della determinazione con cui la sua amica fece cadere quella parola tra loro. «Perché non dovrei desiderare qualcosa di meglio?», continuò lei. «Non è così per tutti? Non è così per te? Il vecchio ordine è buono per i vecchi. Un contadino vuole che suo figlio abbia paura delle belle donne, in modo che non se ne vada di casa troppo presto, quindi racconta una storia su come una annegò l'amico del cugino di suo fratello in un lago, non perché fosse un maiale che meritava di essere annegato, ma perché le belle donne sono cattive, e anche le streghe. E non importa che non avessero chiesto di essere belle, o di nascere in un lago, o di vivere per sempre, o di non sapere come respirano gli uomini finché non smettono di farlo. Be', non voglio essere bella, o una donna, o altro. Voglio sapere come respirano gli uomini. Voglio che mia figlia faccia parte dei giovani pionieri, e cresca per essere qualcosa di importante, come una scrittrice o un'immunologa, che cresca senza nemmeno sapere cosa sia una rusalka, perché allora sarò sicura che il suo mondo non assomiglierà in alcun modo a quello in cui i contadini raccontano ai loro figli quanto sono cattive le belle donne».

«Il divano andrà bene», disse solennemente la bambina, dandosi colpetti sulla testa.

Così accadde che non molto tempo dopo arrivò un carico di pesche dalla Georgia. Ivan, Marja, Ksenija e la bambina sedevano al tavolo della cucina vicino alla stufa di mattoni, che continuava a scoppiettare e ad ardere – perché lo scioglimento della neve non era durato, ma aveva rinunciato alla sua verginità per un'altra tempesta di neve, e un'altra subito dopo. Tutti fissarono le pesche un po' troppo mature, la loro peluria, le foglie verdi ancora attaccate ai piccioli. A ciascuno di loro le pesche sembravano l'estate, e la luce del sole e la pioggia.

«È perché ho arrestato un uomo che fregava i suoi lavoratori che abbiamo queste pesche prima di chiunque altro a Leningrado», disse Ivan Nikolaevič.

«Perché dovrebbero dartele?», chiese Marja Morevna, rigirandone una tra le mani.

«Perché sono bravo ad arrestare. È un'arte, lo sai. Il trucco è arrestarli prima che abbiano fatto qualcosa di sbagliato. Questa è la cosa migliore per tutti».

Marja lo guardò con la coda dell'occhio. Che creatura inquietante è l'uomo. «Quello che voglio dire è: anche con l'indagine sui tuoi affari, ti danno le pesche?».

La voce di Ivan si alzò bruscamente. «Quale indagine? Qualcuno è stato a casa?».

«La compagna Ušanka, che lavora con te. Ha chiesto come ci siamo conosciuti». Aveva immaginato che lui non lo sapesse. Pure la compagna Ušanka aveva un segreto, e Marja lo sapeva, anche se non riusciva a indovinare quale fosse. Il simile riconosce il simile.

Ivan si rilassò, roteando la testa sulle spalle per far scrocchiare le ossa. «Be', è un sollievo. Ti sbagli, Maša. Non c'è nessuna Ušanka nel mio ufficio. Né in nessun altro ufficio della città. È mio compito saperlo. Penso che il tuo cervello voglia lavorare. Forse hai avuto abbastanza tempo per oziare, eh?».

Ksenija addentò una pesca e il succo schizzò in un rivolo zuccherino. Il rumore del morso tagliò in due la conversazione. Si gettarono tutti sulle pesche dorate, e presto le avevano trangugiate fino all'ultima. I noccioli giacevano sparsi sul tavolo come duri proiettili rossi.

A eccezione dell'unica pesca che Marja Morevna aveva riposto nella gonna. La portò a Koščej nello scantinato, quando tutta la casa dormiva. Gli mostrò i suoi seni e gli diede da mangiare un pezzo di pesca per ogni bugia che le confessava.

«Ti ho detto che non mi importava che tu baciassi il lešij».

«Ti ho detto che c'era uno scudo tra te e Vij».

«Ti ho detto che non c'erano regole».

«Ti ho detto che c'era una differenza tra il tuo mondo e il mio».

«Ti ho detto che non potevo morire».

E quel giorno, mentre Marja Morevna risaliva i gradini verso l'altra vita, uno scintillio d'argento catturò la sua attenzione. Scavò nella polvere nera della cantina, con le unghie sollevò pezzi di terra battuta fino a quando non raggiunse l'oggetto: la vecchia spazzola di Svetlana Tichonovna, le setole di cinghiale ancora rigide, l'argento ancora brillante. E mentre la teneva tra le mani, con il fango semicongelato che le si sgretolava tra le dita, le ombre sospese nello scantinato si ricucirono l'una all'altra finché la vecchia vedova Licho apparve lì, proprio come la ricordava Marja, con la spina dorsale nera piegata dal soffitto. Si strofinò le lunghe dita sulle nocche e sbirciò Koščej con un sorrisetto.

«Fratello, le ragazze non vanno bene per te, lo sai», disse, con la voce che si trascinava sul pavimento come sempre.

«Sono qui di mia volontà», disse Koščej. «Lei mi libererà dalla sua».

«Io non lo farei», ridacchiò Licho. «Mai e poi mai».

«Dovresti essere altrove, vero, sorella? A eseguire il mio programma, i miei ordini, vero? Non ho forse preso provvedimenti per la mia assenza? E tu non eri uno di quelli?». Gli occhi di Koščej avvamparono d'odio contro di lei, tra loro l'aria si espandeva e si contraeva.

«Oh, ma *dovevo* venire! Dovevo venire a vedere! Non riesco quasi a pensare a una sfortuna peggiore, lo sai. Pessimo tempismo. *Pfui!* Di tutte le città, Marja, di tutti gli anni! Fa venire le lacrime a questi vecchi occhi. La mia milza è così orgogliosa. Dopotutto, segui le orme della tua vecchia insegnante».

Licho allungò la lunga mano scheletrica e pizzicò la guancia di Marja, il sorriso le prendeva tutta la faccia. Marja indietreggiò. Lei non capiva. Lei non voleva. Il suo posto era stato invaso, il suo segreto doveva contenere solo due persone. Voleva schiacciare Licho, ridurla al segugio nero che era e prenderla a calci.

Da qualche parte, in lontananza, il suono di una sirena antiaerea si agitò e si diffuse sulla città, per la strada, in cantina.

23

Una storia di guerra è uno spazio nero

Guarda, sto alzando le mani di fronte a me e tra loro c'è Leningrado. Alzo le mie mani e tra loro c'è uno spazio nero in cui Marja Morevna non parla. Le piacerebbe, perché pensa che una storia sia come un tesoro, e possa appartenere a un solo drago. Ma la costringo a condividere. Non le permetterò di avere tutto. Ho questo potere. Non la lascerò parlare perché le voglio bene, e quando vuoi bene a qualcuno non gli fai raccontare le storie di guerra. Una storia di guerra è uno spazio nero. Da una parte c'è il prima e dall'altra c'è il dopo, e ciò che è al suo interno appartiene solo ai morti. Inoltre, quello che è successo tra le due mani che tengo in alto è schiacciato tra le pagine dei libri dei morti, che sono scritti sulle mie mani, perché sono morta in quello spazio dove Marja Morevna non parla. E ora è tutto chiaro, e ora capisci.

Per raccontare storie, una domovaja è sempre migliore di un essere umano, perché non cercherà di rendere una cosa miserabile meno miserabile in modo che un ragazzo seduto sulle ginocchia di sua nonna possa annuire e dire: «La guerra è stata tanto terribile, vero, babuška? Ma va tutto bene perché alcune persone sono sopravvissute e hanno continuato a stare bene e hanno dei figli». Sputo su quel ragazzo perché pensa solo al proprio interesse, che è di dover nascere. Miserabile significa miserabile. Cosa puoi farci? Sopravvivi o muori. Vivere è la cosa migliore, ma se non puoi vivere, be', così è la vita, a volte.

Quindi, adesso fermo tutto e dico che è ora che i morti parlino con i morti, e Zvonok ha la parola, se c'è ancora una parola da avere.

Per molto tempo non era cambiato nulla, tranne che Ivan lo Scemo ed Elena la Brillante erano finalmente sfuggiti a Baba Jaga perché la casa nera su cui erano dipinti era stata colpita da una granata ed era bruciata. Questa è un'ottima strategia per sfuggirle, davvero, e forse l'unica, se sei uno Scemo. Ma la casa bruciò e nuvole rosse caddero come tende su tutta la città, non dalla casa delle fiabe, ma dai granai, dove bruciarono così tanto pane e burro e zucchero che in seguito le babuške fecero dei dolci con la terra carbonizzata. Tutto puzzava di grasso bruciato. Quando le nuvole rosse, che erano come tende, si alzarono, Leningrado iniziò a compiere qualcosa di davvero terribile, ma nessuno se ne accorse ancora.

C'era voluto un giorno intero perché la casa delle fiabe bruciasse. La gente usciva a turno per guardarla.

Marja Morevna non si era girata a guardare. Si era divertita a guardare fuori dalla finestra, cosa in cui era molto brava. I fucili emettono suoni orribili, come un pugno nel cielo, e sentivo il suono dei fucili attraversare Marja e lasciarla bruciare, come la casa. Lei guardava fuori dalla finestra perché aveva paura che Leningrado stesse per morire, come era successo a Bujan, e aveva ragione, ma aveva anche torto. Come ti ho detto, non era ancora cambiato nulla, tranne che potevamo tutti sentire i fucili, di continuo: prima sirene, poi fucili e poi nessuna sirena perché c'erano così tanti fucili che le sirene non riuscivano a tenere il passo.

Le case di Leningrado si inventariarono di corsa. Dicevano: «Per quanto tempo?». E le loro dispense dicevano alle cantine: «Non molto».

I giornali cadevano dal cielo tra i fiocchi di neve. Intasavano i camini, e per strada le ragazzine li raccoglievano e si mettevano a piangere, in modo incontrollabile, come se qualcuno avesse acceso un interruttore dentro di loro e lo avesse inceppato in modo che non potesse più essere spento. I giornali dicevano: «Donne di Leningrado, andate ai bagni. Indossate i vostri vestiti bianchi. Mangiate pietanze funebri. Sdraiatevi nelle vostre bare e preparatevi alla morte. Trasformeremo il cielo blu con le bombe».

Marja non piangeva mai. Anche in lei c'era un interruttore, e anche il suo era inceppato.

Ivan Nikolaevič prese a pugni la sua rabbia come un impasto. Si alzava e urlava tutto il giorno. «Marja, non hai documenti! Come posso procurarti una tessera annonaria? Che diavolo puoi essere da non avere un'identificazione? Sono stato uno scemo, uno scemo a portarti a casa mia. Farai di me un criminale!».

«Questa è casa *mia*», disse piano Marja Morevna.

Avevano torto entrambi. È casa *mia*. Ma li lascio litigare perché lui è uno scemo e lei è un diavolo come me, e cos'è il mondo se non un ring dove scemi e diavoli alzano i pugni?

Una tessera annonaria dice: «La vita che ti abbiamo assegnato è tanta che possiamo tenere una certa quantità di morte lontana dalla tua porta. Ma non di più». Dice: «A Leningrado c'è solo tanta vita da distribuire». Dice: «L'unica cosa non razionata a Leningrado è la morte».

Ma lui le aveva procurato una serie di documenti completi, vero? E non pensare che nella pila non abbia visto il certificato di matrimonio. L'inchiostro era ancora umido quando li ha portati a casa e glieli ha lanciati. Marja, quando dissi che avrei scelto un altro per te, non era lui che intendevo.

«Hai fatto di me un falsario», le sputò. «Un malfattore. Ogni volta che mangi il pane dovresti pensare: *Lo devo a Ivan Nikolaevič, che sorvola sulla mia malvagità*».

Marja Morevna lo ascoltava con un solo orecchio. «Sia nel matrimonio che in guerra devi tagliare come una torta le cose che la gente dice, e mangiare solo quello che riesci a mandare giù», mi disse in seguito. Guarda un po' chi è diventato così saggio, dissi, e lei rispose: «Per avere due mariti, devo essere quattro volte più intelligente».

Ovviamente sapevo dello scantinato. Niente può succedere negli angoli dei miei angoli senza che io lo sappia. Striscio come ho sempre strisciato, attraverso i muri, i pavimenti, negli spazi dove i miei compagni si incontravano mentre alzavamo i bicchieri del nostro miglior diluente per vernice alla rivoluzione, la nostra rivoluzione. Ho visto ogni bacio su ogni piano. Alcuni erano bei baci. Alcuni erano così così. Ho visto molti baci, quindi sono una buona giudice. Potresti pensare che una domovaja conosca solo la sua casa. Ma una città è solo tante case messe insieme, quindi non essere di mentalità ristretta.

Ad esempio, Marja Morevna usciva di casa ogni mattina e tornava a casa, esausta, ogni sera. Ksenija andava con lei, e Sofija trotterellava come un maialino peloso con un cappotto troppo grande. Ivan tornava a casa arrabbiato, nella casa buia senza frittelle sul fuoco, solo un po' di viscido brandy di ginepro in una tazza sporca. Ma tutte le case sapevano dove andavano le donne, e non solo le donne di casa mia. Riempivano i secchi di calce e ridipingevano ogni numero che riuscivano a trovare, ogni indirizzo, ogni cartello stradale. Leningrado non aveva più nomi, come una città neonata che non sa che aspetto avrà da grande. Lo avevano fatto nel caso in cui i tedeschi fossero entrati strisciando, cosa in cui i tedeschi sono bravi, avendo molta pratica nel comportarsi come animali. Meglio che si perdano loro, e non noi. Ho approvato questa scelta. Il labirinto è, dopotutto, un trucco del diavolo. I diavoli conoscono solo buoni trucchi.

Per un po', il pane fu pane e il burro fu burro.

Credo che Marja Morevna lo avesse visto arrivare per prima, perché Marja vedeva come vede un diavolo. L'avevo sentita gridare con il lato sinistro della bocca mentre sedeva vicino alla finestra... e tutti noi abbiamo visto il generale Inverno oltrepassare la Neva. Trattenevamo tutti il respiro e schioccavamo le dita per distogliere lo sguardo. Le sue scarpe erano paglia e stracci, la sua barba era solo neve dura. Non aveva cappello, ma il suo cranio aveva i geloni, e le sue grandi mani nero-blu stringevano la doppia catena dei suoi cani, Dicembre e Gennaio. Come mordono, con quei denti! La vecchia Zvonok non inventa storie per spaventarti. Chiedi a chiunque e ti verrà detto che il più grande militare della Russia è il generale Inverno. Frusta i nostri nemici con il ghiaccio e congela i fucili nelle loro grinfie e libera i suoi cani. Sul petto del generale Inverno pendono più medaglie che pezzi di ghiaccio. Se mai dovessi essere così solo e sfortunato da essere un soldato in Russia – possa un dio sfaccendato preservarti e custodirti! – potresti vederlo. Tieni la mano sinistra sopra l'occhio destro, mettiti un grumo di neve in bocca e accovacciati in una trincea tutta la notte senza dormire, e potresti vederlo vagare tra i cumuli, posare la mano sulle teste dei tedeschi e trasformare i loro elmi in maschere funebri.

Ma, purtroppo per noi, il generale Inverno fu accecato in gioventù. Indossa uno straccio unto sugli occhi inutili, e il vecchio è felice di divorare anime russe quanto quelle unne, come qualsiasi altra. Non fa differenza per il suo grande stomaco. Prende degli abbagli, il vecchio dio, e i suoi cani si liberano dal guinzaglio, abbaiando nell'oscurità.

Nessuno poteva uscire. Niente poteva entrare. I cani di Inverno si impadronirono delle tessere annonarie, e le morsero finché non si spezzarono a metà, e poi ancora a metà.

Cosa mangia una domovaja, chiedi? Sicuro come il peccato che non fa la fila al negozio del pane per le sue croste, equamente divise in due milioni di modi? No. Io mangio cenere, braci, e la roba dolce e calda della stufa. Quando finalmente tutti si addormentano, preparo torte di cenere e cotolette di brace e mangio finché le labbra non mi si imbrattano di fuoco. Quando ero giovane, e corteggiavo solo un appartamento o due, non potevo credere che gli umani mangiassero il combustibile e non il fuoco. Chi se ne frega delle torte? Non mi serviva a niente la carne, se non per tenere vivo il fuoco. Ma quando sei vecchia e sposata impari a tollerare gli squilibrati costumi stranieri. Quindi, quello che sto dicendo è che all'inizio non era così male per me. Alla fine della cottura del pane c'era abbastanza cenere. Pensavo: *Pfui! Zvonok può sopravvivere a tutto questo!*

Tuttavia, i giornali continuavano a cadere. Creavano cumuli, come la neve nelle strade. «Sconfiggi i kommissar. Le loro tazze implorano di essere fracassate. Aspetta solo fino alla luna piena! Baionette a terra. Arrendersi». Almeno i tedeschi assumevano bravi scrittori, giusto? Ma nessuno piangeva più per i messaggi. Alzavano le mani per afferrare i giornali prima che cadessero e si bagnassero, per usarli come combustibile.

Ho avuto tre conversazioni prima del nuovo anno che erano tutte la stessa conversazione. Te ne parlerò.

La prima è stata con Ksenija Efremovna, che non riuscivo mai a spaventare, per quanto ci provassi. Mi alzai sui mattoni della stufa e mi scaldai i piedi mentre lei friggeva un po' di farina nell'olio di pesce per Sofija. Difficile ricordare ora, che all'inizio di tutto questo avevamo ancora vera farina e vero olio di pesce!

Perché non scappi, eh, rusalka? Dissi a Ksenija Efremovna. Perché te ne vai in giro come se fossi una di loro? Marja si butta nella pentola con quelle altre, e chissà perché le pazze fanno quello che fanno le pazze, ma perché tu non vai a fare un salto nel lago Ladoga e aspetti che tutto finisca?

«Perché non è il mio lago, compagna Zvonok», mi disse Ksenija Efremovna. «Rimbalzerei sulla superficie proprio come una pietra che salta».

Allora vai al tuo lago, dissi. Sono più intelligente di tutti loro chiusi insieme in un barattolo.

Invece di rispondere, Ksenija Efremovna raccolse un tizzone con le dita nude. Lo strinse all'altezza dell'occhio, le sue dita bagnate sfrigolarono ed emisero vapore, e poi me lo passò. Io lo masticai mentre Sofija masticava la sua frittella e fuori scendeva la neve. Il carbone scricchiolava tra i miei denti.

«Non sono più una rusalka».

Sputai per dimostrarle cosa ne pensavo.

«Sono una di Leningrado, ormai. E anche Sofija, e sopravvivremo grazie alle nostre schiene forti, non perché una volta, prima della guerra, eravamo rusalka. Nessuno adesso è quello che era prima della guerra».

Che vada alla fornace. Non mi interessa. Cosa sono gli inquilini? Cose temporanee. Tanto vale piangere per il formaggio.

Quando il generale Inverno ebbe un punto d'appoggio in ogni casa, e le tubature gelavano come salsicce, e Marja Morevna faceva ogni mattina un buco nel fiume per portare l'acqua in casa per la zuppa – ma anche, segretamente, per i capelli di Ksenija e Sofija – io marciai giù nello scantinato a causa della situazione molto stupida che si stava verificando laggiù. Non mi piaceva vedere papà Koščej così, con la sua corda ammuffita sopra la testa e con indosso tre strati di cappotti di Ivan Nikolaevič per riscaldarsi.

Papà, dissi a papà, perché non esci di qui e porti con te Marja Morevna? Anche le pupille dei suoi occhi sono pelle e ossa. Possibile che non lo vedi?

«Lo vedo, domovaja», mi disse mio padre.

E vedi là fuori tuo fratello, lo zar dell'Acqua, calpestare le strade, aggredire le vecchie con i suoi cani? Perché così lo chiama la famiglia del generale Inverno, nelle occasioni formali.

«Lo vedo. Ma mi sono legato. L'ho usata come catena. Non posso slegarmi. Non posso usarla come chiave».

Ebbene, che marito pigro ti sei rivelato, vecchio stronzetto! Zvonok ha imparato l'audacia da una caldaia e non sempre ne trae profitto.

«Non sono più Koščej l'Immortale».

Sputai per dimostrargli cosa ne pensavo.

«Dopo l'amore, nessuno è più quello che era prima».

Quando il pane era pane solo per metà, perché l'altra metà era corteccia di betulla, e il burro metà burro, perché l'altra metà era olio di semi di lino, andai da Marja Morevna, che ogni giorno guardava fisso il fucile sotto il suo letto come se fosse una croce.

«Potrei andare al fronte e combattere», disse la mia ragazza. «Così otterrei una doppia razione. Ma poi che ne sarebbe dei miei due mariti?».

Perché il lupo dovrebbe preoccuparsi della sicurezza delle pecore? Dissi alla mia ragazza. Se la mia mano fosse più grande ne userei una per picchiarti. Prendi Koščej per le corna e impicca il resto di noi!

«Non posso lasciare Ivan Nikolaevič. O Ksenija o la piccola Sofija. O te».

Se vuoi ucciderti, non usare noi come coltello.

«Penso che potrei fare una specie di biscotto con vernice e trementina, da friggere», disse la mia Marja, e raschiò un po' di vernice dal muro con l'unghia.

Sputai per dimostrarle cosa ne pensavo.

«Quando sei così affamata, non riesci nemmeno a ricordare chi eri prima», sussurrò. «Chi avresti potuto essere, se non fosse stato per la fame».

Quella notte, bruciò tutti i libri della soffitta per riscaldare. Li portò giù uno per uno, perché Dicembre le aveva mangiato le forze. Li accese nella stufa mentre tutti si stringevano intorno e tendevano le mani. L'ultimo fu il Puškin, e pianse, ma senza lacrime, perché non si possono avere lacrime senza pane.

«Ricorderò questi libri per te», disse Ivan Nikolaevič, perché l'amava, anche se era un amore-manzo: stupido, duro e troppo cotto. «Te li reciterò ogni volta che vorrai leggerli».

Mangiai le ceneri, lentamente, per farle durare. Allungai le mani con gli altri. Fuori, il vento e i cannoni continuavano a echeggiare.

Dopo i tubi, si spensero le luci, come un taglio alla gola. Ah, lo sentii negli stinchi! La mia povera casa, le sue viscere ghiacciate, il suo cuore che batte solo una volta su due! Tossii sangue quando l'elettricità diventò nera.

Marja Morevna fece una cosa segreta. Te ne parlerò. Ogni mattina, quando il buio cacciava a calci il buio fuori dalle finestre, si sedeva a tavola e tirava fuori una mela dalla tasca del cappotto. La tagliava a metà. Un pezzo lo dava a Ivan Nikolaevič prima che andasse a lavorare alla fabbrica degli arresti, e l'altro lo dava a Ksenija Efremovna, che ne dava una metà a Sofija. Ogni mattina la mela ardeva così luminosa nelle sue mani bianche e magre. Più rossa del rosso. Conservava alcune schegge del torsolo, come ossa di pollo, e prima che le stelle potessero fare il giro del cielo, la mela si gonfiava di nuovo, integra come prima. Fece desiderare a Zvonok di mangiare le mele, così fu. Marja non disse mai niente. La mangiavano come si mangiava l'ostia. Senza masticare. Lasciandola sciogliere. Teneva le metà proprio come le metà di un cuore, e anche quando la piccola Sofija iniziò a dimenticare le sue parole, anche se mezza cieca nella sua culla ghiacciata, allungava comunque la mano per prendere il suo pezzetto di mela a quell'ora del mattino.

Non è questa la cosa segreta. La vedevo ogni giorno. La cosa segreta l'ho vista solo una volta. Dopo la mela, quando finalmente la lasciavano in pace, Marja scendeva in cantina. Anche mio padre era diventato magro, ma ovviamente, di tutti noi, era quello che non poteva morire di bruttura e di fame. La guardò e, oh, se una casa mi avesse mai guardata così, persino legata al muro come pollame, non avrei mai più parlato con un essere umano. Marja iniziò a tirare su col naso e a tremare, e la sua faccia andò in pezzi. Le spalle le cedettero come quando era piccola e la madre aveva in animo di punirla. Stava piangendo, non dagli occhi ma dalle ossa affamate.

Papà Koščej chiuse gli occhi. Una ferita gli si aprì sul collo come un bacio. Più rossa del rosso. Niente coltelli, niente di niente. Il sangue sgorgò; e giù nello scantinato, con me nascosta sotto le scale, Marja Morevna appoggiò la bocca su Koščej e bevve come una bambina, peggio di una bambina, la faccia completamente imbrattata. E per tutto il tempo continuò con il suo pianto asciutto e tremulo.

Infine, il pane non era più pane e il burro non era burro, perché il pane era torta di semi di cotone e carta e polvere, e il burro era pasta per carta da parati, e dovevi ancora stringere in mano una tessera annonaria per avere una porzione di quella roba.

Torte di polvere, crostate di polvere, pane di polvere che non era nemmeno lievitato. Nessuno aveva niente da bruciare perché se lo si poteva bruciare lo si poteva mangiare, e il fuoco non serve a un morto. Quindi niente braci per una povera domovaja, e anche la sua casa si ammalò. Tuttavia, pensai, *pfui!* Zvonok può sopravvivere a tutto questo. Ti dirò come si faceva la zuppa in quei giorni: per trenta minuti reggi una tessera annonaria sopra una pentola di acqua che bolle, così che l'ombra della tessera finisca nel brodo. Poi mangialo, e non osare versarne una goccia.

Una volta, Ivan Nikolaevič tornò a casa con il suo cappotto di pelle. Il cappotto di pelle significava che era stato impegnato ad arrestare delle persone. Salì sul letto e vi trovò Marja Morevna. Entrambi erano solo ramoscelli, ramoscelli di vecchi alberi. Ivan la prese tra le braccia e le loro ossa si scontrarono. Le accarezzò i capelli come a un gatto. Lunghi pezzi gli restarono tra le mani. Non voleva dirle cosa c'era che non andava, ma io lo sapevo perché potevo avvicinare l'orecchio al tetto e sentire le altre case dire: «C'è della carne al mercato del fieno, ed è in vendita. La vende una vecchia grassa. Indossa un grembiule di pelle e una pelliccia nera. Il suo carro ha strane ruote, come artigli. Ha costolette a dozzine. Le vende in cambio di perle, orologi, rubli, stivali. Dove ha preso tutta quella roba? Solo uno scemo si pone delle domande sulla buona carne».

Mandate un ragazzo a prendermene un po', dissi al domovoj che conosco sulla prospettiva Maklin.

«Tu non vuoi questa carne», mi disse.

Risposi, Sofija deve avere della carne adesso o morirà, e questa casa non può sopportare nemmeno una morte o inizieranno a morire tutti.

Così arrivò un ragazzo con due costolette, per le quali diedi in cambio una collana di diamanti rubata anni fa a Svetlana Tichonovna. Al ragazzo non piacque per niente, ma prese la collana e lasciò la carne. Ksenija Efremovna scosse la testa.

«So cos'è questa».

Anch'io. Non sei umana. Che differenza fa?

Non puoi discutere di buon senso. La cucinò in padella e la casa prese a profumare intensamente. Sofija mangiò tutto, ogni briciola, e ci ripagò con una piccola risata. Uno scambio equo, pensammo entrambe, e io ne ricavai una brace. Quella fu la notte in cui Ivan Nikolaevič indossò il suo cappotto di pelle.

Cosa potevo fare? Miserabile significa miserabile.

Quando Sofija morì, Ksenija Efremovna e Marja Morevna l'avvolsero con delle lenzuola e la caricarono sulla sua piccola slitta gialla. La trascinarono sulla strada e tutte e due lasciarono il cuore sulla soglia. Anche tutti gli altri trascinavano delle slitte. C'erano più slitte che neve. A volte, una moglie trascinava il marito al cimitero, congelato come un tubo, e lei moriva trascinandolo, quindi nessuno dei due arrivava dove stavano andando, ma entrambi ci provavano. A causa del ghiaccio, nulla puzzava, ma ovunque si fermassero le slitte, cumuli di neve crescevano come capelli. Mi sono seduta sulla pancia di Sofija mentre loro tiravano la slitta. Una casa fa una famiglia, e loro erano la mia. La mia ultima famiglia.

Nessuno parlò. Respiravano nelle sciarpe e trascinavano, trascinavano. Ma non era rimasto nessuno a seppellire, quindi la gente lasciava semplicemente le slitte in un mucchio vicino al cancello del cimitero. È lì che abbiamo lasciato Sofija, con Ksenija sdraiata su di lei come un fiore, con la neve che le si accumulava sui capelli. Recitai per loro la messa di un domovoj, ma nessuno mi ascoltò perché il dolore è più forte della preghiera.

Alla finestra quella notte, Marja Morevna mi disse: «Penso

di aver finalmente trovato la mia casa, perché tutti quelli che amo sono qui».

Chiudi la testa; ti sta scappando il cervello.

«Koščej è sotto di me e Ivan sopra. E fuori, nella neve, tutto è diventato argenteo, e c'è Madame Lebedeva che fa la gelatina con il suo rossetto, e Zemleed che si occupa dei tigli, e Naganja giù, sul fiume ghiacciato, che si versa benzina in bocca così che il suo grilletto non si congeli. E tu, Ksenija Efremovna e la piccola Sofija. Siamo tutti insieme, finalmente».

Guardai fuori dalla finestra dove lei aveva guardato per mesi schiena contro schiena. E lì, nell'oscurità, brillavano ferite argentee nella strada dove sanguinava un'altra Leningrado: un'altra Neva, un'altra via Dzeržinskaja, tutta chiazzata d'argento. E lì camminava una donna con piume di cigno tra i capelli, svanendo dietro un angolo; e lì camminava una creatura bassa e grassa con delle foglie morte sulla testa; e lì camminava una donna simile a un fucile. E lì, con il petto macchiato e luccicante, camminava anche Ksenija, che teneva la mano della piccola Sofija mentre la bambina saltava e cercava di afferrare i palloncini d'argento che fluttuavano appena fuori dalla sua portata.

«Mamočka», piagnucolava. «Così tanti!».

In mezzo a tutti loro camminava come un kommissar un uomo con le palpebre così lunghe che spazzavano via la neve dal suo cammino, indossava un broccato d'argento e una corona d'argento. E mentre guardavamo, lo zar della Morte sollevò le sue palpebre come gonne e iniziò a ballare per le strade di Leningrado.

Le scapole di Marja Morevna si toccavano dietro la schiena e le ginocchia di Ivan Nikolaevič sbattevano l'una contro l'altra davanti al ventre. Dentro casa crescevano dei ghiaccioli. Insieme tiravano giù la carta da parati per arrivare alla colla, e poi bollivano la carta da parati per fare il pane. Erano tutti bocca e ossa, e i loro occhi scivolavano sui vestiti ogni volta che cercavano di incontrarsi. Mangiavano il pane con motivi cachemire e fiori sulla crosta e vi spalmavano colla al posto burro. Il pane non era mai stato pane e il burro non era mai stato burro. Non riuscivano a ricordare queste cose.

«I tedeschi hanno stampato gli inviti per un ballo di gala all'hotel Astoria», sussurrò Ivan Nikolaevič, come se chiunque tranne me potesse sentirlo. «Serviranno maiali interi, e centomila patate, e una focaccia che pesa due quintali. Ho visto l'invito di persona. In rilievo, d'inchiostro d'oro, con un nastro rosso. Dice: "Leningrado è vuota. Stiamo solo aspettando che i corvi sistemino un po' le cose prima della festa"».

«Non ti credo», disse la mia Marja. È così testarda che il cuore litiga con la testa ogni volta che vuole fare un battito. Lo so. L'ho cresciuta io.

Quando hai fame, un sussurro è un grido. «Puttana! Lascerò che ti prendano e ti arrostiscano allo spiedo con il loro maialino. Cosa tieni nello scantinato?».

«L'hai promesso, Ivanuška».

«Fanculo le promesse. Mi stai nascondendo del cibo laggiù, lo so. Troia del diavolo. Capra di una moglie kulaka».

«L'hai promesso, Ivanuška».

«Le promesse alla donna del diavolo non sono promesse! Nessun tribunale mi tratterrebbe! Stai accumulando cibo e mi hai fatto un incantesimo, a Irkutsk! Perché altrimenti dovrei volere un fardello come te?».

Mi sono nascosta dietro la stufa. Il matrimonio sopporta pochi testimoni.

«Stai per rompere la tua promessa. Lo capisco. E tengo le mani sulle orecchie del mio cuore, per non odiarti».

Quando hai fame, un passo è uno spintone. Ivan zoppicò fino alla porta del seminterrato e, be', fu uno scemo. Non lo è sempre stato? Non puoi incolpare uno scemo per la sua testa dura. Per cos'altro è nato, se non per fare errori e fare il buffone e una volta all'anno far ridere una ragazza dai capelli neri? Guarda, sto alzando le mani, e tra loro c'è la cara, vecchia casa in via Dzeržinskaja, e tra loro ci sono Marja Morevna e suo marito, impazzito dalla fame come una mucca, e tra loro c'è Koščej l'Immortale che guarda in alto dall'oscurità. Sta sorridendo, laggiù, e il suo sorriso ha due punte.

«Chi c'è laggiù?», chiese Ivan, anche se lo sapeva già.

«Ho tanta sete, compagno».

«Chi è?». Ivan abbassò lo sguardo, cercando con gli occhi le uova in salamoia, le conserve di ciliegie, un boccale di birra, tutto ciò che di buono poteva trovarsi in una cantina.

«Sono così affamato, compagno».

E Ivan scese perché era uno scemo, e perché non poteva essere solo Koščej che lei gli teneva nascosto. Per tutto l'inverno si era torturato sognando il cibo che lei nascondeva, e doveva esserci, doveva, altrimenti sarebbe stato peggio di uno scemo.

«Non mi dai un po' d'acqua, Ivan Nikolaevič?», disse Koščej.

Il corpo secco di Ivan non poteva piangere, quindi prese in prestito le lacrime del suo futuro, in modo che Koščej potesse vedere il suo dolore, e non ci potesse essere confusione.

«Perché non puoi lasciarci in pace? Vattene, vattene, vecchio. Lasciaci in pace».

«Sarei felice di farlo, ma sono così debole». Nessuno dovrebbe cedere solo perché mio padre sorride.

Così lo scemo allentò le corde di Koščej e gli diede dell'acqua da una sudicia pozzanghera semicongelata. Marja Morevna osservava ogni cosa dall'alto delle scale, e i suoi capelli neri le ricadevano tutt'intorno. E io ero lì, l'ho visto ruggire verso di lei, e ora posso dirti che lei li guardò con occhi di corvo e disse: «Sì, Kostja. Portami via. Portami via».

E poi siamo rimasti soli, Ivan Nikolaevič e io, nella gelida e umida cantina.

Sputai per dimostrargli cosa ne pensavo.

La vecchia Zvonok è morta perché è morta la sua casa. Ecco cosa significa sposarsi.

Ci avevano già lasciato tutti, tutti loro, alcuni più di una volta, e se mai una domovaja aveva mostrato le sue lacrime, non sono stata io. Cos'altro si può dire? Morirono tutti. Ksenija Efremovna morì. Sofija Artëmovna morì. Anche Ivan Nikolaevič morì, in primavera. Era rimasta solo Zvonok, e poi, nemmeno lei. Una granata tedesca ci colpì e lasciò la casa alla nostra destra e la casa alla nostra sinistra ancora in piedi. Be', questo è quello che succede alle cose che ami.

Adesso cammino nell'altra Leningrado. Quella d'argento, quella con i denti. Quella che io e Marja abbiamo visto fuori dalla finestra nella notte più fredda dell'inverno.

E qui, nell'altra casa sull'altra via Dzeržinskaja, Ksenija Efremovna fa ancora la zuppa con le ombre delle tessere annonarie, ma ora ha un sapore denso, midolloso e dolce. E la bevo con loro e mi scorre tra i baffi invece che in bocca, ma la mia anima è ubriaca e sazia.

QUINTA PARTE
UCCELLI DI GIOIA E DI DOLORE

Non mi dirai forse daccapo
La parola che vinse la morte
E della mia vita scioglierà l'enigma?[7]
ANNA ACHMÀTOVA

7. Anna Achmàtova, *Poema senza eroe e altre poesie*, trad. it. di Carlo Riccio, Torino, Einaudi, 1966.

24
Nove sfumature d'oro

Il libro nero di Marja giace aperto sul pavimento della cantina dove lei non sta più. Molto lentamente, la muffa cresce sul dorso, strisciando sulle parole, leggendo dolcemente, in verde, a se stessa.

Una pernice bianca depone un uovo maculato del colore del tè; una gallinella d'acqua lascia dietro di sé un uovo bianco a macchie rosse, come di sangue. Dall'uovo, puoi indovinare l'uccello.

Lo zar degli Uccelli, pur essendo uno zar e non una zarina, non è del tutto sprovvisto di uova. Le sue uova sono punteggiate di gioielli, rame e chartreuse e turchese, smaltate di giaietto, dipinte con scene di danzatrici e tramonti dietro le chiese. E da questo, bambina, puoi intuire che Alkonost è un uccello dai molti colori impossibili, che possiede un'anima così ricca e feconda che non può fare a meno di deporre le uova. Tutto ciò che passa attraverso di lui riemerge striato di grazia. La lunga coda di Alkonost frusta e sferza, e possiede piume indaco, fucsia e di nove sfumature d'oro. Il suo petto largo e lanuginoso sfolgora di sei tonalità di bianco; gli artigli brillano di verde, le unghie di perla. In cima al corpo di uccello, il suo volto umano fluttua glabro e squisito, i capelli luminosi come monete sotto la corona. Tutte queste cose le potresti indovinare dal suo uovo, se solo potessi vederlo.

Una volta, Alkonost covò una figlia. La chiamò Gamajun. Come suo padre, vedeva il futuro e il passato proiettati sulle sue palpebre come due bobine di film che scorrono insieme. Come suo padre, preferiva stare da sola, la compagnia delle proprie uova era preferibile a quella della sua famiglia allargata. Insieme, padre e figlia scelsero la meditazione e la quiete del cielo a scapito delle preoccupazioni della terra. Perché, vedete, sapevano già come tutto si sarebbe svolto.

Una volta, poiché non è possibile possedere tanti colori e anche un cuore duro, Alkonost ebbe pietà di suo fratello, lo zar della Vita.

«Sei così fragile, fratello, e spesso disperato. In qualsiasi momento, la Morte potrebbe prenderti».

«Pfui!»*, disse lo zar della Vita. «Così è la vita».*

Alkonost, con le penne azzurre della coda che ondeggiavano al vento, abbracciò il fratello con tenerezza e infinito amore, che aveva imparato dalle nuvole, che avevano imparato dal sole. Le sue ali scintillanti si aprirono intorno allo zar della Vita come le porte di una chiesa, e quando Alkonost ritrasse le ali distese, si sdraiarono insieme nel suo nido, che si trova così in alto sulle montagne che l'aria si trasforma in luce e la luce si trasforma in aria. Lo zar degli Uccelli rivestì il nido con le trecce delle figlie primogenite, e la sua morbidezza non ha eguali. Tra queste funi d'oro e nere e rosse e marroni, il grande uccello adagiò suo fratello e lo nutrì come un pulcino, vomitando i suoi dolci pasti nella bocca dello zar della Vita.

Passò molto tempo, e si scambiarono cose segrete di cui solo i fratelli possono parlare. E intanto Alkonost si prese cura di un uovo in segreto, tenendolo sotto le piume che gli ricoprivano le caviglie. L'uovo scaturì dalla sua pietà per lo zar della Vita. Si gonfiava ogni giorno che passava. E ogni giorno lo zar della Vita gridava in agonia, stringendosi il petto.

«Fratello», pianse, «il mio cuore si sta lacerando in due. Non posso sopportarlo».

«Pfui!»*, disse lo zar degli Uccelli. «Così è la vita».*

Mentre l'uovo si avvicinava al suo tempo, Alkonost non poté più nasconderlo. Brillava enorme e nero nella luce che era aria e nell'aria che era luce, tempestato di diamanti freddi e incolori. Alkonost non lo amava, perché aveva più il volto di suo fratello che il suo. Quando si schiuse, i due fratelli sbirciarono oltre il margine stellato e frantumato del guscio per vedere quello che li attendeva all'interno della cosa che avevano creato insieme. Una volta che l'ebbero visto, convennero di sigillare nuovamente l'uovo e nasconderlo sotto i loro cuori, per non lasciarlo mai trovare, nella misura dei loro poteri. Una pernice bianca non saprebbe sigillare un uovo schiuso. Alkonost sì.

La voce dello zar degli Uccelli è così dolce che ascoltandola chiunque, se lo desiderasse, dimenticherebbe tutta la sua vita, persino il suo nome. Certo, deve desiderarlo. Ma se Alkonost parlasse con la minima gentilezza, la minima misericordia, la ricchezza della sua voce spazzerebbe via ogni dolore in ogni cuore, e lascerebbe lì solo il mondo perfetto che avrebbe potuto essere, se solo il mondo non avesse inventato i cuori, in primo luogo. Per questo motivo, alcune persone si riempiono le orecchie di cera. Alcuni cercano l'uccello del paradiso tutti i giorni, pregando di essere annegati dentro di lui. Ognuno di loro non può comprendere ciò che spinge l'altro. Come puoi voler perdere te stesso, la tua storia, il tuo nome? Come puoi scappare dalla voce di Dio? Ma naturalmente, nessuna ricerca troverà Alkonost, e nessun nascondiglio lo eviterà.

Così è la vita.

25
Grave diserzione

Alla fine di una strada lunga e stretta si trova il villaggio di Jaička. I larici oro pallido lo richiudono solidi come un muro, e in autunno la foschia sfiora il suolo solo la domenica.

Molto fumo profumato sale da comignoli ben costruiti e da legno vecchio e vivace fino alle stelle notturne nitidissime, che sembrano chiodi in un tetto nero e forte. I lupi ululano nella foresta, ma non si vedono mai. Spessi strati di paglia nuova sono ammucchiati su ogni tetto, e in ogni orto spuntano germogli di cipolla verde. Jaička possiede diversi campi il cui suolo perdona tutte le offese; quattro cavalli; dieci capi di bestiame; due galline e un gallo per ogni famiglia; tre pecore (una incinta); una capra solitaria che ha la passione per i germogli di cipolla; e un piccolo fiume, così piccolo da aver dimenticato il proprio nome, ma che permette comunque a Jaička di possedere un mulino. La predilezione per la carne mantiene questi numeri piacevolmente accurati. La pioggia arriva solo quando tutti hanno chiuso le porte meglio che possono; la neve cade solo dopo che ogni uomo ha tagliato tutti i tronchi di cui ha bisogno.

Nessuno lascia mai Jaička: cosa c'è da desiderare là fuori? E nessuno viene mai da fuori città. Nel villaggio hanno un detto: «Jaička possiede molte cose, ma la foresta possiede Jaička».

Tra le altre cose che Jaička possiede c'è una casa bassa e ampia dove Marja Morevna vive con suo marito. Ha sempre vissuto qui, mai altrove. Un'altra cosa che Jaička possiede è la visione segreta di Marja sdraiata nuda nella foresta d'estate, per asciugarsi i riccioli neri al sole. Il giovedì e il lunedì tocca per qualche istante l'anello di chiavi di ferro sospeso sul suo cuore, ma non ricorda cosa potrebbero aprire. Quindi tira fuori uno dei quattro cavalli – il suo preferito, un grigio pezzato di nome Volčja – e galoppa nella foresta di larici così veloce che il cuore le vola davanti. Con il fucile sulla schiena e la migliore sciarpa rossa annodata intorno alle spalle, caccia nelle profondità dell'ombra, accovacciata, all'inseguimento, pronta a sparare... e il giovedì e il lunedì le sue risate sono le campane della chiesa di Jaička. Ritorna con cervi o conigli, fagiani oppure oche; a volte, misteriosamente, un lupo accasciato sull'ampio dorso di Volčja, uno di quelli che ululano ma non si vedono. Marja Morevna condivide la carne con il villaggio. A nessuno piace molto la zuppa di lupo, ma non si lamentano. Marja non si lamenta quando le sue galline dimenticano di darle le uova. Così è la vita.

Il marito di Marja Morevna, Koščej Bessmertnyj, è così attraente che potrebbe prestare una coppa della sua bellezza a ogni uomo di Jaička e incantare ancora l'abbaiare dei suoi cani. Il grano cade a pagnotte ai suoi piedi, ma anche ai piedi dei suoi amici, e tutta Jaička è amica di Koščej Bessmertnyj. Quando si china per estrarre le barbabietole dalla terra, canta una canzoncina di quattro versi di cinque parole ciascuno, e l'ultima parola della canzone è "moglie". Quando la sua mucca rimane incinta, offre il vitello alla famiglia con il minor numero di mucche e la giovenca da latte alla famiglia con il maggior numero di figli. Della capra non dice niente, e la lascia andare a caccia di cipolle. A volte, sotto una certa luce, sembra ricordare a Marja qualcuno che lei conosceva, e che poteva quasi ricordare: una specie di sfumatura dorata sui suoi capelli neri, un modo che aveva di ridere, come un segugio che abbaia.

Una volta, Marja Morevna si svegliò e vide qualcuno che lavorava nei campi prima che Jaička avesse lavato via i sogni dai suoi occhi. Quel qualcuno indossava un cappotto vivace di molti colori e tagliava il grano con un enorme paio di cesoie.

«Chi è quello?», chiese a suo marito.

«Non guardarlo, volčitsa», disse il bel Koščej. «Lascia che prenda la sua parte».

Marja Morevna non ci pensò più, baciò entrambe le guance abbronzate del marito e si inoltrò nel bosco dietro a due grossi castori con la coda simile ai pancake. Quando tornò da Koščej Bessmertnyj, la sera, essere abbracciata da lui fu come essere abbracciata dal sole, e insieme assaporarono l'oro pallido del burro sul pane.

Alla sinistra di Marja vivono Vladimir Ilič e la moglie Nadja Konstantinovna, le cui galline hanno una memoria così buona che non dimenticano mai un uovo. Il broncio di Nadja è così severo che persino l'inverno la lascia in pace. Vladimir era diventato calvo e aveva bisogno di occhiali, ma si era rotto il pettine sul ginocchio e aveva fatto pace con Dio molto tempo prima. In quel periodo, il vecchio Vova si addormentò con i suoi nuovi occhiali e fu visitato da un sogno che coinvolgeva un esercito di formiche rosse e un esercito di formiche bianche. In qualche modo il sogno lo portò a riunire i quattro jaičkani che possedevano cavalli e a ideare il sistema di quote di cavalli che provvedeva sia alle spedizioni di caccia di Marja che all'equa coltivazione dei diversi campi di Jaička.

Nella sua giovinezza, un Vladimir più piccolo incontrò una bellissima taccola con una fiammata rossa sul petto. L'uccello lo aggredì selvaggiamente, e da allora il ragazzo ha avuto il dono di convincere la gente di cose strane. Una volta dichiarò ai suoi vicini che le rose alte e belle che si arrampicavano sui muri della sua casa crescevano ingiustamente, perché così ricevevano sia la loro parte di pioggia che quella dei lillà. Le rose erano corrotte, affermò, e sia Aleksandr Fëdorovič che Grigorij Evseevič lo ascoltarono con simpatia davanti a tazze di dolce *mëd*. Le rose sono viziose per loro natura, concordò Nadja, e si imbronciò così ferocemente che il mëd si rovesciò all'istante, per assolversi da qualsiasi coinvolgimento. Vladimir Ilič cercò di incoraggiare i lillà a prendersi la pioggia per sé, arrivando al punto di appendere secchi alla grondaia e distribuire lui stesso l'acqua, spruzzandola uniformemente tra i fiori con le sue dita lunghe e sottili. Ma non bastò.

«Che fare?», chiese. «Che fare?».

E una mattina il villaggio di Jaička si svegliò e le teste delle rose di Vova erano state tutte tagliate all'altezza del collo.

Vladimir e Nadja hanno due figli sotto il loro tetto, Josef e Leon. Sognano i sogni dei ragazzi: di ottenere una fetta della fortuna del padre, di ragazze, di farsi crescere i baffi. Molte barzellette sui fratelli risuonavano a Jaička, perché uno non abbracciava mai l'altro senza chiudere le mani a pugno. Spesso Josef inseguiva Leon nel bosco, rosso in viso, urlando al fratello di non tornare mai più. Ma ovviamente, intorno alla tavola della cena, Lyova si allontanava di soppiatto e Josef lo abbracciava come se niente fosse. Leon, da parte sua, faceva il broncio nella sua stanza e rompeva i suoi giocattoli per dimostrare chi era il loro padrone. Dopo l'incidente con le rose di Vladimir, Josef calpestò tutti i fiori del giardino: lillà, rose, peonie, margherite e persino le erbe aromatiche senza fiore di sua madre, menta, aneto e timo. Si fermò nel mezzo della sua distruzione, ansimando, con gli occhi scuri e selvaggi come un cavallo preso a calci, guardando suo padre per ottenere approvazione.

«Sei il mio figlio prediletto», disse Vladimir Ilič a Josef, che è tutto ciò che il ragazzo desiderava sentire. «E quindi ti perdono per i fiori».

Questo fece sorridere il bambino, ma non fece brillare davvero le sue inclinazioni. Un giorno di primavera, bello come una torta, il ragazzo si avvicinò al gentilissimo Sergej Mironovič e gli sparò con le dita a pistola: *pow, pow!* I due si fissarono nella strada fangosa e profumata di Jaička, come se ricordassero qualcosa che era accaduto tanto tempo fa.

«L'ha fatto Lyova!», gridò Josef, spaventato dal silenzio di

Sergej, e corse a colpire sonoramente suo fratello. E con ogni Josef va così. Tutti i villaggi ne hanno uno.

Alla destra di Marja vive Georgij Konstantinovič, che siede sui gradini e suona il suo gusli di betulla così graziosamente che la luna sviene per amore, e la cui moglie, Galina Ivanova, ha il pudore di un agnello. Tutto in casa di Georgij procede con perfetta precisione. Anche le uova bollono quando lo dice lui, e non un attimo prima. Le api nel suo giardino mangiano solo i fiori che gli piacciono di più. Quando i lupi nella foresta ululano, Georgij si sveglia e sta di guardia con le figlie tutte in fila, i fucili in spalla, e non si può negare che questo sia il motivo per cui i lupi si sentono ma non si vedono. Georgij è più modesto persino di sua moglie. Non direbbe mai che salva Jaička ogni notte con il suo convincente portamento antilupo, ma al suo posto lo dicono i vicini e quando il freddo si fa sentire portano a lui e alle sue ragazze tè caldo e fette di torta avvolte nella mussola. Georgij pascola anche le mucche, poiché riconoscono la sua autorità e rientrano in formazione nel recinto senza discutere.

Ora, proprio in fondo alla strada, vivono Nikolaj Aleksandrovič e sua moglie dai capelli lunghi, Aleksandra Fëdorovna. Davanti alla loro porta aperta giocano le quattro bellissime figlie – Olga, Tatjana, Marja e Anastasia – e il loro bambino malaticcio, Aleksej, che siede all'ombra di un pioppo e legge mentre le sorelle prendono a calci tra loro delle pigne sul prato. Lo stesso Nikolaj è un po' ottuso e distratto, ma i suoi baffi sono folti e ha buone intenzioni, anche se il suo giardino ogni inverno si ritrova mezzo morto per mancanza d'acqua, anche se la sua mucca grida ogni tanto per essere munta, e lui non la ascolta. Vladimir Ilič una volta cercò di discutere la sua dottrina di rose e lillà con Nikolaj, che gli diede una tazza di kvas e ascoltò attentamente. Il sole passò dietro a una nuvola. Ma Nikolaj Aleksandrovič si limitò a ridere e mandò via il vecchio Vova: la sua simpatia era piuttosto per le rose. Aleksandra, il grembiule ricamato con la delicatezza di una falena, le braccia muscolose per aver litigato con le pecore, una volta disse a Marja Morevna che suo marito era stato visitato dallo stesso sogno delle formiche bianche e rosse del vicino, e aveva pianto nel sonno per settimane. Allora bacia le nocche di Nikolaj – dove vivono i sogni – finché non si calma, ma poi lei stessa non riesce a dormire, e dal calduccio del suo letto guarda le stelle recitare le parole di una lunga poesia.

Molte altre persone si danno da fare, litigano e si battono le mani sulle orecchie a Jaička. I villaggi sono così. Per tutto il giorno, questa o quella nonna potrebbe raccontare storie che si allungano come caramelle gommose sui piani di Vova per la distribuzione dell'agnello della pecora gravida, o sui piani un po' più inquietanti di Josef per la capra, e non avrebbe nemmeno cominciato a raccontare le dicerie sull'infedeltà di Aleksandra con un certo monaco, figuriamoci ricordarsi di nominare metà della gente di Jaička. Le nonne sono così. Le mucche muggiscono nell'erba, le galline svolazzano quando passa il gallo, la terra diventa nera, bagnata sotto gli aratri, e per un po', solo per un po', tutto brilla e niente è un problema, da nessuna parte, mai.

Jaička è sempre stata qui e mai in nessun altro posto. Ha sempre posseduto queste persone: i loro quattro cavalli, dieci capi di bestiame, due galline e un gallo per ogni famiglia, tre pecore (una incinta), il fiume piccolo e senza nome e il mulino, di proprietà di tutti e funzionante secondo un programma bisettimanale ideato da voi-sapete-chi, la capra solitaria che smetterebbe di mangiare le cipolle di tutti se sapesse cosa gli fa bene, e diversi campi il cui suolo profondo e scuro perdona tutto ciò che gli viene fatto.

26
Come la chiameremo?

Nella casa di Marja Morevna ridono anche le finestre. Molto tempo dopo che il focolare invernale si è rabbuiato, i corpi di Marja e di suo marito risplendono. Lui è così vivo in lei che la sua pelle sa di alberi di mele, piena di linfa e succo. *Il suo calore*, pensa lei, *il calore!*

«Oh, volčitsa», le sussurra, con la pancia traboccante di zuppa e di buon pane, «ho la fortuna dalla mia! Burro nel barile, una bella fumata dopo cena e te, mia ragazza-laccio, stretta così forte a me!».

«Mentre lo stavi dicendo, ho quasi pensato che fossi qualcun altro», sospira Marja. Ma Koščej è sempre se stesso, così compiutamente intero e luminoso.

E lui tramonta su di lei come il sole, e tutti i suoi denti si mostrano quando sorride. Ogni giorno Marja guarda le chiavi di ferro appese alla porta e prova a pensare: *Dove le ho già viste? Quando ho avuto qualcosa che dovevo chiudere a chiave?* E ogni giorno, a meno che non sia domenica e la nebbia sia calata e tutta Jaička vi sia rimasta in mezzo, lei scuote la testa e si avvia a grandi passi sulla strada lunga e stretta. Ogni mattina Marja Morevna pensa di non essere mai stata così completa, e ogni sera è ancora più completa. I suoi riccioli neri brillano come se visti sott'acqua.

Il mercoledì va a trovare Ušanka, la sua amica che quelle vecchie nonne molto probabilmente si sono dimenticate di nominare, dato che è il tipo di ragazza che mostra solo metà del viso alla volta. Nessuno conosce il suo cognome, ma va bene così. I cognomi, per educazione, non vanno menzionati a Jaička. Marja Morevna si assicura sempre di avere a disposizione una coscia di coniglio e pane fresco con una ciotolina di miele, e il mercoledì è il giorno in cui il suo samovar d'argento fa il giro di tutte le case, proprio come un cavallo.

«E come sta tuo marito?», dice Ušanka, un bellissimo nastro blu sventola dall'orlo smerlato del suo cappello di pizzo. Ušanka fa il pizzo come un ragno e dona liberamente i suoi scialli alle donne di Jaička. Proprio ieri, la gentile Galka se ne è messo uno sulle spalle, sentendo una corrente d'aria.

«È sicuro che il nuovo vitello sarà una giovenca, quindi vai da Aleksandr Fëdorovič. Ho discusso con Nataša della prospettiva del formaggio al ginepro».

«Che bello per tutti noi. E tu, Maša? Stai bene? Le signore vengono a farti visita quando non ci sono io? Gli uomini ti lasciano bere con loro quando hai sete?».

Marja Morevna appoggia il mento tra le mani. «Credo di non essere mai stata così bene, Ušanočka. Sto così bene che il mio bicchiere si riempie prima che io pensi di avere sete. A dire il vero, sono triste quando la luna è sottile. Ricordo amici ormai lontani, e come una di loro si truccava gli occhi in modo che il colore si abbinasse alla zuppa, e come una dormiva rannicchiata accanto a me, e un altro mi ha baciata, solo una volta, vicino a un fiume. Ne ricordo una con i capelli bagnati e la sua bambina. Vorrei che anche loro potessero bere da bicchieri pieni. Vorrei che potessero vedere il nuovo agnello, quando arriva. Ma la luna cresce e la mia tristezza si prosciuga. Così è la vita, ovviamente».

«Ovviamente». E Ušanka mette la mano su quella di Marja, perché hanno condiviso il tè più spesso delle lacrime. La sua pelle è come un panno. «La dolcezza di tutto ciò è più acuta se accostata al dolore, vicini come coltello e forchetta. Ma è mio compito interrogare la tua felicità, pungolarne gli angoli, assicurarmi che regga. Quando una tristezza mastica in fondo al cuore, è come se camminassi tutto il giorno con il vestito al contrario, i bottoni rivolti verso la foresta, il colletto rivolto verso il villaggio. Agli altri può sembrare tutto normale, ma i miei occhi sono così acuti».

Marja Morevna versò il tè, ramato e fumante. «A volte ho desiderato un figlio», confessò. «Ma quando lo chiedo a Koščej, anche se dice che mi ama con l'amore di un orso, dice: "Non possiamo aspettare ancora un po'? Ancora un po'". Non è strano?».

Ušanka mostra solo metà del viso, e quella metà diventa molto pensierosa, ma non dice nulla.

«Ho visto di nuovo l'uccello mentre cacciavo questo coniglio», dice Marja allegramente, prendendo in mano l'osso lucente. «Così terribilmente luminoso che avrebbe potuto essere in fiamme! Penso che sia un maschio. Le sue piume risplendono d'oro, e di bronzo, e di scarlatto, e di blu – che fiamme! – e l'aria intorno a lui si piega in onde oleose. Il suo canto riecheggia come se suonasse Georgij. Un uccello di fuoco, proprio come nelle vecchie storie. Lo catturerò, Ušanka, anche se dovessi attraversare a cavallo tutta la foresta e sbucare dall'altra parte».

«Quale altra parte?», chiede Ušanka, mostrando l'altra metà del viso. «Hai ascoltato le sciocche insinuazioni di Josef. C'è solo Jaička, e tu, e io, e il formaggio di ginepro di Saša, e il coniglio con il pane il mercoledì».

Quel pomeriggio, Marja Morevna va al pozzo, dopo che Jaička si è scrollata di dosso la polvere della giornata, e vede qualcuno che lavora nei campi. Quel qualcuno indossa un cappello dai colori vivaci e taglia il grano con un enorme paio di cesoie.

«Chi è?», chiede al marito, appena tornato, con le mani tutte insanguinate dalla placenta del nuovo vitello.

«Non guardarlo, volčitsa», dice il bel Koščej. «Lascia che prenda la sua parte».

Aleksandra Fëdorovna – che dovrebbe saperlo, avendone

cinque suoi – una volta disse a Marja che una donna lo sa quando la notte passa e la lascia con un bambino.

«Si insinuano, Maša. Come una radice».

«Oh, non ti credo, Saša! Come puoi sentire una cosa così piccola?».

La bella Aleksandra scrollò le spalle. «Quando ti tagli, lo senti, anche se il taglio è minuscolo. Un bambino è qualcosa di simile, una ferita dentro».

Quando la luna perversa fa capolino dalle loro finestre, spiando dietro le tende, Marja non la sente, ma il suo bel marito sì. Koščej Bessmertnyj avvolge le proprie rosse membra con le sue, giovane quanto un giovane, si frantuma dentro di lei, e i suoi frammenti fluttuano liberi nel corpo di Marja, finché uno, spigoloso e crudele, le si insedia dentro e non si muove, che cosa testarda. Alla luce tremolante della stufa, lui le posa la testa sul ventre.

«E la morte non avrà più dominio su di lei», sussurra, e le bacia l'ombelico.

«Che razza di frase da dire…». Marja muove le dita tra i suoi capelli arruffati. «Me l'ha detto qualcun altro, una volta, così tanto tempo fa che non ricordo. A volte mi sembrate due uomini: il mio Kostja e un altro che non ricordo bene, stretti in un unico corpo».

Koščej la guarda, mostrando il bianco degli occhi. «Niente vuole morire», dice debolmente, e Marja Morevna non capisce, perché ha visto così poche cose oscure.

«Come la chiameremo?», dice Koščej, e fa il miglior sorriso che ha imparato, così dorato e caldo che Marja pensa all'uccello nella foresta, quello che ancora le sfugge, e trasforma l'aria in olio.

«Chi?».

«Nostra figlia, che conosce già il tuo nome».

Koščej Bessmertnyj non dormirà per nove mesi. Dà tutto il suo sonno a sua figlia. Le è dovuto.

La magia è tra le cose che Jaička possiede, insieme al fiume senza nome e alla pecora incinta? Un giorno, il vecchio Grigorij Efimovič decide di risolvere la questione una volta per tutte. Racconta a tutti i bambini che una volta era un prete, ma tutti sanno che non c'è niente prima o dopo Jaička, o accanto a essa, o al di sotto, e solo stelle al di sopra, quindi il vecchio Griša sembra loro davvero misterioso e saggio. A ogni modo, tutta la gente di Jaička gli dà corda, perché racconta storie meravigliose, sa come far nascere i bambini e si tira la barba quando mente, e quindi ci si può fidare ciecamente, purché lasci stare la barba. «Ho visto una stella tra i suoi capelli», sussurrò la piccola Olga Nikolaevna, la figlia di Aleksandra, e le credettero.

Per risolvere la questione della magia di Jaička, Griša portò Aleksandra Fëdorovna, i cui capelli erano come fili d'oro, nel punto esatto in cui la foresta di larici incontra il confine del giardino officinale di Sergej Mironovič. Lui stava con uno stivale nel bosco e uno nel villaggio: i maghi conoscono l'importanza di tali posizioni, e Griša certamente conosceva l'importanza di sapere ciò che un mago dovrebbe sapere.

«Ora, Saša, guardami mentre mangio questo fungo con macchie d'argento, che tu e tutti i tuoi figli sapete possedere un terribile veleno».

Aleksandra osservò attentamente Grigorij Efimovič masticarlo. Sembrava non succedesse niente. Le sue membra non si intorpidirono, la sua lingua non diventò viola.

«Capisci?», chiese Griša.

«Capisco», rispose Saša.

«Ora guardami impiccarmi al larice. Dammi il tuo grembiule per strozzarmi».

Aleksandra osservava attentamente. Grigorij si avvolse il grembiule intorno al collo e si impiccò all'albero. Sembrava non succedesse niente. Sorrise piacevolmente e oscillò avanti e indietro per un po'. I suoi bulbi oculari non scoppiarono, non sputò fuori un'ultima confessione mentre soffocava.

«Capisci?», chiese Griša.

«Capisco», rispose Saša.

«Ora, devi spararmi, per la prova finale». E il vecchio non-veramente-prete tirò fuori una piccola pistola, cosa che, se Aleksandra ci avesse pensato, fu assolutamente la più magica che accadde quel pomeriggio, dato che nessuno a Jaička aveva mai tirato fuori una pistola, prima.

Aleksandra sparò con cautela. Quel proiettile gli penetrò il cuore esattamente come ogni proiettile sogna di fare. Il sangue colava dalla camicia che Griša aveva ottenuto da Galina Ivanova in cambio di una storia su un grande guerriero che difendeva una città contro soldati con musi da topo. Galina ebbe incubi per settimane e lo definì un buon affare. Ma poi, Grigorij Efimovič sorrise e mostrò ad Aleksandra che il suo petto era integro, con gli stessi peli arruffati di prima. Riprese la pistola e nessuno la vide più. Saša non disse a nessuno che Griša l'aveva mai avuta, o che ora lei stessa sapeva cos'era una pistola e che aveva sparato con la medesima facilità con cui stendeva la pasta per i vareniki.

«Ti racconterò la magia di Jaička, Saša. La Morte ha dimenticato Jaička, e non ne sa nulla».

«Sicuramente no. Tutto muore. Le mucche, le pecore. Marja spara al suo cervo».

«Ricordi la morte di una *persona*?».

Aleksandra rimase in silenzio per molto tempo. Il cielo era diventato blu e senza profondità. «Mi sembra di sì, nel mio cuore. In una parte del mio cuore rinchiusa dietro la stanza più lontana, più piccola. Dietro quella serratura c'è un posto con un pavimento di terra battuta dove è sempre inverno. Là mi sembra di pensare che qualcuno sia morto e nessuno l'ha aiutato. Poi piango così amaramente che orribili fiori crescono dalle mie lacrime».

Grigorij Efimovič cinse con le lunghe braccia ruvide Aleksandra Fëdorovna, che aveva amato segretamente fin da giovane. Lei lo sapeva, naturalmente, e siccome entrambi lo sapevano, si trattavano l'un l'altro con una gentilezza molto tenera.

«Non importa, Saša», disse Griša. «Era solo un trucco che so fare. Non piangere».

Il venerdì, Marja Morevna va nei campi a tagliare il grano. A Jaička, il grano desidera sempre essere tagliato. Anche dopo sei mesi, lei non si tira indietro, ma impugna una falce corta, il manico ben consumato da tutte le mani di Jaička, tutti quegli oli, tutta quella pelle. Il sole lucida le punte degli alberi e tinge di blu i capelli neri di Marja. Tira su la falce e poi giù di nuovo, e la lama respinge i gambi d'oro, e la capra solitaria bela estatica quando scopre un pezzo di cipolla selvatica da divorare per cui nessuno la sgriderà; e su, canta la falce, e giù di nuovo, e l'adorabile piccola Anastasia Nikolaevna lascia cadere un punto del suo lavoro a maglia, e il grigio pezzato Volčja lancia deliberatamente uno zoccolo in modo che Marja debba occuparsi di lui più tardi, perché è quel tipo di bestia; e il grano si accumula in un mucchio, e sei topi che Jaička non sa di possedere si lavano le orecchie a vicenda con lingue rosa; e verso l'alto lei agita la sua lama e verso il basso la cala e, senza sapere perché, le donne di Jaička vanno nel punto esatto in cui il campo ben coltivato, il cui terreno perdona tutti loro, incontra i ravanelli di Nadja Konstantinovna, e guardano Marja senza capire perché sono venute a guardare una donna incinta con un ventre come un arco teso fino in fondo, la falce sollevata come una spada, che taglia ancora e ancora, e il sudore pulito le inumidisce i capelli mentre il sole canta una breve canzone con quattro versi di cinque parole ciascuno, la cui ultima parola è "morte".

È giovedì e Marja è troppo grossa per cavalcare Volčja nella foresta di larici. Invece cammina: il lungo vestito di lana rossa si trascina dietro di lei, i capelli neri e lunghi quasi quanto il vestito, il fucile legato alla schiena. Le foglie si posano nel preciso momento in cui dovrebbero essere sul punto di cadere, ma non lo fanno. Uccellini simili a frammenti di corteccia volano formando vortici dietro di lei. L'odore della foresta le punge le guance, le illumina, le bacia. Si tiene la pancia con il braccio destro: è sicura che Marte, con tutte le sue montagne, non possa essere più grosso di lei.

«Se potessi parlarti, Figlia, ti direi: "Ti abbiamo creata quando i nostri occhi erano più scuri, quando la capra solitaria era sazia di cipolla e la luna sembrava proprio un uovo". Ti chiederei: "Chi sarai quando sarai cresciuta?". Ti chiederei: "Come ti chiameremo?"».

Dietro un boschetto di sette betulle, una cosa fruscia. Le foglie scricchiolano e luccicano sotto i piedi della cosa, e il fumo sale. Una striscia arancione sbuca dai tronchi di betulla, e Marja non può correre, davvero, ma può stare ferma come una casa. Dentro di lei, sua figlia si muove, spinge la minuscola mano contro la madre, il piede minuscolo contro il guscio d'uovo del suo mondo. «Lo voglio, mamma», dice la mano. «Il bellissimo uccello», dice il piede. Un passo avanti, tra le foglie, poi un altro, ed eccola lì a brillare: la lunga, lunga coda dell'uccello, che fa vergognare qualsiasi pavone mai nato, che si trascinava sul suolo della foresta come un vestito rosso che brucia.

Marja Morevna solleva il fucile. Adora il suo fucile. Qualcuno gliel'ha regalato, anche se lei non ricorda chi, né quando. È caldo nelle sue mani. L'uccello si impenna, sbattendo le ali, rilasciando scintille nell'aria, fumo, e ora l'uccello sta bruciando, bruciando, così bianco e oro che Marja vede delle macchie danzarle intorno agli occhi. Sua figlia allunga le minuscole braccia dentro di lei. «Mamma», dicono le braccia, «la luce!». Quando spara, la bambina nella pancia si scaglia verso il basso, come se intendesse nascere subito, proprio in quel momento.

In tutta Jaička, nessuno può battere il braccio di Marja Morevna che spara. Il proiettile si scontra con l'uccello di fuoco come un bambino che salta tra le braccia del padre quando torna a casa dopo un lungo viaggio. L'uccello barcolla all'indietro contro le betulle, intrappolato dai loro tronchi. Alza gli occhi al cielo e Marja si stringe la pancia; ma ci sono lacrime che galleggiano come nafta negli occhi dell'uccello di fuoco, c'è una canzone come sangue nella sua bocca; e il suono la ferisce, la tira, le pizzica le ossa delle costole come corde di gusli. Le punte delle sue ali brillano come lampadine blu. «*Allee, allai!*», ulula l'uccello. Marja ci sente un richiamo, come un appello alla preghiera. «*Allee, allai!*».

«Mamma, la luce!». Marja entra nell'anello delle fiamme dell'uccello di fuoco. Non la brucia, né lui è ferito, non più di quanto Griša sia stato ferito dalla pistola di Saša. I suoi occhi diventano enormi, cremisi, roteanti, le ali si piegano intorno a lei, attirandola a sé, le sue lacrime le gocciolano cera sulla testa, ma non la bruciano più di quanto lei non lo abbia ucciso, e insieme cadono a terra l'una nelle braccia dell'altro… «*Allee, allai!*».

«Cosa significa?», sussurra Marja nell'abbraccio dell'uccello di fuoco. Puzza di pane bruciato e burro e zucchero che ribollono nella terra.

«Significa che ti perdono», le canta, «per l'ultima volta che mi hai ucciso, e anche per questa volta, e per sempre e per sempre, fino alla morte». Dentro il corpo di Marja Morevna, sua figlia diventa molto silenziosa e ascolta il ritmo del cuore impossibile ed enorme dell'uccello di fuoco che batte lentamente, così simile a quello di sua madre, così simile al suo.

Marja Morevna torna a Jaička a mani vuote, ma va bene così. La vergogna è per altri villaggi, per altre donne. C'è ancora così tanto, anche senza zuppa di uccelli di fuoco. Non dice nulla dell'uccello nella foresta e nessuno fa domande. Lunedì, Marja Morevna ha catturato due castori (e le loro code) e un giovane cinghiale con una zanna rotta. Stasera, con l'aiuto del suo bel marito e di Nikolaj Aleksandrovič (i cui baffi sudano graziosamente), trascina la grande tavola nuziale nel mezzo del villaggio, dove le foglie rosse dell'autunno già planano e soffiano, luminose e taglienti come stelle. Fa bollire uno stufato di cipolle, patate e funghi con grumi luccicanti di quelle code a forma di pancake che galleggiano nel brodo. Arrostisce i maiali su un grande fuoco. Georgij Konstantinovič porta il pesce che ha pescato ieri grazie alla segretezza e alla pianificazione; Grigorij Evseevič porta un cesto di mele più rosse delle foglie. Vladimir e Nadja Konstantinovna hanno contribuito con una scorta di miele che profumava vagamente delle loro rose scomparse da tempo. Nikolaj ha portato la vodka dal suo distillatore, limpida come la pioggia. I bambini corrono intorno al tavolo, colpendosi a vicenda con le foglie, le loro risate si alzano al cielo come fumo. I piccoli Anastasia e Aleksej ballano insieme al gusli di Georgij, e Josef li pizzica tutti selvaggiamente sotto il tavolo.

Attorno al grande tavolo, tutta la gente di Jaička si alza e solleva i bicchieri.

«*Na zdorov'e!*», gridano Georgij e Aleksandr; gridano Grigorij e Sergej; gridano Josef e Leon; grida Koščej Bessmertnyj; gridano tutte e quattro le bellissime figlie di Aleksandra e anche il loro fratello; gridano Griša e Saša; gridano Nikolaj e Vladimir. Il sole al tramonto splende attraverso i loro bicchieri.

«Alla vita», dicono, e fanno schiantare insieme i bicchieri, ridendo, mentre i lupi ululano in lontananza nella foresta, ma non si fanno vedere. E anche Marja grida. Si stringe la grande pancia mentre sua figlia protesta per la caccia, per la tavola trascinata e per le bevute senza di lei. La bambina arde dentro di lei, finalmente pronta a nascere, proprio ora, proprio in questo momento. Marja Morevna cade in ginocchio, i suoi capelli si spargono intorno, neri come se fossero stati bruciati.

27
Il suono del ricordo

A Jaička si dice che un bambino tragga il primo respiro dalle orecchie, il secondo dagli occhi e il terzo dalla bocca. Questo è il motivo per cui a volte ci vuole un momento prima che un bambino pianga. Il primo respiro è per la madre, il secondo respiro è per Dio e il terzo respiro è per il padre. Il respiro dalla bocca porta il massimo piacere e quindi dimentichiamo immediatamente gli altri modi di respirare che conoscevamo. Quando un bambino a Jaička piange, sua madre lo prende in braccio e lo solleva sul fianco, ride e dice: «Guarda il mio piccolo orsetto, respira di nuovo dagli occhi!». E il bambino smette di piangere perché gli piace essere chiamato orsetto.

La figlia di Marja e Koščej trae il suo primo respiro dalle orecchie, come qualsiasi altro bambino. Il respiro emette un fischio finissimo, così acuto da non essere udito nemmeno dai cani.

Poi cresce.

Succede così in fretta che persino i mobili girano la testa due volte. Marja Morevna si porta la bambina al seno; lei si attacca perfettamente come ha sempre fatto qualsiasi bambino, e con una lunga succhiata, la bambina riversa tutto il latte della giovinezza nella propria pancia e si alza diciassettenne, nuda, con il sangue di sua madre ancora appiccicoso tra i capelli neri.

Koščej Bessmertnyj sorride così tristemente che Marja si mette una mano sul cuore come se un proiettile l'avesse ferita lì.

«Ma sei stata felice, qui», dice lui con dolcezza. «Sei stata felice qui con me?».

«Kostja, perché sei così triste?», chiede Marja, ed è perplessa, ma non turbata, perché una figlia cresciuta così in fretta è strana e un po' tragica, ma non meno strana di un uccello di fuoco. «Aiutami a dare un nome alla nostra ragazza!».

Koščej guarda a lungo sua figlia. La ragazza trae il suo secondo respiro attraverso gli occhi. Non emette alcun suono. «Ha già un nome, volčitsa, amore mio, mio terribile lupo. Lei è la mia morte. E la amo in modo servile, come spetta a un padre».

Morte, la loro figlia, che non imparerà mai a parlare, che non avrà mai bisogno di parlare, tende le braccia insanguinate, striate di liquido bianco e argento.

«Alla fine muoio sempre», sussurra, e adesso ha paura, le mani gli tremano. «È sempre così. Non è mai facile».

Le chiavi di ferro sul muro grondano sangue come se stessero sudando. Marja tende le mani, ed è uno specchio di sua figlia, ma non sa chi desidera afferrare, sa solo che desidera afferrare qualcuno, chiunque, per essere ancorata, per essere connessa, per non essere abbandonata.

Ma Koščej l'Immortale entra nell'abbraccio di sua figlia e per un momento la stringe, delicatamente, teneramente, con orgoglio, lisciandole i capelli bagnati con la mano prima di baciarle con affetto la fronte come qualsiasi padre fa da sempre. Lei apre la bocca e trae il suo terzo respiro completo, interamente dalla bocca, gli ultimi rivoli dell'acqua del grembo di sua madre le sgorgano dalle labbra. La forza del suo terzo respiro trascina giù le palpebre di Koščej, giù, giù, finché non si abbassano e cadono come pergamene che si srotolano sul pavimento; ed è diventato suo fratello, lo zar della Morte, per un minuscolo momento d'argento non più grande della puntura di uno spillo. Si solleva le palpebre con un braccio per vedere Marja Morevna un'ultima volta, portandole sopra le spalle di sua figlia; e sotto le palpebre e le ciglia c'è solo luce, luce intensa e senza fine, argento come acqua, che sgorga da lui; e all'improvviso sono scomparsi entrambi e c'è un uccello nella stanza, un uccello simile e diverso dall'uccello di fuoco di Marja; e la pancia di Marja è piatta e soda come se non fosse mai stata rigonfia di una figlia, e lei non è a letto, ma in piedi in un angolo della sua casa a Jaička, al buio, e tutto è grigio e freddo tranne l'uccello, l'uccello che la fissa con un volto umano.

«Siediti, Marja Morevna», dice l'uccello, e la sua voce è come il gusli di Georgij. «Ti racconterò tutto quello che ti è successo. Forza, allora, piega le ginocchia».

Marja si siede senza sapere se una sedia la accoglierà. Ma ovviamente una la accoglie. Questa è Jaička, dove lei non può cadere. Il suo viso si fa più sottile e incavato anche mentre fissa l'uccello, le sue piume di indaco, fucsia e nove sfumature d'oro, così luminose nella gelida casa nera, così luminose accanto al suo corpo esausto.

«Sai dove sei, Mašenka?». L'uccello inclina la testa, la tenerezza del suo viso squisitamente bello, i suoi occhi addolorati come quelli di un'icona.

Marja Morevna guarda assente fuori dalla finestra. L'erba lì si congela leggermente sulla punta delle lame.

«Ricordi quando Koščej ti ha dato il suo uovo? Quanto era nero, quanto era argenteo?».

Marja Morevna appoggia la testa tra le mani. I capelli si arricciano. Le lacrime si congelano leggermente, cadendo a terra in minuscoli frammenti.

Lo zar degli Uccelli scuote le piume del suo petto verde ramato. Sotto le ali, braccia umane si protendono verso di lei, con dita sottili, perfette, soffici come piume. Le solleva le guance e la bacia, la sua bocca è del colore del sangue, quella di Marja del colore della cenere, e nel suo bacio le dolci lacrime di lei diventano violenti singhiozzi, tutto il suo corpo ne è tormentato, le ossa si estendono per far entrare più oscurità. Le labbra si staccano dai denti che battono, e anche loro si addolorano, ma lui la bacia ancora, la bacia finché lei non urla.

«Ricordo, ricordo», piange Marja, e Alkonost avvolge le sue braccia perfette intorno a lei, e le ali turchesi e dorate intorno a entrambi. Nel buio, lei scompare in quell'abbraccio iridescente.

«Ho deposto quell'uovo, Maša, povera bambina. Ogni uovo deve essere deposto, altrimenti non possono vivere. Ho deposto l'uovo di Koščej molto tempo fa, lontano, in alto nell'aria, e quando abbiamo visto cosa c'era dentro ci siamo giurati l'un l'altro di non aprirlo mai più. Ma i fratelli sono creati per infrangere le promesse. Sai cosa c'era dentro?».

«La sua morte».

Alkonost le accarezza i capelli con la mano umana. «Be', sì, ovviamente. Ma un uovo ha sia un gallo che una gallina. Come una bambina ha l'impressionante naso di sua madre, gli occhi spioventi di suo padre; come si può passare tutta la vita a guardare una persona, individuando le parti di lei che si devono a sua madre, le parti che sono copiate da suo padre. Il nostro uovo ebbe da lui una morte, una morte bella, compatta, perfetta, terribile. Da me ebbe Jaička. Hai vissuto tutto questo tempo nel mio uovo, Marja, nel mio mondo. Oh, lo so! Come puoi credermi? Così tante persone, così tante stagioni, e la foresta, e l'uccello di fuoco che scintilla tra le betulle! Neanche io l'ho capito, all'inizio. Io sono un uccello della profezia, ma nessun futuro che io abbia mai visto contiene Jaička, appesa al suo interno come un gioiello. Il problema con la profezia è che è viva. Come un piccolo orso. Può arrabbiarsi, essere frustrata, affamata. Può leccare, mordere e ghermire, può essere gentile, può essere crudele. Nessuno profetizza. Si può solo inseguire la profezia. Quindi forse il mio orsetto mi stava facendo uno scherzo? Ho studiato attentamente questo uovo molto tempo dopo che mio fratello mi ha lasciato per inseguire la guerra e le ragazze, che sono le sue ossessioni peculiari. L'ho studiato attentamente e ho cercato di capire cosa avevamo fatto insieme io e Koščej. Sai, Maša, come arriva la rivelazione? Come la morte. Così, all'improvviso, anche se sapevi fin dall'inizio che doveva succedere. Una rivelazione è sempre la fine di qualcosa. Potrebbe anche essere motivo di dolore».

Lo zar degli Uccelli bacia la fronte di Marja, si accoccola a lei come una madre.

«Gli hai detto di portarti via, ricordi?».

Nel cuore di lei, Leningrado si apre da un unico punto, quasi svanito, sempre più grande e più freddo e più bianco, e in Marja ritorna una fame, una fame appena ricordata, che la erode come un verme e non può essere soddisfatta. Geme contro Alkonost, un gemito pesante come ferro che si accartoccia. Il calore del cuore di lui si irradia come una stella tra le sue braccia.

«Sì, questo è il suono del ricordo», sospira Alkonost, e le sue piume diventano viola. «Koščej ti ha portato da me. Eri così vicina alla morte che i fantasmi si affollavano intorno a te, piangendo lacrime d'argento, aspettandoti con tali sorrisi. Voi umani, sapete, chiunque vi abbia costruiti ha cucito l'ironia nei vostri nervi. A volte, quando una persona è quasi morta di fame, nutrirla la danneggerà più di quanto non abbia fatto la fame e la spingerà ancora di più verso la morte. Mio fratello voleva mostrarti di nuovo le sue case, e darti da mangiare dolci, e mettere nella tua bocca cinerea una fetta di pane spesso con le uova che luccicano come rubini. Voleva immergerti nell'acqua bollente, spazzolarti i capelli e guarirti. Ma non poteva. Eri andata troppo oltre. Così invece io e lui ti abbiamo stretta tra di noi e ti ho dato da mangiare, ti ho dato da mangiare come un pulcino. Ho masticato le nuvole, la luce delle stelle e la scorza della luna e te le ho vomitate dentro, il cibo più salutare che abbiamo conosciuto dalla gioventù del mondo… non avrebbe potuto farti del male, mai. E hai aperto gli occhi. E io, sono stato anche più stupido, ti ho strofinato il muso come farei con un pulcino, e ti ho sussurrato sciocchezze all'orecchio, come amano sentire i pulcini: "*Allee, allai!*".

Avrei dovuto saperlo, ma quel giorno l'orsetto della profezia era malvagio. Io e il mio parlare abbiamo spazzato via ogni cosa dal tuo cuore, e tu sei svanita come un disco che salta, e dove eri stata tu c'era l'uovo. I fantasmi hanno pianto la tua perdita, e anche mio fratello ha pianto. Con le sue unghie ha aperto l'uovo per arrampicarsi dietro di te, e all'improvviso ero solo nel mio nido con tutti che mi abbandonavano. E ho capito, come una rivelazione, come la morte. Il posto nell'uovo, Jaička, è un posto molto elaborato, un posto per nascondere una morte al suo proprietario, e anche per condurvelo. È un mondo perfetto, un mondo che non potrebbe sopravvivere al di fuori dell'uovo ingioiellato di Alkonost e Koščej, non importa quante trasformazioni di questa storia il mondo possa attraversare. (Perché ovviamente sai che il mondo prova questa storia più e più volte, cercando di farla funzionare in modo diverso, cercando di renderla perfetta come un uovo). Il mondo che si lascia alle spalle quando dimentichi com'è il dolore, e pure la morte. Un mondo profetico che non potrà mai avverarsi».

Lo zar degli Uccelli asciuga le lacrime di Marja, ma altre le sostituiscono e le sue piume si scuriscono di sale.

«Mašenka, la sua morte era nascosta nelle profondità di Jaička, e tu eri la via per raggiungerla, poiché la vita è sempre la via per la morte. Qui, potrebbe essere tuo, potrebbe essere completo, sia Koščej che Ivan, diavolo e uomo, potente e debole, oscuro e dorato. Potresti essere la ragazza che avresti potuto essere se non avessi mai visto gli uccelli. Se non ti avessero mai rubato la sciarpa. E se lui non avesse voluto morire, tutto quello che avrebbe dovuto fare era non toccarti neanche una volta, non darti mai la bambina che non può avere nel mondo reale, perché lui è lo zar della Vita, e la morte sembra sempre una bambina: il fine e l'unico scopo di un corpo animale. Ma ovviamente è finita come finisce sempre. Così è la vita.

Chi in un mondo perfetto non pretende che il proprio amante sia sempre felice? Oh, Marja Morevna! Sai come mi chiamano i fedeli della chiesa, me e mia figlia Gamajun, quando ci dipingono sui loro soffitti? Ci chiamano arcangeli e dicono che viviamo in paradiso, dove non cresce la vite del dolore o della memoria. È lì che ti ho mandato, non in paradiso... *pfui!* Non so niente di quel posto. Ma in un posto come il soffitto di una chiesa».

«Perché lui non mi ha portata di nuovo là fuori, a Bujan, dove avrebbe potuto essere ancora immortale?».

Alkonost sospirò, e il suo sospiro mosse le ciocche dei capelli di lei come un vento invernale. «Bujan è sparita, Marja. Non lo sapevi? La guerra è finita».

«È per questo che la chiave di ferro sanguina?», sussurrò Marja, nascondendo il viso tra le sue piume. Se solo potesse restare lì tra le sue ali e dimenticare di nuovo. Ancora e ancora.

«No, bambina. Quelle sono le chiavi di casa tua, e sanguinano perché in quella casa sta morendo Ivan, ed è solo».

28
Ho visto un corvo tra le rovine

Marja Morevna girava come una spoletta. Aveva la strana sensazione di una mano enorme che le premeva sulla sommità del cranio, delle sue costole che venivano schiacciate come tanto tempo prima, quando un domovoj le mostrò il mondo dietro la stufa. Si sentì rimpicciolire, ripiegarsi, tutta la luce dorata di Jaička che si spegneva dentro di lei come *lučina*, il carbone acceso sulla punta di un ago di pino quando non si trova nessuna candela. Le sue gambe furono risucchiate di nuovo, più magre dei rami, le braccia le pendevano deboli e leggere, la lingua così assetata, così terribilmente assetata e gonfia in bocca. E temeva che non sarebbe mai più stata grande, mai più intera, mai più calda. Rimaneva nel buio così, piccola, magra, a brandelli. Appoggiò la spalla al buio, spingendo, spingendo, spingendo come aveva fatto quando era nata la morte di Koščej.

Mamma, la luce!

L'oscurità cedette, Marja Morevna uscì da dietro la vecchia stufa nella sua cucina. La neve scendeva dai mattoni: un bombardamento aveva divelto per metà il tetto e dei fiocchi cadevano dalle travi scheggiate. Le piastrelle con le rose giacevano esplose e frantumate sul pavimento come piatti rotti. Il ghiaccio rivestiva di blu le padelle di ferro, i tubi erano scoppiati e avevano bagnato tutto: gli armadietti, il tavolo, la sedia su cui si sedeva Sofija. Le ginocchia quasi le cedettero mentre il ricordo di Sofija si apriva dentro di lei. La tavola era ancora apparecchiata. La neve riempiva tutte le ciotole come zuppa.

«Ivan?», chiamò Marja a bassa voce. Si sentiva come se non avesse usato la sua voce per anni. Come si misura il tempo trascorso all'interno di un uovo?

«Ivanuška?».

Rispose il vento, soffiando cupo per le stanze. La casa era barricata nel silenzio. Marja salì le scale, timorosa di trovarlo, uno scheletro che si chiedeva ancora dove fosse finita sua moglie. «Oh, Ivanuška, dove sei?».

Il tetto al piano di sopra aveva retto, ma il loro letto era smerigliato d'argento, ispido di ghiaccio. Le lenzuola erano rimaste sfatte in collinette e cumuli abbandonati. La polvere ghiacciata macchiava i pomelli del letto. Alla fine, Marja sussurrò: «Zvonok?».

E la domovaja tirò i pantaloni di Marja Morevna. Marja guardò in basso, i capelli neri le ricadevano sulla spalla come un'ombra curiosa. L'amica era lì, piegata quasi a metà, i bei capelli dorati arruffati e ingrigiti, i baffi cadenti, i vestiti scoloriti e sbrindellati. Non portava scarpe, aveva le dita dei piedi piene di geloni e dolenti. Gli zigomi di Zvonok sporgevano come coltelli, i suoi occhi dilatati erano gialli, affamati e selvaggi.

«È lì», grugnì Zvonok, la voce graffiante e imbruttita dall'abitudine al silenzio. Marja sapeva che la sua suonava più o meno allo stesso modo. La domovaja indicò il letto ghiacciato e Marja vide che le collinette avevano la forma di un uomo.

«Zvonok, cosa ti è successo?».

«La casa è malata, quindi io sono malata. Tutte le case sono malate. Tutti stanno morendo. L'inverno non finirà mai».

Marja chiuse gli occhi. «Che anno è? Quanto tempo sono stata via?».

«È il 1942. Febbraio. Se queste cose esistessero ancora, ora sarebbe la fine della Quaresima. Ma ovviamente no, anche se quest'anno abbiamo digiunato talmente bene. Talmente bene che potremmo essere scambiati per devoti. Penso che sia divertente. Non è divertente? La scorsa settimana un uomo ha tenuto un concerto alla Glinka. La neve è caduta dal tetto rotto per tutto il tempo, accumulandosi sulla testa dell'oboista. Suonavano anche le sirene antiaeree. Abbiamo sentito tutti dai tetti. Come i gatti. Ma non come i gatti. Non ci sono più gatti a Leningrado. Ivan ha detto: "Se solo potessimo mangiare la musica del violino". Gli ho dato un bacio sull'unghia del pollice. Ha detto che era contento di me. Poi si è infilato in quel letto, e non so se sia morto o no, ma io lo sarò presto, credo. Mi chiedo come se la sia cavata il compagno Čajnik. Il vecchio presidente Vejnik. Mi piacerebbe pensare che siano ancora grassi. Ricordo com'era essere grassi. Meraviglioso, sì. Potevi farli rotolare lungo il corridoio come biglie. Quelli erano giorni che vorrei poter mangiare, ora, ma ricordare è come mangiare, non credi? Divora il passato per scaldarti. Spero che fosse caldo, dov'eri».

Marja Morevna si sdraiò sul pavimento ghiacciato della casa in via Dzeržinskaja, la casa in via Gorochovaja. Zvonok le si insinuò nell'incavo del collo, accanto all'orecchio, dove il sangue scorre così vicino alla pelle, e il calore rimane quando se n'è andato via da qualsiasi altra parte. La baciò lì, e allargò le braccia per abbracciare tutto il viso di Marja.

«Dov'eri?», sussurrò la domovaja. «Dove sei andata?».

E poi svanì, le braccia aperte, sciogliendosi come vapore. Marja si alzò, la sua mente si aspettava che a rispondere fosse il suo corpo di Jaička, giovane, pieno e forte. Ma rispose il suo corpo di Leningrado, scricchiolante, avvizzito, sfibrato. Zoppicò verso il letto, non volendo vedere cosa c'era sotto le coperte ghiacciate, né tirare indietro le lenzuola e scoprirsi in ritardo per qualsiasi cosa, inutile per entrambi i suoi mariti, alla fine.

«Ivanuška, sei vivo? Sei sveglio?».

Da sotto le lenzuola, un gemito, che si assottigliava in un respiro affannoso, poi un colpo di tosse. «Lasciami in pace, Zvonok. No, non oggi. Non fingere di essere lei».

«Sono io, Ivanuška, sono io. Vieni fuori, guarda».

Una mano si sollevò dal letto, annerita intorno alle unghie, le dita ridotte ad artigli con enormi nocche, grigie come il gelo. Non potevano essere di Ivan, non di Ivan, sempre così caldo, così grande. I suoi occhi la fissarono, infossati e vecchi, con la stessa fiamma affamata e feroce che aveva la domovaja. Era così magro, così magro che lei non riusciva a immaginare come potesse vivere ancora. Ma in qualche modo, Marja Morevna sentiva di averlo visto nudo per la prima volta, l'intimità delle sue ossa traspariva dalla pelle, dalla sua debolezza. Era ancora bello. Le parve di guardarlo da lontano, attraverso un cannocchiale, in fondo a un pozzo. *Alzati in piedi*, pensò. Alzati in piedi e torna a essere Ivan.

«Oh», rantolò lui, «oh».

«Non so se dovrei dire che mi dispiace», disse Marja, posandogli cautamente la mano sulla testa, sui capelli arruffati. «Sembra una cosa troppo piccola da dire».

«Lo dirò io», sussurrò Ivan. «Sono stato duro con te. Non mi hai reso un criminale. Non avrei dovuto dire una cosa del genere. Infatti, quando ho falsificato il nostro certificato di matrimonio, ero così felice di scrivere il tuo nome accanto al mio, così felice di tenere tra le mani una prova di noi due, qualcosa da portare tra di noi, questo documento falsificato che diceva la verità pur mentendo. Mi dispiace, Maša. Non avrei dovuto dire metà delle cose che ho detto».

«*Sst*, Ivanuška. Non importa». Non importava. Lei aveva detto cose crudeli in entrambi i suoi matrimoni. Non gli aveva mai risparmiato la sua parte di parole pungenti. Marja lo sollevò tra le braccia – pesava così poco, così poco, e se i suoi muscoli erano smagriti e malconci, tuttavia ricordavano ancora Jaička, ricordavano ancora che era forte. Strinse tra le braccia grigie il suo ragazzo grigio, e fuori la neve cadeva senza rumore, e per strada nessuno parlava o suonava la chitarra, e nessuno veniva a nessuna porta e non cercava nessuna ragazza a nessuna finestra. Leningrado era rimasta così vuota, vuota come un letto vecchio.

«Maša, sai, ho provato così tanto a ritrovarti!», tossì Ivan, e Marja gli asciugò un po' la bocca, ma la sua mano aprì solo delle piaghe rosa.

«Non parlare, amore mio. Parlare non vale la fatica». *E non sopporto di sentire quanto sei stato fedele. Non dirmelo.*

Ivan gracchiò, la sua gola produceva un rumore come di pietre in un barattolo. «Parlare è l'unica cosa che posso fare! Non posso prenderti tra le braccia, né baciarti, né fare l'amore con te come si dovrebbe con una moglie tornata dopo un lungo viaggio. Non riesco a farti capire che ti perdono, che so che hai amato sia lui che me, come una madre può amare due figli. E nessuno dovrebbe essere giudicato perché ama più di quanto dovrebbe, ma solo perché non ha amato abbastanza, che è stato il mio crimine. Dopotutto, ti ho portata via da lui fin dall'inizio, quindi non posso portargli rancore per averti portata via da me...». Marja Morevna cercò di protestare, di assolvere lui o lei o entrambi. Ma lui la guardò con gli occhi privi di colore e cercò di alzare la mano per zittirla. «Oh, non interrompere, Maša! Se mi fermo non ricomincerò più. So che non ti ho portata via e lui non ti ha portata via. L'ho pensato per molto tempo, ma tu hai scelto me, e poi hai scelto lui, e scegliere è difficile: una scelta non è mai la fine della storia. Gamajun mi ha detto che era tutta una storia, e dovevo essere sicuro di amarti, altrimenti non avrebbe funzionato come avrebbe dovuto. Non avrebbe dovuto preoccuparsi: nello spazio tra un battito cardiaco e l'altro ti ho amata e mi sono perso per te, come uno di quei soldati morti fatti di stoffa. E ho avuto così tanto tempo per pensarci, Marja! Tanto tempo per rimanere nello scantinato tra le corde che lo trattenevano e desiderare che avessero trattenuto me, perché ciò avrebbe significato che mi volevi abbastanza da tenermi segreto, come io volevo te e ti tenevo segreta». Ivan le posò la mano cinerea sul braccio. Era così asciutto, così leggero. Poteva sentirgli le ossa, come una volta aveva sentito le ossa di Koščej sotto la pelle. «Ma sai, dopo che sei scomparsa – avevo dimenticato che potevi farlo – e dopo che hanno tagliato di nuovo le razioni, e poi di nuovo, ho pensato: *Perché è rimasta così a lungo?* E questo è stato confortante, perché dovevi essere rimasta per me. Non rispondere. Non voglio essere corretto. Ma sai che ti ho cercata? In tutta la città, in tre volte nove distretti, tre volte nove prospettive. Ho chiesto a tutti notizie di te. Sono andato sulla prospettiva Maklin, in via Dekabristy, dove c'era quella casa che ti piaceva, quella con tutti i quadri appesi. È bruciata, lo sapevi?».

«Sì, lo sapevo».

«Zvonok ha pianto quando l'ha vista. Ma sono andato in quella casa e ho scorto dei frammenti di dipinti tra le macerie: dorati come i capelli di una ragazza, come cosce di pollo; e rossi come un uccello di fuoco; e verdi, dove una volta c'era il cappotto di Ivan lo Scemo. E ho riso, perché ovviamente Ivan lo Scemo sono io, certo che sono io. Solo uno scemo è così innocente da pensare di poter competere col primo amore di una donna, poter competere con l'immortalità. Sai, è come quando è stato ucciso lo zar. Penso che forse anche la Russia avesse due mariti, e uno era ricco e uno era povero, uno vecchio e uno giovane, e il marito povero ha sparato al petto del marito ricco, e anche a tutte le sue figlie. Era più coraggioso di me».

Ivan chiuse gli occhi. La sua fronte si aggrottò come se desiderasse piangere, ma non ne aveva la forza. «Sono andato alla casa in via Dekabristy e ho visto un corvo tra le rovine, nero come se fosse stato bruciato anche lui. Ho guardato il corvo e lui mi ha guardato, e ho pensato di non aver mai visto un uccello così grande, così grasso, con una tale lucentezza, come un duca tra i corvi. Anche prima di mangiare tutti gli uccelli a cui potevamo sparare, non ne avevo mai visto uno rivolgermi uno sguardo così affilato. Lo stomaco mi diceva: *Avrò quell'uccello.* Ma il cuore mi diceva: *Sono rimaste poche cose abbastanza grasse e belle in questa città*. E tu non c'eri, né tra le macerie, né in mezzo alla neve. Sono tornato a casa, ma mentre camminavo il corvo mi ha seguito, saltando da una curva all'altra, volando lungo le linee elettriche morte, il suo sguardo acuto rimbalzava sulle tegole del tetto e giù e giù verso di me. Quando arrivai in via Dzeržinskaja e toccai la porta di casa nostra, il corvo sbatté le ali e mi parlò dal ramo del ciliegio. "Dammi qualcosa di suo", gracchiò. "E io ti aiuterò".

Tutto ciò a cui riuscivo a pensare era il vestito rosso che ti avevo comprato tanto tempo fa. Era appeso nell'armadio, conservava ancora la tua forma. Ci ho premuto la faccia, ma il tuo odore era sparito. Gliel'ho dato in pasto, centimetro dopo centimetro, fuori dalla finestra, e il corvo l'ha preso con il suo becco ricurvo.

"Dimenticala per sempre, questo è il mio aiuto", gracchiò. "Ma se non puoi, lasciami tenere il vestito. Lei è la mia famiglia. Lo guarderò e la ricorderò. Non sarebbe la prima volta che qualcosa di buono giunge con il ricordo".

Non volevo, Maša, ma gli ho dato il vestito. Ha rivolto la gola nera verso il cielo e l'ha ingurgitato finché la fascia rossa svolazzante non gli è scomparsa in bocca. Poi è volato via».

Ivan accarezzò pensieroso il braccio di Marja. La sua pelle raschiava contro di lei; erano entrambi ridotti al nulla. Ben assortiti, finalmente. «Comunque, ti ho cercata. In tutta la città, in tre volte nove distretti, tre volte nove prospettive. Ho chiesto tue notizie anche ai cadaveri. Sono andato al mercato del fieno, dove abbiamo sentito di quella donna orribile che vendeva torte, ricordi? Adesso se n'è andata. Altre persone vendono le stesse orribili torte rosa, e le loro facce sono così pesanti e piene – più pesanti e più piene della mia, comunque – e non voglio dirti se ho comprato la loro carne. Non chiedermelo. Ma sono andato al mercato del fieno e ho visto venditori di torte, venditori di stivali e venditori di pane. Volevano seicento rubli per un pezzo di pane che era perlopiù segatura. Oggi probabilmente viene un migliaio. Tuttavia, volevo quel pane di segatura. La mia bocca si muoveva come se lo stessi già mangiando. Qualche mese fa, degli imbonitori urlavano al mercato del fieno e la gente portava fili di perle da scambiare con il pane. Ora tutti stanno fermi e lasciano che la neve si accumuli sulle loro spalle e sono così silenziosi. O puoi comprarlo, o non puoi. Non hanno la forza di contrattare.

Ho visto un piviere al mercato, marrone come se anche lui fosse stato cotto nella segatura. Guardavo il piviere e lui guardava me, e pensavo di non aver mai visto un uccello così grande, così grasso, con una tale lucentezza sul petto bianco, come un barone tra i pivieri. Anche prima di mangiare tutti gli uccelli che riuscivamo a catturare, non ne avevo mai visto uno rivolgermi uno sguardo così scrupoloso. Il mio stomaco diceva: *Avrò quell'uccello*. Ma il mio cuore diceva: *Sono rimaste poche cose abbastanza scrupolose e lucenti in questa città*. E tu non eri lì, non al mercato, non nel ghiaccio. Sono tornato a casa, ma mentre camminavo il piviere mi ha seguito, saltando da una curva all'altra, volando lungo le linee elettriche morte, il suo sguardo scrupoloso che rimbalzava sulle tegole del tetto e giù e giù verso di me. Quando sono tornato in via Dzeržinskaja e ho toccato la porta di casa nostra, il piviere ha sbattuto le ali e mi ha parlato dal ramo del ciliegio. "Dammi qualcosa di suo", gracchiò. "E io ti aiuterò".

Tutto ciò a cui riuscivo a pensare era la spazzola d'argento che amavi così tanto, tempo fa. Era in un cassetto del tuo comò, conteneva ancora qualche ciocca dei tuoi cari capelli neri. L'ho passata tra i miei capelli, in modo che i nostri riccioli potessero consolarsi gli uni contro gli altri. L'ho sporta fuori dalla finestra e il piviere l'ha afferrata con il suo becco corto. Il peso l'ha quasi fatto cadere.

"Dimenticala per sempre, questo è il mio aiuto", gracchiò. "Ma se non puoi, lasciami tenere la spazzola. Lei è la mia famiglia. La guarderò e la sognerò. Non sarebbe la prima volta che qualcosa di buono giunge dai sogni".

Non volevo, Maša. Ma gli ho dato la spazzola. Ha rivolto la gola bianca verso il cielo e ha spalancato così tanto il becco! L'ha ingurgitata finché il manico intagliato non gli è scomparso in bocca. Poi è volato via».

Ivan spostò gli occhi sul viso di Marja, memorizzandolo.

Lei, a sua volta, memorizzava quello di lui, sia com'era stato sia com'era adesso, perché nella sua memoria sarebbe stata onesta. «Comunque, ti ho cercata. In tutta la città, in tre volte nove distretti, tre volte nove prospettive. Ho chiesto notizie di te anche agli ordigni vaganti, mentre erano accovacciati imponenti e grigi e testardi per le strade. Sono andato all'Ermitage, dove le statue dei giganti reggono il tetto, ti ricordi? I loro gomiti sono pieni di fori di proiettile, ormai. Tuttavia, sembrano così forti e belli, lì in piedi nella neve, mentre sostengono il loro fardello, le nocche gelate. Li ammiro. Ho pensato: *Se solo potessi essere come loro*.

Ho visto un'averla sull'alluce di una delle statue, la sua guancia era rossa come se gli avessero sparato. Ho guardato l'averla e lei ha guardato me, e ho pensato di non aver mai visto un uccello così grande, così grasso, con una tale lucentezza sull'ala nera, come un principe tra le averle. Anche prima di mangiare tutti gli uccelli che potevamo abbattere, non ne avevo mai visto uno con un occhio così ardente. Il mio stomaco diceva: *Avrò quell'uccello*. Ma il mio cuore diceva: *Sono rimaste poche cose abbastanza ardenti in questa città*. E tu non c'eri, non sotto le statue, non al buio. Sono tornato a casa a piedi, ma mentre camminavo l'averla mi seguiva, saltando da una curva all'altra, volando lungo le linee elettriche morte, il suo occhio ardente seguiva la neve, sempre più giù verso di me. Quando sono tornato in via Dzeržinskaja e ho toccato la porta di casa nostra, l'averla ha sbattuto le ali e mi ha parlato dal ramo del ciliegio.

"Dammi qualcosa di suo", gracchiò. "E io ti aiuterò".

Tutto ciò a cui riuscivo a pensare era il tuo fucile. Perdonami. Era dove l'avevi lasciato, sotto il nostro letto. Aveva ancora i segni delle tue mani: l'osso diventato marrone dove lo stringevi talmente spesso, talmente bene. Ti immagino, quando eri più giovane, mentre sparavi allegramente alle cose, non perché ne avessi fame, ma perché potevi. L'ho perfino cullato tra le mie braccia.

“È tutto quello che mi resta di lei”, dissi. “Quando se ne sarà andato, se ne sarà andata anche lei”.

L’averla non disse niente. Cosa potevo fare? L’ho passato fuori dalla finestra e l’averla l’ha afferrato con il suo becco affilato. La sua grandezza quasi la buttò giù dal ramo.

“Dimenticala per sempre, questo è il mio aiuto”, gracchiò. “Ma se non puoi, lasciami tenere il fucile. Lei è la mia famiglia. Lo guarderò e la piangerò. Non sarebbe la prima volta che dal lutto giunge qualcosa di buono”.

Non volevo, Maša. Non avevo nient’altro da dare all’uccello. Eppure gli ho dato il fucile. Ha rivolto la gola rossa verso il cielo e ha spalancato così tanto il becco! L’ha ingurgitato finché il calcio non gli è scomparso in gola. Poi è volata via.

Mi sono seduto nella casa buia senza di te, senza Ksenija Efremovna, senza la piccola Sofija che farfugliava di pesci e palloncini. Ho pianto così tanto, quel giorno, che ho pensato che la mia spina dorsale si sarebbe spezzata. E poi Zvonok stava seduta accanto a me, mi accarezzava il ginocchio. La piccola domovaja ha detto che ti conosceva da una vita, e che eri malvagia e avevi abbandonato anche lei, ma che saresti tornata, probabilmente. “Le creature malvagie non si tengono mai lontane a lungo”, ha detto. E abbiamo cominciato a salire sul tetto, prendendoci le nostre postazioni per sorvegliare la linea tedesca e segnalare ogni movimento. Abbiamo fatto del nostro meglio, anche se sul tetto fa più freddo che ovunque io sia mai stato.

E una volta, quando il nostro turno di guardia finì, la domovaja venne da me, ed era diventata grande e si era fatta crescere i capelli neri e lunghi, e disse: “Che senso ha soffrire più del necessario?”. E mi ha baciato… e non voglio parlarne adesso, non chiedermelo. Mi hai lasciato, lei è rimasta. Ma il giorno dopo, mi sono seduto sul tetto, strizzando gli occhi sul margine della città, e un corvo è volato sulle grondaie, grasso e nero come una nuvola di pioggia.

“Il vestito ha perso il suo colore”, gracchiò. “C’è un dolore che cresce dentro Marja Morevna”.

E tossì, ed ebbe conati, e dalla bocca gli uscì il vestito, incolore, nemmeno grigio, un vestito come saliva. Lo sputò sul tetto e saltò di nuovo nell'aria nevosa.

E puoi indovinare, Maša, certo che puoi. Il giorno dopo era il piviere, talmente marrone, talmente simile al pane che avrei potuto mangiarlo, e non me ne sarei mai pentito.

"La spazzola si è rovinata", gracchiò. "C'è un dolore che cresce dentro Marja Morevna".

E tossì, ed ebbe conati, e la spazzola gli uscì dalla bocca, nera per l'ossidazione, senza nemmeno un po' d'argento. La sputò sul tetto e saltò di nuovo nell'aria nevosa.

Sai cosa dirò, Marouša. Sai che questa è una storia, e sai come vanno le storie. L'averla arrivò per ultima, così rossa, così rossa. Sentivo la musica suonare, da qualche parte in lontananza, violini e oboi, ma è pazzesco, chi suonerebbe il violino a Leningrado? Perché qualcuno dovrebbe prendersi il disturbo?

"Il fucile ha sparato e ha ucciso un gufo di passaggio", gracchiò l'averla. "C'è una morte che cresce in Marja Morevna".

E tossì, ed ebbe conati, e peggio ancora, perché quando un fucile cade dalla bocca di un uccello è una brutta faccenda. Cadde rumorosamente sul tetto, ma lo afferrai prima che finisse giù. L'averla mi guardò piena di pietà. E balzò di nuovo in aria, con la neve già sulle ali.

E poi sei arrivata tu. Tu sei qui. La mia Marja, tutta intera e viva e torni per me. Quella era la mia anima impegnata a raccontare tutto l'accaduto. Ma io ho il tuo vestito, la tua spazzola e il tuo fucile, proprio dove li hai lasciati, nell'armadio, nella cassettiera, sotto il letto. Dov'è il tuo dolore, Marja Morevna? Dov'è il tuo lutto? Dove la tua morte?».

Marja lo tenne stretto a sé e lo coprì con i capelli per tenerlo al caldo. E gli raccontò tutto ciò che le venne in mente, di Jaička, e della sua caccia all'uccello di fuoco, e di come aveva partorito una bambina chiamata morte, e dell'uccello radioso che l'aveva stretta a sé, proprio come ora lei stringeva Ivan Nikolaevič. «Vorrei che tu non avessi tenuto la spazzola», sospirò.

«Gli uccelli sono un tale problema», disse Ivan, e per un momento sembrò voler parlare di nuovo. Ma tossì solamente e rabbrividì. Le lacrime sgorgarono dagli occhi di Marja e schizzarono sulle guance di lui.

«Se questo fosse veramente un racconto, Ivanuška, potrei guarirti con l'Acqua della Vita, e tu ti alzeresti e danzeresti con me, e poi troveremmo una tavola apparecchiata con ogni sorta di cibo e la città si sveglierebbe da un sonno senza fine, e quante grida e quanti canti ascolteremmo provenire dalle strade come vapore!».

«*Pfui!*», tagliò corto Ivan, con la tosse che gli si bloccava in gola e si srotolava in fili di saliva e catarro. «Non è così la vita».

«Non preoccuparti», sussurrò Marja, baciandogli la fronte. «Le mie vecchie ossa seguiranno le tue abbastanza presto».

«Moglie, potresti seminare il grano nella roccia di via Dzeržinskaja, aspettare che cresca, mieterlo, trebbiarlo, macinarlo, cuocerlo per farne del pane, e mangiare il pane e condividerlo in giro, e neanche allora potresti riafferrarmi».

E poi Ivan morì tra le sue braccia, il suo ultimo respiro salì a spirale verso il soffitto come il fumo di una sigaretta.

Marja Morevna indossò il suo vestito ormai incolore e tirò fuori il fucile da sotto il letto matrimoniale. *Ho portato la morte con il volto di donna a due mariti*, pensò, e inciampò nel tratto fangoso e pieno di ghiaccio di via Dzeržinskaja. Un branco di uomini con cappotti e cappelli di pelliccia passò di corsa, i loro stivali lasciavano segni nella neve simili a puntini di sospensione. Marja fissò quelle tracce in silenzio, mentre le lacrime ghiacciate le irritavano le guance.

«Ehi, vecchia!», gridò uno degli uomini, con un fucile nero a spalla. «Sai sparare?».

Marja si mosse e incontrò il suo sguardo. Quello indicò il magnifico fucile d'osso nelle sue mani. «Allora?», chiese.

«Sì», disse infine, e il suo respiro si frantumò in mille pezzi, portati via dal vento.

SESTA PARTE
QUALCUNO DOVREBBE ESSERE

Una voce mi chiamava confortevole,
Dicendo: "Vieni qui, lascia
Il tuo paese peccaminoso e sordo,
Lascia la Russia per sempre.

Laverò le tue mani del sangue,
Trarrò dal tuo cuore la nera vergogna,
Con un nuovo nome coprirò
Il dolore di sconfitte e di offese".
Ma calma e indifferente
Mi tappai con la mano gli orecchi...[8]

ANNA ACHMÀTOVA

8. "Piantaggine", in *Luna allo zenit e altre poesie*, a cura di Bruno Carnevali, Firenze, Passigli Editori, 2007.

29

Tutti scritti sulla pancia

La generale maggiore guardò Tkačuk, il ragazzo storpio, correre sul grano falciato di Michajlovka, inciampando, allontanandosi da loro zoppicando. Accanto a lei, la sergente maggiore sospirò.

«Li lasci sempre andare. Così comprometti lo scopo dell'arresto, tanto per cominciare».

«Che me ne faccio di un bambino morto, compagna Ušanka?», chiese Marja Morevna, passandosi una mano sugli occhi. Era così stanca in quei giorni. Nemmeno il suo sangue poteva preoccuparsi del rossore. Era tutto troppo faticoso.

«Non sono al servizio dei tuoi problemi personali, Morevna. Io servo il Popolo, e il Popolo avrà una risposta per i crimini contro il proprio corpo. Hai combattuto a Leningrado. Anch'io. Perché lui dovrebbe essere risparmiato?».

«Qualcuno dovrebbe esserlo». *E non sarò io. Sono sopravvissuta, ma non sono stata risparmiata.*

La generale maggiore fece scivolare la mano nella tasca dell'uniforme. Tirò fuori, come fosse un fazzoletto, un gomitolo di filo rosso. Marja Morevna non riusciva a spiegarsi perché avesse aspettato tanto tempo per farlo. Forse prima avrebbe solo fatto troppo male. Forse pensava che restando avrebbe potuto essere definita leale. Avrebbe potuto essere perdonata.

La generale maggiore posò il gomitolo sulla terra polverosa, il grano tagliato, le chiazze di cenere, e lo spinse delicatamente.

Oscillò avanti e indietro, e poi rotolò rapidamente in avanti, verso est, tracciando un sentiero tra alberi rachitici e viti secche. Le due donne ripiegarono il tavolo del loro tribunale dentro una lunga macchina nera senza zampe di gallina né la postazione di guida vuota, ma una semplice macchina, con un motore petulante e una marmitta flemmatica. Marja Morevna innestò la marcia, seguendo il filo che si srotolava verso il crepuscolo.

In questo modo attraversarono tre volte nove regni, il mondo intero. Ušanka insisteva perché facessero le fermate che gli erano state assegnate, per quanto a Marja non importasse, e non volesse nemmeno guardare i disertori affamati a cui avrebbero dovuto sparare. Inoltre, chi era lei per giudicarli?

«Anch'io sono una disertrice», confessò una notte alla sua sergente, in una caserma vicino a Irkutsk. «1942, Leningrado. Proprio come una mia vecchia amica mi aveva assicurato che sarei diventata. Se i tuoi preziosi registri fossero buoni, lo sapresti».

«Lo so, Morevna», sussurrò Ušanka nel suo letto lungo e stretto. «Ma sei tornata. Potresti pensare che ho il cuore di un topo, ma credo che il ritorno faccia la differenza».

E così andarono avanti. Seguirono il filo rosso, una stravaganza che meravigliò Marja per il fatto che Ušanka non l'avesse mai messa in discussione, nemmeno una volta.

Non sapeva nulla della sergente, che non portava più un nastro azzurro. Ma aveva dei sospetti. «Abbiamo sparato a tutti i colori durante la guerra», all'ufficiale piaceva scherzare, ma Marja non rideva. Non rideva mai, davvero, ma soprattutto non alle battute di Ušanka. Tra loro non c'erano altro che i reciproci sospetti, e mai, mai discussero della strana coincidenza del loro incontro prima della guerra. Ma la coincidenza occupava uno spazio alla loro tavola, mangiava la propria razione di pane e vino e sorrideva al disagio di Marja.

Il gomitolo filava ancora e ancora.

A un certo punto di luglio, attraversarono un groviglio di sottobosco: garbugli di more, rami spezzati di larice, felci come remi vecchi. Scesero dall'auto per liberare un passaggio, poiché il filo scorreva proprio sotto la trappola. Marja sudava sotto il berretto mentre tirava i rami e l'erba e intravedeva, qua e là, i crani sbiancati e scoloriti dal sole di alcune piccole creature: arvicole o ricci, conigli, forse. Un pezzo di un palco, un pezzo di un corno. C'era qualcosa che turbava Marja, le faceva rizzare i peli sul collo. Aggrottò profondamente la fronte e si rinchiuse in macchina, le mani bianche sul volante. Ušanka salì accanto a lei, asciugandosi le mani sulla gonna, sorridendo con quel suo sorrisetto riservato.

Al di là del muro di macerie, davanti a loro si estendeva un villaggio. Non proprio un villaggio, ma d'altronde nessuno di quelli era niente di che. Non Michajlovka, non Schirokoye, o Baburka, o come si chiamava quel posto miserabile. Al centro correva un'ampia strada che divideva una fila di case dall'altra. Marja vide una taverna... C'era sempre una taverna. Una macelleria, una sartoria. La strada sembrava condurre in lontananza a un edificio abbastanza grande, dipinto di nero, semidistrutto dalla tempesta e dagli anni. Una vecchia fabbrica di munizioni, forse. O qualche proprietà rivendicata, dei tempi in cui si poteva tollerare la proprietà.

Il filo rosso finalmente si era srotolato tutto. L'estremità sfilacciata giaceva ai piedi di Marja, incrostata di polvere. Indicava l'edificio nero distrutto. Il cuore di Marja si risvegliò come un vecchio lupo, annusando l'aria, sentendo un profumo familiare.

«Ti va di bere qualcosa con me, compagna Ušanka? Credo di avere sete», disse infine. Si sentiva stranamente a casa, qui. Il villaggio la solleticava, come un colpo di tosse in gola. Voleva bere qualcosa e riposarsi, e rimandare qualunque tribunale insistesse a inscenare Ušanka. L'altra ufficiale annuì, con la solita espressione severa.

La taverna era vuota; tavoli e sedie custodivano la consuetudine alla polvere. Tre bottiglie di liquore non identificabile riflettevano la luce del sole dietro il bancone, e un vecchio manifesto, sbiadito e macchiato, avvertiva: «ELEGGETE I LAVORATORI AL SOVIET! NON ELEGGETE SCIAMANI O UOMINI RICCHI!».

Marja lo toccò e la luce sulla sua mano le ricordò qualcosa, anche se non sapeva dire cosa. Ogni episodio della sua vecchia vita era difficile da afferrare, adesso, come catturare i pesci mentre nuotano… In fretta, troppo in fretta!

«Posso esserle d'aiuto, compagna?», brontolò il barista in modo affabile.

Era notevolmente basso e grasso, e non era in grado di vedere molto al di là del bar di cui si occupava. Sembrava che non si spazzolasse i capelli da anni; gli ricadevano intorno alle orecchie in grovigli scuri, e sfoggiava una grande barba, su tutte le guance come muschio che cresce su una pietra.

«Zemleed!», gridò Marja. La sua memoria si tuffò nell'acqua fredda, afferrò un pesce. Si mise una mano sul cuore per trattenerlo nel petto. *Ha funzionato, ha funzionato. Oh, Olga, grazie per il gomitolo, non potrò mai ripagarti!*

«Zemja, sono io… sono Marja, e nonostante tutto non sei morto, e nemmeno io! Niente argento sul tuo petto o sul mio. Vieni a baciarmi!».

«Penso che lei mi abbia scambiato per qualcun altro». L'ometto rise. «Questo è il mio nome, niente paura, ma non l'ho mai vista in vita mia, nemmeno la sua amica».

No, no. Nessuna magia, nessuna brutta maledizione. «Ma Zemja, ci conosciamo da una vita».

«Ne dubito! Posso presentarle una buona vodka però, e lasciarvi fare conoscenza. Non mi offendo, ho una faccia che piace alla gente. Ma non lasci che mia moglie la senta chiedere baci!».

«Tua moglie?».

«La mia dolce, alta Naganja, quanto la amo! Come una pistola ama i proiettili, ecco quanto. Mezza cieca senza gli occhiali e brava a imprecare, ma lei è mia e io sono suo. Solo lei ricorda da quanto tempo siamo sposati». Versò un bicchiere generoso per entrambe le sue ospiti.

«Quindici anni, Zem, e ce l'hai tutti scritti sulla pancia». Una voce come il soffio di un flauto aleggiò nella stanza. Marja e Ušanka si voltarono verso di essa come verso il sole. Una donna snella, dai capelli chiari, con linee profonde ed eleganti sul viso, posò i guanti sul bancone. I suoi occhi erano truccati per abbinarsi al bicchiere di vino che si era versata. Era chiaramente la sarta il cui negozio scintillava fuori dalle finestre. Il suo fresco vestito bianco le svolazzava intorno, perfettamente cucito, e un ventaglio di piume di cigno piuttosto squallide, ma comunque adorabili, raccolte sul fianco. «Vedi di tornare a casa da lei in tempo, stasera. Naša non ha mai imparato la pazienza, non importa quanto io cerchi di insegnargliela».

«Lebed!», ansimò Marja e, come se fosse ancora una ragazza, come se non avesse mai patito la fame fino ad avere lo stomaco prosciugato, le lacrime sgorgarono, scorrendo disordinatamente fino al mento. «Lebedeva, mi sei mancata così tanto! Ma ora sono qui, vedi? Va tutto bene».

La sarta si portò alle labbra un bocchino d'avorio. «Che familiarità, ufficiale. Ci conosciamo?».

Marja aveva perso tutta la compostezza, tutta la preoccupazione che Ušanka conoscesse o meno i suoi segreti. «Certo che ci conosciamo! Madame Lebedeva, mi hai insegnato i cosmetici e la magia, e quel giorno abbiamo mangiato zuppa di cetrioli al caffè!».

«Penso che il caldo le abbia dato alla testa, mia cara. Non sopporto i cetrioli. O qualsiasi cosa verde, davvero». La donna dai capelli chiari sorseggiò il vino rosso oleoso. «Vorrei che qui dentro tu prendessi qualcosa di buono, uno di questi giorni, invece di questa immancabile brodaglia georgiana».

Zemleed strinse le spalle amabilmente, come per dire «Beviamo quello che beviamo».

«Forse dovrebbe andare dal macellaio, ufficiale. Conosce tutti in città. Sono sicura che può aiutarla a trovare...». La signora fece una pausa significativa, o forse no. Marja non avrebbe saputo dirlo. «Chiunque lei stia cercando. Posso solo assicurarle che non sono io». Madame Lebedeva batté le unghie contro il bicchiere, escludendo con cura Marja e Ušanka dalle sue preoccupazioni. «Naša ha i cuori di coniglio nello stufato per la cena, Zem». Cambiò brillantemente argomento. «Ha detto che potevo unirmi, se avessi portato i funghi».

La macelleria non possedeva altro che una lastra di pietra tagliente e un bancone senza vetrina con un'unica bistecca color rubino in mostra, marezzata di grasso, un bell'esemplare. Il resto del posto si sgretolava lentamente intorno a loro, così lentamente da dare l'illusione di stare saldamente in piedi. Le assi del pavimento non combaciavano bene, un ventilatore solitario a cui mancava una pala girava traballante nella plafoniera.

Ušanka suonò il campanello in modo odioso, ma Marja trovava odioso tutto ciò che faceva. Non si fece vedere nessuno.

«Vieni fuori o requisirò quella bistecca!», gridò la sergente. Nulla si muoveva tra le ombre ambrate del pomeriggio nella stanza sul retro.

«Non c'è nessuno qui, Ušanka». Marja fece scorrere la mano lungo il banco. Le sue dita si annerirono di polvere stantia. Tremava ancora nel vedere i suoi vecchi amici. Ed *erano* i suoi vecchi amici… non si sbagliava, non era possibile. Il suo cuore si nascose affondando nella pancia. *Chi sarà il macellaio?*

«Non abbiamo incarichi in questa città, generale maggiore. Se vuole un po' di manzo, si serva e andiamocene». La sergente maggiore colpì una mosca sul bancone e vi tenne sopra la mano a forma di coppa, ascoltandola ronzare inutilmente.

Una giovane donna apparve dietro il bancone, le guance rosse, i capelli biondo chiaro, crespi, attorno a un viso dolce e rotondo. Le labbra rosa formavano un cuoricino di scuse e sorpresa.

«Mi dispiace avervi fatto aspettare, ufficiali! A volte un pisolino ti cade addosso e non riesci proprio a uscirne fuori».

«La pigrizia è nemica dell'industria». Ušanka tirò su col naso.

Marja fece un passo leggero ma enfatico di fronte alla sua sottoposta. «Come ti chiami?», chiese.

La ragazza arrossì senza motivo apparente. «Elena», disse con una risata nervosa.

Marja mantenne più che poté un'espressione imperturbabile. La sua mente inciampò su se stessa. Oh, le Elena con i loro terribili occhi color ambra! Conosceva questa, tra tutte? Non riusciva a ricordare. *Ma è libera, sta parlando... Qualcosa è successo e va tutto bene. Questa donna significa che va tutto bene, vero?*

«Di dove sei, Elena?».

«Ah, ecco. Be', non di qui, esattamente. Non ho una buona memoria! Ma ho vissuto a lungo nella comunità femminile al confine settentrionale della città». Marja sapeva senza chiedere che la comunità doveva avere una porta in osso di cavallo e una balconata di ferro.

Ušanka strinse gli occhi rivolta alla ragazza. «Non ti piaceva la vita in comunità?».

«Oh, no, non capite. Gestivamo insieme una fabbrica tessile che provvedeva a tutte le nostre necessità. Mangiavamo il pane l'una dell'altra, bevevamo l'acqua l'una dell'altra. Vivevamo come sorelle, come una famiglia senza capo, senza autorità, solo amore». Ušanka sbatté le palpebre lentamente. Il suo viso si fece cupo. Marja la fissava mentre Elena proseguiva. «E sapete che, per una straordinaria coincidenza, ci chiamavamo tutte Elena? Questo mondo ha da raccontare storie così strane! Le mie sorelle continuano ancora a tessere oltre quella collina, e io porto loro caramelle e pomodori stufati, il Giorno della Rivoluzione. Alcune di loro sono vecchie, vecchie babuške, con gli occhi acquosi e le sciarpe blu. Non ricordano nemmeno quanti anni hanno o dove sono nate. Lavo loro i capelli, quando non devo tenere d'occhio il banco, qui. Vivrei ancora lì, se non fosse perché mi sono innamorata. Mi sono sposata... Succede». La ragazza scrollò le spalle.

Marja si arrabbiò. Ma davvero, come poteva essere una delle Elena che conosceva? E chi aveva sposato? «Quanto tempo hai vissuto nella comunità?».

«Tutta la vita». Elena scrollò di nuovo le spalle, sulle guance rosee apparvero le fossette.

«Sicuramente non sei nata in una comunità di donne. La saggezza popolare sostiene che è necessario un maschio per quel genere di cose», la punzecchiò Ušanka.

Elena corrugò la graziosa fronte lentigginosa e giocherellò coi ricci. «Io non… È così difficile da ricordare! Io ho solo… sempre vissuto lì. Sempre. Finché non ho conosciuto mio marito. Voglio dire, sono sicura che lei abbia ragione, ufficiale, non intendo contraddirla. Devo essere nata da qualche altra parte. Ma ero piccola. Non ricordo. Chi si ricorda di essere nato?».

«Neppure un'anima su questa terra», rispose freddamente Ušanka.

Elena sembrava sul punto di piangere, i suoi grandi occhi castani pieni di confusione.

«Non voglio offenderla! Per favore, prendete un po' di carne e godetevi il sole. Se volete qualcosa di diverso dalla bistecca, però, dovrete aspettare mio marito. Sono tempi duri, di ristrettezze».

«Stretti come un cappotto, stretti come un guanto, stretti come una scarpa», sussurrò la sergente maggiore, il viso scuro, illeggibile. Marja Morevna si schiarì la gola. Non stavano andando da nessuna parte.

«Penso che la mia compagna stia soffrendo nell'aria chiusa del tuo negozio», disse. Quale altro poteva essere il problema dell'ufficiale? «Dicci dove trovare tuo marito e ti lasceremo stare».

«Sono sicura che è con la zia, in questo momento». Sorrise. «È sua sorella. La chiamiamo tutti zia. Gestisce la mensa in fondo alla strada. Le zuppe più incredibili, lo giuro! Come l'oro in un cucchiaio. Dovete davvero provare la sua ucha. Ve lo giuro, non avete mai assaggiato niente di simile».

Marja la ringraziò. *Questa è Bujan*, pensò. *So che è così. Riesco a sentirne l'odore. Il filo si è fermato qui. Cos'è successo? Sono umana; la mia memoria è invecchiata e ha bisogno di un bastone. Ma loro? Dovrebbero riconoscermi. Perché non mi riconoscono?*

«Dimmi», disse Marja Morevna, la mano sulla porta, il campanello arrugginito che produceva qualche trillo. «Come si chiama tuo marito?».

«Koščej Bessmertnyj», disse con l'orgoglio di una gallina che cova. «Sarà così felice di conoscervi, ne sono sicura».

30
Il paese della Morte

Percorsero a grandi passi una strada lunga e stretta che doveva essere via Skorochodnaja, che non poteva essere altro che via Skorochodnaja... Eppure Marja era sicura che se glielo avessero chiesto, se avessero potuto frustarla e maledirla per costringerla a sedere e ad aprire una polverosa bocca di pietra, la strada non avrebbe manifestato nessun ricordo di essere mai stata chiamata in quel modo. L'eterno crepuscolo delle notti estive nel paese a nord spruzzava oro e rosa sulla strada.

«Sergente, cosa c'è che non va in te?», chiese Marja. Desiderava che quella donna disgraziata svanisse. Tutti gli altri lo avevano fatto... perché lei era rimasta bloccata con l'unica anima che si rifiutava di farle quella cortesia? Ušanka prese a calci la terra.

«Pensavo fossi destinata a essere un brillante soldato. Pensavo che l'avresti capito. Sono stufa di camminare tra edifici di merda mentre tu mangi in questa città come una vacca imbecille! Mi è stato detto che eri brillante. Esigo che tu sia brillante!».

Marja si sfregò le tempie, un punto che aveva ceduto a Ušanka, il punto che le faceva male ogni volta che parlava. «Non ho idea di cosa tu stia parlando».

Ušanka si fermò in mezzo alla strada. Il sole splendeva sui suoi bottoni d'ottone, sulle medaglie d'ottone. Si tolse il berretto e si infilò un lungo dito nell'angolo della bocca. La sergente maggiore tirò forte e Marja sussultò al violento suono lacerante della pelle che si spaccava. Ma Ušanka rideva, rideva mentre si squarciava la faccia, tutti i denti improvvisamente bianchi e scoperti. Non fluì né gocciolò o colò sangue. Invece, dei fili cedettero, dei punti saltarono, una cucitura sul suo viso si aprì e il tessuto delle sue guance cadde a brandelli.

«Nessuna anima su questa terra ricorda di essere nata». Ušanka sorrise. «Ma ricordo di essere venuta a Leningrado per te. Mi ci è voluto così tanto tempo per superare le montagne, ma ce l'ho fatta. Per guardarti. Per interrogarti. Ricordo di averti persa quando sei entrata nel dannato uovo, e di averti trovata mezza morta sulle barricate... Non fortunata come me, no, ma con il tuo sangue che usciva fuori come del ripieno. Mi ricordo di te nel corpo dei cecchini, e come non hanno mai immaginato, nemmeno una volta, che tu non fossi altro che una poveretta di Leningrado, affamata come tutti gli altri poveri di Leningrado affamati. Mi sono fatta assegnare alla tua scorta, e ho fatto proprio bene, proprio bene per non essere che un completo di vestiti cuciti insieme da una maledetta Elena! Ho fatto come mi è stato detto. Ti ho osservata e ti ho riportata qui. Mi ci è voluto più tempo di quanto pensassi per renderti abbastanza infelice da usare quel gomitolo. Quella cagna del macellaio – o una delle sue sorelle, non fa differenza – mi ha creata. Mi ha creata per te».

Marja lo sapeva, ma non lo sapeva davvero. Sapeva che Ušanka aveva torto, che era a pezzi: ma quale umano era integro? «Perché non me l'hai detto, quel giorno, in salotto? Potevamo essere amiche. Avremmo potuto esserci di conforto».

Ušanka si strinse nelle spalle. «Non mi hanno detto di consolarti». Riprese a camminare, verso la mensa. «Sai cosa ha fatto lui quando te ne sei andata? Ha fermato il mulino delle Elena. Le ha tirate fuori tutte e le ha fatte sedere in una stanza del Černosvjat, tutte in fila come studentesse, poi ha trascinato fuori Licho da dove le piaceva sgattaiolare prima di morire, e l'ha messa a far loro da insegnante. Come una vecchia insegnante magrolina di lana nera e gesso. E sai cosa voleva insegnare a tutte loro? Come trasformare una Elena in una Marja. Le ha messe a leggere quell'orribile libro nero che avevi tu, e le ha messe a fare amicizia con i lešij, i vintovniki e le vila, e a sparare agli uccelli di fuoco. Tutto quello che facevi tu, lo faceva ripetere a loro, sperando che una si dimostrasse promettente, che diventasse la sua allieva migliore. Ma non riuscivano a smettere di tessere tanto facilmente, e per tutto il tempo continuavano a muovere le mani come se stessero ancora lavorando ai telai. Alla fine, ha rinunciato. Questa, francamente, è la cosa peggiore che abbia mai sentito fare a un marito, ma dimostra solo cosa fa la carne quando è in lutto. Meglio avere organza e lino e seta se vuoi sapere la mia. La seta non ama, il lino non porta il lutto».

Ušanka spalancò la porta della mensa e si lasciò cadere con insolenza su una sedia accanto a un tavolino con una gamba più corta delle altre. Restò a viso aperto, come se la cosa non la preoccupasse minimamente. Marja voleva strangolarla finché non le avesse detto tutto quello che aveva sempre saputo. Nessuno veniva a chiedere loro cosa volessero da bere, da mangiare, o altro. Erano sole con la luce del giorno che filtrava come la luce dopo un bombardamento aereo.

Marja sibilò alla sua compagna: «Perché sei così arrabbiata? Sono io che sono tornata a casa per scoprire che tutti i miei amici morti non sanno chi sono e niente è come avrei voluto».

«Chi se ne frega di come l'avresti voluto? Sono un golem, Marja Morevna. Un golem senza più padroni. Cosa devo fare adesso? La mia missione è finita, e tutto quello che ho da mostrare è una stupida madre in una macelleria che non riesce nemmeno a ricordare di essere mia madre».

Marja afferrò la mano di Ušanka e vi affondò le unghie, anche se non poteva farle male, non proprio, a meno che l'organza non potesse soffrire. «Dove siamo?», sibilò. «Non è Bujan, ma lo è». E poi prese coscienza. Capì. La rivelazione si mosse in lei come la morte. Ma era troppo grande, non poteva trattenerla. Lasciò andare la mano di lino della sergente.

«Questo è il paese di Vij, vero?», sussurrò, timorosa di renderlo tale, nominandolo. «E la guerra è finita. Abbiamo perso. Alla fine, tra la Germania e il mago con i baffi a Mosca, quello di cui parlai loro tanti anni fa... Quei due ci hanno mangiati vivi. I morti ci hanno sopraffatto. Mentre contavamo le nostre tessere annonarie, Bujan, Leningrado e Mosca e tutto quanto avvizziva e veniva spazzato via». E il suo cuore recitava dal libro nero come una volta, da ragazza, aveva recitato da Puškin: *Vij rese il suo paese il più simile possibile al mondo dei vivi, costruendo persino cinema dove si proiettavano immagini argentee della guerra, in modo che i morti potessero essere soddisfatti e non desiderassero tornare in vita.*

Marja si mise una mano sul cuore. Le faceva male come se le fosse stato strappato. Ušanka annuì e per una volta il suo viso si fece triste e dolce, come un vecchio vestito lavato troppo.

«È finita, Marja. Il paese di Koščej è sparito dalla faccia della terra. Non si vede più l'argento per le strade perché le strade non ci sono più. Tutto è argento. Tutto è morto. Quando il fango è arrivato in primavera e ha impantanato i carri armati tedeschi e li ha rotti, credi che qualcuno abbia pensato: *Quelli devono essere i vodjanoj, che si sollevano per proteggere il loro paese, per combattere al nostro fianco*? No, pensavano che fosse il tempo. E così è stato. Il futuro appartiene ai morti e ai creatori dei morti. Uomini come Vij, che sono ciechi davanti alle azioni delle proprie mani, che cercano le anime. La nostra specie appartiene a lui, ora. Vaghiamo, persi, e non riusciamo nemmeno più a vedere l'argento sui nostri petti, perché tutto il mondo umano è il paese della Morte, ed è sotto il suo dominio, e finalmente, dopo tutto questo tempo, siamo proprio come chiunque altro. Siamo tutti morti. Tutti uguali. Distrutti e senza meta e convinti di essere vivi. Questa è la Russia ed è il 1952. In che altro modo definiresti l'inferno?».

Ma sono tutti qui, pensò Marja, con la testa calda e pesante. *Tutti quelli che amo sono qui. Tranne Ivan, e chi può dire che non sia qui: uno sceriffo, un poliziotto, un fabbricante di sigaret-*

te, qualsiasi cosa, smemorato come tutti loro? E c'è un'infermiera in una clinica chiamata Ksenija, con una figlia precoce? Oh, potrei trovarli. Potrei trovarli e farmi conoscere.

Qualcuno si mosse in cucina, sbattendo le pentole.

«Chi pensi che sia la zia di Koščej?», continuò Ušanka. «Questa è la cucina di Baba Jaga. Guarda sotto il portico e vedrai le doghe di questo posto che si deformano e si attorcigliano, un po' come cosce di pollo, giusto? Tutte le sue zuppe, tutti i suoi calderoni che ribollono, e oh, *devi* assaggiare l'ucha!». Ušanka si crogiolò con gioia nel tormento di Marja. Ci saltò dentro, facendo capriole. «Che posto, dove la zarina della Notte gestisce una mensa e ruba bocconi di carota dalla sua stessa zuppa».

Marja pensò che stesse per vomitare. Si sentiva accaldata e nauseata insieme. Il suo corpo voleva fare qualcosa di fronte a tutto ciò, per restituirgli qualcosa. Guardò incerta verso la cucina.

«Allora anche lui è qui. In visita a sua sorella. A discutere dei tagli di carne della settimana, del raccolto di patate, del tipo di zuppa che potrebbe preparare domani».

Il sorriso di Ušanka svanì come una macchia. Sembrava dispiaciuta per Marja.

«Koščej è morto. Be', muore sempre. E torna sempre. Immortale significa immortale. Muore e recita la stessa storia ancora e ancora. Quante persone te l'hanno detto? Il paese della Morte assomiglia molto al paese della Vita. Quindi ora vive posseduto da Vij, e ha una mogliettina che ha sottratto alla sua famiglia, e pensa di essere un uomo. Un uomo, come ha sempre voluto essere. È una bella battuta, se hai l'umorismo giusto. Non si ricorderà di te. Non è abbastanza forte. Vij è sempre stato il migliore di loro. Inesorabile, questa è la parola. Così è la vita. La morte la spazza via. Ecco a cosa serve la morte. Ecco perché continuano a raccontare questa storia. È l'unica storia. Ti guarderà e penserà che sei una donna di alto grado avanti negli anni, e non ti piacerebbe provare il kvas?». Ušanka rimise la mano nella stretta di Marja, trasformandola in un tocco intimo, pieno di compassione. «Marja», sospirò. «Nessuno adesso è quello che era prima della guerra. Non c'è proprio niente da recuperare».

La porta della cucina scricchiolò e ne uscì una vecchia. Indossava un grembiule di cuoio insanguinato, con striature di sangue di manzo e di pesce che si incrociavano, creandole dei motivi sul petto. I suoi capelli bianchi erano tirati indietro in uno chignon ferocemente stretto. Guardò direttamente Marja Morevna, i suoi occhi brillavano come se pregustassero un particolare divertimento.

«Come posso aiutarvi, ufficiali?», chiese la donna. Le labbra secche le si ferirono mentre sorrideva.

Ušanka si morse la guancia. «Non voglio niente», disse bruscamente. «Ho fatto come mi è stato chiesto. Non mi è piaciuto, ma l'ho fatto. Voglio solo riposare». Per un attimo non si mosse, fissando il pavimento con un'espressione testarda che Marja conosceva bene, come una madre conosce l'incedere rabbioso del figlio. Poi Ušanka si alzò, si allontanò da loro, uscì dalla porta della mensa e si diresse verso la strada semibuia. Mentre camminava, la testa alta e dritta, un lungo filo d'oro le si srotolava dal piede, sempre più veloce, risalendo sul polpaccio, la coscia, lasciandosi dietro piccoli cumuli di filo.

Quando raggiunse il centro di quella che un tempo era stata via Skorochodnaja, e forse lo era ancora, i suoi capelli e il suo scalpo si stavano sbrogliando e il vento soffiò tra le ciocche, portandole via verso le montagne.

La vecchia si rivolse a Marja Morevna. «Ma certamente», continuò la vecchia, imperturbabile, «certo che posso aiutarla, signora». Marja Morevna alzò lo sguardo e si sentì così vecchia, così terribilmente vecchia e sfinita, e allo stesso tempo così giovane, viva come una ferita. *Fa' che sia finita*, supplicò dentro di sé. *Fa' che non sia mai successo... niente di tutto questo. Fammi essere di nuovo giovane, e che la storia sia solo all'inizio.* Lanciò un'occhiata alle pareti, ai vecchi manifesti sbiaditi del Partito, ognuno dei quali mostrava un uomo o una donna o un bambino con una faccia magra e affamata e un dito sulla bocca, che invitava un'anima lontana a tacere, a stare ferma. Nessuno slogan gridato da loro, nessuna direttiva morale diceva a Marja come comportarsi, chi essere in quel posto. E così era lei stessa: una cosa amara e aspra come cipolle in salamoia.

«Quando mai hai aiutato qualcuno?», sbottò lei. Non poteva sedersi lì e lasciare che Baba Jaga fingesse di essere una ridicola commessa.

«Oh, io sono d'aiuto», disse la zarina della Notte, la voce che si arricciava come lana di montone. «A volte. Dipende dalla storia. Ma io sono d'aiuto. Quando una ragazza si dimostra all'altezza. Quando tiene bene i miei cavalli o spazza i pavimenti o solleva il mio calderone solo con le sue braccia. O quando la sua malvagità mi rende orgogliosa. Com'è diventata la donna che avresti potuto essere?».

«Mi riconosci?». Ma il pensiero le arrivò dentro come un treno: Marja Morevna, tutta vestita di nero, qui e ora, era un punto in cui tutte le donne che era stata si incontravano: quella di Jaička, quella di Leningrado e la fanciulla čerti; la ragazza che aveva visto gli uccelli, e la ragazza che non li aveva mai visti... la donna che era e la donna che avrebbe potuto essere e la donna che sarebbe sempre stata, intersecandosi e scontrandosi per sempre, mille uccelli che cadevano da mille querce, ancora e ancora.

La vecchia si strinse nelle spalle, come per obiettare. *Chi può dire quello che so?*

E Marja Morevna ricordò il raskovnik, e l'oro nero, e il mortaio con il suo pestello che macinava sotto di lei. Ricordarlo la feriva; punture di spillo che le trafiggevano il petto, le dita.

I manifesti la zittirono dal muro, e nella sua memoria si schiuse un fiore arancione ispido di aghi bianchi.

Baba Jaga si chinò in modo che i loro volti fossero vicini come segreti.

«Ascolta, zuppa-dal-lontano-passato. C'è una stanza nell'oscurità. Dove un soffitto è crollato, e un pavimento, finché tutto ciò che era rimasto era un buco che portava giù nel terreno, in uno scantinato. Nell'ombra, degli arazzi di pavoni sono caduti polverosi e bruciati. Lì giacciono un tavolo rotto e una grande sedia d'osso. Tu dovresti andare lì. Di notte, quando nessuno può vederti. Non riesco a immaginare cosa potresti trovare nel fango ghiacciato e nei muri in frantumi. Non sono una donna che fa previsioni in questi giorni. Ma sai, alla fine, puoi essere te stessa solo in uno scantinato, nel buio, sotto ogni cosa, dove nessuno può trovarti».

La vescica sotto l'occhio di Marja, quella vecchia cicatrice, pulsò due, tre volte. «È perché Vij ti comanda? È per questo che non dici il mio nome? Hai paura di lui, come di un mago con i baffi? Perché i manifesti dicono: «SILENZIO, SILENZIO, NON FIATARE, NON UNA PAROLA»? Perché se tutto il mondo abitasse nel paese dei Morti, nemmeno io dovrei ricordarlo, eppure è così, anche se fa male come morire di fame».

«Non so cosa intendi. Non verrei mai coinvolta in attività clandestine e antirivoluzionarie», fece le fusa la megera. «Ti sto solo suggerendo una cosa, come potrebbe fare una vecchia signora con la schiena storta e un piccolo, sudicio caffè per i turisti che attraversano la sua città. Non dico niente. Io non so nulla. Di certo non ricordo niente». Posò la mano avvizzita, macchiata come il fianco di un leopardo, sullo sterno di Marja, tra i seni. Marja sentì crescere qualcosa di pesante e caldo tra loro, come un proiettile. «Non parteciperei mai a riunioni in cantine umide e ammuffite. Non importunerei mai il personaggio della tua collega, che racconta la storia quando orecchie potenti vogliono ascoltarla. Non mi dilungherei mai in pantomime di una vita piena di sartorie e matrimoni e una macelleria di successo per non essere sorpresa a commettere il crimine di ricordare che qualcosa esisteva prima di questo regime nuovo e giusto. È molto più facile quando diciamo che «non c'è mai stato un vecchio mondo. Adesso tutto sarà nuovo per sempre». Mi fa male che tu mi guardi e presumi tali tendenze criminali in una bella babuška che ha a cuore solo i tuoi migliori interessi». Quella cosa simile a una pallottola tra le loro pelli bruciò nel cuore di Marja Morevna, traendo calore da lei, senza restituire nulla. «E in vita mia non ti suggerirei mai che le storie non possono essere dimenticate nelle ossa anche quando un fratello o un mago o un fucile dice che devi, devi dimenticare, che non è mai successo. C'è solo questo mondo, com'è adesso, e non ce n'è mai stato un altro, non potrà mai essercene un altro».

«Babuška», disse Marja, e lo pensava davvero, qui, alla fine di tutto. «Sono così stanca. Ho chiuso con tutto. Come posso viverci? Voglio essere stretta da tutti quelli che ho amato e che mi si dica che è tutto perdonato, tutto finito, tutto fatto bene».

«*Pfui!* La morte non è così. La ridistribuzione dei mondi ha reso tutto uguale: la magia e le cantine e le Elena e gli scantinati e il pane e la luce argentea, così argentea. Ugualmente morti, ugualmente legati. Vivrai come vivi, ovunque. Con difficoltà e dolore. Sì, sei morta. E anche io e la mia famiglia e tutti, sempre, per sempre. Tutti morti, come pietre. Ma cosa importa? Devi ancora andare al lavoro la mattina. Devi ancora vivere». La vecchia sollevò la mano dal seno di Marja. Dentro non c'era una pallottola, né calda né pesante, ma una sciarpa rossa, appallottolata e annodata. La infilò nel risvolto dell'uniforme di Marja, vicino alla sua pelle. Risistemò con cura il suo viso tirato, rugoso e cupo, il suo sguardo esperto e amabile.

Marja Morevna lasciò andare il fiato. Rese la sua faccia inespressiva e illeggibile. Alzò lo sguardo sulla babuška come se fosse un'estranea – interessante, forse: che faccia –, nessuna parentela con lei. Dopotutto, Marja era così brava nei giochi. Si alzò e uscì dalla mensa, su una strada lunga e stretta verso i resti di un palazzo nero ridotto in macerie da bombardamenti senza fine. La polvere sotto i suoi piedi luccicava nella luce della sera. Non vacillò sul cammino verso un luogo sotterraneo, giù, giù nell'oscurità misericordiosa, in uno scantinato dove un uomo dai riccioli neri punteggiati di argento stellato avrebbe pronunciato il suo nome come una confessione; e nel punto in cui le loro mani si sarebbero toccate, Marja Morevna poteva già scorgere diamanti e smalto nero gonfiarsi enormi e gravidi, il tuorlo che filtrava dalla loro pelle come luce.

Ringraziamenti

Non c'è modo di iniziare un resoconto di coloro che hanno contribuito a questo libro se non per dire che mio marito, Dmitri, e la sua famiglia mi hanno inclusa nelle loro vite per cinque anni, impegnandosi nella pericolosa attività di raccontare a una scrittrice le loro storie e la loro storia, e per questo sono grata oltre ogni misura mortale. È stata una delle cose più straordinarie della mia vita, ascoltare i loro racconti e le loro battute ed essere accolta nel loro mondo. Questo libro è nato da quel terreno molto fertile, e da Dmitri in particolare, che oltre a fungere da dizionario umano inglese-russo e da fonte di dettagli inestimabili, mi ha letto per primo la storia di Marja Morevna e Koščej l'Immortale, conducendomi a quella domanda immortale: «Aspetta, cosa? Perché è incatenato nel suo seminterrato?».

Grazie anche alle donne del museo dell'Assedio di Leningrado a San Pietroburgo, che ridimensionano tutti con la forza della loro memoria, e che sono state così gentili da parlare con una giovane americana; grazie in maniera postuma ad Anna Achmàtova, la protettrice di Leningrado, la cui opera trafigge e comanda la mia anima; a Harrison Salisbury, la cui fondamentale opera *I 900 giorni* è stata vitale per la mia ricerca ed è responsabile di molti dei dettagli fisici della Leningrado in tempo di guerra. E grazie ad Anna Vasilevskaya, la cui musica mi ha accompagnata durante lunghe notti di scrittura.

Grazie a tutti coloro che hanno prestato soccorso, consigli e incoraggiamento a una scrittrice dichiaratamente scontrosa senza una tessera del caffè, in particolare a Tiffin Staib, Michael Broughton, Ferrett Steinmetz, Gini Judd, Amal El-Mohtar, Lee Harrington e Claire Cooney, che ha gentilmente letto una prima bozza.

Grazie al mio agente, Howard Morhaim, e al mio editore, Liz Gorinsky, così come alla mia assistente, Deb Castellano, e all'instancabile Evelyn Kriete.

Grazie come sempre a S.J. Tucker, mia sorella-zarina, che rende il mio mondo così luminoso, mi insegna così tanto sull'autenticità e la magia e trasforma i miei libri in stregonerie davvero sorprendenti, e al suo compagno, Kevin Wiley, dio della logistica e caro amico.

E infine, a Rose Fox, *il miglior fabbro.*

FSC
MISTO
Carta
FSC® C129194

Finito di stampare
nel mese di giugno 2023
presso Print on web s.r.l.
Via Napoli, 85 – Isola del Liri (FR)
per conto di
Fazi Editore